つかこうへいの世界

——消された〈知〉

日本近代演劇史研究会 編

「つかこうへいの世界――消された〈知〉」目次

序論

消された〈知〉

既成概念への叛逆

井上理恵

1　鈴木忠志との出会い

わたくしたちがつかこうへい[注1]を知ったのは、「戦争で死ねなかったお父さんのために」が雑誌『新劇』（四月号）に載った時であった。一九七二年のことである。鈴木忠志が『新劇』の編集長に紹介したらしい。鈴木はつかとの出会いを次のように語っている。

ウチの蔦森皓祐が、（略…駅の売店でアルバイトをしていた蔦森につかは鈴木さんに渡してと…）『戦争で死ねなかったお父さんのために』を持ってきたんだよ。（略）読んだんですよ。そしたらね、おもしろかった。なにがおもしろかったかっていうとね、ト書きがひとつも書いていない。つまりね、全部セリフで書いてあるわけ。（略…こいつに会いたいと言ったら…）会いに来たんだよ。（略）その頃はあなたたちの知ってるようなつかこうへいじゃなくて礼儀正しいんだよ。みんなのイメージとだいぶ違うと思う。それを雑誌『新劇』の編集長にすぐ紹介したの。そしたらね、すぐに載せてくれて、それから戯曲を書く気になって［注2］。

鈴木が語る逸話の一つ〈ト書きがひとつも書いていない〉「戦争で死ねなかったお父さんのために」を、掲載誌『新劇』（一九七二年四月号・四月一日発行、編集人畠山繁）で見ると、たしかにト書きは「ひとつも書いていない」（登場人物の発話時の指示は若干ある）。しかも普通初めにある登場人物の名前は、最後にあって戯曲の書き方としては変わった表記であった。

もう一つの「礼儀正しい」についても鈴木忠志に紹介されてつかこうへいに会った扇田昭彦が、鈴木と同じように「私のような年長者には実に礼儀正しい青年だった」とつかの態度に触れた後、この時期に鈴木の稽古場につかが通っていたことを告げる。

「一九七二年夏、（略）彼はまだ有名になる直前の二十四歳の気鋭だった。（略）劇作面では別役実の強い影響を受け、舞台作りではカリスマ的な演出家・鈴木忠志に私淑し、鈴木の稽古を見に東京・早稲田のアトリエに通っていた［注3］。」

扇田の言う「早稲田のアトリエ」は、一九六六年に早稲田大学近くの喫茶店「モンシェリ」の二階に建設された早稲田小劇場だった。一〇月に落成記念公演「マッチ売りの少女」〈別役実作・鈴木演出〉を上演して60年代後半の小劇場運動の口火を切る。

鈴木は一九六八年に「主役主役道者―歌舞伎十八番『鳴神』より」（鈴木構成・演出）、「どん底における民俗学的分析」（鈴木構成・演出）を上演して既存戯曲上演とは異なる〈鈴木構成・演出〉の舞台作りを始め、翌年四月「劇的なるものをめぐってⅠ　ミーコの演劇教室」を上演、その舞台は学園闘争真っ盛りのあの時期に、個性的な白石加代子の登場と共に同時代の学生や演劇青年たちの間に口込みで拡がり大きな衝撃を与えていた。続く「少女仮面」（唐十郎作・鈴木演出、10月）も、「劇的なるものをめぐってⅡ　白石加代子ショー」（70年5月）も同様で、特に「劇的～　Ⅱ」は、一躍国内外で脚光をあびる要因となった舞台だった。

一九七二年秋にフランス政府主催のテアトル・デ・ナシオン（ジャン＝ルイ・バロー芸術監督、開催地パリ）に招待されて「劇的なるものをめぐってⅡ」（白石加代子、観世寿夫、野村万作らが参加）を上演、以来早稲田小劇場は海外の数多くの演劇祭に招聘され世界的な演劇集団になる。それは一九三五年以来、この国の現代演劇――特に〈新劇〉の主流をなしてきたリアリズム演劇という表現方法を確実に壊す舞台が登場したことを示すものであった[注4]。〈演劇革命〉のはじまりである。

ここでは、年長者に「礼儀正しい」つかこうへいが、同時代の新しい演劇状況にいかように切り込もうとしていたのかを明らかにする。必ずしも時系列で記述することはしないが、行きつ戻りつ跡付けながら演劇人つかこうへいの姿が描出できればと思う。

さらには後で触れる「自作年譜」の最後の言説、「（嫌いな叔父が早稲田卒…井上）あれだけ嫌っていた早稲田の連中（劇団「暫」…井上）といっしょに芝居をすることになってしまった（略…結果的に）彼らと芝居をしたということが、今日の私をあらしめている（略）もともと芝居をやるようなヤツは人間じゃないと思っていたのだし、まして早稲田である。犬猫同然に扱ってやった。（略）そうすることが、私をして、舞台を客観視さ（せ）しめた」（一九八一年）という表現に変わっていくつかこうへいとは何なのか……も探りたい。

一〇年もしないうちにつかは、「礼儀正しい」青年から侮蔑（侮辱 insult）する青年に変わっていた。そしてこれがつかの戯曲・舞台・小説の、ある意味〈基本トーン〉の一つになっていく。その理由は、あるいは目的は何なのか……。他者を〈侮辱するつか〉は、世間向けの〈演技（戯）〉なのか否か……。つかの作品を追いながら明らかにしなければならないと考えている。

本論集は、多面体のつかこうへいという劇作家が戯曲・舞台・小説からわたくしたちに、何を手渡そうとしていたのか、それを探ろうとする試みである。序論のわたくしの姿勢は、研究会の都度メンバーに語ってきたものであるが、各論の筆者たちは、それを踏まえて各自の思想でつかこうへいと向きあった。わたくしたちは一枚岩でつか作品に歩みを進めていない。結果的にそれが〈よくわからない〉つかの〈虚と実〉を理解する最善の策であったように、今は考えている。

2　鈴木に出会う前のつか

つかには、A「つかこうへい自作年譜」(『つかこうへいによるつかこうへいの世界』所収一九八一年一二月白水社)という、〈どこまでホントでどこまでが創作か〉わからない年譜がある。そして死後出た、B「つかこうへい略年譜」(前掲[注2])や長谷川康夫作成の、C「つかこうへい　活動リスト1968〜1982」[注5]がある。各著書に付属する年譜などは省く。

これから歩みをみると、つかは六七年に上京して予備校通いをしていた。浪人時代は大流行だった「東映やくざ映画を熱心に見」て、六八年慶應義塾大学文学部に入学、すぐに同人誌『三田詩人』に入り詩をいくつか発表、二年ぐらいでやめる。

いつ頃から演劇に興味を持つようになったかは明確ではない。一九六九年に予備校の後輩中野幾夫が「慶應の劇研に入り、頼まれて書いた戯曲が『赤いベレー帽をあなたに』で」(A・B)これが戯曲第一作だという。一九六九年八月、劇研を出た中野・川田親一・高橋英夫・鈴木清・山本英夫・重松収たちが仮面舞台を作り、そこにつかも参加した(A・B・C)。

「私はこの連中から教えられ育てられたところが大きく、(略)ある軽さの本質というものを教わったと思うのである。この時期が私にとって一番楽しかった、命燃やせた時期であり、この頃のことだけは終生忘れない」(A、164〜165頁)と記す。

観劇体験については「大学に入って初めて劇場で見た芝居が、昭和四十五年紀伊國屋ホールでの安部公房の『棒になった男』である。しかし、どうにもわけがわからず、アングラ全盛期の頃だったのでいろいろ見たが、どれもこれも難解で、立場上わかったふりをしなければならないのが辛かった。」（A）と続ける。中野たちと芝居を始めたつかが、劇団結成の一年後に〈初めて劇場で芝居を見た〉というのもあとから時間合わせをしている気がして、調べてみた。

安部公房の「棒になった男（第一景・鞄）」（安部演出）の初演は、六九年八月桐朋学園短期大学演劇コース専攻科の紀伊國屋ホール公演であった。当時40代半ばで脚光を浴びていた安部公房は、桐朋の教師でもあり若者たちの憧れの存在でもあった。短大の専攻科は四年生大学でいえば三〜四年生にあたり、つかと同年齢の学生たちだ。彼らの若々しい訳の分からない舞台は若者たちを刺激した。時代は若者の学園闘争と演劇革命が随所で始まっている時でもあったから、自分たちもやってみようと仮面舞台を結成したのではないかと推測している。

ちなみに「昭和四十五年」（70年）の「棒になった男」上演記録はない。紀伊國屋プロデュース「棒になった男（第2景・時の崖、第3景・棒になった男）」（安部演出）は前年一一月、芥川比呂志・今井和子・井川比佐志らで初演され、その初日写真というのが、『新劇』一九七〇年一月号にある。つまり前年の一一月公演の写真なのだ。おそらくつかは、記憶が定かではなく雑誌を見て先の一文をつづったのではないかと思う。二月号で渡辺保がこの舞台を批評している。あるいは「棒になった男」の両方の舞台をつかはみたのかもしれない。というのも当時の演劇学生たちにとっては、商業劇場とは異なる〈知〉の集積である本屋のビルに生れた新宿紀伊國屋ホール（客席四一八）は憧れの劇場だったからだ。

「アングラ全盛期の頃だったのでいろいろ見たが、どれもこれも難解で」という発言に見られるように、六九年には清水邦夫「狂人なおもて往生をとぐ」（俳優座）、寺山修司「時代はサーカスの像にのって」（天井桟敷）、鈴木忠志「劇的なるものをめぐって　ミーコの演劇教室」（早稲田小劇場）、佐藤信「おんなごろしあぶらの地獄」（自由劇場）、清水邦夫「心情あふるる軽薄さ」（蜷川幸雄演出、新宿アートシアター）、唐十郎「少女仮面」（鈴木演出、早稲田小劇場）、佐藤信「鼠小僧次郎吉」（自由劇場）等々が初演され、今から見ると綺羅星のような革新的な舞台が続いた年であった。長谷川康夫は、この時期のつかが仮面舞台の仲間たちと上記の作家たちの舞台を観ていたと告げているから、「いろいろ見たが、どれもこれも難解で」というのは、これら六九年の舞台だったたと思われる。

が、こうした状況はあったものの彼ら若い演劇人たちが反旗を翻した現代演劇の雄・新劇は依然としてまだ健在であった。当時の演劇雑誌を見るとその状況が理解される。演劇のメインストリームは、まだまだ頑強であったのだ。

つかはこの時期に、Aでは別役実作「像」「マッチ売りの少女」を読んで「これでもうベケットもイヨネスコもないなと思った。別役実の持っている言葉に対する明確な方法論に脱帽し、この人に勝ちたいと思った」と書く。これがBでは、二作品に「感銘を受け」たと記述された。しかし世に出る契機になった鈴木忠志に会ったことも、台本を渡したことも、『新劇』に掲載されたことも、稽古場通いをしたことも、つか作成のA「年譜」には記述されていない。最も重要な演劇的契機を隠している。これをどう読むか……だろう。すでに鈴木たちの世代、さらにはその前の既存新劇の持つ〈知〉への〈反乱〉がつかの裡で醸成されていたのかもしれない。

ここでまず仮面舞台に書いた作品を見よう。

一九七一年三月、「明日からのレポート1・郵便屋さんちょっと」をジャンジャンで上演、「赤いベレー帽をあなたに」と「戦争で死ねなかったお父さんのために」（中野幾夫演出）を同年一一月、霞町の自由劇場で上演する。演出者名がないのは、つか演出だ。鈴木に渡した「戦争で死ねなかったお父さんのために」はここで上演した台本であった。

「郵便屋さんちょっと」「戦争で死ねなかったお父さんのために」は本書で取り上げる〈戦争もの〉である。つかが初めに〈戦争もの〉を書いたのは、「この人に勝ちたいと思った」別役実の「像」や「マッチ売りの少女」の影響であろうと思われる。「像」や「マッチ売りの少女」とは異なる視点、あえて言えば対抗的に〈戦争〉を取り上げている事でもそれは理解される。

「郵便やさんちょっと」を上演したジャンジャンは、一九六九年に渋谷山手教会の地下に出来た小劇場で、一人芝居やシェイクスピア・シアターの新しい試み、ライブなど、70年代に斬新な舞台が展開された劇的空間であった。
〈自由劇場〉は、ジャンジャンより早く一九六六年一一月に霞町（この洒落た町名は浅はかな役人のせいで今は無い。近辺は全て六本木と呼称される。）にオープンした地下の劇場（文字通りのアンダーグラウンドシアター自由劇場）で、俳優座養成所の同期生だった佐藤誠・斎藤憐・串田和美・吉田日出子らが結成した演劇集団自由劇場の本拠地だ。佐藤作の「イスメネ」（観世栄夫演出）等で開場した。佐藤作「鼠小僧次郎吉」（一九六九年）、斎藤作「上海バンスキング」（一九七九年）もここで初演されている。

貸し劇場でもあった二つのユニークな場を選んで上演しているのは、つかこうへいも仮面舞台のメンバーも新しい演劇運動の波に乗りたかったのだと思われる。しかし意に反して話題にはならなかった。

60年安保前後から70年代半ばにかけて、大学生の演劇集団は増加する。公演も無数にあった。サルトルとボーヴォワールの実存主義・カミユやベケットやイヨネスコの不条理・吉本隆明の「共同幻想論」「言語にとって美とは何か」等々に学生たちは夢中になり、演劇に身をゆだねた。60年安保以降の日本経済の高度成長期が学生演劇や小劇場演劇の登場・拡大を後押ししたのだ。各大学の演劇部が横の繋がりを強化して演劇連盟を作り、一ツ橋講堂で定期的に公演を持ったのもこの時期だった。彼らは古いものを毀し新しい演劇で〈世に出る〉ことを願っていた。つかの仮面舞台という集団もそういう無数の学生演劇集団の一つであったのだ。つかの歩んだ道は、当時の演劇学生たちの在りようをある意味照射している。彼はフランス文学科を希望したそうだが（長谷川本）、それも当時の若者たちの傾倒した思想的状況だったといっていい。

つかは世に出るためにどうすればいいかを考えたと思われる。そして学生演劇出身で注目され出した鈴木忠志を選び、早稲田小劇場（早稲小）の稽古場に出入りする。実はこれは、当時の演劇学生たちがとった行動でもあった。彼らは自らの未来の道を探しあぐねていて早稲小や現代人劇場（一九六八年結成。岡田英次・蜷川幸雄・清水邦夫・蟹江敬三・石橋蓮司…等々、前身は青年俳優クラブ→劇団青俳、一九五一年→五三年→六八年）の扉を叩いていたからだ。現代人劇場の演劇人は60年安保以前から活躍していて、当時の演劇学生たちにとっては早稲小より上の世代の知的で暗く、しかし魅力的な集団であった。学園闘争時代の演劇学生たちは、この時期どちらかに出入りし、そして消えていったと言っても過言ではない。その中でもつかはかなり積極的であったと言える。鈴木の稽古場に出入りした頃、つかは早稲田大学の劇団「暫」の学生たちとも出会っていた。

「昭和四十六年春　大学四年の時父親が病気のために劇団を解散して帰省（略…昭和四十七年夏　東京へ戻ってきて、（略）中野のスナックでマスターをやっているところへ、早稲田の劇団『暫』の連中が飲みにやってきて、向島三四郎、平田満、三浦洋一らと出会う」（A「自作年譜」）

七二年二月「劇団仮面舞台、解散。一時福岡に帰る」「夏東京に戻る。早稲田小劇場の稽古場に出入りする。早稲田大学の劇団『暫』で活動を始める。」（C「活動リスト」）

二つの記録には一年の誤差がある。七一年一一月に中野演出で「戦争で死ねなかったお父さんのために」を上演し、その台本を鈴木に渡す。この戯曲は一九七二年四月一日発行の『新劇』四月号に載ったから鈴木に呼ばれて会いに行くのは、一九七一年の一一月か一二月でなければならないだろう。福岡に帰郷したのは七二年二月ということになる。

つかこうへいが鈴木の稽古場に通っていた時期は、「劇的〜Ⅱ」で鈴木が脚光を浴びたあと、七二年夏、渡仏前の稽古をしていた時だ。稽古場通いでつかは、鈴木の稽古を録音し、鈴木の舞台づくりを身体化した。そして書き上げた「熱海殺人事件」（初稿）は、鈴木の稽古場での発言がセリフになっていたという。

「僕は文句言ったんだ『ダメだ』ってね。初稿の段階で。（略）僕がしゃべったことがセリフに出てくるわけよ（笑）。劇中で『菊五郎がこう言った』みたいな演技論とか言うじゃない。だいたい、アイツ演劇なんか知らないんだからさ（笑）歌舞伎なんか知りゃしないわけだよ。」

鈴木はテープの返還を求めたが、つかは返さない。その後「戯曲が出来てきたら、結構それらしき内容になってるんだよ。わかるでしょ? 『熱海』という作品は演技論仕立てになってる。それで僕が文句言ったらね、『文学座でやる』って言うんだ。(前掲[注2])」

こうして「熱海殺人事件」は一九七三年一一月文学座アトリエ公演として藤原新平演出で初演[注6]されたのである。

3 劇団「暫」

今少し、メジャー登場前のつかこうへいをみたい。

七二年夏、東京へ戻ったつかは、鈴木の稽古場に通う。他方で〈早稲小〉稽古場に近い早稲田大学本部キャンパスにある学生劇団「暫」に参加して平田満・三浦洋一・井上加奈子等と出会い、彼らと共に演劇活動に没頭する道を選択した。

これはわたくしの推測だが、鈴木忠志が白石加代子たち〈早稲小〉の俳優たちと斬新な舞台を生み出している稽古現場をみて、同じような場を得たいと考えたのではないか……と思っている。

早稲田には〈自由舞台〉に代表されるプロ集団のような学生演劇集団がいくつかある。「暫」と芝居づくりをはじめるのは、メンバーとスナックで知り合ったという理由だけではなく、この劇団の人々の〈素人っぽさ〉に惹かれたのではないかと推測される。その後のつかの歩みを知るとこの推測も、さほど的外れではないだろう。持っているものがない演者には演出者は自由に対応できるからだ。

〈素人っぽさ〉というのは、先に引いた鈴木の発言、「『熱海』という作品は演技論仕立てになってる」に関係してくる。〈素人〉に演技をつける、演じさせる、しかもこれまでのようなリアリズム演劇の演技術ではなく、舞台で役を演じている俳優が、その役とは別の他者を演じる行為…という新たな局面、それがつかの演劇（芝居・舞台）に出現する。「暫」の〈素人〉の演者たちは、新たな局面作りに手を貸したのだ。

年長者に〈礼儀正しい〉〈侮辱（侮蔑 insult）〉〈演技（戯）する登場人物〉——創作の基本トーンが次々と顔を出してくる。

「暫」で作った舞台は、「郵便屋さんちょっと・その1」（72年11月）、「郵便屋さんちょっと・完結編」（73年1月）、「初級革命講座」（3月）、「郵便屋さんちょっと・改訂版」（6月）、「初級革命講座飛龍伝」（6月）、「戦争で死ねなかったお父さんのために」（7月）、「改訂版・初級革命講座飛龍伝」「やさしいゴドーの待ち方——その傾向と対策」（二本立て・11月）等々だ。すでに出発時から演目の繰り返しが始まっている。もちろん上演時期が近いからという理由もあったのだろうが、〈改訂して上演する〉というある意味〈楽な向き合い方〉を手にしたように思われる。戯曲→戯曲、戯曲→小説、小説→戯曲、あるいは両者からエッセイへ、という同一題材の改訂が、最後まで続く。この方法だと、エンドレスで作品を生み出すことが可能になる。それをつかは、世に出る前に手に入れてしまう。〈初演→改訂上演→改訂小説〉という創作に向かう姿勢が決定する。

平田満は、出会いとつかの芝居について次のように語っている。

「(出会いは…井上) 大学一年でした。僕はまだ学生で、プロを目指すとかではなかったんですけど、つかさんがたまたま僕らのいる劇団にいらっしゃって、提携公演としてやったのが最初ですね。(略) 僕自身が芝居をまったく知らなかったので (略) つかさんの芝居が他の芝居と比べてどれぐらいユニークかというのは自分ではわからなかったですね。当時はアングラとか結構変わった芝居……変わった芝居って言ったら失礼なんですけど (笑) とってもエネルギッシュといいますか、本当にいい意味で雑然としていて、いろんなお芝居がありましたから。(略) 初めてやった時は元々つかさんがおやりになった芝居をやったので台本がありましたけど、ほとんど本のない口立てでした。(略) 口立てって言われてますけど、つかさんはすべてその場で本を作りながら演出するんです。演出することで、本が出来上がっていくというやりかたなので、かっこいい言い方をすると、いつもニュートラルでいないといけない。」(「後ろ姿を見せずに…」前掲 [注2])

この話から仮面舞台でやった「郵便屋さんちょっと」「戦争で死ねなかったお父さんのために」

は上演していたから台本があり、鈴木に読んでもらうことが可能となって『新劇』に載る。さらには「その場で本を作りながら演出する」方法だから、ト書きがなかった。そんなことが改めて理解される。それが鈴木忠志には面白かったわけで、人の〈運〉というのは誠に不思議なものだと思わざるを得ない。

4　つか登場……！

つかは、「戦争で死ねなかったお父さんのために」が掲載された『新劇』七二年四月号の巻頭「とびら」に、「バースデー」という「詩」のような、別役のセリフのような、一文を載せている。初めの部分を引いてみよう。

《母さん、サングラスを買ってください。――もっともっと見えるように》
二〇年食って来たものを全て吐き出す頭ほどのジアスターゼを口にほうばる――まず東京をのむのだ。
咽喉をつき破る　あれほどの苦痛を俺は思っていたのに。
闇を走るものは屈辱さえないのか。酢酸の胃液が食道をはい上がって来る。東京はおちていく。（以下略）［注7］

つかは、「戦争で死ねなかったお父さんのために」の掲載を、新しい「バースデー」と考え、自らの〈出発の時〉と位置付けていて「東京をのむ」――〈世間をのむ〉という宣言をしていたように受け取れる。しかも「勝ちたい」と思った別役実の「像」や「マッチ売りの少女」を射程においた「戦争で死ねなかったお父さんのために」が、演劇雑誌に載る。九州出身のつかが並々ならぬ覚悟――強烈な上昇志向――それは首都東京のある本州を、かつて朝鮮半島を植民地と化した日本を、のむ――制覇するというような意識――で一歩踏み出し、それを宣言していたのだと思わざるを得ない。他と異なる劇作家演出家――過去も現在も射程に入れて、そんな演劇人を目指して金原峰雄・金峰雄は、〈つかこうへい〉を〈演じ続けて〉この国の現代社会の中で雄々しく生きていく決心をしたのだろう。

この号には渡辺保の「演劇時評　シェイクスピアばやり」が載っている。俳優座の「ハムレット」を「断片の集積であって、一つの全体をもっていない」と評し、これは「現代の演劇の、あるいは現代の社会そのもののおかされている病いとでもいうべきものを如実に示している。（略）断片化（全体の喪失）、死んだ言葉の氾濫（管理社会の情報の氾濫と言葉そのものの空虚化）、風俗化（日常化）という三つの傾向は、すでにさまざまな角度から論じられた現代社会の疾病の主たる症例であろう。（略…これは）創造の悪条件」だと記す。

鈴木忠志が六八年に〈構成・演出〉で登場させた舞台が、同時代の表現を異なる形で侵食しだしていたのだ。そうした中でつかは、「断片の集積」には興味を示さず、時代の風――「風俗化〈日常化〉」に注目し、「創造の悪条件」を〈好条件〉に変化させようとしていく。〈卑俗化〉〈大衆化〉と言ってもいいのかもしれない。ここでまた、つか作品の基本トーンがひとつ加わる。これはつか以前の新劇・小劇場演劇が持っていた〈知〉を否定する行為に繋がる。

七三年『新劇』八月号に載ったト書きのない「初級革命講座・飛龍伝」[注8]がその嚆矢だろう。一九六八年五月、フランス・パリに始まった学生たちの闘争は、瞬く間に世界に広がりベトナム反戦運動・社会革命・文化革命・芸術革命等々、様々な形態をとって各国で火の手が上がった。バチカンでも大改革がおこったのである。パリでは無防備な学生たちがジェラルミンの楯を持ち催涙弾や放水で攻撃する警察に対して石畳の石を剥がして応戦する。わたくしたちの国でも学園闘争・東大闘争・全共闘運動・三里塚闘争へと運動は拡がり、学生たちは国鉄新宿駅の線路の敷石を投げた。

つかはこの「革命」を「風俗化」〈卑俗化〉で引きずり下ろし、独特の〈似非ロマン〉で味付けした。運動を続ける学生たちに〈悪意〉があるかのように〈卑俗化〉する。一九八五年に『週刊現代』で本田靖春との対談中、「時代の悪意であろうとか、毒であり続けようみたいには思ってた」、自分の作品に「『初級革命講座飛龍伝』っていうのがありまして、全共闘運動をやってた人たちを笑いのめそうというのが、ひとつの発想であったんです」と、つかは「初級革命講座」の作意を語っている（前掲[注2]の付記を参照されたい）。

つか没後、菅孝行はこの作品に在る〈卑俗化〉を、「悪意」「揶揄」と指摘して次のように発言していた。

> 全共闘運動を機動隊とのゲームに過ぎないものとして扱って見せた〈見たて〉は尋常ではない。全共闘運動に何らかの共感を寄せていた者――それは勿論筆者自身でもある――は、この設定自体に「いやな奴」だな、という激しい反発を覚えた。しかし、この劇作家の眼差しには尋常でないものがあるという心象も重なった。他の誰にも見ることのできない、どすの利いた悪意、とでもいうのであろうか。／『初級革命講座　飛龍伝』が全共闘運動への揶揄である（略…／改行）（前掲［注2］）

「初級革命講座・飛龍伝」は、度々戯曲や小説で改訂され、〈繰り返し作品〉の始まりに位置する〈輝かしい題材〉となる。主人公の女子学生神林美智子の名前は、60年安保時に機動隊に殺された東京大学学友会副委員長樺美智子（一九六〇年六月一五日没）を意識したと推測され、小説『飛龍伝・神林美智子の生涯』（集英社一九九七年）のタイトルは、宮尾登美子のベストセラー小説『鬼龍院花子の生涯』（文芸春秋社一九八〇年）を明らかに射程に入れたそれだ。花街とやくざの世界に革命闘争を重ねた。これまでなら考えられないことである。しかも宮尾作品は、夏目雅子・仲代達也・岩下志麻・山本圭で映画化され（東映一九八二年）、「なめたらいかんぜよ」

の流行語も生んで多くの観客を動員し一世を風靡した。つかは自作を発表する時代の風を意識しながら自身の立ち位置を何歩か先に外すようにしながら戯曲や小説の改訂を続けていく。それは優れて計算された行動だったといっていいだろう。が、残念ながら十年以上経たのち発表された小説「飛龍伝　神林美智子の生涯」は、映画化にはいたらなかった。革命の〈卑俗化〉は、受け入れられなかったのである。

5　〈遅れてきた青年〉の出世作「熱海殺人事件」

先を急ぎ過ぎた。「熱海殺人事件」に戻ろう。

つかの出世作、そして鈴木の稽古を見て作った「熱海殺人事件」は『新劇』一二月号（73年）に載った[注9]。鈴木は「僕がしゃべったことがセリフに出てくるわけよ（笑）。」「『熱海』という作品は演技論仕立てになってる」と指摘した。その「熱海殺人事件」を菅孝行は、次のように評した。

「『初級革命講座　飛龍伝』が全共闘運動への揶揄であるとするなら、『熱海殺人事件』（略）は、60年代演劇の徹底した戯画化だった。（略）紀伊國屋ホールでの上演（つか演出：井上）を見た時の筆者の記憶では、伝兵衛の所作や口ぶりは、若き日の鈴木忠志のそれに酷似していた。虚構による日常世界からの飛翔こそ演劇の生命だとする60年代演劇に共通するスローガンを、つかは揶揄してみせたのである。」（前掲［注2］）と記した。

が、はたして「揶揄」であったのかと思う。何故ならこの舞台に繰り広げられる〈警視庁の取り調べ〉は、あり得ない現実であり、それを虚構として受け入れ「日常世界からの飛翔」と観て、笑い転げ、そこで遊ぶ観客がいるからである。

一九七五年に出た小説『初級革命講座　飛龍伝』（角川文庫）の解説で武蔵野次郎は、つかの小説デビューと紀伊國屋ホールの舞台を次のように書く。

「（ユーモア小説が少ない…井上）そういう希少価値のあるユーモア小説の分野に、突然にという形容詞もピッタリとするような華やかなデビューぶりを見せたのが、本編の著者つかこうへいである。（略）戯曲「熱海殺人事件」は、昭和四十八年（一九七三）度の第十八回岸田戯曲賞を受賞という傑作であるが、まだこの時点では、作者のつかこうへいとその作品に対する認識は薄いものであったことも否めないが、才能豊かな作者が、この傑作を小説化し『小説熱海殺人事件』（昭和51・角川文庫版）として刊行したことによって、ユーモア小説の有望な新人作家として、一躍注目されることになったのである。（略、紀伊國屋ホールの「熱海殺人事件」の舞台を観て…井上）その熱気溢れ、面白さも抜群の舞台には、一驚させられたと同時に大きな感銘を受けたのであるが、若い男女の観客で客席はいっぱいであり、いかに、つか作品が現代の若い観客層に受けているかを、直接感じさせられたものである。」（183頁）

70年安保後の空虚な時代へ向かう先鞭をつけた〈虚構の笑い〉〈空虚な笑い〉が、ここにはあったと推測され、それに同調する若者の姿が見いだせる。それゆえに21世紀の今日まで、つか作品のなかでこれは生き延びてきているのではないのか……。本来、芸能に表現される〈笑い〉は、あくまでも現実に根差したリアルなそれであった。が、現実から目を逸らした笑い、政事ではない極めて悪意のある差別的な笑いがメインストリーム[注10]に登場したのだ。

「熱海殺人事件」は、初出からほゞ一〇年後に『定本　熱海殺人事件』（角川書店一九八一年四月）が出る。つかは後記で次のように書く。

「『熱海殺人事件』を上演し続けて丸十年である。自分では射程距離の長い言葉やニュアンスを選び作品を書いたつもりであるが、いつのまにかいろあせてしまった。一瞬に消えてこそ演劇であり、それがゆえ、活字に定着すること自体が罪であり、無謀なことであるが、あえて定本として、いどんでみた。

劇場へ足を運べない方に紙上劇場としてでも楽しんでいただければ幸いである。」

この角川版には、饒舌なつかの〈説明仕様の独白〉が初めからある。セリフの合間に長い説明文もある。プロやアマチュアに上演され続けている「熱海殺人事件」をつかが演出しなくても〈つか演出〉であるかの如く上演されることを望んでいるつかが、ここには明らかに存在する。「一瞬に消えてこそ演劇」と語るつかは、消えてほしくない自身の戯曲として、「熱海殺人事件」を位置付けていたのだ。それほどこの作品に愛着があった。それは他ならない鈴木忠志たち前世代への叛旗がここにはあったからだろう。そして現在もこれが上演されているのをみると『定本・熱海殺人事件』の上梓は、つかの希望をかなえている。消えてほしくないつかの戯曲としての存在を主張しているのだから……。

ところで何故この時期にポリス・ストーリー〈刑事もの〉を題材にしたのだろう。警察官や探偵、あるいは検事や弁護士が主人公のサスペンス物は世界中の映画やテレビで制作されないときはないくらい、定番の売れ筋作品だ。特に〈お茶の間〉（居間・リビング）を占領するテレビ番組には欠かせない題材で、わたくしたちの国では一九五〇年代末からテレビ放送されている。ショスタコーヴィチの交響曲第5番が流れるオープニングに〈一人の部長刑事を通じて、社会の治安維持のために黙々として働く、人間警察官の姿を描いたドラマである〉とナレーションの流れるテレビ・ドラマが、かつてあった。

初出「熱海殺人事件」（『新劇』）には、「これは警視庁にその人有りと言われた『くわえ煙草伝兵衛』こと木村伝兵衛部長刑事と、熱血捜査官熊田刑事の心あたたまる感動の物語である」（116頁）という説明文がある。そして『定本　熱海殺人事件』には、「ベルが鳴り、まだ客席がざわつく中、静かに『白鳥の湖』（カラヤン、ベルリンフィル MG2334）が流れ出す。（略）幕が上がる。激しい弦楽器のトレモロにホルンの強奏がかさなりテーマを謳いあげる。」（12〜13頁）と表記されている。よく知られるように「白鳥の湖」はつかがこの作品を演出した紀伊國屋ホール公演時に流された。

なんと類似している事か……。しかし前者ではリアリズム調の深刻な刑事ドラマが展開し、後者では滑稽な〈虚構の取り調べ〉が描かれる。やはりこれは〈もどき〉なのだ。60年代後半の小劇場演劇運動に〈遅れてきた青年〉であったつかこうへいは、彼らへの〈もどき〉を選択した。

〈もどき〉について郡司正勝は、「日本演劇の喜劇的性格を考える上で（略）もっとも重要な一つの基盤となるものは『もどき』という概念であろう（略）『もどき』は、祭式に対する余興であり、面正しいもの、公のものに対する取次ぎでもあり解釈でもある。また一種の悪態をも含むものである、反抗の精神をも育てるのが常である。そこに笑いの支点がある」と記している（「日本喜劇の伝統」『かぶき袋』青蛙房一九七〇年）。

つかは、彼の前に存在した演劇・新劇・小劇場演劇を揶揄し、演技（戯）して〈彼らをのむ〉〈東京をのむ〉〈日本をのむ〉ことを意図し目的とした。そしてそこに存在する近代的〈知〉を揶揄し、悪態をついて消す。対抗的に浮上するのが任侠映画の世界に描出された歪んだ家父長制を支える〈人情〉であった。それ故に「反抗の精神」が育たず、〈笑い〉がながれる。

そうして見て行くと「戦争で死ねなかったお父さんのために」は、別役実の「像」「マッチ売りの少女」を、「初級革命講座飛龍伝」は全共闘運動を、「やさしいゴドーの待ち方——その傾向と対策」「松ヶ浦ゴドー戒」は「*Waiting for godot*」を、「出発」は菊池寛の名作「父帰る」を、「熱海殺人事件」は〈刑事ドラマ〉を、「つか版忠臣蔵」は浄瑠璃や歌舞伎の「忠臣蔵」を…等々、目につくところをあげてもつかの姿勢が理解される。

その上でつかが根幹においた演技術・セリフ術・舞台構成等々……で対抗的に存在していたのが鈴木忠志と彼の仕事であったと思う。鈴木は、「劇的なるものをめぐって」で先行戯曲の頂点（クライマックス）を抜き取ってある種の磁場を舞台上に構成し、独特のドラマティックな局面を生み出すことに成功した。つかは正系に対する異端を〈もどき〉で表現することで鈴木に対抗的であろうとしたのである。


さて、「熱海殺人事件」は一九七三年一一月文学座アトリエ公演として藤原新平演出で初演、『新劇』一二月号に掲載されて翌年第一八回岸田國士戯曲賞を得る。清水邦夫「ぼくらが非常の大河をくだるとき」と同時受賞であった。つかより前の世代の劇作家で、つかより〈詩的で激しい社会とそこに生きる青春〉（［注4］にあげた拙著清水論を参照されたい）を描出してきた清水――現代人劇場・桜社の清水が、つかと同時受賞というのは驚きに値する。つかはなんという速さで前世代に追いついてきたのか、と思う。まさに〈ツキ〉を手にした男であった。

彼は直ちに劇団「つかこうへい事務所」を設立、文学座アトリエ公演（「出発」小林裕演出、「郵便屋さんちょっと」藤原新平演出）や七四年夏の「初級革命講座飛龍伝」に始まるVAN99ホールの連続上演を経て七六年三月「白鳥の湖」が流れる「熱海殺人事件」の紀伊國屋ホール公演へと、メジャーへの道を切り開いていく。それはまさに「僕の前に道はない／僕の後ろに道は

出来る」（高村光太郎「道程」）を地で行く歩みであった。（／改行）

6　岸田戯曲賞と〈ト書き〉

『新劇』一九七四年三月号に「熱海殺人事件」の岸田戯曲賞発表が載った。審査委員の一人、唐十郎はつかについてこんなことを言っていた。

　つかこうへい君のことを知ったのは、鈴木忠志さんの紹介からです。（略）「面白い本を書くヤツがいる」って。僕らとは違う新しい文体がうまれてきたという印象を持ちました。ある意味、脅威でしたね。（略）
　僕は審査委員の一人でした。いろんな議論があった中で、つか君の作品には「徹底的なバカやフヌケ」が存在しないと問題提起したんです。「計算的」であることがひっかかった。（略）「そういうこともあるかもしれないけれど、若い才能のこれからを信じてあげよう……そう視点を変えてくれたのは、別役実さんだったことが想い出されます。（前掲［注2］）

かつてつかが「この人に勝ちたい」と思った別役が、後押ししていたのだ。別役は『新劇』に載った「選評」で、富岡多恵子「結婚記念日」とつかこうへい「初級革命講座」「熱海殺人事件」が面白かったといって両者の共通点は「言葉に対して方法的である、ということ（略）感覚的に選ばれた言葉を、計算された場に植え込む事によってまぎれのない効果を発揮せしめようとしている（略）言葉に対する態度が計算高いという意味では、つかこうへい氏の方がはるかに辛辣（略）全ての言葉を類型として形骸化しないではおかないという「悪意」に充ちているようであり、形骸化されたそれと己との間の距離の中に、計量可能な批評性を確立しようとしているようである。（略…作品から）感じとれるものは一種の寂寥感で、（略）計量可能な批評性を確立しようとすればするほど、それ自体ではなく、その結果もたらされる寂寥感によってより強く印象づけられる（略）作業の方向と全体のただずまいから受ける印象が、うらはらな関係にある……（略）その矛盾が（略）氏を苦しめることになるのかもしれない」（85頁）と未来への期待と不安を射程に入れて述べていた。

　選評を読むと全員一致でつかが選ばれたわけではないことがわかる。最終候補には、清水邦夫・富岡多恵子・つかこうへい・西島大の作品が上がっていた。一九二〇年代生まれの西島と三〇年代生まれの富岡と清水、戦後生まれの最も若いつかの四人が残ったのだ。二人になった理由は今回から選考に加わった森秀男の発言で知ることが出来る。

「一人を選ぶとなれば清水氏を推すつもりだったが、田中千禾夫氏の発言に誘われてごく自然に二人を選ぶ気になったのは、今回の選考の対象期間が二年間にわたっていることも考えたから」だと…。

これまで岸田戯曲賞は前年に該当作がない場合、次の年に二作選出されていた。これは岸田賞の慣例のようだったが、この年から上半期下半期の二年間を対象にしたらしい。いずれにせよ「面白い本を書くヤツ」という戦後生まれの若い劇作家つかこうへいの未来に、才能に、一抹の不安を抱えながらも多くの期待が集まったのである。

さてここで鈴木を面白がらせたト書きをみていこう。ト書きは年月と共に変化し、面白いことに増加していく。

初出『新劇』の「戦争で死ねなかったお父さんのために」（二段組15頁）には大仰なト書きはないが、短い指示はある。適宜上げると以下の如くだ。

（登場人物、岡山八太郎／警察署長／郵便局長／寒太郎／妻／母）

八太郎　誇りある、誇りある日本男児ですから。（感慨にふける）

局長　（気まずそうに）ここんとこにこう私なんか、やたら星がいっぱいでしてね。

署長　私は数が少なかった代わりに、線が入ってたんですよ。（岡山、ちょっと困ったような様子）

八太郎　（ここはそのときの流行語でよい。たとえば）紅茶にソネットですよ。（つまり、bread and butter をブレッドンバタと発音するごときものである）

局長（略）「もう、命がけですよ。（八太郎、三べん回って「ワンワン」と言う）オオ、ノー、BAU、バウバウ、（八太郎「ワン、ワン」）

単行本になった『戦争で死ななかったお父さんのために』（新潮社一九七六年）は出だしも変わり、初めからト書きがある。ト書きのみ順に引く。（／改行）

（登場人物、岡山八太郎／署長／局長／男（寒太郎）／甲／乙）
「港／遠くから汽笛／ゴトゴトという電車の音」「波の音／カモメのざわめき。」「カモメの鳴き声・・・・・。」「一人放心する熊田上等兵」「局長、署長、拍手」「署長の目つき変わっている。」「慕情／Love is a many-splendored thing!!／スクリーンをわって、岡山八太郎、飛び出して来る。」「岡山、荷物をまとめだす」「息子、煙草をくわえる。それを見て父、マッチで火をつけてやる。息子、父にも煙草を勧める。息子、ライターで火をつけてやる。父、深く吸い込む。」「しばしあって、父、息子のおでこを小突く。二人、ほんとうに笑い合う。」「去りかけて」「その瞬間ポロリと涙。それをかくすように敬礼して」「波の音」「ジープの音。男、甲、乙を従え、登場」「署長、棒を持って、甲と乙をほとんど無表情に打ち続ける。岡山、署長をとめて。」「男、サングラスをはずして、服装を整える。」「名刺を出そうとして、ギロリとにらまれる」「ボーッ。船の汽笛が鳴る。」「正面をみすえて」「闇の中に男の目から涙。」

以上、順にト書きのみ上げた。動きや心情、効果などの指定で、他者の上演を意識した書き方と言っていいのかもしれない。このト書きでは演出家は自由に演出が出来なくなりそうだ。そしてト書きが増えるとともに、セリフも長台詞が多くなり独白も登場して単行本『戦争で死ねなかったお父さんのために』では、既に初出を大幅に改訂していることが理解される。

いつ頃からト書きや長台詞・独白が出てきたのか探ると、二度目の『新劇』（七三年八月号）掲載戯曲「初級革命講座　飛龍伝」には動きを指定するト書きは少しあるが、長いものはない。ところが文学座で一一月に初演された「熱海殺人事件」の『新劇』（12号）掲載号には、先にも触れたが、初めからト書きというよりも作者の説明文というものがある（文学座上演台本は未見）。

「これは警視庁にその人有りと言われた『くわえ煙草伝兵衛』こと木村伝兵衛部長刑事と、熱血捜査官熊田刑事の心あたたまる感動の物語である」（116頁）

「熱海殺人事件」が「心あたたまる感動の物語」かどうかは、いささか問題であるが、幕開きから〈被害者写真の修正〉を要求する伝兵衛の電話口への長いセリフで始まる。あり得ないドラマ――滑稽な〈虚構の取り調べ〉〈理想的な犯人像〉「演技（戯）する」ドラマのはじまりだ。そして最後は、本当に警視総監と話をしているのか、あるいは独白なのか、不確かなままに、

「ピーピーピーという発信音」の聞える中で、警視総監へ語りかける伝兵衛の長いセリフが響く。

「（略）警視総監殿、日本は今大きく病んでおります。この街々の喧騒は一体何んでありましょう。この悲劇の如何ともしがたい健康すぎる生き延びようは、一体何んなのでありましょう。姑息な市民の生き延びように、不必要な要素を取り去るために、法律を作動させ犯人を仕立て上げる私は自らの責務を憂いております。（以下略）」

つか戯曲の特徴といえる突然現れる〈説明仕様の独白〉、西洋の独白の如き内心の吐露ではない饒舌さは、既に「熱海殺人事件」から始まっていた。ここには先に別役が指摘した「寂寥感」が漂っているようにも感じられる。「計算的」「計量可能な批評性」が最後に「寂寥感」で流れて〈もどき〉が〈もどき〉で収束せずに、急に悲劇性を帯びる。「日本は今大きく病んでおります。この街々の喧騒は一体何んでありましょう。」というセリフに集約されるアンバランスさが、それを証する。これはその後のつか作品にさらに色濃く現れるものとなる。

「熱海殺人事件」と同じ時期に上演された劇団暫「やさしいゴドーの待ち方――その傾向と対策」（出演：平田満・岩間たか子・井上加奈子・知念正文・長谷川康夫・三浦洋一）は、翌七四年『新劇』四月号に「講談、身代わりゴドー若衆椿」と題して載り、その最後に「これは拙作『やさしいゴドーの待ち方』の一部となっております」と、注記で記している。「講談、身代わりゴドー若衆椿」は、多くのセリフが、無声映画の活動弁士のような一人の講釈師の話術で話が進み、所々に「ゴドー待ち」のセリフが入る。〈説明仕様の独白〉はこの作品で試されていたと言ってもいいだろう。つかは、これまで新劇史上で使用されてきたセリフの表現を〈つか版セリフ〉で覆していく方法をとったのである。こうしてみてくるとつかは60年代の演劇革命を乗り越え70年代演劇革命を生み出す方法として、過去の様々な表現方法への意義申し立てをすることで、自身の独自性をアッピールしていこうという戦略をとっていることが分かってくる。

しかし「講談」をタイトルに入れてリアリズム演劇の長い歴史に楔を打ち込んだ劇作家は既に居た。鈴木忠志たちよりも先輩の福田善之である。福田の先駆性についてわたくしは何度も記しているが、一九六二年四月俳優座系の若い集団が音楽入りで初演した「真田風雲録　講談と歴史による三部一七場の娯楽劇」（俳優座劇場）がそれである[注11]。おそらくつかにとっては福田善之も乗り越える対象の一人であったと推測される。〈講談〉というスタイルをとるのも「真田風雲録」が視野に入っていたからと考えることも可能だろう。

およそ一〇年近くたった一九八二年につかはテレビ・ドラマ「つか版・忠臣蔵」を年末に出す。伊藤真紀によればこれはＮＨＫの紅白歌合戦の裏番組として放映されたらしいが、私たちの国の演劇界では長い間「忠臣蔵」は年末の定番出し物だった。それで一二月の紅白の裏にぶつけたという事情もあるかもしれない。が、題材は依頼ではなくつか自身が選んだと考えるほうが順当だろう。すでに一九六九年に福田善之が「しんげき忠臣蔵」を書いていたことを思い出すと、福田を意識したと考えられなくもない。もちろん「忠臣蔵」は、江戸期はもとより近代になってからも多くの作家が「仮名手本忠臣蔵」（二代目竹田出雲・三好松洛・並木千柳らの作）という〈正系〉劇作品への〈異端〉として書き換えてきた。日高昭二の『近代つくりかえ忠臣蔵』[注12]を見ると、作家たちが「忠臣蔵」を題材にして自分流の世界を構築しているのがよく分かる。そうしたあらゆる既存作品への対抗的な作として「つか版・忠臣蔵」が出来上がったとみて誤りはないだろう。あくまでもつかこうへいは、過去への対抗的存在として作品を発表し続けていたのである。あたかも〈日本〉への対抗的存在であろうとするかのように……。そしてここでも「知」は消されていた。

7 「蒲田行進曲」から小説「広島に原爆を落とす日」

「初級革命講座・飛龍伝」同様「蒲田行進曲」も、何度も小説や戯曲で改訂され、韓国も含め各地で上演された。七三年三月の「初級革命講座」、一一月の「熱海殺人事件」、そして八〇年に出現した「蒲田行進曲」（銀ちゃん・ヤス・小夏）の三本は、つかこうへいの基本トーンである〈礼儀正しい〉〈侮辱（侮蔑 insult）〉〈演技（戯）する登場人物〉「風俗化（日常化）」（卑俗化）、そして〈つか流ロマン〉等々を〈青春〉と言う息吹とシャッフルさせながら、つかに死が訪れる21世紀まで伴走する。

〈蒲田〉は、もちろん松竹が一九二〇年に東京のはずれ荏原郡蒲田村（現大田区蒲田五丁目）

に建設した松竹キネマ蒲田撮影所から取っている。二一年には、歴史的映画と言われている「路上の霊魂」（小山内薫指揮・牛原虚彦脚本・村田実監督）が公開された。その後大流行した母もの映画や時代劇がこの撮影所で作られ、初のトーキー映画「マダムと女房」（五所平之助監督一九三一年）も蒲田で制作された。

が、蒲田は京浜工業地帯だった。時代は戦時、軍需景気もあって予想外に発展し、工場の機械の大音響が邪魔になる。トーキー映画の撮影に蒲田は適さない場になったのだ。そして神奈川の大船に転居する（一九三六年）。したがってつかが「蒲田行進曲」を書いたときには、松竹映画は蒲田では撮影されていない。

かつて五所平之助監督「親父とその子」の主題歌に「蒲田行進曲」という流行歌が使われたことがあった。オペレッタ「放浪の王者」中の「放浪者の歌」*Song of the vagabonds* の旋律に堀内敬三が歌詞を付けたといわれている。一九二九年頃のことだ。その後松竹キネマ蒲田撮影所の所歌として採用され、現在ではＪＲ蒲田駅でこの曲が流されている。

戯曲は、京都で撮影されている時代劇「新選組」が舞台だから、〈蒲田〉とは全く関係がない。が、日本で初めて登場した松竹キネマ撮影所の場所とそこで作られた映画の主題歌をタイトルにしてつか版〈映画界〉が誕生した。

「蒲田行進曲」が紀伊國屋ホールに登場したのは、一九八〇年一一月だった。翌年『野性時代』

一〇月号に小説「銀ちゃんのこと」が載り、一一月に単行本化される。巻末に「『銀ちゃんのこと』を改題、加筆したものです」の一文が入ってタイトルは『蒲田行進曲』に変わり、中は「ヤスのはなし」「小夏のはなし」になっていた。ここで銀ちゃん・ヤス・小夏の三者の視点が出揃う。一二月には戯曲「蒲田行進曲　銀ちゃんのこと」が紀伊國屋ホールで上演され、「蒲田行進曲」と「いつも心に太陽を」が入った戯曲『蒲田行進曲　つかこうへい新作集』（角川書店）が出る（一九八二年四月）。このあとつかこうへい脚本・深作欣二監督の映画（角川春樹事務所・松竹制作）が一〇月に公開されて日本中を席巻した。ＪＲ蒲田駅で「蒲田行進曲」が流れるのは、この映画のおかげだろう。

一九八二年、小説『蒲田行進曲』は、第八六回直木賞を受賞し、映画も日本アカデミー賞最優秀脚本賞を受賞する。つかこうへいは、日本の文化（文学・芸能）の世界――戯曲・小説・映画でその才能を認められたのである。そして九月「蒲田行進曲・解散公演」を紀伊國屋ホールで上演して演劇公演を止め、以後文筆活動に専念することを表明する［注13］。

扇田昭彦は一九八六年に「劇場のマゾヒズム――つかこうへい」（『転形』1号　前掲［注2］）の中でこの作品に表出された「奇怪な愛の三角形」について触れた。「サド・マゾヒスティック情熱に支えられた」銀ちゃんとヤスと小夏の三人の奇妙な関係を分析した一文だ。二人の男が一人の女をめぐって争うという恋愛話は、世界中にある。が、そうした恋愛話にはこれまで決して登場しなかった男と女の世界が、ここには存在していた。これは70年代の「ストリッパー物語」から現れていると扇田は指摘したが、既に「初級革命講座飛龍伝」にもその芽はあった。つかの「奇怪な愛の三角形」の特徴は、差別し侮蔑（侮辱 insult）する男に対し、〈奇妙な愛――男と男、男と女〉の存在を信じ差別され侮辱される関係に怒らない男と女が登場することだった。上下関係は常に変わらず、下位にいる男女は疑問すら抱かない。ひたすら自身の〈想い――愛〉を捧げる。

これは一見「サド・マゾ」の如く見えるが、もしかすると別の見方も可能なのではないか……と思う。南北朝の武士のように下剋上を起こそうともしない彼らは、あたかも戦時中の日本とアジアの植民地、あるいは戦後のアメリカと属国日本の、否定すべき惨めな関係のように見えなくもない。

そうみると触れざるを得ない作品がある。「広島に原爆を落とす日」（戯曲・小説）だ。これは各論で論じていないので最後にこれに言及して序論を終わりにしたい。

戯曲「広島に原爆を落とす日」は、一九七九年八月「風間杜夫スペシャル」と冠を付けられて西武劇場第二弾公演として登場した。「蒲田行進曲」登場の一〇カ月前である。西武劇場の第一弾は、「平田満ひとり会　いつも心に太陽を」（七九年二月）だった。

「楽屋口の前には連日、大勢の女の子たちが屯し、ファンレターを手に風間や平田を待ちわびた。そんな光景は、『いつも心に太陽を』が最初だった。（略）とくに風間杜夫人気は沸騰した。風間に対する、それまでの一般的な演劇とは質の違う、ファンの〝熱狂〟ぶりはここからはじまった」と長谷川康夫は記している（『つかこうへい正伝』）。

80年代で爆発する〈バブル熱狂〉とでも名付けていいような、政事と無関係の〈空疎な笑い〉、つかが「熱海殺人事件」以来日本の首都東京に送り続けてきた〈笑い〉が、確実に浸透し根付き芽をだし葉をつけた瞬間であるのかもしれない。まさに「東京をのむ」ことが出来たのだ。これまでのこの国の〈笑い〉の歴史を覆す、あるいは転換させるつかの〈笑い〉が根を張ってこの国を確実に侵食し始めたのである。つか後の演劇状況がそれを証している。

西武劇場に屯するこうした若い観客の〈熱狂ぶり〉をつかが見逃すわけはない。「いつも心に太陽を」の千穐楽に、つかは八月上演予定の新作の予告編を舞台上で見せた。それが「風間杜夫スペシャル」という冠の付いた「広島に原爆を落とす日」であったのだ。長谷川は、千穐楽前日に集まり、二日間の稽古で映画の予告編まがいの舞台が出来上がったと告げている。

「もちろん本編の芝居はまるで出来ていないわけだから、ほぼ勢いで煽るだけのインチキなものといっていい。実際の芝居では衣装や小道具はほとんど使わないのに、ここでは派手なものがふんだんに用意され、そのバカバカしさに拍車がかかる。（略）思いがけずそんなものを観せられた客席の盛り上がりは大変なものだった。」（441〜442頁［注14］）

この後、次回作予告という催しは千穐楽恒例になりTシャツ等のグッズ販売と共に格好の〈お商売〉になっていったようだ。グッズ販売は江戸期からやっていた歌舞伎はもちろん、大正期の芸術座（島村抱月と松井須磨子）も小山内薫に馬鹿にされながらレコードやグッズを売っていたし、もちろん現在大賑わいの宝塚歌劇団〔注15〕も戦前からやっている。しかしいわゆる新劇の延長線上にある非商業演劇の現代演劇で、このような〈お商売〉をしたのは初めてであった。以後多くの現代演劇集団で上演ＤＶＤも含め物品販売をするようになる。これはそのきっかけを作った舞台であった。

西武劇場の初演舞台は、わたくしも観た。そして〈何か違う〉〈戦争や原爆をこんな風に表現してもらいたくない〉という強烈な違和感をもった。違和感を持ったのはわたくし一人ではなかった。扇田昭彦は、この戯曲の登場人物ディープ山崎（風間杜夫）――「白系ロシアの混血」で、日本軍による真珠湾奇襲作戦を立案・遂行しながら、「混血であるがゆえに海軍作戦参謀本部の椅子を石もて追われ」た男、「新しい日本のために」故郷の広島に原爆を投下する男――の設定が「どうもしっくりしない」「報われざる愛国心」のために「日本に原爆を落とすという展開が、いまひとつ切実に感じられない気がした」〔注16〕と評した。長谷川康夫の本でも、この舞台は「失敗するかもしれないなぁ」とつか自身が初日に漏らしていたことや、風間杜夫の魅力でもった舞台であったことなどが綴られている。

「白系ロシアの混血」山崎に付与された役割を全て背負って「在日青年」犬子恨一郎が小説「広島に原爆を落とす日」で登場するのは四年後だ。小説「蒲田行進曲」が直木賞を、映画「蒲田行進曲」が日本アカデミー賞最優秀脚本賞を受賞したあとだった。戯曲・小説・映画の賞を全て獲得して、つかこうへいは自身のルーツへの旅を試みる。これもなんだかできすぎているようでいかにもつからしいが、両親の誕生の地を客観化する心の準備・視点の獲得が出来たのだと思っていいのだろう。

一九八五年、つかは初めて朝鮮半島へ行った。「白系ロシアの青年」から「朝鮮王李家の末裔」へと主人公を転換させるために訪韓したのか、あるいは訪韓してから主人公の出自を変更することにしたのか、彼の地を踏んで「失敗」した戯曲を小説にすることを思いついたのか、あるいはこの年の一二月に娘が生まれる予定であったからルーツをたどることを自らに課したのか、その理由は詳らかではない。とにかく自己のルーツへの旅は、つかにとって存在の自己確認となったのは確かだろう。つかが改めて〈日本と朝鮮半島との関係〉に向き合う決意をしたとみている。

小説「広島に原爆を落とす日」は、一九八六年『野性時代』（八月号、一一月号）に載り、一二月角川書店から単行本が出る（初版12月18日発行）。

この小説は、「一九四一年（昭和十六年）十月二十日未明（太平洋戦争開戦約二か月前）」に始まり、一九四五年八月六日に終わる。

最後は、日本人よりも日本人らしく生きた海軍少佐犬子恨一郎が「昭和二十年八月六日午前八時十一分」原爆の投下ボタンを押す。「いま四十万人が死にました」という報告を聞いて「はるか後方に立ちあがるきのこ雲を頼もしげに見ながら晴れやかな表情でうなずいた。」と記された。何ゆえ恨一郎がボタンを押し、「晴れやかな表情でうなずく」のだろうか……。それを探っていかなくてはならない。

小説の発行月は、八月六日の原爆投下と一一月五日の御前会議（一二月初旬の武力発動を決定した会議）と一二月八日の奇襲を意識したものと読めるから、つかこうへいのこの小説にこめた緻密な目論見には驚きを禁じ得ない。然も小説中ではまことに奇想天外なＳＦまがいの想像を絶する虚構の歴史が展開している。もちろんこれも太平洋戦争史の〈もどき〉なのだが、しかしここではつか作品の基本トーンである侮蔑（侮辱 insult）は、主人公が他者に対する行為ではなく、主人公に日本人が行う侮蔑（侮辱 insult）として出現する。例えば〈朝鮮人などとは結婚できない〉という百合子の言葉のように……。あたかも長い間の日本と朝鮮半島の忌まわしい関係のごとく、それは物語の中で極めて自然に随所に織り込まれていて、底流には〈複雑な愛〉と〈哀しみ〉そして〈憎悪〉が流れでている。

これは、戯曲に登場した「白系ロシアの混血」ディープ山崎が、李王家の妃母知淑と共に三歳頃に半島から「略奪されて日本に連れてこられ」姓名を変更させられ犬子恨一郎に変身し、優秀な日本人学生と争って京都大学を首席で卒業して恩賜の刀を拝領、その後京都の参謀本部に勤務、呉で戦艦大和の完成を急がせ、太平洋戦争の戦略を考える。その恨一郎が、原爆投下のボタンを押すまでに至る小説と見ることも可能だ。何ゆえ彼が押さなくてはならなかったのか……。そして「きのこ雲を頼もしげに見ながら晴れやかな表情でうなず」くのか……、明確ではない。

不思議なことにこの小説では恨一郎の父の存在は影が薄い。李王朝の王で殺されたとあるのみだ。恨一郎の兄真一郎は二・二六事件に連座したが裏切ったと言われたまま鉄道自殺する。京都嵯峨野の菩提寺の墓参場面で、真一郎の友人が「今年も誰も姿を見せない」という母は〈裏切ったんじゃありません。濡れ衣です〉「日本人ってのは、薄情なんだから」と怒る。恨一郎は、兄が腹を切らなかった事を残念に思いながら、他方で「気弱な兄は、仲間に扇動されてついていったに過ぎない（略）兄の心境を思うと、涙がでそうに」なると表象され、やさしい側面を強調されてもいる。ボタンを押すような男にはとても思えない。

母の弟金茂松は朝鮮独立運動の中心人物だ。捕まって恨一郎の前に連れ出された叔父はいう。「朝鮮総督府へ行ってみるといい。朝鮮の王であるおまえの父が住んでいた景福宮の正殿と正門の間に、総督府の庁舎がデンとそびえている。こんな屈辱があるか（略）日本語をつかわなければ、子供でさえ殴られる毎日だ。言葉を奪われ、姓を奪われ、（略）そんな現状に耐えられないんだ。（略）日本で育ったおまえには、おまえなりの生き方があるだろう。オレは、日本人の中で闘っているおまえを誇りに思っているよ。」

悢一郎は問う「朝鮮という国が、共産国になってもですか。」

「植民地でいるよりは数段ましだ」と応える金茂松。

参謀本部のある京都に戻りたい悢一郎は〈日本人以上に日本人であろう〉[注17]と努力してきた。が、残酷なことに陸軍大臣東郷英機の命令は叔父金茂松の処刑を海軍少佐悢一郎に決定させることだった。迷う悢一郎に叔父は殺せと言う。悢一郎は銃殺を決断する。

ところがこの行為は東郷から「見上げた愛国心だな。キサマ、男としての誇りはないのか。民族の誇りはないのか」とツバを吐きかけられ「侮辱」される。

悢一郎の初恋の人・百合子は瀬戸内髪島の泣女一族で海軍の諜報員で刺客だった[注18]。彼女は枢密院議長重宗伊作の指示で、ドイツに行く。ドイツがアメリカに戦線布告するようヒットラーに決心させるためだった。アメリカが秘密裏に作っている原爆を日本にではなくドイツに落とさせることが目的だった。

一一月一五日、悢一郎は広島の呉から京都へ立つ。京都御所に呼ばれていた。御前会議に参加するためだった。

「夢にまで見たこの日が訪れただけで悢一郎は満足だった。」が、近衛兵に阻まれて入れて貰えない。御前会議は既に終わっていた。

東郷は言う「たわけたことを言うな。おまえごときに陛下がお会いになるか」とまた「侮辱」する。

「オレは何のために愛する百合子をドイツへやり、友を売り、恩師を罠にかけ、叔父までも死にいたらしめたというのだ。すべてはこの日を、この時を迎えるためではなかったか。」

恨一郎が何ゆえ「陛下」に目通りを希望しているのかは、明らかにはされない。鍵は母の行動にあるようだ。知淑は明るく美しい女性で京都が大好きだった。

二人の対話にこんな一文がある。

「朝鮮三千年の歴史の中で千回は他民族から侵略され、（略）三千年のうち千回といえば三年に一度ですよ。だいたい三年に一度支配する人が代わっちゃ、どこに忠誠を尽していいやらわからなくなってしまいますよ」

「あなたはお偉くなって変わりました（略）朝鮮人としての誇りを失いました」という母に黙る恨一郎。

今度の戦争の働き如何で、朝鮮の国を興してやってもよいと重宗は考えていた。それを聴いた母は「国を興すのに人の助けはいりません」ときっぱり言う。

「参道の途切れるところに一台の黒塗りの車が止まつているのが見えた。（略）母は決まって月に一度は京都に行っていた。（略）その日が近づくと浮き浮きとした表情で、（着物を選び…）どれにしようかと頬を染める姿は、まるで少女のようだった。／母は一体誰に会っているのだろう。」（／改行）

八月六日が近づいたある日、重宗は母知淑に広島を離れないかと言いに来る。

「……実は広島に落ちるかもしれないんです」「私に命令は通用しませんよ」「知淑さん、私は恨一郎君にはつらい思いばかりさせてきました」

知淑は赤いチマチョゴリを百合子に着せたいから恨一郎に届けてほしいと重宗に言う。赤いチマチョゴリは花嫁衣装だ。ついで「『重宗!!』／知淑の言葉つきが突然変わった。／重宗が弾かれたように庭に降りて土下座した。／「はっ」／「あのお方にお伝え下さい。あなたの息子は立派に任務を果たすと、この日本を救うと。そして、あの子がこの世に生をうけた哀しい運命を憐れんでやって下さいと」／「はっ！」／「重宗、変わらぬ忠義ごくろうでした。もう会うこともないでしょう。恨一郎の出生の秘密は誰にもあかしてはなりませんぞ」（略）重宗は木洩れ陽の中、深々と額を土にこすりつけた。」（／改行。初版402頁）

恨一郎は、あのお方と知淑の子供――日本と朝鮮の子供であった。つかは、十二月八日の開戦も八月六日の原爆投下もあのお方の血を引いた恨一郎が、つまりはあのお方が、戦争を始めそして、恨一郎に「任務を果た」させて原爆を落としたといっているのだ。広島には、母の知淑と赤いチマチョゴリを着た百合子が居た。原爆は広島の人たちや朝鮮半島から連れてこられた人たちや長い間差別され続けた人たちの上に落ちた。そんな重い〈オチ〉を書き込んで、つかはあのお方の責任を問うている。これまでつかが書いてきた〈もどき〉に政事は無かった。ここにきて初めて〈もどき〉らしい〈もどき〉が登場する。が、やはりそこには〈笑〉はなく

〈哀〉〈恨〉が全編を覆っていた。揶揄という変化球では表現できない重い鉛の塊が沈んでいたのである。

扇田はこの小説の文庫版「解説」で次のように表現する。

「在日韓国人作家としての屈折した思いを、（略）本格的に作品化した点でも衝撃的だった。デビュー以来、『在日』作家という立場からは作品を書こうとしなかったつかこうへいは、ここではじめて公的に『在日』作家となったのである。（略）これまで彼が表現することをこらえてきた『在日』と『差別』をめぐる切実な思いが、自己抑圧の長さと強さ、その痛みの深さを物語るかのように、すさまじい勢いで一挙にあふれてきたのである。」（202〜204頁）

『在日』として生きることを強要されたつかこうへいの〈叛逆〉は、この小説に刻印され、ここに余すところなく記述された。それをいかように受け取るかはわたくしたちに問われている。しかもこのあと一九八九年に演劇活動を再開したつかは、何事もなかったかのようにつか流ロマン〈二人の男と一人の女〉の世界を展開していく。

が、つかの突きつけた〈刃〉は、今も鈍く光っている。

注

[1] つかこうへいは、一九四八年四月二四日に福岡県嘉穂郡嘉穂町牛隈（現嘉麻市牛隈）に生れる。父は朝鮮半島から日本へ働きに来た。つかが小学生の頃には炭鉱に枕木やレールを卸す鉱材業を営み裕福であったという。兄と弟妹がいる。妻は元劇団員で映画監督生駒千里の子・生駒直子、娘は元宝塚娘役愛原実花。本名・金峰雄（キム・ボンウン）、日本名・金原峰雄。二〇一〇年七月一〇日肺がんで死去。つかこうへいの名は、『青春の墓標　ある学生活動家の愛と死』（文藝春秋新社一九六五年）の著者奥浩平からとったという説と、「いつかこうへい」（成美子「つかこうへいの世界」『現代コリア』一九八五年八月九月号）からだという説などがある。後者は扇田昭彦によれば、氏がつかに問いただしたところ「そういう意味で（筆名を）つけたわけじゃない」と否定しながら「ぼくはいつも虐げる人間と虐げられる人間を描いてきたから、そう受けとってもらっても構わない」という「微妙な答え方」をしたという（解説『広島に原爆を落とす日』下巻　角川文庫一九八九年）。

[2] 鈴木忠志「ト書きなき舞台を生きた男」『つかこうへい　追悼総特集　涙と笑いの演出家』文藝別冊　河出書房新社　二〇一一年一月。ほかにこの特集には本文で引く唐十郎・平田満・扇田昭彦などの一文や「略年譜」、本田靖春との対談「残酷さと心やさしさと」…等々がある。

付記：『週刊現代』で対談された「残酷さと心やさしさと」は、本田の死後編まれた著書『戦後の巨星二十四の物語』（講談社二〇〇六年）に収録されている。この本には掲載年月が記されていないから正確な月日は明らかではないがこの対談は一九八四〜八五年にかけて持たれたから八五年頃だと判断した。なお、つかはこの対談（引用文のあと）で「十年ほど前に書いたとき、『これはヤッタ』とボク自身も思った。ところが六年目ぐらいになりますと、全共闘運動をやってたヤツが、ロータリー・クラブとかライオンズ・クラブとかにしっかり入ってるんですね（笑）。僕の書いたやつが陳腐なもんになっちゃった。いまボクらみたいな悪意側が、悪意であり続けようと思ってみても、現実はさらに進んでいてもうムリなんじゃないかというふうに思っています。」と発言した。この指摘は一面的であるように思われる。正統派左翼思想を持たない人たちも多くいた。正に〈ノンセクトラジカル〉と評されたように、自由と平等と改革を求めて多くの学生たちが関わった闘いであるから様々な人生をその後彼らが選択するのは必然のことだろう。あたかも運動をし続けなければいけないような含意がここにはある。現状改革の意識をもつ人々は、各自が選択した生きる場でそれを実践すればいいのであって、共に立ち上がり行動しなかった存在が否定することは出来ないはずだ。最も有名になった東大全共闘議長であった大学院生山本義隆は、最後まで安田講堂にこもってはいなかった。が、闘いのあと予備校講師をしながら自らの学問研究を続け、カッシーラーの著書を翻訳(一九七九年)することに始まり、現在まで大学に所属することなく在野で学問研究と向きあいながら社会的発言をしている。この対談時につかがそれを知ることは可能であったはずだから、自己の論旨に合う部分を抽出して、自作が色あせたことを認めていないように映る。他方では、さすがのつかも山本義隆を俎上に上げることはできなかったという見方も可能だろう。しかしつかの自己の論理に都合のいい一面的な取り上げ方は、他の場合にも散見されるから、この〈目潰し〉されるようなつかの言動と論理にいかように向かうかが、わたくしたちの課題であると思っている。

[3] 扇田昭彦『こんな舞台を観てきた』河出書房新社　二〇一五年一二月。

[4] わたくしはリアリズム演劇と新たに台頭した小劇場演劇との関係を何度か記している。以下に引くので参照されたい。尚、わたくしの言う「小劇場演劇」とは、いわゆる額縁舞台ではない場で上演した小規模な演劇をさす。

『近代演劇の扉をあける』(一九九九年)、「演劇の100年」『20世紀の戯曲Ⅲ　現代戯曲の変貌』所収(本研究会編二〇〇五年)、「新劇運動への熱い思い――書評　武井昭夫「演劇の弁証法」『ドラマ解読　――映画・テレビ・演劇時評』所収(二〇〇九年)、『菊田一夫の仕事　浅草・日比谷・宝塚』(二〇一一年)など、全て社会評論社刊。「『署名人』から始まる清水戯曲の魅力について」『清水邦夫の劇世界を探る』所収(多摩美術大学・世田谷文学館共同研究DVD及び冊子、二〇一一年)。

[5] 長谷川康夫『つかこうへい正伝』新潮社　二〇一五年一一月。これは一九六八年から八二年までのつかこうへいを関係者への聞き取りを踏まえかつ自身の体験を加味して〈つか像〉を描出したもの。他に「つかこうへい略年譜」(河出書房新社から出た『文藝』別冊『つかこうへい　追悼総特集　涙と笑いの演出家』二〇一一年一月)がある。これは編集部で作成とあるが所々誤りがあるようだ。

[6] 出演は金内喜久夫・角野卓三・吉田竹広・川畑佳子(11月26日~12月2日文学座アトリエ)。この舞台に舞台監督で関わった文学座演出部の鈴木正光、美術・照明の石井強司らは、裏方(舞台監督などのスタッフ)を持たないつかこうへい事務所の紀伊國屋ホール公演やパルコ公演の裏方を引き受けていたと「鈴木正光お別れ会」で石井から聞いた(二〇一八年八月二五日於文学座モリヤビル稽古場)。

[7] 長谷川康夫は、著書でこの詩が『三田詩人』にかつて掲載された「誕生」という詩であり、タイトルを変えて『新劇』に載せたと記す(96頁)。つかは、やはり上京した時から、並々ならぬ上昇志向を裡に秘めていたことが理解される。この詩は、まさに言葉の真の意味での劇作家デビューに相応しいそれであったといえようか。

[8] 『新劇』(一九七三年八月号)には、佐藤信の「喜劇阿部定」も載っている。表紙の扱い、掲載場所の扱いをみると、佐藤の戯曲がメインのようだ。

[9] この号には別役実の「海とうさぎ」も掲載されている。が、表紙の扱いも文字の大きさも同等で、長い「熱海殺人事件」が最後に載っている。八月号からわずか四か月後のことだ。

[10] ここでいうメインストリームは、19世紀以来のリアリズム表現に基づく文芸やフィクションの主流・正統派・王道を指す。
[11] 日本近代演劇史研究会編『20世紀の戯曲Ⅱ　現代戯曲の展開』（社会評論社二〇〇二年七月）の井上理恵著「福田善之『真田風雲録』」及び『20世紀の戯曲Ⅲ　現代戯曲の変貌』所収の序論「演劇の100年」を参照されたい。
なお、このシリーズは三巻本で他に『20世紀の戯曲Ⅰ　日本近代戯曲の世界』がある。20世紀に登場した作家と作品が論じられていて、近現代演劇研究の必携書である。
[12] 日高昭二・編『近代つくりかえ忠臣蔵』岩波書店二〇〇二年一二月。ここでは大序から一一段目までを、各作家の作品でつくりかえている。順番に上げると、序…武者小路実篤「本龍忠臣蔵」、谷崎潤一郎「顔世」。二段目…林不忘「刃傷未遂」。三段目…桃中軒雲右衛門「雪の曙義士銘々伝」。四段目…木村毅「赤穂城最後の日」。五段目…大町桂月「四十七士」。六段目…北原白秋「おかる勘平」、塚原渋柿「大石良雄」。七段目…井上剣花坊「赤裸々の大石良雄」。八段目…森田草平「四十八人目」、幸田露伴「奇男児」。九段目…野上弥生子「大石良雄」。十段目…吉田奈良丸「大和桜義士の面影」。十一段目…芥川龍之介「或日の大石内蔵助」。
[13] 一九八三年、生駒直子と再婚し、八五年に初めて韓国を訪れる。一一月つかこうへい事務所公演「ソウル版熱海殺人事件」を大韓民国・ソウル文藝会館で韓国の俳優を使って上演。一二月に娘みな子が誕生する。
[14] 西武劇場が作ったチラシには次のような文言が並んだと長谷川は記す。もちろん実際の舞台とは異なっていた。
「『戦争で死ねなかったお父さんのために』より構想10年の歳月をかけて戦争秘話に挑む男のための

男!!　可能なかぎりのドラマツルギーを駆使し79年夏、戦後史を震撼させるハードボイルド演劇!!（略）ディープ山崎少佐を風間杜夫が、熱血漢吉田茂を平田満が、そして悲運の宰相近衛文麿に加藤健一を迎え、三大スター競演でお贈りするサスペンスロマン!!　この夏あなたは確実に戦後の終焉を見る!!」（441頁）

［15］長谷川によれば、つかこうへいは宝塚歌劇に特別の思い入れを持っていたようである（444頁）。「熱海殺人事件」のタキシード着用などは、三浦洋一が持っていたというだけではなく、宝塚スターの代表的衣装の一つでもあるから、意表をつくために利用したのかもしれない。娘のみな子が宝塚音楽学校に入学した時や雪組トップ娘役になった時には、かなり喜んでいたと長谷川は記している。

［16］扇田昭彦解説『広島に原爆を落とす日　下』角川文庫一九八九年五月。

［17］一九八三年一二月八日、下北沢本多劇場の開場公演に斎藤憐作「グレイクリスマス」（栗山民也演出）が初演された。ここに登場するアメリカ占領軍の日系二世ジョージ・イトウは、朝鮮戦争が始まった時、次のような対話を華子とかわす。（…略）

ジョージ「…私は先ほど前線へ行くことを志願しました。」

華子「どうして！」

ジョージ「…この五年間、この国で私がアメリカ人だったからです。」

華子「でも、日系人は、アメリカ人として扱ってもらわなかったんでしょ。」

ジョージ「そうです。だから日系人は、いつもアメリカ人になろうと努力しているアメリカ人です。…私の戦友たちは、私に捕虜になった日本兵の軍服を着せ、地面の上にひざまずかせ、銃口を私にむけながら、家族へ送る写真を撮りました。それでも私たちは、アメリカ人になろうとしてい

るアメリカ人です。」(二幕の5)

つかは、この戯曲で斎藤が形象化したジョージ・イトウの存在を知って考えを改めたのかもしれないとも思う。それは一九七九年に「広島に原爆を落とす日」で登場させた「白系ロシアの混血」ディープ山崎があまりにも〈嘘っぽ過ぎた〉からだ。多くの評者や観客に了解されなかった作品を認めさせるには、「白系ロシアの混血」ではなく「朝鮮半島の血」の方が、少なくとも〈嘘〉を排除し、〈虚実皮膜〉に近くなる。そう考えると犬子恨一郎の登場も理解できる。

[18] 長谷川によれば、百合子の名は、堀田善衛の娘からとったものだという。二人は『三田詩人』の同人だった。

第Ⅰ部　戦争・革命へ向ける〈或る悪意〉

第一章　「演技人間」の登場

「郵便屋さん、ちょっと」から「戦争で死ねなかったお父さんのために」へ

今井克佳

1　「年子」の戯曲

「戦争で死ねなかったお父さんのために」は、つかこうへいの最初期の代表作のひとつといってよいだろう。「活字」としてのデビュー作であり、「明日からのレポート」というシリーズ名で括られる初期三作の一つ（本作、「郵便屋さん、ちょっと」、「初級革命講座飛龍伝」）となっていく。キャッチーでひねりの聞いた題名の上手さもあり、人口に膾炙し、収録戯曲集や、文庫本の題名にも多く採用されていく作品である。また、第二次大戦を素材とした劇作として、改訂版の登場人物、ディープ山崎を主人公とした「広島に原爆を落とす日」に発展し、長くその命脈を保ち、つかの戦争物（兵隊物）のベースとなった作品といえるだろう。

つかこうへいの、演劇活動の出発点である、一九六九年～一九七二年初頭頃までの、慶応大での学生劇団「仮面舞台」における活動において、現在でも戯曲が残っているのは「郵便屋さん、ちょっと」と「戦争で死ねなかったお父さんのために」の二本のみである。

「戦争で死ねなかったお父さんのために」が、最初に文字として定着するのは、先立つ作品「郵便屋さん、ちょっと」ともに、タイプ印刷版の戯曲集『明日からのレポート』となった時である。この冊子を所有する、長谷川康夫の著作『つかこうへい正伝 1968-1982』［注1］によれば、この冊子は、一九七一年三月の、仮面舞台『明日からのレポート1・郵便屋さんちょっと』渋谷ジャンジャン公演（再演）の後に作成されているという。「戦争で死ねなかったお父さんのために」は「明日からのレポート3」であり、この時点で2は欠番している。後の上演シリーズではそこに「初級革命講座〈飛龍伝〉」が加わることとなる（当てられた番号は異なる）。長谷川によれば「どうやら、この冊子を作る直前に、書きあがったものらしい。まだ稽古場で台詞として発せられたことは一度もなく、つかが純粋に文字として綴った段階のもので、そのせいだろう、分量も『郵便屋さん、ちょっと』の三分の一に満たない。」としている（同書七二ページ）。

このように、この二作は、その後、慶應大学退学と短い帰省期間（一九七二年四月〜夏頃）を挟んで、早稲田大学の劇団「暫」で活動を再開し、平田満や三浦洋一など後に、つか芝居の核となる俳優と出会う前に、作られていたものである。「仮面舞台」時代には、つかの初戯曲と推測される「赤いベレー帽をあなたに」や、「ワイオミング第三日曜日」などという題名のみ知られるものもあるのだが（サリンジャーの影響を受けたものだという）、それらは戯曲としては残っていない。

上演としては、「郵便屋さん、ちょっと」が先行し、初演、再演の後、タイプ印刷冊子となり、同じ冊子に書き下ろされた「戦争で死ねなかったお父さんのために」は、一九七一年暮れに六本木の自由劇場で初演されたが、「どうやら試演会のようなものだったらしく、それを知るはずの誰の記憶からも見事に抜け落ちている」（前掲書八六ページ）とのことである。はっきりした初演は、劇団「暫」での一九七三年五月、名古屋・七ツ森共同スタジオ、京都・同志社大学、神戸、関西学院大学という地方公演での、『郵便屋さん、ちょっと』『初級革命講座飛龍伝』『戦争で死ねなかったお父さんのために』三作の連続上演となる。

このように、この二作はつかが早稲田大学の劇団「暫」に関係するようになっても、上演され続けていくが、「郵便屋さん、ちょっと」は、前述の、一九七三年六～七月に早稲田小劇場で上演された、劇団暫「明日からのレポートⅠ～Ⅲ」一挙上演を境に、上演されなくなる。（ただし、一九七四年七月の文学座アトリエ公演（演出藤原新平）や、一九七五年三月、ＮＨＫのテレビ番組「若い広場」での舞台放映などはある）。それに対して、「戦争で死ねなかったお父さんのために」は、連続上演直後の一九七三年八月に単独上演が行われ、主力の演目とみなされたことがわかる。その後の上演はいったんとだえるが、人気絶頂期に入った一九七七年二月、紀伊国屋ホールで改定再演され、話題をさらい、さらには、「広島に原爆を落とす日」という別作品（一九七九年八月西部劇場初演）にまで発展していくのである。

一方、活字として公刊された順序で言えば、「戦争で死ねなかったお父さんのために」が、先行している。一九七二年三月発行の『新劇』四月号に初出となり、つかこうへいの、デビュー戯曲ということになる[注2]。つかの『新劇』への戯曲発表は、こののち、「郵便屋さん、ちょっと」（一九七三年四月号）、「初級革命講座飛龍伝」（一九七三年八月号）「熱海殺人事件」（一九七三年十二月号）と続き、「熱海殺人事件」は岸田戯曲賞を受賞する。

こうした経緯を追うと、最初期の主力演目であった「郵便屋さん、ちょっと」が次第に主力の座を「戦争で死ねなかったお父さんのために」に移していったことがわかる。戯曲発表時では、すでに上演実績のある「郵便屋さん、ちょっと」ではなく「戦争で死ねなかったお父さんのために」につかは自信を持っていたため優先した、ということもできよう。このようにこの二作は微妙な評価の違いを与えられている。本稿では、この双子とまではいえないまでも、年子の兄弟でもいうべき、ほぼ同時期に生まれ、育てられた二作を扱いながら、最初期のつか演劇のスタイル確立について考えていくこととする。

2　別役劇から任侠映画へ

「郵便屋さん、ちょっと」については、前述の「タイプ印刷版」（一九七一年）と『新劇』初出版[注3]の間にも多くの異動があることが、長谷川康夫の前掲本で紹介されている。「口立て」という手法により生まれた、稽古場でのイメージの膨らみにより、この「言葉」に対する異常なまでのこだわりの芝居ができているという。「1」から「5」までに分かたれた場を持つ、この作は、そのほとんどが「中野区沼袋郵便局」内における局長、局員1、2、3、アルバイトの会話からなるが、後から「男」、「少女」、「おばさん」も登場し、特に「3」と「4」は男、少女、おばさんの会話となる。局員1は「熊田係長」、局員2は「岡山八太郎」、局員3は「ハナ子」、「男」が「大山金太郎」であり、以降の戯曲で共通して使用される役名がすでに使われている。いいかえれば、つか戯曲の役名は、1、2、3と同様の記号にしか過ぎないのであり、戯曲の段階では、いかようにも色をつけられる背景のない名前として扱われているのがわかる。

タイプ印刷版では、冒頭、ト書きで状況が書かれているというが、現在見ることのできるどのテキストも、ト書きはない。ここでは、『新劇』初出版のテキストで見ていくことにする。冒頭から同語反復的な言葉の連なりが続く。

局長　時間ですね。
1　時間ですよ。
局長　時間ですか。
2　時間ですよ。
局長　時間でしょうね。
3　時間ですよね。
局長　きっと時間ですよね。

1　時間ですよ。
局長　もしかしたら時間だったりしてね。
2　時間ですよ。

このような会話がひとしきり続いた後、「封建的」という言葉を用いた局員2に対して、非難が集中し、局員2が「軽率でした」と謝ると、「軽率」の語が「警察」「剣幕」「計画」と転換されて、それぞれが長ゼリフにつながっていく。このあたりが、「口立て」で膨らまされた箇所であると長谷川は指摘している。

2　ごめんなさいすいませんあやまります申し訳ありませんこのような公的な場で、軽率でした。
局長　警察。
3　計画ピクニックおにぎり持って日曜日晴れるといいなあ。
1　軽率。
アルバイト　剣幕?
局長　……国家権力と結託し、君は人民を強圧し、人民から何を搾取しようと言うのだ。俺が何をした俺たちが何をしたと言うのだ。新聞だって、料金以上の読みこみ方は

3

していないし、テレビ観る時だって、ちゃんとみかんをむいてるぞ、選挙権だって、申しわけなさそう以上の行使はしていないぞ、俺が何をした、焼けあと闇市から死ぬ思いではい上がってきた俺たちの何がいけないと言うのだ。俺たちが戦後築き上げたものの何が悪いと言うのだ、君、言いたまえ、言えというのだ。

計画＝たくらみ、計画的にたくらんで私を強姦しようというのね。仕事が終わった後、机のそばに来て言うんだわ、おいしいケーキを食べさせてあげるよ、喫茶店に行こうよ。私は嫌なの、帰りたいの、でも行っちゃうの、エクレアが食べたかったのよ、女ってだめね、どうしてこう、甘いものに弱いのかしら、喫茶店とを出ると今度は猫なで声で誘うんだわ、公園を散歩しようよって、まっ暗な夜の公園なんだから。白いベンチがあるわ。坐ろうか、肩を抱かれるのよ、夜風が冷たいね、寒くないかい。アッ、なんで私が肩抱かれと感じるって知ってるの！　いやらしいわ、耳に息吹きかけられたらたまらないっていうのもバレてるのかしら、背中なでられたら失神しちゃうっていうのも知ってるんでしょう、どうしよう、いやだいやだ、ブラジャーなんかはがされるのかしらパンティも取られるのね、ハツ、どうしよう、昨日の下着なんだわ、昨日の下着でもいいのかしら、かまわないかしら、ね、いいのよね。ほんとはたいして汚れちゃいないのょ、見て見て、ね、きれいでしよ、そうよ、かまわないのよ、まつ暗なんだもの、どさくさに紛れちゃえば分かりっこないわよ。何よその眼つきは、私が嫌がってないみたいじゃない。私が主体的に参加しているみたいじゃない、あくまで私は強姦されるという受身の形で儀式は進行されるのよ。（後略）

「ハナ子」である局員3のセリフはさらに続くのであるが、この部分は、それぞれがタネとなる語から発想されたイメージを奔放に吐き出しているに過ぎない。しかし、さらに注目してみると、たまたま、冒頭からの展開を追ったに過ぎないが、局長が戦後の焼け跡世代であることへの言及、そしてハナ子の長ゼリフでは、後の戯曲でも見られるような、性を話題とした、思い込み過剰な妄想が語られていることに気づく。そして、止まらない長広舌。明らかに後のつか作品の特徴を見ることができる。

一方、内容を追うならば、「1」では、三ちゃんこと山田三太郎という受験生に、不合格通知を誰が手渡しに行くか、で局員たちはもめているが、結局それとは関係なく、局員2である岡山八太郎が婚約しているということが、想いを寄せている局員3（ハナ子）にバレて、ハナ子が泣き伏すという結末となる。「2」では「男（大山金太郎）」が「ゆりの看護婦さん」なる想い人に出したラブレターが、なぜか郵便局員たちによって開封されており、本人を前に内容を批評されるという状況となる。

長谷川によれば、ここまでの骨格はタイプ印刷版から変わらないが、「3」以降は大きく変更されているという。今読むことのできる『新劇』初出版の「3」は、「男」と「少女」の会話が続き、後半「おばさん」がからむというプロットで、男は大山金太郎であり、少女を「ゆりの看護婦さん」（百合の花の思い出がある看護婦なのでこう呼ばれる）と誤解して、会話していることになっているが、男も実は「大山金太郎」を演じているのだと少女に指摘されるという構造を持っている。

タイプ印刷版の時点では「3」は、誰かを待っている「ヘラクレス」（大山の分身）が「おまわりさん」に尋問される場面があったという。この場面の削除を、長谷川は、「別役実の影響から逃れようとした結果」とする。この場面の、背景のわからない登場人物たちのネーミングや、少女のお嬢様風の口調などがいかにも別役実的であると長谷川は言う（前掲書一二八ページ）。確かに、すでに指摘した冒頭の同語反復的なかけあいなども含めて、この作への別役実作品の影響は明らかであろう。そしてそれを消そうとした時に生まれてきたものが、前述した、妄想的な長広舌ということになるといえよう。

「4」は大山の母の訃報が届けられる話だが、長谷川はむしろ「5」として付け加えられた、任侠映画的な結末に目を向ける。局員2である岡山八太郎が、なぜか、局長や他の局員を斬り倒して出ていくのである。かなり唐突な終幕で、筋としては意味をなしているとは思えない。

しかし、「郵便屋さん、ちょっと」は、このかたちで、劇団「暫」の初期を支えた主力作であったのであり、上演は面白く、観客を惹き付けたものであったことが推測される。この作品は、この舞台を見た藤原新平の演出によって、後に文学座アトリエ公演にも使われており、劇的なポテンシャルの強い戯曲であったこともわかる。そこに、劇団「暫」の平田満、岩間徹、向島三四郎、岩間多佳子といった、初期の俳優たちの存在感が加わって、つか芝居が人気を得ていく原動力となったのだろう。

一度、「3」の内容に戻れば、『新劇』初出版では、「男」と「少女」の会話が中心となる。「2」までの郵便局員たちは現れず、男は「大山金太郎」であり、少女を自分が想いを寄せる「ゆりの看護婦さん」と思い込み会話するが、少女は自分は「ゆりの看護婦さん」などではないという。ここでも思い込み人間、妄想人間が登場し、過剰な妄想が語られる。

男　（前略）次の日、僕はトランクを持って高原を去る、振りむくと高原だ、白樺林が遠い、粉雪が舞う、コートの衿を立てる、しじまが僕をおし包む、涙が流れてしょうがない、そうさ、白樺林に埋めてしまった恋物語なのさ、ふるえる手で東京一枚、プラットホームに立つ僕、汽車が来る。あなたはいない、ベルが鳴る、さようなら思い出よ、さようなら僕らの愛しあった日々よ、汽車が出る、あなたはいない、汽車が出る、あなたはいない、さようなら高原よ、目を上げる、遠くにあなたが走る、僕は窓を開ける、看護婦さん、さようならあ、僕はゆりの花を投げる、あなたは走る、あなたが拾う。

少女、投げられたゆりの花を拾う。

男　また会えますよね、白い手を振る、僕はいつしかあなたをゆりの看護婦さんと呼んでいました。

少女　あの、いいえ違うんです、私はゆりの看護婦さんじゃないんです。

男　心配しなくてもいいですよ、あなたはゆりの看護婦さんなんだ、何よりも、あなたがその手に持っていらっしゃるゆりの花が証拠なんだ。いつまでも大事に持っていてくれたんですね、それほどまでに僕のことを……（後略）

しかし、少女は自分が待っているのは「ヘラクレス」だといい、男自身は「大山金太郎」を演じていると指摘する。

少女　つまり、あなたと私の合意的なコンサルトをもとにして、空間を満たしていくのです、私がゆりの看護婦さんを演じるとかして。

男　私は。

少女　あなた自身ですわ。

男　演じることになりますか。

少女　だってあなたは大山金太郎さんを演じていた男じゃありませんか。それにもう
　　ちょっとリアリティを持たせるだけのことですわ。

こうなると、やや哲学的、自省的になり、この「3」の男と少女が、自らの妄想を演技する人間であることに自覚的であることがわかる。こうした「演技」に対する自覚が登場人物によって語られることは次第になくなっていく特徴だろう。

扇田昭彦は、『日本の現代演劇』で、つか芝居の登場人物たちを称して「過剰な演技人間」と呼んだ[注4]。別役的な、言葉の劇として執筆されたものが、口立て稽古によって、書き換えられた時、現れてくるのは、こうした「演技人間」が妄想を長広舌によって語り出し、止まらなくなる情念の発散の場としての劇である。その過程が、「郵便屋さん、ちょっと」に現れている、と言える。

任侠映画的な終わり方も、そうした情念の劇化の末に出てきたものであっただろう。それは情念が発散する劇の結末には（筋が通らなくても）全体のトーンとしてふさわしいものだったからである。こうして、別役実を目指していた作風は、口立て稽古を通して、任侠映画的感性、あるいは、大衆演劇的感性を基底に持った情念の劇に変化していったといえる。

一方でそれは、アングラ演劇に見られる長ゼリフのパロディ的な意味合いも持っていただろ

う。「熱海殺人事件」のセリフのいくつかが、つかが通っていた早稲田小劇場の稽古場での鈴木忠志の口吻を真似たものであることについては、複数の言及がある［注5］。

長谷川は、つかよりも、唐十郎、寺山修司、鈴木忠志といった、ひと世代前のアングラ演劇の「けれん」の方が情念が濃く、「つかの「けれん」はもっとおしゃれで、もっと軽やか」だという（前掲書一四五ページ）。だが果たしてそうだろうか。確かにアングラ世代の芝居の情念には独特の深さ、重さがある。それは、彼らの人生に「戦争」がまだ色濃く影を落としている時代であったということとも関係があろう。しかし、つかの芝居に見られる、これらの過剰演技や、任侠劇的な感性は、「おしゃれ」「軽やか」というような都会的なものであろうか。確かにアングラ芝居に比べれば、軽く、内容がない。詩的でもない。むしろそれは、別役の不条理劇が持っていたような、知的な深さ、複雑さを捨てた、もっぱら戦後における庶民の娯楽的感性や生活感、笑いの感覚に根ざしたものではなかったか。一九七〇年代においては、東京の大学生のような、知的な若者の中にもそうした感性が深く根付いており（東大五月祭のポスターが任侠映画のパロディであったように）、それらが先行する世代への反抗として受け入れられていくのではないだろうか。表面的には都会で知的な大学生生活を送っていても、その内面が同調するのは、大衆演劇的情念であり、庶民的、俗的な「芝居」感覚なのだ、という矛盾そのものを、表象し、あるいは批評するものとしてつか芝居は現れてきたといえないか。

さらに、付け加えるならば、「郵便屋さん、ちょっと」にはつか自身が作詞作曲した挿入歌「かんかんからす」が入っていた。これは「1」の中でうたわれるものであり、これも、音楽（曲）が芝居の大きな要素を占めるようになることの萌芽とも考えられる。

しかし、「郵便屋さん、ちょっと」が扱う素材は、基本的には受験や恋愛といった若者の日常生活的なものにとどまり、知的な言葉遊びはあっても、「戦争で死ねなかったお父さんのために」のような社会的、歴史的な視点はない。この点が、前者から後者に、主力演目の軸を移そうとした契機ではないかと考える。

3　戦争と世代への視点

続いて「戦争で死ねなかったお父さんのために」について考えていきたい。ここでは、一九七二年『新劇』四月号初出版を出発点とし（「初出版」とする）、一九七六年二月に発行された、新潮社の戯曲集『戦争で死ねなかったお父さんのために』〔注6〕所収のテキストをひとつの到達点として、扱うこととする（以後「新潮社版」と表記）。このバージョンは、一九七三年五月〜七月の一連の上演の際、「（口立て稽古の結果）芝居は結局、オリジナルのタイプ印刷版の短い戯曲から、倍以上に膨れ上がり、岸田戯曲賞授賞後に新潮社から出た二冊目の戯曲集『戦争で死ねなかったお父さんのために』に残る形になる。（長谷川、前掲書一七一ページ）」とされているように、実際の上演を経て、膨らんだものである。ここに収められている戯曲のあらすじをまとめるとすれば次のようになるだろう。

盗まれた召集令状が三十年ぶり（『新劇』初出版では、二十五年ぶり）に見つかり、それを届けられた岡山八太郎は、戦争に行けずに苦しんだ屈辱の日々の恨みを晴らさんがため横須賀港に向かう。そこには警察署長の山崎、郵便局長の熊田がおり、岡山は実践の指導、訓練を受けるが映画音楽や軍歌などとともに様々な妄想を紡ぎ出す。そこに関西に住む社会人である息子寒太郎がやってきて、言葉を交わす。息子は結婚するつもりであることを岡山に告げる。やがて、男がやってきて、出征兵士を集め、すでに存在しないはずの戦地に八太郎は旅立って行く。

このようなものである。しかし、このプロット自体が、「初出版」とは異なっており、「倍以上に」膨らんでいるのである。

初出版『新劇』掲載の経緯は、つかが、早稲田小劇場の俳優蔦森皓祐を通して、鈴木忠志に渡し、鈴木がト書きのない戯曲を気に入り、『新劇』に紹介したのだという。長谷川康夫によれば、「本来、発表する場が変われば、その作品には必ず手を入れるはずのつかが、『新劇』には〝タイプ印刷版〞の『戦争〜』を一言一句違わずに載せているのを見れば、いかに急な形での掲載だったかがわかる。」（前掲書九六ページ）とされる。ただ、長谷川が戯曲冒頭の部分として引用しているのは、「新潮社版」でいえば、一五ページにあたる「ここはお国の何百里」からの部分であり、『新劇』初出版の冒頭は「新潮社版」の一二ページ「敵機発見。右三十度前方」の部分から始まるため「タイプ印刷版」から「初出版」への改変も疑われるが、今、確かめるすべがない。しかし、その後の、「新潮社版」をはじめとする戯曲集等に掲載されたものとは、明らかにシンプルで結末も違うため、「純粋に文字として綴った段階」に近かったことは間違いないだろう。

この「初出版」は、のちの「新潮社版」とは違い、「1」と「2」に分かれている。「新潮社版」の冒頭にある、岡山八太郎が、電車に乗り、横須賀港に向かうという部分はまだない。いきなり、署長、局長と岡山が、戦場での戦闘状態にあるような始まり方である。ト書きも一切ないため、場所もどこであるか特定できない。

岡山八太郎　敵機発見、右、三〇度前方。ダダダ……
局長　バカ、まだうっちゃいかん。ひきつけるんだ。
八太郎　はっ。
署長　よし。……今だ、撃て……
八太郎　はっダダダダダ。
署長　あっ岡山伏せろ、伏せるんだ。あっおい。あああ……
局長　あ、少尉殿、少尉殿、しっかりしてください。
八太郎　ちきしょう。ダダダダダ……
局長　少尉殿、少尉殿。

しかしこれはすぐに「戦争ごっこ」のような演技であり、実際の時は、戦後二十五年経った、一九七〇年であることがわかる。

署長　四半世紀ですよ。
八太郎　二五年です。
局長　なんていったって一〇〇年の四分の一ですからな。
署長　農地改革。
局長　朝鮮動乱。
署長　フラフープにダッコちゃん。
八太郎　皇太子ご成婚。
局長　安保反対。
署長　アポロ月着陸。
八太郎　東京オリンピック。大阪万国博覧会。
鶉長　感慨無量。
局長　万感胸にせまる想い。

という具合である。言葉の羅列や同語反復で話を進めていくところは、この「初出版」では他にもあり、「郵便屋さん、ちょっと」の手法が残されているともいえる。

「新潮社版」であれば、「港／遠くから汽笛／ゴトゴトという電車の音」とト書きが入り、岡山八太郎が軍服姿で、電車に乗り、タクシーに乗り継いで、ここまで来たことが語られる。そのため、時が現代であること、そこに場違いな軍服を着た八太郎が登場することで、冒頭から時代錯誤であることが読み手、または観客に明らかになっているのであるが、「初出版」では、現代であることがしばらく経ってからわかることとなる。

この「初出版」は、比較的シンプルであるがゆえに、「郵便屋さん、ちょっと」との表現の相違がわかりやすい。言葉が言葉を呼び寄せ、セリフが拡張され、無意味に展開していく、言葉遊びの様相をとっていた「郵便屋さん、ちょっと」に比べると、「戦争で死ねなかったお父さんのために」では、羅列的ではあるとはいえ、国家と戦争、世代間の問題など、多くの社会的要素が扱われており、のちに膨らんでいくためのタネとして、すでに存在している。

署長と局長は、自らの体験をもとに、兵役未体験の岡山八太郎に、あれこれ戦場について教え始める。「二等兵いじめ」「タバコの保有率と生存率の比例」など戦場の過酷な現実に対して、八太郎は「洋画」で予習して来たと言い、嘲られる。戦場に「満州娘とのラブロマンス」を期待する八太郎はまるで、戦争を知らない戦後世代の若者である。署長、局長と八太郎は同世代であるはずだが、八太郎は豊かになった時代の若者と同じ価値観で戦争に臨もうとしており、その甘さを二人から咎められ、揶揄されるのだ。署長と局長は、戦争に負けた側の情念を、戦後世代への侮蔑としてぶつけているように見える。

その後、読者はやっとなぜ八太郎が戦争に行こうとしているのかがわかる。盗難された召集令状が警察により発見され、郵便局に戻されやっと配達されたというのである。なぜ二人の人物が署長と局長であったかも明白になる。

局長　でもね、こう申し上げてはなんですが郵便物の盗難なんて、しょっちゅうなんですよ。まして昭和一九年といえば混乱の真最中じゃありませんか。人の心はすさんでいるし。

署長　男という男は、みんな借り出されちゃっていますからね。警察も人手不足で整備が一番おろそかだったんですよ。

局長　郵便局員自身の現金書留の抜き取りなんてのもおこっていたのです。まともに配達できる時代じゃありませんでしたな。

署長　現金書留と思って盗んだ袋のなかが召集令状ばかりでしょう。始末に困って、押し入れにほうりこんでたんですね。当時から、目はつけられていたんですが、最近になって、やっとしっぽを出しやがって。

局長　私どもも困りましてね。何回も何回も討議を重ねたんですよ。

歴史的な正確さで言えば、召集令状は郵便局が配達するものではなかった。むしろ、役所役場の兵事係に渡り、応召人に手渡されるという手順を踏むものであって、郵便局はなんら関与しないのである。ここに歴史考証の全くの無視があるわけだが、この設定は「新潮社版」以降も直されることはなかった。（ただし実際の上演では、署長、局長という設定さえ変わっていく＝一九七七年紀伊國屋ホール公演＝ので、郵便局が紛失したという設定も消えてしまった可能性が高い。）

つか自身の無視や無知を責めることもできるが、ここでは先行した「郵便屋さん、ちょっと」との関係が強かったのだろうという点を指摘しておきたい。「郵便屋さん、ちょっと」は郵便局の内部の話である。五回目の不合格通知を誰が届けるのか、だとか、ラブレターの内容を郵便局員たちが添削し、差出人本人に告げる、といったエピソードが核になっている。こうしたシチュエーションコメディ的な設定の、もう一つの場として、郵便局が戦時中の召集令状を盗難され四半世紀が過ぎてしまう、というエピソードが発想されたのではないか。つまり「郵便屋さん、ちょっと」の続編である。しかし、この発想の新たな可能性に気づいた、つかが、別作品として独立させたと考えると、辻褄があう。「私どもも困りましてね。何回も何回も討議を重ねたんですよ。」というセリフは、「郵便屋さん、ちょっと」の場面を彷彿とさせている。すべて推測ではあるが、このようにして、発想されたがゆえに、「戦争で死ねなかったお父さんのために」は、郵便局が召集令状を盗難されるという奇矯な設定となったのでないだろうか。

いずれにしても、設定が何も見えない冒頭から始まり、次第に時が現代であり、召集令状が二十五年後に配達された男、岡山が戦争に行こうとしているのだという状況が明らかになってくる、作劇の構成は上手くできている。

ここから、父親が戦争に行かなかった事による、戦後における家族への差別、いじめが指摘される。戦後、自分が戦争に行かなかったことにより母、妻、子どもが苦しんだことを八太郎は話し始める。死ぬことが名誉とされた戦中だが、戦後もまた戦争に行かなかったために、子どもがいじめられ、母親が陰口を叩かれ、といった事態が起こり、かたみが狭かったというのである。ここでは、逆に題名どおりの「戦争で死ねなかった」辛さが語られているが、ここでは情念の爆発や、妄想的長広舌は現れない。謝罪する局長や署長に対して、八太郎は淡々と自分の辛さを語り、局長、署長は同情するという体裁をとる。

八太郎　泣いたのは私の妻です。小学校のときなんかお父さんの戦争体験ってことで、作文の宿題なんか、一時期、はやったことがあるでしょう。

署長　あります、あります。

局長　格好の教材ですからな。

八太郎　私にひと言もいわないのです。妻にしても私にしても戦争の思い出なんてこれっぽっちもありませんからね。いやな夕食でしたねえ。私はよかった。つき合いだって飲み歩けますからね。一時期は息子が寝静まったころを見はからっては帰って来て、朝は朝で、子供たちが起き出す前に会社に出かけましたからね。

署長　奥さんの心中、察せられます。

（中略）

八太郎　これで息子にもいいわけがたちました。初めてでしたよ、親らしいことをしてやれたのは。

局長　当然です。あなたは十分すぎるほど無実だったんですから。

署長　身の潔白を思い切り証明したでしょうね。

「初出版」で、八太郎の家族（母、妻、息子）が姿を表すのは短く付け足された感のある「2」であり、そこで息子、妻、母が見送りに現れ、会話を交わし、別れを告げる。息子は自分の結婚の報告をする。今ひとつ盛り上がらない終わり方である。「新潮社版」では「2」はなくなり、八太郎の妻と母は現れず、息子との場面は、この、家族の苦労の場面に続いている。

これは「タイプ印刷版」の時点の「郵便屋さん、ちょっと」の結末もしまりのない終わり方であったこと（長谷川、前掲書一四一ページ）と同様の傾向である。つかは戯曲執筆の時点では、結末をつける意識や能力に欠けていたといってもいいかもしれない。そこにドラマチックな結末をつけるには、口立て稽古という情念の噴出装置が必要だったのだ。

4　情念の噴出

しかし、一箇所だけ、戯曲の段階で、長広舌が噴出しかけている箇所がある。つかがもっとも重要視し、この芝居のキモと考えていたと思われる、後に「マキシーのシーン」（フォークグループ「かぐや姫」の曲「マキシーのために」が使用されたからだという）と称されるようになる、米兵がチョコレートを日本人少年に与えるシーンのタネとなるセリフである（長谷川、前掲書一八八ページ）。

署長　お帰りになってね、もうなにもかもどうでもよくなっちゃって、元気なくなっちゃってますけどね、アメリカの兵隊が日本の婦人たちと腕組んで、ときどき接吻したりして歩いたり、若い娘に乱暴したりしてるのを見たら、かまうことはない、そこらへんの一番でっかい石を持ち上げて、コノヤロウ、コノヤロウ、コノヤロウて三度ばかりいってぶっ殺してくださいよ。

八太郎　はい、ぶっ殺してやります。

署長　僕ら、そこんとこ目そむけて歩いてたから、今だにこんなふうなんですよ。

局長　ジープの上からサングラスはめて、ニチャニチャガムかんで「ヘイ、カモンボーイ！」

ガムをバラッてばらまくんです。子供たちはそれを拾うんですよ。拾うじゃないんだな、奪い合うんだよな。子供たちが食っちゃってね、もう大変な騒ぎですよ。「カモンボーイ、ワンラウンド、ツーラウンド、スリーラウンドバウバウ日本のことわざ三ぺん回ってワンと言いなさい。チョコレート、キャンディーあげます。「もう、命がけですよ。（八太郎、三べん回って「ワンワン」と言う）オオ、ノー、BAU、バウバウ、（八太郎「ワン、ワン」）オオ、ジャパニーズボーイ、モンキーボーイ、ホッテントットボーイ。日本国民はこじきじゃないんだから。別に戦争で思わしくなかったからつたって、大和魂なんてのもあるんだから。そんなことしなくてもいいように、かっぱらってきたガムとチョコレート、こんなもん腐るほどあるんだよ、みたいな顔して、頭なんかガンガンなでてやって、ちゃんと手渡してくださいね。

八太郎　はい、ちゃんと手渡します。

戦争が終わって帰国したら、米兵がチョコレートを日本の子どもに与えたように、帰国兵である八太郎が与えよ、と局長が諭しているセリフであるが、局長自身が、チョコレートを与える米兵を演じ、八太郎がいたぶられながら、チョコレートをもらう子どもを演じるという複雑な場面が内包されている。ここでも「演技人間」が登場しかかっている。この「初出版」のセリフは、「新潮社版」では大きく改変され膨れ上がっている。「マキシーのシーン」（前述）の完成である。米兵を演じるのは局長ではなく、「男」とされる登場人物である。「男」は「ジープの音。男、甲、乙を従え、登場。」というト書きとともに、米兵として現れ、岡山八太郎を、「初出版」と同様、インチキ英語でいたぶったうえに、チョコレートのみならず、パンティーストッキング、デンターライオン（歯磨き粉）、挙句の果てに、龍角散を食べさせていたぶりまくるが、ふと、日本の復員兵に戻り、次のセリフを吐く。

男　（略）

……私が、下関の港に降り立った時、夢にまで見た祖国は、一面の焼野原でありました。子供たちは、下腹を押え、飢え、うつろに歩いていたのでした。私のリュックのなかには、子供たちに与えるべき、カンパンの一かけらも入ってはいなかったのです。それ以上に、先に歩く者が、後につづく者に対して、与えてやるべき、希望という気恥ずかしささえも、私の足音からは聞こえてこなかったんです。その時、私は知ったのであります。戦争に負けるということは、子供たちが、飢えた下腹を押えながら、ギブミーという言葉を覚え、ガムを噛むことでしかなかったことを。

局長　いいですか、あなたがた。どんなことがあっても、今の痛みを、忘れちゃいけませんよ。日本国民は乞食じゃないんだから、別に戦争で思わしくなかったからって、大和魂ってのもまあああることにはあるんだから。そんなことしなくてもいいように、かっぱらってきたガムとチョコレート、こんなもん腐るほどあるんだよ、みたいな顔して、頭なんかガンガンなでてやって、ちゃんと手渡してくださいね。

このシーンを長谷川は、「僕が知るつかの芝居の中で、群を抜いて心震える名シーン」とし、次のように解説する。「なぜ「マキシーのシーン」かというと、「かぐや姫」が歌う『マキシーのために』という曲が流れるからで、それが始まると、目の上を青く染めた三浦がジープのハンドルを握る格好で、下品な笑みを浮かべ、腰を卑猥に振りながら舞台に現れる。そしてインチキな英語をまくし立て、平田扮する少年を犬に見立てていく。（中略）しだいにもの悲しい気持ちが満ちていったとき、曲はプツリと切れ、突然アメリカ兵は日本の復員兵となり、一転して無音の中での低いモノローグが始まる。」（前掲書一八八ページ）三浦は三浦洋一、平田は平田満である。

さらに長谷川は続ける。「そのとき（＝劇団「暫」の稽古で「マキシーのシーン」ができた時のこと）ずっとつかの後ろで稽古を見ていた二村信一は、三浦にアメリカ兵を演じさせていたつかが、満足そうに「……これでこの芝居、出来たな」と振り返ったのを憶えている。つまり三浦によって生まれたこの場面こそ『戦争で死ねなかったお父さんのために』のテーマの一つであり、ゆえにどうしても、そこの部分は三浦に託さなければならなかったのだろう。」（一九〇ページ）

つかが、芝居が出来た、としたこのシーンでは、米兵として登場した男は、この後、サングラスを外すと、岡山八太郎の息子、寒太郎となる（ト書き）。しかし、男は岡山八太郎らを戦場に連れていく男であり、どうも上官らしい。一緒に登場した「甲」「乙」（明らかに現代の若者）とともに、岡山を輸送船に乗せ、登場人物たちの「天皇陛下バンザイ！」の声とともに、どこともしれない戦場に向けて出発していく。

米兵を演じた男は、負けて生き残って帰って来た復員兵であり、すでにないかもしれない戦場に連れていく上官であり、息子でもある。そこに立ち上がってくる情念は、敗戦でアメリカに占領された悔しさ、虐げられた怒りであるとともに、それに犬のように従う日本人の卑屈さ、屈辱感でもある。復員兵に戻った男の語りによる、敗戦後の悲嘆でもある。場面が進めば、さらにそれは負い目のある息子への感情であり、その息子から命令されて戦場に行くという、何重にも複雑な感情が生まれてくることは確かだろう。

特にアメリカへの従属という問題は、七〇年安保運動が記憶に新しい時期に観客には響いたであろうし、それが、真面目な文脈ではなく、こうした、妄想人間、過剰演技人間の劇として、逆説的、露悪的に提示されたということは、全く新しい表現だったといえるのではないか。

そこに、「マキシーのために」という音楽と、演じる三浦洋一により、異様な存在感と情念が与えられた時、芝居が完成した、ということだろう。ちなみに「マキシーのために」は、夢を一緒に追った「マキシー」と呼ばれる仲間の女性が自殺してしまったという歌詞だが、曲自体はアップテンポの曲で暗くなりすぎない、情感のある曲である。

5　性と音楽

音楽により、シーンの情感を高めるというのは映画的手法であるが、「新潮社版」では、歌謡曲などによる音楽の要素がかなり追加されている。戯曲自体が、口立てによって「初出版」から、かなり膨れ上がっているのだが、特徴的なのは、慕情 支那の夜 さらばラバウルと言った曲指定と挿入のタイミングと思われる表記が現れることである。

戦争を洋画で予習した、という岡山八太郎の言葉から映画「慕情」が発想され、シーンは膨らむ。

スクリーンを割って、岡山八太郎、飛び出してくる。（ト書き）

といった、「けれん」の演出が書き加えられ、

岡山　あっちを見ても丘ばかり。こっちを見ても丘ばかり。眼下には百万ドルの香港の夜景を見渡し、丘に立つ一組の男女の姿がそこにあった。そして、ここにもまた一つの悲しい別れがあった。

以下、英語交じりのセリフの応答を岡山は一人で演じていく。その後、

行かないで、帰ってきてよとすがる女（ひと）。それでも捨てていく男。戦果に咲いたはかない恋物語。うしろ姿で別れを告げて、一人戦地にいく男。忘れるんだという男。待っているわとなく女。いとしい女を振り捨てて、涙こらえていく男、帰ってきてねと呼ぶ声も、いつかジャンクのドラが消す。（後略）

七五調で調子よく、まるで講談のように語り続け、岡山は映画「慕情」の登場人物になってしまう。「演技人間」の登場である。続く「支那の夜」の場面では、「支那服」の「いとしいあの娘」や「馬賊の娘」への妄想が語られ、妄想はやがて、「ラバウル」での「土人の娘とのラブロマンス」にまで発展していく。音楽がらみの妄想シーンでは、「ラブロマンス」といえば聞こえはいいが、もっぱら、戦争における性の問題が噴出しているのである。

岡山　ほんと戦争ってのはいけないことなんですよね。不幸なのは女だけですよ。ただ男どものエゴイズムに巻き込まれて、流されていくだけしかないんですからね。私は今、すべての女たちの幸福を思い、跪きたい気持ちですわ。私ね、帰ってきたら、

二度とこんなことが起こらないような世界にするため努力を惜しみませんよ。しかしまあ口先じゃあこうは言っていながら俺の性格じゃあドンドンやっちゃうだろうな。人間てのはつくづく業深いものなんですな。

こういう岡山に対して署長は「責任だけはちゃんと取らないといけませんよ」と避妊具を渡すのである。戦場と性の問題が、ここでも皮肉で露悪的なやり方で現れている。やがて、そのテーマは従軍慰安婦にまで行き着く。

署長　いいですか、従軍慰安婦は従軍慰安婦であって、高校の時の初恋の人にばったり会うとか、めったに、そういうことはないんであって、たまにあっても、従軍慰安婦は従軍慰安婦なんだってことをね、ちゃんと押えてもらわないとね、それで戦争を根に持たれちゃかなわないって。いるんですよ、そんなんを酒の肴にして、ああだこうだ小理屈こねまわす奴らが。（後略）

戦場での「ラブロマンス」については、「初出版」では、「満州娘とのラブロマンス」の語が一箇所出てくる程度であったのが、「新潮社版」に至ると、指定曲とともに、際限なく大きく拡大されているのである。これも「郵便屋さん、ちょっと」の発展と同じ構図で、「演技人間」

が登場すると同時に、長広舌では、性のテーマが噴出してくることとなっている。
一方で、戦場における飢餓と人肉食の問題も登場する。これもまた、子供に、人の肉を食べたかと聞かれるという悪趣味な話題として登場するのだ。これは、やはり「新潮社版」では膨らんでいるものの、「初出版」から登場している話題である。

こうした今日的であるとさえいえる戦争の倫理的な諸問題が扱われている点は重要であろう。全体としては、「笑劇」ともいえる、「けれん」あふれるつくりであり、「過剰な演技人間」が登場し、妄想を語るものであり、そこで反転した価値観で取り上げられているとはいうものの、戯曲を読む限りでは告発の意味合いも読み取れる。戦後三十年経っても、人々は戦争に行ったことを自慢し、行かなかった者（戦後世代の若者）をバカにしているのだ、という。こうした戦後も続く無言の「世間」からの差別や戦中派の傲慢に対する憤りが反転し、「戦争で死ねなかったお父さんのために」での露悪と笑いにつながっているのだろう。それはさらに一九八〇年代末の演劇活動再開以後、明らかになっていく、つかの「在日」の問題から逆照射できるという視点［注7］は、もっともであるが、今は措く。「初出版」で短く付け加えられていた「2」は、「新潮社版」に至る間に、「1」に統合され、作品自体が「天皇陛下バンザイ！」の叫びで終わるように改訂されている。天皇制に対する具体的な言及はついにないものの、戦争における諸問題が、天皇制に帰着することの暗示のような終わり方になっているのだ。この終幕は、一九七七年の改訂版上演でも使われ、扇田昭彦によって「舞台の背景すべてをおおう巨大な日の丸の旗。その前で「天皇陛下万歳」を叫んで倒れる「お父さん」の姿で、この喜劇は終わる。道化的劇作家つかこうへいは、この芝居のなかで、これまで抑えに抑えてきたシリアスな一面を、素直に、ある意味ではあまりにも率直に語ったのである。」と評されることとなる［注8］。

6 社会批評の消失

このように、テーマに社会性のほとんどなかった「郵便屋さん、ちょっと」に対して、「戦争で死ねなかったお父さんのために」では、戦中から戦後に至る、戦場における性、人肉食といった倫理問題や、戦後の対米追従、社会的差別などへの鋭い視点が、反転した妄想的長広舌を通してだが、提出されており、戦後社会への、そして先行する年長世代への告発の意味も強くこもっていたものと考える。戯曲テキストとして、最初に発表したいと考え、鈴木忠志に仲介を依頼したのも、そうした視点を備えた作品だったからではないか。鈴木が気に入ったのはト書きがなかったこと、とされるが、こうした内容も一役買っていたことは確かだろう。この路線の継続の先に現れたのが、「初級革命講座〈飛龍伝〉」だと考える。この作品では、学生運動から脱落した男のその後が語られている。第二次大戦という、「三十年前」の出来事ではなく、つい数年前に隆盛を極めていた左翼学生運動の苦い結末が描かれており、執筆、上演時よりも、未来の出来事として設定されていたといえる。まさにシリーズ名であった「明日からのレポート」になっているのである。

しかし、その「明日からのレポート」シリーズの上演も、一九七三年の夏の上演でいったん区切られ、その年の末に発表された「熱海殺人事件」で岸田戯曲賞を受賞した後の、一九七四年から七六年までのＶＡＮ99ホールから紀伊國屋ホール公演に続く人気急上昇期の主力上演演目は、「熱海殺人事件」の再演に次ぐ再演、他に「ストリッパー物語」「巷談松ケ浦ゴドー戒」といったものが並び、社会批評的なテーマを持つ作品は影を潜めてしまう。もちろん「熱海殺人事件」にせよ他の作品にも、虐げられた苦しさなどの表出はあるのだが、歴史的事象についての話題には直接はつながっていない。何より、つか芝居に観客が求めたものが、そこではなかったということだろう。それこそアングラに対しての「軽さ」「笑い」「おしゃれ」感といったものが評価され、集客につながっていったといえる。

最初期の「明日からのレポート」シリーズの作品群は、「演技人間」と「社会告発的な露悪的笑い」の二つの要素を生み出したが、「演技人間」が活躍するが、社会批評的な視点の薄いタイプのものが主流となっていく。

そのような中で、一九七七年の「戦争で死ねなかったお父さんのために」の改訂版上演（風間杜夫出演）や、一九七九年「広島に原爆を落とす日」などで時折、社会路線の作品を上演し続けてはいる。特に「広島に原爆を落とす日」では、原爆投下に在日の問題がからみ、グロテスクな反転のドラマとなっており、その評価については、稿を改めて追究する必要があると考えている。
鈴木忠志は、つか没後の追悼本『つかこうへい　追悼総特集　涙と笑いの演出家』[注9]所収のインタビュー記事で、つかに対して、演劇人として四〇歳、五〇歳で、思想社会問題をしっかりやるということをやってほしかったが、「芸能人」になってしまったと指摘している。

つかっていうのは、最初からそういう差別というものをわかってるわけだから。差別っていうのは社会的な差別というよりも精神的なね。一生慣れない違和感を背負わざるを得ないってことですね。そういう位置に彼はいたんだから、逆にそういう人は、ホントに演劇をやると、いい形で政治っていうものをね……政治っていうのは何か、異文化同士の衝突とは、異民族とは何かということをテーマとして出せたと思うんだよね。それは日本の演劇界にとっていちばん欠けている点でもあるんだけど残念に思いますね。

今はこの鈴木の言葉に同意したい。「戦争で死ねなかったお父さんのために」で始まった視点を、自身の在日という出自も絡めて、有効に発展させることが、つかこうへいにはついになかったのではないか。その唯一の可能性が「広島に原爆を落とす日」だったが、口立てによる長広舌と、音楽による情念の発散という方法論から晩年まで離れることができず、他の新作を書くこともなかったことで、その可能性は潰えてしまったといわざるをえない。

注

[1] 長谷川康夫『つかこうへい正伝 1968-1982』新潮社、二〇一五年十一月、以下、「長谷川によると」などの表記は、全て本書からの引用の意である。

[2]「戦争で死ねなかったお父さんのために 明日からのレポート1」、白水社『新劇』一九七二年四月号(発行三月)

[3]「郵便屋さん、ちょっと 明日からのレポートⅡ」白水社『新劇』一九七三年四月号(発行三月)

[4] 扇田昭彦『日本の現代演劇』岩波新書、一九九五年一月、「第二章 一九七〇年代 ——第二世代の等身大感覚」、「1 内出血する喜劇 つかこうへいブーム」より

[5][4]の『日本の現代演劇』、菅孝行「「日本」演劇の〈他者〉——現代演劇におけるつかこうへいの位置」、『KAWADE夢ムック 文藝別冊 つかこうへい 追悼総特集 涙と笑いの演出家』河出書房新社、二〇一一年一月所収

[6] つかこうへい『戦争で死ねなかったお父さんのために』新潮社、一九七六年二月。収録戯曲は表題作の他に、「巷談 松ケ浦ゴドー戒」「生涯」の二作。

[7][5]のそれぞれの著作で、扇田昭彦と菅孝行が指摘している。

[8] 扇田昭彦「ひねり・軽妙・痛烈「つか喜劇に重み 「戦争で死ねなかったお父さんのために」」朝日新聞(東京夕刊)一九七七年二月二十一日掲載記事

[9] ロングインタビュー 鈴木忠志「ト書きなき舞台を生きた男」インタビューアー、モリタタダシ、『KAWADE夢ムック 文藝別冊 つかこうへい 追悼総特集 涙と笑いの演出家』河出書房新社、二〇一一年一月所収

第二章　〈カーニバル〉としての全共闘闘争
『飛龍伝　神林美智子の生涯』と〈天皇制〉

関谷由美子

1　不向きな語り手

『飛龍伝』というタイトルを持ったテクストには、知られる通り何種類ものヴァージョンがある。一番古いものは、小説『初級革命講座　飛龍伝』（一九七七年一一月）、以後、戯曲「飛龍伝90　殺戮の秋」（一九九〇年一〇月、第四二回読売文学賞を受賞）、戯曲「　飛龍伝　ある機動隊員の愛の記録・決定版」（一九九二年六月）、他に、小説「小学三年生用童話　飛龍伝」（一九八八年七月『菜の花郵便局』に収録）などである（上演されたものでは、一九七三年三月、早大劇研アトリエでの「初級革命講座　飛龍伝」、出演三浦洋一、井上加奈子ほか、を最初として、タイトルを少しずつ変えながら少なくとも一二回以上上演され、二〇一〇年二月、つかが亡くなる年の最後の公演が「飛龍伝2010・ラストプリンセス」であった）。『熱海殺人事件』『蒲田行進曲』と並んで、つかが終生愛着したテーマであることが解る。

小論で取りあげる『飛龍伝　神林美智子の生涯』は、一九九七年、集英社から刊行され、二〇〇一年年七月に文庫化された長編小説である。これ以後「飛龍伝」というタイトルが付いたテクストは刊行されていないので、この一九九七年の小説が「飛龍伝」の系列の集大成と見て差し支えあるまい。これらのテクスト群は、内容は異なるものの、一九六八年、六九年に全国に波及した全共闘運動を扱っている。全てのテクストに共通する主たる要素は、全共闘運動を徹底的に茶化し笑いのめすことと、もう一つ、敵対関係であるはずの機動隊員と、全共闘委員長となった女子学生との恋、という意表を突く趣向である。菅孝行は『初級革命講座　飛龍伝』について次のような見解を示している。〈全共闘運動を、国家権力の暴力装置である機動隊とのゲームに過ぎないものとして扱って見せた〈見立て〉は尋常ではない〉と。そして「激しい反発を覚えた」「他の誰にも見ることのできない、どすの利いた悪意、というのであろうか」(「日本」演劇の〈他者〉『追悼総特集　涙と笑いの演出家　文芸別冊』二〇一一・一)とも。一般読者に「激しい反発」を覚えさせることは、当然、つか自身の目論見であったであろう。それは、例えば、ナチスのホロコーストを笑い話として語ることに思わず眉を顰めてしまう、そういった感覚と似ているのではないか。筆者も当然、「反発を覚えた」一人である。この〈主観〉に依拠して、テクストに分け入ってみたい。

菅氏はその「悪意」を、全くの「外部」にいる者の眼差しと知った時、腑に落ちるものがあったと述べている。「全共闘と機動隊の対立が、たかだかスポーツのライバル関係に過ぎないと言えるには、日本人の〈外〉に立てることが不可欠の条件だったからだ」。

「店子が大家さんのけんかに口出しは出来ない」（文庫版『飛龍伝』あとがき）というのは、自分が在日であるという立場からのつか自身の言葉である。この〈店子意識〉つまり傍観者意識（無責任）をまず検討しなくてはならない。これこそが「どすの利いた悪意」をもたらすものだからだ。

「飛龍伝」につかの〈店子意識〉に由来する無責任さを探すとすると、それはまず全編を通じて、あるいはつかのテクストのすべてを覆っているかに見える、社会学的な意味での〈女性嫌悪〉であろう。それがなぜ傍観者的態度と結びつくのか、というと、全共闘闘争というものが、曲がりなりにも、女性にも主体的な自己変革を促し、それを前提としたことによる。そのために一層『飛龍伝』の「女性嫌悪（蔑視）」が他のテクストよりも突出して見えるのである。つかは、人間が闘争によって鍛えられてゆく、精神のダイナミズムには全く無関心に見える。しかし全共闘を生きた学生や市民が経験したのは、まさに自分自身を批判的に捉えなおすことによって歴史に参画することであったと言い得る。

『飛龍伝』の語りは、ほとんどが美智子の一人称独白体であるが、かなり変則的なものである（最終章16章「君は戦場、僕は恋」の数ページ、客観的な三人称の語り手〈桂木の動向を伝える〉であり、その他には9章「道」の全部が山崎、11章「潜伏」は、美智子と山崎が交互に語り手となり、14章「命」の三ページ分ほどが山崎の一人称独白体）。したがってこの物語は、量的に考えて、ほぼ美智子の関心によって紡ぎ出されているのである。つまり六八，九年の全共闘闘争が、神林美智子という女子学生が語るに値する、と判断した事象で構成されているのだ。ではこの人物はどのような関心を語りの中心に置いているのだろうか。

全共闘委員長に選ばれることになる『飛龍伝』のヒロイン美智子の関心事は、呆れるほどに旧態依然とした〈愛する人に尽くしたい〉〈同じお墓に入りたい〉〈愛する男の子供を産みたい〉といった、男性をフォロウすることに自分のアイデンティティの根拠を見出している〈可愛い女〉の範疇を出ないのである。美智子は、男性に都合の良い女＝〈可愛い女〉を臆面もなく演じている。これはつかのどのようなテクスト戦略なのか？　早計に結論は出さないでおきたいのだが、この事実からだけ推論しても、つかには、六八、九年の、全国の大学生を駆り立てた学園闘争を正確に描くことには全く関心がない、とだけは言えるであろう。参考までに、六〇年安保闘争で機動隊に虐殺された樺美智子の遺稿集『人知れず微笑まん』（一九六〇・一　三一書房）、そして六八、九年の全共闘闘争に参加し、膠原病で惜しまれつつ病死した、所美都子（享年二八歳）の遺稿集『わが愛と反逆―遺稿　ある東大女子学生と―青春の群像』（一九六九・三　前衛社）を覗いて見れば、『飛龍伝』の美智子の意識性が、いかにこれら、当時の闘う女子学生の思想性とかけ離れているかが歴然とし、またその事実が示す目論見もおのずと浮かんでくるように思える。樺も所も、現代社会の男女の非対称性について、以下に示すようにそれぞれ個性的な思考を展開している。

◎勉強のできる立場にいる私たち学生が社会に対して果たすべき役割がある。そのうち、女性と職業の問題に関して、しかも教養課程在学中になすべきことにしぼって云うならば、まず次のことを徹底的に究めることであろう。即ち、憲法のもとに、法のまえにその平等を規定されながらどうして男女不平等があるのか（多くの人は女性の経済力が小さいからだ、弱いところへ必然的にしわよせが来るのだと指摘する）では、どのような歴史的原因によって女性の経済力が小さくなり、何が「弱い」ままであることを強いるのか、それを根本的に解決するものは何なのか。（中略）女性の低い地位は歴史的背景によってもたらされた女性の経済力の小さいことが主要な原因だが、現在なお「小さい」ままでいることを根底において強いるのは、よく言われているような「封建的なもの」なのではない。特に都市においてははっきりしているように、現代の機構そのものにある。（中略）心の中に封建制が残っていようとも、企業家の頭はまさしく現代的構造―私的利潤の飽くことなき追及―をもっており（そうでなければ落後する）その現代的構造こそは女性が十分に働くことを阻んでいるのであり、このことは女子は産休を必要とする、夜業を禁ぜられている、短期間で離職すれば養成費が無駄になる。だから採用しない。（好況期には雇うが低賃金の理由になる）と表明していることをみてもはっきりする（現在残存している封建的諸要素は、この現代的構造に容認され、むしろ温存されていることに注意したい）。私利益を全力をあげて追及しなければならない企業家とそれを基本的に保護する国家とだけが職を提供しうるに過ぎない。（中略）女性の身体と胎児とに産休が必要である限り充分な有給休暇を与えることができ、人間が自分達のために働くことができる社会にならなければ真の平等はあり得ない。しかも日本の生産力・人口はそれを実現できる段階に達している。（以下略）

（前掲『人知れず微笑まん』より）

◎1、われわれは、常に自ら成って行く人間なのである。（中略）もし組織のなかでそれができずただひたすら命令の遂行に追われるなら、その人間の固有性は失われていくだろう。そして遂には、その失われている固有性をみて、これこそわれわれの主張すべき固有性であると近視眼的に早合点してしまうことになる。このように、上下関係の確立した組織の中では、人は自ら成る人間であるという自信を失い、上部機関は、それゆえはなはだしい大衆蔑視に陥る。卑小化し、卑小化された人間像から人はいったいどんな未来を期待することになるのであろうか。（中略）人間が、わびしい影にされてしまった生産性の重視、それが組織をも色濃く塗りつぶしている。先に述べた上意下達制度も源をたどればそこに行き着く（以下略）。

◎2、世の中には、呆れるほど立派な女性がいるものです。そしてそんな人は独身者に多いというか、「結婚」はまだ女性を「解放」とは逆のベクトルでひっぱるので誘惑に負けて独身をつらぬかなかったら最後（結婚したら最後）急傾斜で、今まで培ってきた自分の核を相手のそれになだれこませてしまうことにあるのでしょう。私はそう思って、必死に抵抗しています。「彼」に対して、というより結婚を通して繋がってしまう「社会」に…。

（前掲『わが愛と反逆　所美都子遺稿　ある東大女子学生と青春の群像』より）

前半の樺美智子の文章は、一九五八年四月二日の『東大教養学部新聞　論壇』に掲載された「婦人問題の根本的解明を―平等を実現できる社会をめざして」からの引用である。所美都子②の文章は、一九六七年五月二五日の日付のある、友人宛の書簡の一部である。九年の時間的距離はあっても、二人の女子学生はともに現代の結婚制度について思索を深め、それが女性の「解放」には向かわないこと、その要因が、私的利潤を飽くことなく追求しなければならない独占企業とそれを保護する国家によって形成される現代的構造にあることを指摘し、女性が「結婚」することに強い警戒を表明している。また、◎1は、一九六六年六月、トマノミミエのペンネームで『思想の科学』に応募した論文「予感される組織に寄せて」の一部で、主に「共産党と社会党」の、「上意下達」の組織機構を「自ら成ってゆく人間としての固有性を奪うもの」として批判したものである。

これら女子学生の前衛は、共に女性を家制度に服従させようとする資本主義社会の機構に目覚め、そうした社会と協同態勢にある大学を改革しようと闘い、その結果命を奪われたのだった。しかし『飛龍伝』の神林美智子には、彼女たちの行動原理となったはずの思想が全くない。

学ぼうともしていない。『飛龍伝』にくりかえし出てくる書名が『共産党宣言』と『資本論』という、とってつけたようなずさんさである。新聞さえ読んでいないと思われる。新聞を読んでいれば、現在起きている具体的な事件について（医学部の不当処分、早大、明大など他大学の紛争の実態、破防法など）、また、学生と東大当局との敵対の構造など、そして市民も共闘したベトナム反戦運動などが見えないはずはないからである。したがってこのヒロインは、明治新政府の政権樹立以来現在に至るまで推進されてきた、天皇制による父権社会が女性に押し付けた役割（夫と婚家への忠誠）の優等生と言うほかない。後述するが、この主人公が、〈近代天皇制の申し子〉であることは極めて重要な事実だ。

思想性も論理性も欠如し、自分が所属する大学及び社会の矛盾と闘う意志もなく、したがって自己変革の契機ももたないこのヒロインが「全共闘闘争」を語る、ということ自体がこの小説の最大の矛盾であり、あまりの頓珍漢と言わざるを得ない。この事実はいくら強調しても強調しすぎることは無い。つまり主人公自体が、この「闘争」の物語（とするならば）の最大の裏切り者なのだ。美智子の関心はひたすらその時々付き合っている男との関係に集中しているのであってそれ以外には向かわない。主人公が「闘争」の物語を裏切っている、という事実は、この小説が文庫化された際の表紙、また上演された際のパンフレットの表紙、女性の裸体の後ろ姿という絵柄によっても明らかだ。作者の、時代に対するアイロニカルな態度が透けて見える。

一九六八年、六九年の全共闘闘争の最もラディカルな闘争の成果は、東大全共闘議長だった山本義隆の次のような言葉に代表されるものであろう。「一つはバリケード内に解放空間を形成し、一時的にではあれ、学生間の新しい共同性を創り出し、ささやかであれ自己権力への一歩を踏み出したこと、そしていま一つは、科学あるいは科学技術にたいして、そしてその進歩に対して、それが絶対的な善であるという、明治以来の日本の近代化を支え、大日本帝国の敗北によっても無償で継承されたイデオロギーに対する批判を大衆レベルで始めたことにあります。」(『私の1960年代』二〇一五・一〇　金曜日)。山本義隆は二つの重要な事実に言及している。一つは、これまで「大学の自治」と言われていたものは、学生、院生らを排除した、教授会のみの「自治」であったこと、もう一つは、樺美智子が殺された反安保闘争、日韓国交回復のための日韓問題つまり日韓条約阻止闘争以来、この時期の世界的な傾向としてあったスチューデントパワーの波とも呼応しつつ、もはや個別の大学改良闘争としては戦い得ない、という認識から出発した、大学の「帝国主義的再編」に抵抗する闘いとして、闘争が国際的な反戦運動と共にあったことだ。日本がこの後、東南アジアや韓国に経済的侵略を図ろうとすることを阻まなければならない。山本が述べているのはこの二つのことである。つかは、こうした前提になる大学闘争を描くことは出来ず、あるいは描く意志は毛頭なく、美智子が「全共闘委員長」に就任するのを機に一九七〇年二月の反安保闘争に焦点が絞られ、つまり全共闘が、ただ一つの目的に向かって機動隊を相手にバトルをするという荒唐無稽な戦争物語に一気に傾斜する。

六五年の早大全学ストライキ、慶応大学学費値上げ反対闘争、不正入学問題から端を発した高崎経済大学闘争、六六年の明大学費値上げ反対闘争などに先立って、六〇年の樺美智子が殺された反安保闘争以来の「「ベトナムに平和を！」市民・文化団体連合」結成（六五年）、「三里塚新国際空港反対同盟結成」（六六年）、佐藤栄作訪ベトナム阻止闘争（六七年）など、山本が述べた如く、全共闘が市民との共闘であったことは否定しようのない事実である。確かに、歴史的出来事の解釈には、ある一つの解釈が他の解釈よりも真実であることを決定するための客観的基準は存在しない、という構築主義的な観点から美智子の語りを許容し得るとしても、これ等の、〈社会的記憶〉による一定の限界があり、果てしない相対主義に陥ることを免れているのだ。全共闘闘争は『飛龍伝』のアウトラインである、国家権力〈機動隊〉と学生とのゲーム的闘い（菅孝行）なのではなかった。『飛龍伝』には、山本義隆が述べているような意味での「大衆レベル」が、故意に視界から排除されているようだ。

つかは、文庫版『飛龍伝』のあとがきに、〈店子〉ゆえに「運動に参加できないもどかしさ」を，自らが日本社会から〈分断〉されたものとして語っている。

学生運動に明け暮れる激動の六、七十年代には、実に様々な分断が生まれていた。学生と機動隊の分断、（中略）学生内部でも、革マルや中核など、思想を異にすることからの分断が生まれていた。

日本人でない私は運動に参加できないもどかしさを募らせ、機動隊員と全共闘委員長の禁じられた愛を、芝居という手段をもちいて描くことでしか闘士たちと思想を共有することができなかった。

ここにつかの意図を読み取るのはたやすいが、「分断」を乗り越えたいために、機動隊員と全共闘の女学生の禁じられた恋を描く、という認識自体の問題性を検討しなくてはならない。そもそも、この社会の「店子」として存在することが果たして可能であろうか。繰り返すが「店子」という認識それ自体が全く無責任なものであろう。つか自身も家族も日本社会に長年住み暮らし税金も払ってきたのならば、この社会に何らかの責任も義務もあるはずだ。このあとがきは、つかの政治的無関心を示すのみだ。しかし小説には、主人公である神林美智子と同窓の、在日韓国人の鬼島がつかが述べているのとよく似た店子意識を訴える場面がある（しかしこの訴えに対する美智子の反応は「初めて聞く話だったが、私に何ができるというのだろう」という冷淡さである）。つかと、在日意識を共有しているかに見える重要なこの人物については後述の予定である。

つかの〈分断意識〉に基づく、社会正義に対する無関心は、彼のマイノリティー意識にのみその要因を帰すべきではない。それはもっと根底的なつかの自我の在り方によるもの、と思われる。

山本義隆は「分断」について次のような見解を示した。

闘いは自己の分裂の克服からはじまる。（中略）ぼくたちは王子や三里塚の闘争に参加した。しかしデモから帰ると平和な研究室があり、研究できるというのはたまらない欺瞞である。研究室と街頭の亀裂は両者を往復しても埋められない。

（山本義隆『知性の反乱』一九六九年六月　前衛社）

つまり山本は、切迫した現実問題に関わらねばならない当事者たちと共に闘うことと、山本自身の居場所である「平和な研究室」との「分断」が欺瞞的であると言っている。この分断（矛盾）を止揚するためには「徹底した批判的原理に基づいて自己の日常的存在を検証し、普遍的な認識に立ち返る努力をすること。（中略）社会に寄生し、労働者階級に敵対している自己を否定」する。これが「自己否定論」と呼ばれるのだが、一時的にでも研究を放棄、研究室を「封鎖、自己管理」してゆく中で、改めて研究をトータルに捉え返す作業が必要とされたことを山本は強調している。

つかの〈店子意識〉が示しているのは「批判的原理に基づいて自己の日常的存在を検証」することに対する無関心である。同じことがこの小説に登場する学生や〈中卒〉の機動隊員山崎にも言い得ることだ。山崎は次のように全共闘闘争を規定している。この規定は、闘争の全くの部外者、傍観者のものだ。

山崎がそばにいた学生に仕送りの額を聞くと、四万だと言った。

「おかしかねえか。朝から晩まで働いているオレらの給料が税込みで三万八千円で、夜は酒食らって昼頃まで寝てるお前らの仕送りが四万たあおかしかねえか。そんな奴らの言う革命なんて信用できるか。中学出が悪いか。機動隊は大抵みんな中学出だよ。みんな大学行って革命ってのやりたかったよ。でも仕方ねえだろ、みんな家が貧乏で行けなかったんだからよ。中にはそのまずしい給料の中から故郷の弟や妹に仕送りしてるやつもいるんだよ」（10転機）

機動隊員山崎は、活動は金があって大学に入ることができたものがすること、貧しいために大学に行けなかったものは活動ができない、つまり金がある者無い者の〈分断〉を決定的なものと見なしている。この〈分断の感覚〉は、一九才の射殺魔として六九年当時東京拘置所にいた永山則夫が全共闘闘争について「全学連坊っちゃん育ちだ／全学連消えろ！」と、『無知の涙』[注1]として後に出版されるノートに書いていたことと符合する。しかし永山はその直後から拘置所で猛烈な勉強を始め、こうした〈分断の感覚〉を克服していく。永山は「資本論」を徹底的に学び、自らの貧しさの意味を論理的に問いつめて行き、その結果、自分が殺した人々が、階級的に、殺した永山自身と同じであることに衝撃を受ける。分断は見かけに過ぎない。〈分断されている〉という主観こそが欺瞞なのだ。『飛龍伝』の登場人物は、その主観から一歩も動こうとしない。それは国家そのものの目論見と合致する。つかが機動隊員と全共闘女学生の恋を描こうとした際、大きな示唆を与えたものとして「あとがき」に挙げている、奥浩平『青春の墓標』[注2]に、機動隊について次のように述べている。

機動隊の対学生教育は次のように行われるという。「おまえたちは非常に頭がいい。しかし、農村、漁村の二、三男坊に生まれたおまえらは大学に行けず、口減らしに警官になった。しかし、彼らは、金があったために、親のすねを齧りながら、ああして理屈をこねて、勝手なことをしていられるのだ」。あとは「三列横隊、警棒抜け！　カカレ！」だけでいいと言う。〈彼らはマチガエば、我々と一緒にスクラムを組むべき労働者になっていたかも知れぬ人々なのだ〉

引用部分は、国家権力が〈学生と機動隊の分断〉を本質的なものとして捏造しかつ固定しようとすること、それによって機動隊員の「自己検証」を押さえ込もうとする意志を明瞭に示している。つまり、つかはこの〈我々と一緒に闘ったかもしれない労働者〉という奥浩平の分析には全く触れることなく、権力によって思考を押さえ込まれてしまった機動隊員山崎の「おかしかねえか」という一口（ひとくち）批評めいた言葉を『飛龍伝』全体を集約したモラルにしてしまっている。

『飛龍伝』の登場人物には、ことごとく〈批判的原理に基づく自己検証〉がないために、〈分断〉は止揚されず山本義隆の言うように「両方を往復するだけ」であり、分断が温存されたままとなる。まさに機動隊員山崎は、桂木の代わりに講義に出て代返をしたり、学生の集会に現れたり、めまぐるしく「両方を行き来するだけ」で、その分断が論理的に突き詰められることはない。山崎と美智子の恋愛は、ただ「明るく楽しく革命なさるお嬢さんたち」という山崎（国家権力）からの徹底的な見くびりによって成立しているに過ぎない。こうした、権力側が見せる民衆への温情というスタイル（お上の慈悲、地主と小作農など）も、伝統的かつ極めて欺瞞的な、日本型搾取形態であることは、すでに様々に論じられてもいる。

『飛龍伝』は、資本主義社会の退廃がもたらす経済的帝国主義化とその歯車である大学教育に抗するものとしての全共闘闘争という、広い背景についての配慮を欠くために、この著しく〈狭められた視界〉では、前述の如く、美智子の全共闘委員長就任を契機として、「一九七〇年反安保闘争」に焦点が絞られ、物語は一気に、東映任侠映画の利権争いの抗争という趣に堕してしまう。

なぜそうなるのかと言えば、つかこうへいの、ナルシズムが、お決まりの任侠映画の型をなぞるからであろう。ナルシストは当然、自己を否定することによる自己変革とは無縁である。

ナルシストは、自分のなかに〈現実〉を引きずり込み、自分の形に変えようとするばかりである。少なくとも『飛龍伝』はつかの、〈店子意識〉がもたらす、〈無責任〉に依拠したナルシズムに覆われたテクストである。つかの傍観的なナルシスティックな眼差しの行き着くところは、〈体制的なるもの〉、つまり自分が寄生しやすいシステムに同調することである。この〈大家さんの諍いですから店子は〉といった政治的無関心こそ支配階級にとって最も都合が良いことなのだ。『飛龍伝』に見られるつかのナルシスティックな要素は、最も検証すべき「愛」(個人的閉塞的な親密性の世界)が無条件に信じられていることに現れている。つまり思考停止である。この事実は「一緒のお墓」や「夫婦茶碗」、「運命の出会い」といった、全く紋切り型の文化概念が疑われていないことと相関している。それらの言葉が誇示する「愛」はこの後、一九八〇年代フェミニズムによって「個人的なことは政治的なこと」として乗り越えられていくブラックホールめいた言葉だった。しかし『飛龍伝』では、「愛」が臆面もなく語られ、政治的闘争とは最も無縁な人物、言い換えればこのような主観に満ちた日本型〈日常性〉を一歩も出ないヒロインが目の前に繰り広げられる騒乱を語ることによって、読者の〈歴史認識〉に体制側からのバイアスをかけているのである。

2 〈語り〉の戦略

『飛龍伝』の語り手美智子が、全共闘闘争をどのようなバイアスの下に語ろうとしているか、つまり読者にどう印象付けたいか、その戦略はほぼ三通りに整理できる。すでに述べた如く、まず第一に最大の関心事が旧態依然とした、男との「愛情問題」でしかなく、現在起きている紛争について何の関心も意見もないために、闘争の意義が平準化、あるいは矮小化され決して掘り下げられないこと。その結果として、②番目に、暴徒としての学生と、それを見守る社会（大学当局も含めて）、という二項対立の図式が張り巡らされていること。その視角からは、機動隊を訓練された組織的な暴力集団であるとする認識は全く現れず、機動隊の被害だけが故意に大きく語られ、「角材を振り回す学生」といった、暴徒としての学生の側面のみが強調されること。③番目には、1、2と連動することになるが、佐世保エンタープライズ寄港阻止闘争、東大闘争など重要な事件が、故意に歪曲して語られていることである。

そうした事実の歪曲の典型的な例として、「佐世保エンタープライズ寄港阻止闘争」と「東大闘争」、そして自らの闘争対象であったはずの「機動隊」を語る美智子の語り方を検討したい。まず「佐世保エンタープライズ寄港阻止闘争」（六八・一）を見てみる。この闘争の経緯を簡単に述べると、一九六七年九月、外務省にオズボーン駐日米公使から、〈原子力空母エンタープライズ等の原子力艦艇を、乗務員の休養および艦艇の兵站補給のために日本に寄港させたい〉との申し入れがあった。一二月二日、閣議でこの申し入れを了承することとし、反対運動なども考慮のうえ、当初予定の横須賀を避け佐世保を決定したのであった。寄港阻止闘争は、『新左翼二〇年史　反乱の軌跡』（高澤浩司・高城正幸・蔵田計成　新泉社　一九八一・八）の、「佐世保闘争は、全学連の孤立した闘いだった六七年の羽田闘争に比べ、労組や市民との連帯、共闘の上に戦われた点で特筆される」という記述と、本書に掲載された、一般市民と学生とが共闘している写真が示すように、寄港の一七日をヤマに、二三日の出港まで連日闘争が続いた。日本のベトナム戦争基地化の新たな進展を阻止しようとする民衆の要求が日とともに高まった結果だった。

阻止闘争参加者述べ六四〇〇〇人、うち学生四〇〇〇人、と記録されている。角材とヘルメットで武装する学生に向けて、機動隊は催涙ガス入りの放水（井上清『東大闘争―その事実と論理』一九六九、五によれば、米軍がベトナムで使用している特殊の毒ガス入りの水―これが皮膚に触れると、最初は何でもないようでも、時間が経つにつれて火傷と同じ症状になりケロイドを起こし、ひどい知己には死ぬ―）、ガス弾、警棒という暴力（これ等の機動隊の攻撃法ついては『飛龍伝』では全く触れていない）が、逃げる学生ばかりでなく、新聞記者、一般市民にも及び、機動隊の過激な暴力に周囲の市民から非難が巻き起こったと記録されている。佐世保闘争では、機動隊は、米軍がベトナムで使用した毒入り催涙ガスを、同胞である学生デモを弾圧するために使用したのである。

翻って『飛龍伝』では佐世保エンタープライズ闘争はどう書かれているか。『飛龍伝』の美智子が語っているのはこの逆の事態である。学生たちが「暴走した」ため、停泊中の艦艇上の米兵に学生たちが投げた火炎瓶が当たり米兵が負傷し、政府が謝罪した、というでたらめさである。

アメリカ側は、「乗組員の慰安のための寄港だ。核はつんでいない」と主張したが、学生はおさまらず、闘争で火炎びんが使われた。鬼火のように路上にぽつぽつと火がつき、車が焼かれ、街が一瞬にして戦場の様相を呈した。そのためアメリカ兵が軽いやけどを負い、日本政府側は平謝りに謝る事態となり、木下さんの力も及ばずマスコミでも大騒ぎになった。（8 逡巡）

語り手の態度は露骨なものである。まず、この時期まだ火炎瓶は現れていない。「六七、八年頃はせいぜいゲバ棒投石くらいで機動隊を量で押し返す戦術だった」と回顧しているのは、六〇年安保を闘った元全学連、本橋信宏である[注3]。もともと学生のゲバルトは、六六年秋から始まった明大の「学費紛争」の際に、総長が退去命令を出したにもかかわらず機動隊が室内に乱入し、学生二八〇名を無差別逮捕する、という事件がきっかけとなり、武装の必要性が自覚されたものだ。その時、学生は全く武装しておらず、有り合わせの消火器で応戦するのが精一杯だったという（本橋信宏『「全学連」研究』）。

機動隊の攻撃の残忍さはさまざまに語り伝えられている。例えば、六八年一〇月二一日は「国際反戦デー」であったが、この日、先に触れた永山則夫は、ピストルを携行し「射殺魔」として警察の大捜査の中をさまよっていたのだが、永山則夫裁判を支援した竹田和夫は、接見した永山の証言として「目の前で、人が機動隊にメッチャメチャに袋叩きにあっているんだ。ひどいもんだった。俺はピストルを持っていたから余程撃ってやろうかと思ったけど、思い止まった」という言葉を伝えている［注4］。

『飛龍伝』の語り手美智子が暗に示唆しているのは、〈語りの戦略〉の二番目に挙げた、暴走する学生とそれを見守る一般社会、という対比の図式であって、六八、九年の全共闘闘争に対して『飛龍伝』にはそれ以上の理解は見当たらない。語り手美智子は、自分を愛する「憎めない機動隊員」との恋という、結びつきようのない結びつきを強引に捏造しながら、社会〈大人〉と、親の金で生きている気楽な〈半人前の暴走学生〉という硬直した見方を繰り返すのみだ。全共闘闘争が、先に触れたべ平連の高揚と共にあったこと、闘争は高校にも波及したこと、そこには社会も学生の区別もないことがこの小説では全く無視されている。闘争を全方位的に見る眼差しは『飛龍伝』ではかくも閉ざされているのだ。「大家さんの争い」という言葉に明瞭に表れているように、あくまで「日本人同士」、内輪の争いという、極めて主観的な分断的視角から全く抜け出せないのだ。

そのまなざしは、〈自らが侮蔑するものに寄生する〉[注5]ナルシストの眼差しに他ならない。『飛龍伝』は、機動隊の山崎のみならず、東大全共闘を自認する語り手も桂木も、あくまで国家権力側に立って語り、振舞っているという矛盾を看過することはできない。

十月十五日、横浜国大において、学生が徒党を組み、ジグザグデモを行い、ついに機動隊が構内に入った。学生は角材を振り回し、大乱闘となった。それまで機動隊は盾を学生からの攻撃を防ぐ受け身一方に使っていたが、それを掲げ、学生を殴るようになった。ジュラルミンでできた軽い楯とはいえ、その威力は、学生を押さえ込むのに十分な脅威だった。（4 洗礼）

「最初は機動隊が遠巻きに護衛していて決して手出しをしなかった」という機動隊太鼓持ちの表現は幾度も反復されている。その機動隊の正当防衛に対して「学生が徒党を組み」「角材を振り回し」と、学生の行動は故意に凶暴性とやくざ性が強調される。こうした語りの偏向が『飛龍伝』の基盤となっている。機動隊が「学生からの攻撃を防ぐ受け身一方」であったことなど全くあり得ない嘘である[注6]。

六〇年安保闘争当時、ヘルメットとプラカードのみで闘っていた学生たちに、武装の必要を強く意識させた事件は、一九六七年一〇・八の、佐藤栄作訪ベトナム阻止闘争（第一次羽田闘争）において京大生山﨑博昭〈当時一八歳〉が殺されたことであった。その死は六〇年安保闘争時の樺美智子の死と並ぶ衝撃を市民、学生に与えたことで知られる。こん棒、催涙弾、毒入り催涙ガスなどの組織的な武力を容赦なく市民、学生に加える機動隊に対してどのように武装の問題を考えればよいのかは、学生運動の大きな課題となっていった。前掲井上清『東大闘争　その事実と論理』によれば、（日大闘争の場合であるが）一九六八年六月当時、「彼らはまだ角材を持つことは知らなかった」という証言がある。しかも『飛龍伝』は機動隊を、単に物理的な武力の問題として矮小化してしまっている。機動隊の攻撃は物理的な殺傷に留まるものではない。秋山勝幸は機動隊について次のような見解を述べている。

われわれが一つの要求をかかげ、自分の意志を政府に対して要求するとき、われわれは必ず機動隊の青いヘルメットの壁に突き当たる。警視庁機動隊のあの青黒い列は、日本の国家権力のトレードマークである。（中略）全学連だけでなく、国鉄労働者が合理化反対のストライキに起ちあがった時でも、三池の労働者が首切り反対を叫んだ時でも、三里塚の農民が土地取上げに反対した時でも、ひとしく機動隊はやってくる。女子であろうと、年寄りであろうと、彼等は決して手をゆるめない。政府に反対するもの、一部の支配階級の専横に反抗するものには、いつでも、機動隊のヘルメットとこん棒とタテが襲いかかる。

／彼等は「法に基づいて」「国家のために」行動していることになっている。だが現実は、彼等の暴力が「法」であり、国家の決定である。（略）権力とはまさに力であり、国家と法の名で保証された組織的暴力である。／機動隊の此の行動の背後には、さらに複雑な警察機構がひかえ、検挙・勾留・起訴という「処罰」がある。逮捕した上で「調べ」と称して何十日も勾留するのである。その上何年も「裁判」が行われるのだが、だからといって正しい結論が出るのではない。国家は自らに反抗した度合いに応じて階級的制裁を加えるのである。我々は何時でもこの脅迫の下で、息をつめて生活しているのだ。

（『全学連は何を考えるか』一九六八年　自由国民社ｐ１０４）

機動隊とその背後の警察機構は、警棒で殴り催涙ガスや放水を浴びせるばかりではなく、女子学生でも容赦なく手錠をかけ逮捕し、幾日でも勾留し起訴する権利を持つのである。『自由をわれらに　全学連学生の手記』[注7]のページを繰れば、数ページごとに口々に現れてくるその驚くべき暴虐による学生側の被害に語り手は全く触れようとしていない。その他、『増補叛逆のバリケード―日大闘争の記録』（日本大学理学部闘争委員会書記局編　一九六九・一　三一書房）、『砦の上にわれらの世界を―ドキュメント東大闘争』（東大全学共闘会議編　一九六九・四　亜紀書房）などには、こうした機動隊の暴虐の記録で満ち溢れている[注8]。

機動隊がたんに武力として矮小化されるばかりでなく、そもそも六八、九年の「全共闘闘争」

を語る語り手の態度が非常に不誠実で悪意があるとさえ思えるのは、闘争の象徴ともいうべき事件について全く無関心を装っていることでかなりあからさまである。ヒロイン美智子は東大の医学部に入学したのに、医学部闘争そして安田講堂攻防戦を含む東大闘争が全く描かれないのは何故であろうか？　安田講堂攻防戦は、ＴＶでも中継されて全国民の注目を集めた、全共闘闘争を象徴する事件と位置付けられている。

『飛龍伝』の語り手は、東大闘争に関しては全編を通じてただ三カ所程度、それも数行であり、つまりほとんど語ろうとはしていないのである。もちろん入学したばかりの学生の眼から見たもの、という条件を差し引いても　美智子の、自らが所属している場所に対する非当事者的態度は際立っている。　美智子が入学したことになっている六八年の六月に、大学が機動隊を医学部ストに導入したことに対して他学部の学生も怒り、全学ストへと闘争が広がっていくのだが、『飛龍伝』ではこの経緯は、一部の学生〈桂木を含む〉が、一般学生の授業を妨害して無理矢理全学ストに持ち込もうとしている、と語られてしまう。美智子の反応は、教授に食って掛かっている、憧れの桂木から「一瞬たりとも目を離したくない、そんな思いで見つめていた」というものである。

東大医学部問題について「学生が大学当局と闘うということがピンとこない気がしていた」〈2 目覚め〉という美智子が、自分の学部の「学生が大学当局と闘うということ」の違和感を何時解消したのかも語られていない。安田講堂の攻防の終結に対する美智子の反応は、学生たちの態度を〈なってない〉と非難した後「これで安田講堂を占拠し続けられたら、その方が不思議というものだ」（13 私のザンパノ）と、全く他人事である。安田講堂が「落ちちゃった」ことが当然、という、委員長という立場にある者としては全く不可解な無責任極まる感覚を示す。この緊迫した事態に際して「私には関係のないことだという気がした」というリアクションは、すでに美智子が桂木同様、この闘争の裏切り者であることをはっきりと示している。同窓の在日韓国人の鬼島の嘆きに対する態度と同様〈私には関係のないこと〉というのが自分が所属している場についての美智子の基本的な感覚なのだ。この時、同棲した山崎に「大学辞めてもいい？　お料理学校とか通おうとか思ってるんだけど」（同 私のザンパノ）と、甘えており、闘争とは無縁な路傍の人であることが繰り返し強調されている。

安田講堂事件は、話し合いを求めても応じない大学に対する一万人以上の東大生の抗議であり、六九年度の入試も見送りとなったことは周知の事実である。大学は応じるどころか、一月一八日早朝、安田講堂に各セクトから選ばれ、また自ら立てこもっていた学生に対して八五〇〇人の機動隊を導入して、空からのヘリコプターの催涙ガス攻撃、佐世保闘争で使われた特殊毒液入りの放水攻撃、装甲車突進などでバリケードを次々に解除したのだった。この時、学生側の武器は石と即製の火炎瓶以外にはなかった（前掲『東大闘争　その事実と論理』より）。つまり素手に等しかったのだ。ガス・水道・電気を切られた中での機動隊との攻防は三五時間続き、三九七名が逮捕された。また、前掲島泰三『安田講堂 1968-1969』には、屋上で顔面にガス弾の直撃を受けた者のうち一人は失明、あと二人は頭蓋骨骨折、全身火傷の重傷を負った。その他、重傷者七十六名、安田講堂で逮捕された者のうち約七〇パーセント（二六九名）が何らかの傷を受けていた、と記録されている。このような東大闘争の経緯に対して「（安田講堂が）落ちちゃった」という総括の仕方しかない語り手の傍観者的態度には唖然とする他はない。つかの全共闘闘争に対するシニシズムがもっともあからさまに現れている場面である［注9］。しかし「われわれの闘いは決して終わったのではない」（最後の時計台放送　前掲山本義隆『知性の反乱』より）の言葉通り闘争はその後、京大教養部、大阪大教養学部をはじめとして全国に拡大したのである。現実に起こった事態と、それを語ろうとする『飛龍伝』の語り手美智子の温度差はかくも甚だしい。それはあまりに極端であるためにあえて六八、九年の全共闘闘争の精髄（形而上的な要素）には触れまい、とする作者つかのニヒリズムを示しているように見える。筆者が一読して感じた不快感もここに根ざすのであろう。この語り手が、〈恵まれた学生が社会に迷惑をかけた〉という、俗情に訴える体の事件として一九六八、九年の社会の激動を語るために選ばれたことは明瞭だ。

「ですから桂木さんの目標はあくまでも平和な日本です」（4　洗礼）という、幼稚でエゴイスティックな欺瞞性が美智子という人物が人格として空っぽうであることを雄弁に物語っている。〈平和な日本〉は、美智子自身のエゴイズムを守るだけである。

一九六八年、ベトナムにおける民族解放闘争の進展の中で自らがどのような立場を選ぶのか、

〈一般学生〉という欺瞞に生きるのか、が自らの問題として問われていたのだ。さらに、政府が地元民無視の強引なやり方で土地を取り上げ軍事的新空港を作ろうとすることに抗議する「三里塚闘争」にも、この時期木下と同棲中の美智子の関心は「子供が欲しい」だけなのであって、民衆が理不尽に生活基盤を奪われる事態に対して、敢えて闘争しない一般人よりもさらに無関心と言わざるを得ない。

『飛龍伝』の語り手美智子は、自らの〈可愛い女＝都合の良い女〉としての身体性を全面化する語りに依拠したため、全共闘闘争を、民主的で〈終わりのない、次の闘いの出発点〉（前掲『知性の反乱』p２２３）として捉える視座を失い、その世俗的感性によって、やくざまがいの学生たちと、それが国家権力であることを故意に無視した、機動隊という武装軍団（あたかもそうしたものが存在するかのように）との抗争の物語に閉ざしてしまう。

3　殺される女神／天皇制の隠語

如上の考察の通り、『飛龍伝』は、六八、六九年の政治的騒乱を正確に見ようとする意図も伝えようとする意図もないことが判然とした以上、全共闘闘争のさまざまな事実らしさをちりばめることで何が語られたのかと考えてみなければならない。繰り返しになるが、何故美智子は演歌の中の女のように男に尽くす女の典型として書かれたのであろうか？

先述の如く、美智子が桂木に委員長に指名される「7 就任」から小説は一気に東映任侠映画的なテイストで染められてゆく。『飛龍伝』が、「忠誠を誓う」「率いる」「幹部会」といった言葉の頻出が示すように、堅固な型を持った、民主的という概念とは尤もかけ離れた「上下関係」の世界であることは一読してまず奇異に思える事実である。「上下関係」=身分の固定化は、当然、ありもしない〈分断〉を造り、冒頭で触れた所美都子の文章が示すように、そうした関係の中では〈大衆蔑視がはびこり、人は自ら成る人間である自信を失い、固有性は失われてしまう〉のだ。

そう考えると、この小説に語られた六八，九年の全共闘闘争がフェイクであることもよく見える。それらの大仰な〈歴史的身振り〉を取り除いてしまえば、全共闘闘争という舞台は、一つの〈祝祭空間〉となり、あとには『蒲田行進曲』などでなじみの「男女関係」が現れるばかりだ。つまり、木下、山崎、美智子の三者の関係は、銀四郎、ヤス、小夏の反復である。男同士の取り決めで、女がやり取りされるホモソーシャルな世界だ。美智子も小夏も、何らの抵抗もなく、男たちの決定に大人しく従っている。美智子は輪姦されることさえ辞さない。文字通り「自ら成る人間である自信を捨てた」人間というよりほかはない。

美智子が男たちにどのように譬えられているかを見てみると、「菩薩」「夜叉」「ジャンヌ・ダルク」「女王」、「学生たちの間で歌い踊るアメノウズメ」「サロメ」「ジェルソミーナ」（フェデリコ・フェリーニ監督の映画『道』のヒロイン）「聖母マリア」などである。これらのイメージが示すのは、要するに男性社会の幻想の器としての「女」である。どのようにも姿を変えることが可能なのだ。だからこの人物に〈思想〉などがあってはならないのだ。『飛龍伝』は、このような〈男の幻想の鏡〉としての〈女神〉が、ならず者たちの祝祭空間〈＝カーニバル〉で殺される物語である。世界の更新を期す「祝祭空間における王殺し」の一ヴァリエーション、である。概括すれば『飛龍伝』は、一九六八、九年の全共闘闘争を、正面ではなく〈斜めから見た〉物語なのであって、以下に述べるように、全く別の視角が仕組まれている小説である。それは、小説のタイトルが暗示している。一体「飛龍」とは何か？　そして美智子はどのように殺戮される道を歩んだか、と考えてみよう。

美智子が自分の運命の予兆を鋭敏に感じ取る人物であることは、執拗なまでの伏線によって示されている。美智子は、「飛龍という石」についてつぶやく不思議な男に幾度も出会うが、最初は皇居前である。

「日本はもうすぐ変わるよ」

目深にかぶったヘルメットで顔が見えないが、強い意志を感じさせる声だった。

「飛龍が」

「飛龍？」

「飛龍が飛ぶんだよ。伝説の石だ。あかね空を、流れ星のような光の尾を引きながら機動隊の栖も突き破り、新しい日本をつくる石だよ」
と、空を指さした。
私も空を一瞬見上げて振り向くと、その男の姿はもうなかった。（2 目覚め）
広い芝生で、「隠れるところなどないはずなのに」、ひとに尋ねてもそんな人はいなかった、のである。この「飛龍が飛ぶんだよ」という謎めいた言葉は、この小説の低音部として、結末までひそかに鳴り響いている。それは美智子にだけ聞こえる声でもある。この男が次に現れるのは、美智子が家庭教師をしている高校生の優子の頼みで、共に大阪に旅した時、生駒神社の縁日である。美智子は〈双子の老人〉から「おみくじ」を買う。大阪駅で、釜ヶ崎の労働者たちが機動隊と投石を投げ合っている。その時、「石売りのお祖母さんたち」に交じって石を売っている男が、皇居前で美智子に「飛龍」という石について語った男だった。しかし男は、「声をかけようとすると駆け出し」「人ごみの中に消えていった」のである。おみくじを開けてみると「あなたは最も愛する夫に殺されるが、その夫はあなたの子に殺される。それが女の最高の幸せなのです」（3 初恋）とある。これ以後、美智子は呪文のようなこの言葉と「飛龍という石」を美智子に教えた男の面影に文字通り呪縛されていく。つまり美智子だけが経験するいささかファンタジックな〈美智子の宿命の物語〉が全共闘闘争と並行して語られていくのである。

次にこの男が現れるのは、美智子が気まぐれで入ってみた教会の壁画の中である。「何かを投げようとしている」十三番目の使徒の姿が「見れば見るほど、あの時の男に似ている」のだった。この後、美智子はその壁画の人物にひきよせられるように洗礼を受ける。そして優子（すでにクリスチャン）に手渡された「聖者列伝」の中から「ステファノ」という洗礼名をあてずっぽうに選ぶ。その人物は、「信ずるところを捨てずに、石を投げつけられて、殺された人なの」というのが優子の説明であった。その説明を聞いた時、「なぜか一瞬目眩がした」（4 洗礼）と美智子は語る。

優子に教えられて「九段の靖国神社の縁日に」興業を打つ「一ノ瀬花乃丞一座」の芝居を美智子は知ることになる（7 就任）。この一座の軽トラックの運転手が、あの教会の「壁画の男」にそっくりなのである。この一座の出し物「羽田十勇士」という時代がかった芝居の内容が「全共闘委員長として愛する男に殺される女」美智子の終焉のさまを、つまり美智子の運命を描くものとなっている。この「羽田十勇士」を美智子が観るのは、美智子が委員長に就任する前日と、終盤のクライマックス（16 君は戦場、僕は恋）である一九七〇年二月二一日、反安保闘争に参加し、国会前のバリケードの中で夫、山崎に撲殺される当日の吹雪の朝、つまり〈運命の日〉に再び靖国神社で観ている（しかしこの時芝居を観たというのは、美智子の見た夢らしく描かれる）。この経緯を見ると、高校生優子とは、美智子にこの「羽田十勇士」を、見せ、「飛龍」という石にまつわる謎の男に再会させ、美智子を〈死〉へ手引きする人物であることが解る。

美智子が、この謎めいた男に出会うのは、「皇居前」、「生駒神社」「教会」「靖国神社」である。「教会」を除けば、他の場所は、天皇家に関わるものである。「生駒神社」は、〈素戔嗚〉が〈御祭神〉であるという。いずれにしてもこれらの場所は、〈超越的なるもの〉を暗示している。「飛龍という石」は、現代日本社会の超越的な領域と関係があるようだ。全共闘闘争を語る物語の不協和音ともいうべき、これらの超リアリズム的要素は、学生たちの闘争とどのような関係にあるのだろうか。

美智子だけが、全共闘闘争と〈飛龍という石にまつわる不思議な物語〉の双方を行き来できる人物であることは確かだ。この二つのコードの関係を明らかにすればこのテクストの深層の構造が見えてくるはずである。「飛龍」が天皇家に関わっていることが解れば、過激派「八王子解放戦線」の「リーダーの増田」の出自も、この系列の話の要素として理解できる。増田は、「九州の五つ川というデンドロの村の出身だという。デンドロというのは香典泥棒のことで、村を挙げて葬式を見つけては香典を盗むのを仕事にしている一族だそうだ」と、美智子は述べている。増田も三歳の時から、葬式を探してはこっそり棺桶に忍び込み、死体と共にじっとしていて、夜中に抜けだして香典を盗むのを生業としていたという。しかし、因と果は逆であろう。思わず美智子を泣かせた増田の手紙に次のように書かれている。「普通の仕事をしたくても地元で雇ってもらえず、大阪だの東京だのに出ても、リストが出回っていて、五つ川というだけではねられます。（中略）五つ川はどこまでもどこまでも私を捕えて離してはくれないのです。神林さん、こんな私にとってみれば、革命なんてもんは、この生まれから「抜け出す」ということなのだろうと思えるのです。いつかこの山の向こう、デンドロの一族の歴史を変え、流れを押し止め、私たちのような被差別階級の人々が胸を張り生きていける世の中を作り上げていくことなのだろうと思うのです」。（6 同棲）

彼ら、被差別の人々が、天皇家と縁が深いことは歴史学によって明らかにされている。つまり〈超越的な領域〉の人々である。これに、先述した「俺なんか日本にいれば他人の国だ。そんなデモなんて行けないし、辛いとこだよ。税金なんて取られるだけ取られて、参政権がないんだもんな」と〈店子意識〉を訴える在日韓国人の鬼島を加えることもできよう。被差別者、そして朝鮮、及び台湾を含む中国（これに加えるに沖縄）とは、紛れもなく近代日本の〈異邦人〉であった。『飛龍伝』は、全共闘闘争を、日本社会の〈内部のゲーム〉として語る、その場合の〈外部〉が在日韓国人と被差別部落だった。つかは全共闘闘争をこのような〈外部〉の立場から相対化し、茶化しているのだと言えよう。つかの小説や芝居の方法論の特徴は、差別されたものが、怒ったり闘ったりするのではなく、さらに徹底的にその差別の構造に自ら自虐的に嵌っていく、というものであるが、鬼島の父親が、戦時中自ら特攻隊に志願したのと同様、息子鬼島も、そして増田も過激派に所属し、事件を起こす。しかも鬼島の父は、世間に申し訳がないと、切腹する。しかし一九六五年の「日韓条約批准粉砕全国統一行動」は、六九年の「出入国管理法案」に連結し、六九年三月に結成された「華僑青年闘争委員会」と、スターリン批判以後の新左翼とが共闘してゆくことになる。その過程で行われた「華青闘」の、日本の新左翼に対する「内なる差別」の告発をきっかけとして、七〇年以降、部落問題、フェミニズム運動など、マイノリティーの解放運動が大きくうねり出したのである［注10］。こうした重要な歴史の動きには『飛龍伝』は無関心を決め込んでいる。というよりも『飛龍伝』の関心は、始めからそのようなところにはない。

もう一つ、マイノリティーの他に、全共闘闘争を外部化する要素が、先に触れた皇居、靖国神社、生駒神社、が示唆する天皇制である。つまり『飛龍伝』は、被差別部落、在日韓国人、そして天皇制、及びキリスト教を、全共闘闘争の外延に置いた物語である。

この構図を認識した上で、皇居前でビラを配っていた学生らしい男が美智子に囁いた「日本はもうすぐ変わるよ」「飛龍が飛ぶんだよ。伝説の石だ。（略）新しい日本をつくる石だよ」（2目覚め）という謎めいた言葉を解釈してみると、鬼島、増田のような、この社会の〈他者〉を排斥しない「新しい日本」に生まれ変わることを願った言葉として受け取ることができる。その男は、闘争のビラを配っていたのに、ついにこの人物がその後の闘争では姿を現さないのは、美智子が知ることになる全共闘の学生たちとは異質な人間であることを示している。高校生の優子と共に、美智子を死へいざなう〈死神〉のような物語的機能と言えよう。

小説のラスト、一九七〇年、二月一一日の反安保闘争の当日、美智子は山崎との間にできた赤ん坊を優子に託し、東映任侠映画さながら雪の降りしきる中を国会前へ赴き、桂木や木下他、これまで関係を持ったすべての「私の愛する男たち」の前で「限りなく続くシュプレヒコールの波」を「レクイエム」として聴きながら、夫山崎に殴り殺される結末となる。美智子は、この時期出現した〈祝祭空間〉の中で、狂奔するならず者たちに捧げられたスケープゴートとして死ぬ。小説は、しかし美智子が男たちの中で殺される、という際立った結末のために「飛龍」が飛ぶ場面はいささか唐突の感を免れない。

「『飛龍だ!!』／学生たちは手を叩き歓声を上げた。」（16 君は戦場、僕は恋）とあるが、何故学生たちが歓声を上げたのか、「飛龍」とは周知のものだったのか、などがよく分からない。いったい、「闇をあかね色に染めながら尾を引いて飛んでいく飛龍の雄姿」とはなんであろうか？肝心な問題は、テクストははっきり明言はしないものの「飛龍」が、暴徒としての全共闘の学生たちからではなく、〈超越的なる領域＝やんごとない場所〉から飛んできたものであることだ。それは少し前の時代に散々喧伝された、〈天皇制のジャーゴン〉神風、以外のものではない。〈飛龍が飛ぶんだよ、新しい日本をつくる石だよ〉と、〈神風が吹いて日本は勝つんだよ〉、双方の言葉の類縁性は否定しようがない。この風土に固有の、天皇制にまつわる隠語なのだ。

つかは全共闘闘争を〈全共闘祭り〉として扱った。すると、繰り返される〈飛龍が飛ぶよ〉は、お祭りの〈お囃子〉となる。〈神風が吹くよ〉が天皇制の〈お囃子〉であることと同様に。これらの〈お囃子〉は、そのようなものをいささかも信じていない領域から発せられる〈裏声〉なのだ。神風は決して吹かない。だから、決戦の日、美智子とともに靖国神社で「羽田十勇士」

を観た四人の客の中の「背の高い初老の男」が、「閣下、日本はどうなるんでありましょうか」の問いに「変わりゃしないよ。何も」と答えるのだ。つかは『飛龍伝』という系列のテクストに、全共闘闘争を〈コップの中の嵐〉として嘲笑的に侮蔑的にしか語ろうとしなかったけれど、それはつか独特の〈店子意識〉と、「変わりゃしないよ。何も」という、〈ネガティヴな予定調和＝ニヒリズム〉に身を置く、つか自身の体質の旧さに起因している。それはまた、『飛龍伝』が、かくも深く〈天皇制〉に刺し貫かれたテクストであることと相関している。

注

［1］増補新版河出文庫　一九九〇・七

［2］奥は中核派、恋人の中野素子は革マル派であった。おそらくそのために、奥は結婚を申し込み断られている。

［3］『「全学連」研究　革命闘争史と今後の挑戦』一九八五・五　青年書館

［4］島泰三『安田講堂 1968–1969』（中公新書二〇〇五・十一）、『死者はまた闘う　永山則夫裁判の真相と死刑制度』（二〇〇七・一一明石書店）

［5］クリストファー・ラッシュ『ナルシシズムの時代』石川弘義訳　一九八〇・二　ナツメ社

［6］樺美智子が警棒で殴り殺された六〇年の安保闘争の時など、全学連の防御策はヘルメットしかなかった。樺美智子らとともに全学連メンバーとしてデモに参加し、樺の死を間近にレポートした内藤国男は、自著『新聞記者として』（一九七四・六筑摩書房）の中で、六月一五日午後六時半に発令された警官側

の組織的な「投石の集中攻撃パターンによって」樺が殺され、無防備な全学連が崩れ去る場面を記録している。午後九時半、緊急に開かれた「樺虐殺に対する抗議集会」でも、さらに官憲側は無防備な学生に再度のテロを加えた。こうした市街戦を経験することによって、学生たちは武装の必要を学んでいったのである。

[7]一九六八・六　ノーベル書房

[8]例えば『青春の墓標』の著者奥浩平は、一九六五年二月、横浜市立大三年の時、椎名訪韓阻止羽田闘争に参加、機動隊の装甲車を乗り越えようとした時、こん棒で鼻硬骨を打ち砕かれ、九日間入院、退院後一〇日目の三月六日、二一歳で服毒自殺する。遺体には、兄の証言として、安保以来五年にわたる学生デモにおける、機動隊の乱打や軍靴まがいの靴で蹴りつけられた傷跡が四肢にあったという。つかは、『青春の墓標』を熟読したはずなのに、こうした機動隊の暴力の問題は全く無視している。

[9]前掲井上清『東大闘争　その事実と論理』によれば、この時、一刻を争う重傷者が出たためやむを得ず降伏した無抵抗の学生たちに対して「機動隊員は、殴り蹴飛ばし踏みつけ、とあらゆるリンチを加えた。このことといい、重傷者引き取り拒否といい、かつて日本帝国主義の軍隊が、南京やシンガポールやフィリピンで行った、降伏者に対する残虐行為を思い起こさせるものがあった」と記している。また最首悟編『山本義隆潜行記』（一九六九・一二講談社）に、金沢良雄法学部教授があろうことか機動隊に見舞金を送ったことが記録されている。

[10]「華僑青年闘争委員会」と日本の新左翼の共闘、分裂の経緯については、絓秀実『一九六八年』（二〇〇六・一〇　ちくま新書）を参照した。

■テクストの引用は集英社文庫版『飛龍伝　神林美智子の生涯』に拠った。

第Ⅱ部　〈もどき〉としての作品たち

第三章

つか版「父帰る」の問題性

「出発」論

林　廣親

1　はじめに

つかの劇は苦手である。あの絡みと難癖と言いつのりと悪態と下ネタからなる饒舌に耐えられない。しかしその劇的文体を抜きにしてつか劇は論じられないだろう。「出発」（一九七四）の場合、それは舞台で起きていることの本質的な分かりにくさから観客の気をそらさせ続けるもののようだ。蒸発したはずの父親が床下に潜伏している。その頭上で残された家族が暮らしている。この岡山家の状況は父親が床下から姿を現すまで観客には分からない。一方登場人物たちははじめからそれを承知している（その点もいささか曖昧だが）。言ってみればこの劇は〈フェアプレー〉から程遠いものだが、そのドラマトゥルギーの問題を見えにくくしているのが饒舌な文体だ。

思えば日本の新劇（近代劇）はつか劇のような文体を排除する精神のもとでその伝統を培ってきたものに違いない。「出発」はそうした近代劇の古典的名作である菊池寛の「父帰る」と交叉した作品である。文学座に依頼されて書き下ろしたという執筆事情と共につかの劇では異色のものと見てよい。扇田昭彦は新潮文庫の「解説」で「『父帰る』のパロディの形をとっている」[注1]と述べているが、パロディだと言い切らないのが面白い。読み比べてみると「出発」の文体はあらゆる点で「父帰る」の文体の対極にあると感じる。両者の関係をどのように理解するか。つかがなぜ「父帰る」にリンクする劇を試みたのか、それにどういう意味があったのか、改めて考える余地があると思わざるをえない。本稿では戯曲テクストの読み解きを通じて新しい作品理解の可能性を追ってみたい。

2　上演とテクストの問題

「出発」は一九七四年七月に文学座アトリエの会で初演（小林裕演出）され[注2]、次いで翌七五年の七月、劇団暫によって再演（向島三四郎演出）された。ただし初演、再演とはいうものの、両者は台本との関係で長さも中身も実際には相当に違う。『新劇』掲載のテクストをそのまま初めて舞台化したのが再演である。

一九七八年一月には「改訂版出発」が劇団つかこうへい事務所により上演された。つかこうへい自身が演出し、田中邦衛の父親役で評判となった。その後「出発」、「改訂版出発」それぞれに拠る上演が近年に至るまで続いている。

さて次に戯曲テクストだが、管見に入ったものは以下の通り（仮にA、Bで系統を区別した）。

A1　「文学座アトリエの会上演台本」
A2　初出（一九七四年八月号『新劇』）
A3　初刊（一九七五年一月『熱海殺人事件』新潮社）
A4　再録（一九七九年四月『戦争で死ねなかったお父さんのために』新潮文庫）
B　改訂版（一九八二年八月『定本ヒモのはなし』角川書店）
A5　定本（一九九六年十一月『つかこうへい戯曲・シナリオ作品集四』白水社）

A1はガリ版刷りで、表紙に「つかこうへい作」「出発」「文学座アトリエの会上演台本」とある（演劇博物館蔵）。雑誌『新劇』に発表された戯曲（A2）にも「文学座・上演台本」とタイトルに付記されているが、初演台本とは区別が必要だ。

初演台本はもはや一般の目にふれることのないテクストなのでこの機会に寄り道して見ておきたい。まず「きわめて正確このうえない食卓である」という最初のト書きは無い。さらに「男」が香具師のような口上を述べながら父をさらし者にするフィナーレも無く、父親が床下にもどった場面で終る劇になっている。悪乗りや悪趣味な暴露といったつか劇の文体的特徴があまり目立たない台本だ。他のテキストには見られないセリフもある。

長男　六助、おまえどうなんだよ、ちったあやる気あるのか。
弟　……兄さん、やっぱりここんとこで、どうどうめぐりするしかないんじゃないかな。僕たちはおとうさんをひきとどめるだけの言葉を持ちあわせていないし、おとうさんだって居直れるだけのひけ目だってありやしないんだよ。やはりおとうさんには帰ってきてもらっては困る部分が徐々にできているし、おとうさんだって帰ってきたところで、居場所は初めからなかったんじゃないかな。おとうさんはいなくなって初めておとうさんであって、僕たちは僕たちなのさ。
（雨の音）
熊田　夜も遅くなったことだし、おひらきにしますかな。
弟　おとうさん、出発だ。

この後は床下の父親による感傷的なモノローグだけで幕となっている。先述のように香具師の口上のような場面が無いかわりに引用中の傍線部のような説明的なセリフがある。その説明性は文学座アトリエの会による初演の分かり易くも気の抜けたビールのような舞台を想像させる。父親の帰宅の可能性の芽を摘んで彼に引導を渡すに等しいセリフである。

つかこうへいと文学座の関係やこの劇の上演事情は興味深いものだし、「出発」を新劇文体のセンスで書けばこういうものになるという意味でこの台本と流布している戯曲テキストとの比較を更にしてみたい気もするが、本論の趣旨からずれるので割愛する。

文学座のガリ版刷り台本（Ａ１）と『新劇』初出テキストの関係をどう考えればよいのか、アトリエの会で七月に上演するための稽古が五月頃始まっていたとすると、『新劇』八月号の発売が七月はじめだから、ガリ版刷りのテキストに加筆する余裕はある。しかし加えるより削る方が楽だから、ガリ版刷り台本はつか自身が原稿を用意したか、あるいは演出家が上演時間に合わせて削ったか。いずれの可能性も考えられるが実際のところは分からない。問題は『新劇』のテクストが題の脇に「文学座・上演台本」と銘記されていることで、それが文学座アトリエでの初演とは異なる内容だということだ。しかも初演の舞台を見るものはタイミングとしては『新劇』掲載の戯曲を参照することもできる。要するにこの劇の場合、初演の劇評には注意が必要である[注3]。

それはともかく、ガリ版刷台本（Ａ１）を除いたＡ２〜Ａ５のテクストは『新劇』初出の戯曲に拠っており、些細な違いをのぞいて同一と見てよいものである。それに対し「改訂版出発」（Ｂ）は先述のように一九七八年に劇団つかこうへい事務所が上演したもので、ト書きは演出指導を兼ねた内容を含んでいる。前置きに「「出発（しゅっぱつ）」（―日本長男物語―）と呼ぶ」とあり、内容は父親の東北地方への一人旅が具体的に語られていたり、最後のシーンの「男」が長男の「一郎」になっているなどの違いに加えて「祖母」の他登場人物も増えている。劇としては総じて取り付きやすくなり、おちゃらかしのセリフや場面が増えて、その分Ａ系統のテキストに備わっている一種の緊張感が失われている。その意味で二番煎じの感が強い。また「出発」の魅力は後述するような〈わかりにくさ〉にもあるので、「改訂版出発」はテクストとしてその点でも問題外である。それゆえ以下の考察はA系のテクストを対象とし、引用は初刊の『熱海殺人事件』に拠ることにする。

3　ドラマの構成と物語について

菊池寛の「父帰る」はひと言でいえば「蕩父の帰宅」をめぐるドラマである［注4］。その物語は淵源を『旧約聖書』に求められるような普遍性、共有性を備えている。同じく父親の帰宅をめぐるドラマながら「出発」の物語にはそれが欠けている。それゆえに独創的だが飲み込みにくいストーリーである。

劇の構成は1、2の数字で大きく区分され、人物の出入りで場が移っていく。その展開をメモ風に書けば次のようになる。（漢数字は筆者が仮につけたもの）

1

一、食卓での嫁と母親と長男、弟の対話
二、熊田の訪れ
三、再び家族の対話

四、床下での夫婦＋嫁の対話

2

五、床下での父と長男＋熊田の対話
六、全員がリハーサルにかかっての対話
七、父親が床下に戻る
八、朝食の場面
九、香具師風の口上によるコント

こうして区切ってみると二幕と九場からなる劇と見なすことができる。この二幕による構成には時の経過に関わる重要な意味があると考えられるが、先行の文献ではそれが全く問題にされていない。ストーリーを追って考えよう。

はじめは長男、母親、嫁、弟の四人が食卓を囲む場面。蒸発した父親らしい人の後ろ姿を見たと「おむかいの奥さん」に「そっと耳打ち」されたという「嫁」のことばに対する「長男」の過剰反応が印象的な場である。

うちの親父は筋金入りの蒸発だぜ。並みのトンズラじゃないんだぜ。―中略― 仮りに、仮りにだよ、今、おまえが言っていたその人が本当にうちの親父だとしても知らん顔してりゃいいのさ。口も利いちゃいけないよ。そりゃあ人間いかにはえぬきといってもおとうさんだって、だから、そういう郷愁の念にもとりつかれることがあるだろう。だが、どっこいそうは問屋がおろさない、『甘ったれるんじゃない‼』、つきはなしてやれるだけの志の高さをもってりゃ、おむかいの奥さんなんかの耳打ちにうろたえることはない。

長男は父親がありきたりの家出をしたと世間に思われてはおしまいだと言う。「筋金入り」とか「はえぬき」とかのことばで自ら得心しようという必死さが伝わるが、この時点での他の家族の反応は鈍い。「嫁」はそのじれったさと不満のはけ口にされている。

しかしやがて「おかあさんは黙っててください。明子は私の妻なのです。」／「いいえ、明子さんはこの岡山家の嫁です！」というやりとりを切っ掛けに、長男と心を一つにして難儀に立ち向かおうとする気分が一同を支配することとなる。

岡山家の人々は世間の思惑におびえ、父親の家出をいわば特権化してそれに抗しつつ、その特権にふさわしいかたちでの帰宅を願うわけで、これが以後家族の言動を支配する原理になるのだが、当の父親にとっては高すぎるハードルだったに違いない。

家族が置かれた状況が分かったところで、〈二場〉に移って娘の至らなさが舅の家出の原因ではないかと疑う嫁の父親「熊田」が訪ねて来て大時代なセリフのやりとりがあり、やがて彼は娘に送られて辞去することとなる。熊田は演技への情熱という点では突出した人物で、１幕と2幕を通じ一貫してそのボルテージが変わらないのは彼だけである。

その後再開された家族の対話〈三場〉では、だんだんに母親と嫁、兄と弟との高揚感やこだわりどころの違いが明らかになってくる。長男は父親の帰りに備えて教養を積むため毎週土曜日に読書感想会を持とうと提案する。最初の作品はなんと「ユリシーズ」である。そう入れ込みすぎては気楽に帰れないのでは？ と気乗り薄な態度を見せた母親は「失踪とか蒸発とか、そんなありきたりの言葉でかたづけられるようなところで家出したんじゃない。せめて家族だけでもそう信じてやらないことには、あんまりおとうさんがかわいそうすぎる」となじられる。「弟」は兄に共鳴して「今さらノコノコおとうさんを帰って来させやしないからね。その時には、僕は僕で考えていることがある。さしちがえるつもりでいるんだからね」とまで口走り、帰ってくる父に「船乗りシンドバットの面影」を重ねた作文まで書いている。

「母」の（またぐらをボリボリ）掻きつづける仕草や「嫁」に対する「長男」の「きっと俺が家出した時なんか、おまえ、デッかいケツをもたげて、ハデに一発、ブーッて打ちあげてくれるんだろうね」というような埒も無い言いがかりや「娼婦」「人非人」などということばが飛び出す罵言でいやが上にもヒートアップする場であるが、その切っ掛けは「軽い気持ちで旅行に出たとか、おとうさんの夏休みとか、そんなふうに気楽に構えてもいいんじゃない」ではじまる母親のセリフである。それが家出の真相を知っているところからなされた提案だったかと観客が思い当たるのは後の事である。

兄は夜警のアルバイトに、弟は塾に出かけた後の〈四場〉は床下から父親が顔を出すという思いがけない出来事で始まり、夫婦二人のやりとりに嫁が後から加わる形で展開される。そこで明らかになるのは「三、四日内緒で東北を旅してみた」くなってふらりと出かけたのがことの発端で、母親がおうように構えていたので子供たちやご近所が騒ぎだし、旅からもどった彼は「二、三日様子を見る」と妻にいわれてとりあえず家の床下に潜むことになったという事情である。その状態が三ヶ月も続いているのだが、「嫁」はそれを仏道修行のための隠遁生活だと思っているらしい。最後は父親の「三人姉妹」もどきの感動的なセリフになる可笑しさの中で1幕が閉じられる。「出発」のストーリーについて村尾敏彦に「家族はみなそれぞれに父親が床下にいることを知っているのに、父親が蒸発した家族を演じているのだった」[注5]という説明がある。そのとおりなのだが、問題はこの時点で「長男」と「弟」が「知っている」のかどうかであり、また「嫁」はいつ知ったかであるが、この作品にはそれを知る手がかりがない。

4　時の経過を含んだ物語

2幕は長男が熊田を伴って床下の父を訪れるところから始まる。この幕に入ると物語の展開は急である。父親は床下の住まいを拡張するなど住環境をせっせと整えているらしい。前の場で夫婦二人だけの時に「こうなりゃもうひらきなおって前向きに、優雅な穴倉生活を送ることを本気で考えるよ」というセリフがあったように最新型の冷蔵庫まで買い込んでいる。その一方で長男以下の家族はさすがに奔命に疲れだしたらしい。嫁の父親である熊田に事情を打ち明けて事の解決に力を貸してもらうことになったという。熊田によれば「今一番の難問」は「八太郎さんの帰り方ですな。それも自主的に帰って来るか、誰かに促されて無理矢理帰って来るか、ということ」で、自分は喜んでそれにひと役買いたいという。

並みの蒸発をしたのではない父の不在に耐えようと必死でいた「長男」に早い時期の帰宅を願うような心情変化が起きている。先行論では問題にされていないが、1幕と2幕の〈時〉が連続しているとは考えられない。床下を改造し冷蔵庫まで備えるまでにはかなりの期間を要したはずである。1幕から二、三ヶ月過ぎている感じだ。普通なら時間の経過はト書きで示されるはずだが、それを欠いたこの劇には根本のところでの分かりにくさがある。

2幕での長男のセリフには「筋金入りの蒸発」などと力んでいた頃の勢いがなく、弟が望んだシンドバットの面影を帯びた帰宅は問題外で、結局「古典的なドラマツルギー」すなわち「父帰る」もどきで収まりをつけようということになる。自分の出番が少ないと言って「熊田」がごねだし「長男」と「父」が鼻白むやりとりが笑えるが、「熊田」の〈演技〉への情熱が突出して見える場でもある。そのあげくに

父　俺、このままでいいよ。（図面を出して）暑くなったらさあ、ここんとこにクーラーでもつけてさ、花壇でもつくって、別に不自由しているわけでもないしさ。俺、いいんだ。

長男　不自由してんのは僕たちの方ですよ。

というセリフの後「とにかく一ペン通しときましょ。熊田のおとうさんが連れて帰ってくる所から。玄関をあけるところからですよ。はい、板つき。はい、板つきって言ってるだろう。起きろ、明子。新聞、持って来い。」と声があがって劇中劇による帰宅のリハーサルが始まる六場となる。

すぐどやどやと全員が現れて驚かされるが、やがて準備が整い「……おかあさん、さっきスーパーで、おむかいの奥さんがそっと耳打ちしてくれたんですけれど……」という幕開き場面と同じ「嫁」の台詞で劇中劇が始まる。「長男　世間てやつは、いつもそんなふうにメリハリをつけたがるものだよ。」に至ったところで父親を連れた熊田が訪れてくる。

この「古典的なドラマツルギー」による劇中劇には「長男」の「六助、おれたちには、おとうさんなんていやしないんだ。おまえが今日まで学校に行けたのは誰のおかげだと思う。みんな俺が死ぬ思いで働いた金で学費を払ってやったからじゃないか。お前が、この人をおとうさんと認めるようだったら、俺は金輪際弟とは思わない」という「父帰る」写しのセリフがある。

しかしそれに対する父親の「いいよ、一郎。別に俺も今さらおとうさんなんて呼んでもらおうなんて思っちゃいないよ。ただちょっとばかりの感傷に負けて……」というセリフで彼らの劇はそのまま失速してしまう。予定のセリフとは違うことばが口を突いて出てくるのである。「あなたの好きだった、竹の子を煮てあげようと思ったのに。あなた、お体に気をつけて。私達のことは何も心配することはないんですからね」という「母」のセリフはその失速状態を体現しているようで悲しくも可笑しい。本来なら「煮てあげようと思ったのに。」の次に〈なぜ行ってしまうの〉と続くところである。

彼らは肝心のところで演技ができないのだ。この戯曲のほんとうの面白さはそこに在るのではないか。「弟」の「おとうさんだっていなおれるだけの引け目だってありはしないし、僕達だっておとうさんに対して引き止めるだけの憎しみなんてもっちゃいないし」というセリフは「古典的なドラマツルギー」では片が付かない彼らの意識を暗示している。しかし行き着いたところがそれなのだから替わりのドラマツルギーが彼らにあるわけでもない。2幕の岡山家の人々は「演技」への情熱を失いかけている。「熊田」だけが1幕同様相変わらずの芝居きちがいでその対称が興味深い。

「弟」の「おとうさん、出発だ」というセリフでふたたび父は床下に向かう。「出発」の意味はいろいろと解釈がありそうだが、ギター伴奏の歌で送り出す「弟」に「今日は、なんだい」と尋ねる父親のセリフは、彼らがこれまでにも実らないリハーサルを重ねて来て、それがこれからも続くことを暗示している。

フィナーレは「おとうさん」をさらし者にして通りすがりの客に棒で打たせようというコントで、「男」の口上はバナナのたたき売りめいて「一打ち百円、五十円、もってけ、泥棒」で終わっている。途中に「ほらお客さん、この暑いさなか何のつもりかどういう風のふきまわしかこんなところにまで足を運んで下さいまして、」ということばがあるから劇の観客に対するサービスと見ておけばよい。「おとうさん」であることが罪なのかとも思うが意味不明なシーンである［注6］。

5 わかりにくさをめぐって

「出発」は舞台で進行していること自体がかなり分かりにくい劇である。個々の場面の性格が分かりにくいのである。劇と劇中劇の区別がつきにくい、言ってみれば〈地〉と〈図〉が入り混じった感じがつきまとう。そしておそらくそれは意図されたことだ。観客（読者）は下品で抑制を欠いた饒舌文体に気おされて、あるいは興奮してそれに気にしている余裕がない。

最初の「嫁　……おかあさん、さっきスーパーで、おむかいの奥さんがそっと耳打ちしてくれたんですけれど……昨夜遅くおフロ屋さんの近所で、おとうさんに似た方を見かけたんですって……」から「長男　世間てやつは、いつもそんなふうにメリハリをつけたがるものだよ」

までのやりとりは、既にふれたように終り近くで父親の帰宅を迎える劇のリハーサルのはじめのセリフと同じである。ということはこの劇は最初から劇中劇なのか。「嫁」の台詞は「父帰る」での妹の目撃譚を想起させ、それがまず劇中劇の印象をもたらす。ところがずっと後の床下での父と母の対話場面に

母　……明子さんが言ってたんですけど、外に出たんですすか

父　俺もちょっとしたもんだぜ。明日はさ、つけヒゲつけてさ、サングラスかけてよ、いっちょう変装してやってみるか。そうさなあ。

とあって、幕開きの場で嫁が告げた目撃譚を現実の出来事に関連付けた理解も可能なようになっている。

要するにこの作品の分かりにくさは、父親がすでに家に戻っていながら家族の日常に復帰していない状況が伏せられていることから生じている。床下から「父」が顔を出すまで、父親が床下でもう三ヵ月も過ごしていることは観客には分からない。登場人物は最初から皆それを知っていて観客だけが知らないのである。劇の終わり方に近づいてそれまでの場面が劇中劇であったことがわかるというドラマは他にもあるが、それを暗示する仕掛けの工夫によって〈フェアプレー〉のアリバイは確保されている。「出発」でもさすがにそのサインがないではない。「母

いいえ、明子さんはこの岡山家の嫁です！／拍手!!」や「全員 ははは……（正面をむいて）こんな時におとうさんがいらしたら、どんなに楽しいでしょうねえ」のト書きがそうだろう。しかしつか流のセリフに翻弄されて余裕のない観客には分かりにくい。

登場人物たちは父親が床下で待機し続けている状況を観客から隠すために劇中劇を演じていたとも言えるのだが、見逃せないのはそれが同時に床下に身を潜めている父親にむけた劇でもあることだ。理屈から言えばそうなるし、実際〈四場〉での登場の仕方や「しかし一郎、すごいな。入れこんじゃってよ、お不動様みたいな顔になってきたんじゃないか」というセリフは〈三場〉での「俺、目つきが変わったたって言われるぜ」で終る長男の話を床下で彼が聞いていたことを示している。

床上のことが皆耳に入るのだから、父親は自分の帰宅のハードルが時間と共にどんどん高くなること、仮に帰宅できても居場所がなさそうなことをいやでも悟らざるをえない。そこで籠城生活?を快適なものとするために父親はせっせと床下の住居化工事を進め、しまいには帰宅への執着をほとんど失くしている。そうした床上と床下の関係の仕組みは1幕と2幕の時間差と共にこの劇の大きな特徴であり、もっと違った劇への潜在力を思わせるのだが、観客は分かりにくい状況と奔放なセリフを飲み込むのに精一杯でそれが見えにくい。

父親が床下に待機中という状況を家族の全員が知ったのはいつか。これも良く分からないことだ。床下での父親と母親の対話場面では母親だけが知っていたかに見える。しかし嫁が父親に頼まれた買い物を届けに床下に現われてそうではないことが分かる。彼女は舅がそこで仏道修行に励んでいると思っている。父親と母親は共謀して嫁をだましているのだろうか。さらに長男がこの状態をいつ知ったのかも分からない。弟は「古典的ドラマツルギー」によるリハーサル場面になってそれをすでに知っていたと初めて分かる。父親を送り帰す時のギター演奏は何度もやっていたらしいのだ。嫁の誤解はいつ解けたのか、これも分からずじまいである。

新劇とは異質の劇だから許されると作者は考えているのかも知れない。観客を煙にまくような言葉の洪水はその異質性を強調し、辻褄の合わなさに戸惑うことを許さない文体である。「出発」が他のつか劇といささか違うのは、分かりにくさの違和感が澱のようにたまってしまうことだ。これはおそらく「父帰る」とリンクしようとした結果だろう。

6　つか式パロディについて

「教会のパイプオルガンの無類の静けさがそうであるように」というト書きによる結びはこの劇にふさわしいのだろうか。これは舞台に反映しようがない。作品理解の助けにもならないだろう。そのイメージには劇の中身と直接結びつくものがないからだ。まさか神を連想せよというのでもあるまい。一般的に言って作品理解の手がかりはト書きやセリフのドラマの文脈に関わる意味にあるが、つかの作品はその点での論理的整合性がゆるい。あるいはそれが無い。

勝手な想像だがこのト書きは当時評判になっていた武満徹の本のタイトル「音 沈黙と測りあえるほどに」（一九七一、新潮社）からの思いつきではないかという気がする。実際つかの作品には流行を取り込んだ発想が多いのである。作品が発表された七〇年代当時に還元してみれば「蒸発」は六〇年代後半からの流行語であったし、父親を一人旅に誘った憧憬は七〇年に始まったテレビの旅番組でテーマ曲として流れ続けた「遠くへいきたい」（一九六二年 永六輔作詞、中村八大作曲）と結びつけて受取られただろう。さらには上条恒彦が「愛の形が壊れた時に／残されたものは出発の歌」と歌い上げた「出発(たびだち)の歌」（一九七一）がある。つかのドラマトゥルギーにはドラマの文脈に関わる論理より際物的な引用を優先するあそびの傾向が強くある。この遊びは時がたてば作品の分かりにくさの一つになる。しかしすでに述べたように「出発」にはもともと意図的に観客（読者）を戸惑わせようとするところがあるのだ。

　劇の発端には「きわめて正確このうえない食卓である」というト書きがあり、エンディングの前にもこれがある。繰り返しを暗示するサインとしては分かるが、その文句自体は意味を結ばない。読み手はそのために落ち着かない気分にさせられる。なぜこんなト書きを置いたのだろう。

　おそらくこのト書きは別役実の「マッチ売りの少女」（初演一九六六）で最初の場面にある「下手から、初老の男とその妻が「夜のお茶の道具」を持って現われる。道具をテーブルに規則正しく並べ始める。この家には、道具の並べ方について厳重な法則があるかのようである」［注7］

にリンクしたものだ。別役の場合もエンディングの前に「男と妻、静かにテーブルに坐る、厳しゅくな「朝のお茶」が始まろうとして……」というト書きがあって繰り返しの構造を指示している。要するにつかは読者に「マッチ売りの少女」を想起して欲しいのだ。そう了解するなら「出発」のはじめにある「……おかあさん、さっきスーパーで、おむかいの奥さんがそっと耳打ちしてくれたんですけれど」という「嫁」のせりふと「マッチ売りの少女」の「妻」の最初のセリフにある「おむかいではね、」ということばの響き合いも偶然とは思われない。

しかしこうした〈引用〉はあっても、無論「出発」は「マッチ売りの少女」のパロディではない。その相似はかえってつかと別役の劇の本質的な違いを示しているのではないか。別役の場合、幕開きの「いいかね、食卓のつくり方と云うのは微妙でね、ちょっとした並べ方ひとつで、しなびたレモンにもツヤが出る……」という「夫」のセリフをはじめとして一連のやりとりはト書きと無関係ではない。しかし「出発」の場合は違う。「きわめて正確このうえない食卓である」というト書きは、「マッチ売りの少女」には結びついても、肝心の劇の対話とは不連続なト書きである。だから浮いている。

これは気になる先達（せんだつ）としての別役実に対する挨拶の仕草なのだろうか。しかし引用はするがそれを生かそうとするわけではない。おそらくそれが過去の作品に対するつか流の待遇の仕方であり、物語や作劇法の共有を拒むことで自らを主張するもののようだ。だいぶ回り道になったが「父帰る」へのリンクについても同じことが言える。

扇田昭彦は「『出発』は、菊池寛の名作劇『父帰る』のパロディの形をとっているが、登場人物はすべて演技過剰のつか式演技人間の典型で、完全につか喜劇の世界に転化している。父親の「蒸発」(?)により、はじめて劇的に高揚した日々を送ることができる一家を描くことによって、中心の核を失い、空洞化した家族の姿がコミカルに、ある種の不気味さをともなって浮かびあがる仕かけである」[注8]と述べている。「パロディの形をとっている」というのは、パロデイのように書いているがそうではないという意味だろうか。とにかく扇田はそれをさして問題にすることなく、つかを持ち上げることに力を注いでいる。ちなみに扇田は『演劇年報一九七七年版』に寄せた「現代劇Ⅲ　小劇場の転換」の中でつか劇の「中軸」をなすものを「うつろな日常性における演技感覚、あるいは演技への切ない情熱」として七六年のつかブーム到来の画期性を指摘した劇評家である。「「演技する人間」としての人間の原像」を提出した点につか戯曲の価値を見る発想は今日では定着した評価だろう。しかしながらこれまで考えてきたように「出発」は「登場人物はすべて演技過剰のつか式演技人間の典型で、完全につか喜劇の世界に転化している」と言って片付けてしまえない問題作である。やはりパロデイ性はこの作品を考えるのには重要で、それに擬したがための傷があり、またそれゆえの魅力がある作品ではないのだろうか。

菊池寛の「父帰る」はかつて家族を捨てて情婦と出奔した父親が、二十年の年月を経た後に尾羽打ち枯らして故郷の家に帰って来る物語である。長男は父親代わりを強いられ苦労しぬいて一家を支えてきたがために、彼を迎え入れるのに耐えられない。「父帰る」のドラマの要件は父親不在の時間の長さである。つかはその勘所を尊重するどころかこともなげに外してしまった。肉親としての愛憎の不在を告げる「弟」の「おとうさんだっていなおれるだけの引け目だってありはしないし、僕達だっておとうさんに対して引き止めるだけの憎しみなんてもっちゃいないし」という分かりにくく持って回ったセリフは、裏返していえば〈「父帰る」の二十年という歳月があれば良かった〉というだけの事である。だがそれこそは肉親の愛憎を抜きがたいものにする時間なのである。

無断で数日間の旅行に出かけただけで帰宅したら家庭に復帰できないというのは無理な発想だ。だから帰宅した時「母」とのどんなやりとりがあったのか具体的には書きようがない。そこは曖昧にしてごまかすしかないのである。一年かせめて半年彼が家を空けていれば違和感はなかった。世間体を気にするのも無理はないと思えるだろう。それなのになぜそういう設定にしなかったか。おそらく無理は承知の上で「父帰る」との違いを強調したかったからだろう。1幕と2幕の〈時〉を指示するト書きがないという問題もそれと無関係ではなさそうだ。1幕と2幕では既述のように「熊田」を除いて家族の気分が変化している。それはいわば「演技する人間」の自家中毒のようなものだ。2幕では世間の思惑は実は問題ではなくなっているのである。

ところで、こういう読み方自体がつか論にはふさわしくないという意見もあるだろう。〈引用〉

の無批判性こそがポストモダン演劇の面目だとしても、パスティーシュにも何らかの批判や共感はある。「父帰る」に対する「出発」の発想にはそれが欠けているようだ。その意味でつかこうへいは先人の達成を敬する観念の持ち合わせがない作家だった。「出発」は新劇の古典をも思うがままに料理できる新人と見られたい欲求が生んだ似非「父帰る」であり、そのドラマトゥルギーの問題性について論ずべき余地は多く残されている。

注

［1］「解説」（『戦争で死ねなかったお父さんのために』昭和五十四年四月　新潮文庫）。

［2］『つかこうへい戯曲・シナリオ作品集四』巻末の作品解題で初演を1974年4月とし、演出藤原新平とあるのは誤り。

［3］ちなみに初演は『郵便屋さん、ちょっと』との二本立てで、鳥山拡に次のように酷評されている。「最新作『出発』は現代版『父帰る』。蒸発した父親を待つ一家の話だが、実は父親が家の床の下に隠れのうのうと生活していることを家族中が知っていて、ゴッコ遊びに興じる時間を展開し、最後に父親ははてのない「出発」をする。念仏のような、シュトラウスのワルツ「無窮動」のような構造の作品である。ごく普通というより、いささか生乾なことばでのゴッコ遊びをつき合うぼくらにとって、この舞台の演技も演出も不真面目そのものである。これこそ本当に真面目に表現して戯曲の力が出るというものだ。／しかしこの作がなぜ舞台でなければならないのか疑問がある。すぐれたテレビショー

ならほんの数分のコントですむことだし、またあった。その上いてもいなくても同じ現代の父親の存在が喜劇的に描かれてもいたし方ない。「さめた目」(?)の作家にとって描くことのない世界は悲惨そのもの、時代の流れによって変身する便利な才能の終点はナンセンスものになりそうである。」(『本邦初演・最新作とはいうけれど』「七月の新劇」『テアトロ』一九七四年九月号)。

[4] 菊池寛「『父帰る』の事」(『文藝春秋』大正十二年三月)。

[5]「つかこうへいの悪意」(『大阪大谷大学紀要』二〇一八)。

[6] ちなみに「改訂版出発」では「男」は「一郎」(長男)となっていて、「みなさんのひと打ちひと打ちが、このお父さんに気概を与えるんだよ。おい、どう、頼むよ。人助けだと思ってたたいてくれよ。見えてこないかよ。このなんでもないお父さんのここそこに、七つの海を駆けめぐってきた船乗りシンドバットの面影が見えてこないかよ」とシーンの意味が分かりやすいセリフに変わっている。しかも「父さん、もうすぐだよ。今度、父さんが帰って来る時はね。」というところから「父」との掛け合いになり「地は割れ。」「稲妻が走り。」「つむじ風が舞いあがり。」「嵐が吹き荒れる中、父さん、帰って来るんだよね。」で幕切れとなっている。「出発」の「教会のパイプオルガンの無類の静けさがそうであるように。」というト書きによる結びとは全く異なるたわいのないもので、同じ作者と思えないほどだ。

[7] 引用は『マッチ売りの少女/象』(一九六九　新潮社)より。

[8]［注1］に同じ。

第四章　演出家のある視点

「出発」の作劇術

菊川徳之助

1　はじめに

『出発』（しゅっぱつ）と呼ぶ。上演料もよこさず、〈たびだち〉とルビふってチラシを送って寄こす、関西の某プロレタリアート劇団の不逞の輩達に頭に来たことがあった」という、つかこうへいの言葉があった［注1］。「出発」（しゅっぱつ）を「たびだち」と読み取って、某劇団が頭をひねったが、効果なし、である。この劇団は、「たびだち」のタイトルを改め「しゅっぱつ」とひらかなで表示して公演したようだ。

以前（一九九八年）に、筆者の生活圏である関西において、つかの影響に触れたことがある。少し長いが引用で紹介する。

関西にもつかこうへいの影響が大きくあった時代があった。東京でつかが注目されて数年程後ではあるが、若手劇団がつか作品に魅せられて、続々と連続上演を試みることがあった。劇団「新感線」のいのうえひでのりも、劇団「M・O・P」のマキノノゾミもつかに入れ込んだ一人である。「熱海殺人事件」から「広島に原爆を落とす日」などのつかの多くの作品に挑戦していた。役者陣は、加藤健一、平田満などにせりふ調子がそっくりの者まで出現した。なかには、つか事務所の役者たちの台詞をテープで学んだ人もいたとか。役者だけではない、音響マンまでつか演出の音楽の選び方、音の入れ方を学んでいた。ついには、「熱海殺人事件」を若手四劇団が競演するという企画まで生まれた。四人の木村伝兵衛、四人の大山金太郎たちの競い合いである。客席には吉本新喜劇とも松竹新喜劇とも違った笑いがあった。当然といっていいか「新劇」には無い笑いが客席に充満していた。つか作品の上演は若手劇団がほとんどであったが、「新劇」系の劇団の上演もなかったわけではなかった。いち早く劇団「道化座」がつか作品を上演していた。「初級革命講座」そして「戦争で死ねなかったお父さんのために」「生涯」など結構面白い舞台を造っていた。他の新劇団も、新分野に挑戦しようと、「出発」や「広島に原爆を落とす日」などの上演を試みた。しかし、新劇の劇団は、新劇団らしい理屈（解釈）が付いてしまうことが多かった。「出発」を〈たびだち〉と読んだり、「広島に原爆を落とす日」では広島に原爆を落とす意味づけをしたり、「戦争で死ねなかったお父さんのために」では、赤紙が来なかった三十年の空白は何であったかという、歴史を問うシリアスな方向へ、ここでも意味づけがなされた［注2］。

つかこうへいの影響は、関西にも少なからず、あったと言えよう。ただ、ここでは、「出発」のようにつかの実態が掴めないままの上演があったにすぎなかったのか、「出発」の検討が必要であると思われる。

「出発」の初演は、文学座アトリエに書き降ろされ、小林裕の演出でなされた。一九七四年七月に「郵便屋さんちょっと」（演出・藤原新平）と同時に上演された。「出発」は、「熱海殺人事件」が岸田國士戯曲賞受賞後の第一作である。文学座を作者が意識したのか、「出発」は、新劇的作品と言われている。

既に触れたように、関西においても、つかこうへい作品が数多く上演され、つか作品で成長した劇団があった。「出発」も東京での初演後まもなく関西の劇団によって上演されている。一九七四年十一月「上方小劇場」によってである。「上方小劇場」は、関西の老舗劇団を退団した役者によって設立された劇団で、ドサ廻り的な舞台を創り続けていた劇団である。この後関西では、新劇系劇団と言ったらよいか、「関西芸術座」「ふぉるむ」「青年舞台」「潮流」が、「出発」に取り組んでいて、興味深いものを感じさせていた[注3]。

上演された台本は、一九七四年八月号の『新劇』に掲載されたものによっているようである。つかの作品は、「熱海殺人事件」が示すように何種類かのヴァージョンがある[注4]。しかし、「出発」は、一九七八年に一度だけ、「つかこうへい事務所」で〈改訂版〉がつくられ、その上演がなされた。が、つか事務所ではこの一度だけの公演で、再演されていない。珍しいケースである。しかも、この〈改訂版〉は、戯曲が出版された形跡がない。

初演版の「出発」は、先に示した雑誌『新劇』一九七四年八月号で、その他に一九七五年一月「熱海殺人事件」のタイトルを持つ戯曲集が、新潮社より出版された。その中に掲載があり、一九九六年十一月十五日の「つかこうへい戯曲・シナリオ作品集」第4集の中にも掲載されている。〈改訂版〉は、例外的に、さきほどの『新劇』に連載された「出発必勝法」（一九八一年一〇月～一九八二年二月）の説明文に挟み込みの形で掲載されている。ただし、この舞台は、舞台公演前に「東京12チャンネンル」で放映されるという企画でなされたようだ。長谷川康夫著の「つかこうへい正伝」にそのことは紹介されている。筆者はその公演をビデオで見たことがあるので、最初の「出発」と「改訂版・出発」の戯曲を内容的に検証してみたいという想いがあった。そして、関西圏において「出発」が多く上演されたが、「改訂版・出発」は、上演されたことが無いようだ。それは、何故であろうか、という想いが浮かび上がって来た。

2　つかこうへい作品の登場人物

先ず、ここでも以前（一九九八年）に書いたものを引用させてもらうと、

つかこうへいの作品の登場人物は、生活や世界に対してリアリスティックな対応をしなくなった人間の登場である。そして、そのような人間こそ、今日の〈リアル〉な人間像である、という背理に裏打ちされている。それ故、登場人物たちは時代の背景を直接的に持たない特徴を示し、今までのリアリスティックな観点から見れば、虚構の中に生きることになる。ところが、その虚構が登場人物にとっては、虚構や虚像ではなく、現実と化しているのである。つまり、人生が絵になる虚構世界への飽くなき夢想によってつくりあげた、疑似劇的（登場人物にとっては真の劇的）世界に生きようとする。これは、現実とリアリスティックな関係を失った人間像の登場なのである。しかし、人物は劇的な事件に、自分の意識の中で遭遇する。これはドラマの捏造だ。

「熱海殺人事件」の木村伝兵衛部長刑事は、犯罪史上に残るような緊張関係を持てる事件に、真に相対することを放棄して、幻想を飛び越えて、ドラマを捏造している。「出発」の岡山家の家族もまた、家族の溌剌とした状況を真に獲得することができず、退屈な家庭

と相対することを放棄して、ドラマを捏造している。彼らは〈演戯〉をしているのだ。そして、何よりも、これらの作品の人間像が面白いのは、捏造も演戯も、自分の行為は真実だと思っていることである。真実だと思っているところで演戯しているのだ。演戯しているという意識がないところで、演戯しているのである［注5］。

と、つかの人物造形に触れたくて書いた文面だが、〈演技〉と〈演戯〉の解析が必要と思うが、後述することにする。

また、つか事務所に在籍した俳優・長谷川康夫著による「つかこうへい正伝」の中で「つかによる〈戯曲〉をつかの〈芝居〉たらしめる大きな要素のひとつが〈音楽〉であるということだ。文学座の芝居は流れる曲の選択も、その入れどころも何か違うのである」［注6］と指摘しているが、音楽の音のみではなく、せりふ自体が音なのである。役者は、せりふを語るが、機関銃のように超スピードである。言語というより音を聴いているようだ。しかし不思議とせりふの意味は響いてくる。新劇系の説明的、論理的なせりふではない。

確かに、つか作品上演には、この音の感覚を抜きにしては、つか作品を語ったことにはならないだろう。そしてまた、筆者の記憶では、唐十郎の舞台音楽以来、独特の入れ方、選び方がなされて来たようである。旧来の舞台のような、バックミュージックや状況描写や雰囲気を醸し出す手助けでなく、それはすなわち、横に流れるような音響効果であったが、つか音響効果も唐と同様な作用を持っていたのではないか。新劇世界で示された音響は、唐やつかのような鋭角的に斬り込んでくる音楽ではなかった。唐やつかのような音楽の使い方は、鋭角的であり、瞬間的に強烈な刺激を伴う音であった。確かに、つか作品を上演するときは、〈音〉の感覚が重要だろう。そして、〈戯曲〉ではなく〈台本〉としてどう読み、どう演出するか。

ここでもまた、〈戯曲〉と〈台本〉の違いを示す必要があると思われるが、このことも後述することにする。

3 「出発」と「改訂版・出発」について

「出発」は、父親の蒸発を扱っている。残された家族、母（妻）、長男、嫁、次男が、留守宅を守ることになる。父親不在の家庭（家族）を問題にしている。「出発」は、菊池寛の「父帰る」のパロディとよく言われる。つかこうへいに菊池寛の「父帰る」が意識にあったことは確かであろうが、パロディではなく、つか作品に仕上げることが第一であったろう。しかし当時は、つか作品と意識されず、新劇的に上演されたことが多かったのではないか。

「出発」の初演から四年後、一九七八年、〈つかこうへい事務所〉で「改訂版・出発」が造られた。長男一郎に、風間杜夫を得、父に老舗の新劇団「俳優座」の田中邦衛を得ての「改訂版・出発」であった。（他には、母＝梅沢昌代、嫁＝井上加奈子、六郎＝岩間多佳子、熊田＝加藤健一、初演には無かった祖母＝平田満、その他にも、高野嗣郎、水村ひろ子。蛇足ながら、風間杜夫は、一九七五年七月、劇団「暫」で初演時の「出発」の長男役でつかこうへいの作品にはじめて出演している)。田中邦衛をメインにしたこの企画（作品「ヒモのはなし」、「改訂版・出発」の二本）は、「つかこうへい事務所」の単独企画の初公演であったようだ。

この作品で最もつかこうへいらしい設定は、父親の〈蒸発〉である。菊池寛の「父帰る」の父親のように、女と家を出たのでもない。蒸発した父親が、我が家に居るのだ。床下から顔を出すという設定である。さらに、ここが最もつかこうへい作品らしいところであろうが、父親が蒸発したこと、だがこの家の床下に居るということを〈家族〉みんなが知っているという情況なのである。そして、最も複雑なところは、知っていながら、知らないふりをしているのではなく、父親が床下にいることを知っていながら、彼らは知らないのである。〈父親が、本当に蒸発したと思っている〉ところに登場人物たちの特徴が出ているし、つかこうへいの特徴とも言える。彼等（登場人物たち）は、父親が床下に居るのを知っている。実際には父親は蒸発していないのである。にもかかわらず、彼らは〈父親が、本当に蒸発したと思っている〉のである。普通に考えれば、彼らは〈嘘〉をついていることになる。父親が床下に居るのを知っているのに、父親が蒸発したことにしているのは、事実を隠して蒸発を正当化している。ところが、つかの登場人物たちは、〈父親が、本当に蒸発したと思っている〉。父親が居れば、退屈な家庭であったのに、一家の大黒柱と言われる父親がいなくなったために、この家庭に緊張感が生まれる。父親が蒸発しなければ決してあり得なかった、張りつめた空気が家庭に漲る。父親の蒸発が、この家に劇的要素を与えたのである。一般的なリアリズムでは、解せないところである。勿論、前半の家族たちの父親を回顧するシーンは、〈ゴッコ遊びに興じる時間を展開し〉と解釈した方がよいと思われる。先にも触れたが、ここには、つか独特の人物造形がある。[注7]という結果論的な判断が多いが、つかの人物には〈父親が、本当に蒸発したと思っている〉技(論)を超えて作品の中に埋め込まれたように存在させる仕方である。リアリズム手法では、良心の呵責か何かで嘘をついている(嘘をついているという演技)と考えられるのが普通である。しかし、つかの人物造形は、それを超えて造形されているのである。しかも、それを超えたところで(虚像を人物が信じこんでいるところで)、リアリティを成立させているのである。

岡山家の家族は、家族の溌剌した家庭を創り出すことが出来ず、そしてそれは、退屈な家庭と相対峙することを放棄して、溌剌な家庭を捏造しているのだと言える。確かに、父親の蒸発劇を演じていると言える。つまり、ドラマ(ドラマティックな状況)を自らの手で(偽りでありながら)作り上げている。実生活の中にドラマを失った人々の幻想の中に成り立つドラマであり、まさに、ドラマの捏造である。ドラマの捏造とは、現実世界にドラマを失った人間が幻想の中でドラマをつくり上げ、演じるというものである。「熱海殺人事件」の木村伝兵衛部長刑事が、九州から集団就職をしてきた男に過ぎない犯人大山金太郎を、立派な犯罪者として幻想していき酔いしれるという、まさに、登場人物たる役者たちは、「出発」でも同じく、〈演技〉ではなく〈演戯〉しているのである。演戯とは、演技以上に現実から遊離して、戯（たわむ）れる演技と言えようか。舞台空間は、絵空事である。〈演じて〉いるのだが、現実に根差した想像から創造した身振りであるが、これが「新劇」系と言われる演技体系であろうか。最終的にリアリティを獲得するために演じるのが〈演技〉なのである。虚像や虚構と知りながらも、その虚像や虚構を真実なものとして知覚しているかのように、いや、虚像や虚構を真実なものとして受け入れることを（意識の中であるが）承認して演じるのが〈演戯〉であるが、つか的演技とは、このような演技系を言うのであろう。まさに、他人から預かったお金であるにもかかわらず、自分のお金と想い込んでしまい（幻想し）、高級車の購入やキャバレーの遊興費として使った豊田商事社長の振る舞い（演戯）のようなものであると言えよう。

この作品の、多くの上演は、一般的な解釈（「新劇」系の演技）で行われたようである。〈嘘〉をついている彼等と本当に蒸発したと思っている彼等、即ち登場人物の、その登場人物を演じる役者の演技は、解釈によって違ってくるであろう。そこに通常の、現実に裏打ちされた写実的演技と、現実から遊離したつか的演戯の違いが出てくる。そこをどう捉え、解釈し、イメージできるか、そこにわけいるには、台本を如何に読んだか、にかかってくるだろう。

「出発」の登場人物は、父、母、長男、嫁、弟、熊田、男。になっているが、劇中では、名前で呼ばれている。八太郎（父）、すみ子（母）、一郎（長男）、明子（嫁）、六助（弟）、ただ、明子の父親、鶯谷の父と呼ばれる熊田だけは、そのままである。男が最後に登場するが、長男一郎役者が、この部分のせりふを受け持つことが多いようだ。

幕開きは、食卓である。母、長男、嫁、弟が食事をしている。近所の人の噂である。風呂屋の近所で父親に似た人を見たという。他人のそら似だろうと思うが、冬空の寒い晩に電話ボックスの中で受話器握りしめる父を想像したりする。父親が蒸発していることが示される。父親が蒸発をした家庭の長男は、一家を支える人間としての緊張感を持つようになり、次男は、新聞配達をして家計を助けるとともに、受験勉強をしっかりして、「高校入学、おめでとう、よくやった」と言われたいから頑張ると言い、長男の嫁は突如妊娠したと言い、初孫を見て、してやったりわが嫁よと言わせたい。母は、麦飯を嫌う夫に、「家庭に白ご飯は、見た目がブルジョワ的で緊張感が保てない」と苦労を重ねる。この母のせりふは、つかがよく使う諧謔に満ちたせりふである。過去に力を持った言葉を情け容赦なく槍玉にあげて批判し、こき下ろす。例えば、サド・マゾショウで鞭うたれる男が「ああ、知識人、ああ、知識人」と叫ぶ。この言葉は、かつて一九六〇年以前の世代が大切に思った〈知識人〉であるが、見事にやっつけられる。また、「ブスはショウウインドウの前を通るときは、下を向いて歩くくらいの礼儀を持て」などは、差別言語を超えて、客席を笑いに満ちて通過していくのだ。

父親が蒸発した後の彼らの緊張感と責任感はすごいものがある。それは、父親が家庭に居れば、決して起こり得なかった緊張感と責任感である。父親不在の悲劇ではなく、父親の蒸発によって生まれ変わった、生き生きとした家庭なのである。必然のように、不在にならなければならない立場に追い込まれる父親なのである。床下に隠れるくらいのことしかできないだろう。確かに、父親不在のごっこ、すなわちゲームに興じているとも言えるだろう。しかし、ゲームに興じているという生易しいものではなく、彼らは真剣に父親の蒸発を嘆いているのである。これこそ、つからしい人物の造形ではないかと思われる。彼らは、父親が帰ってきたとき、いや、父親が誇らしく帰れるように、例えば、土曜日ごとに読書感想会を開く、その最初が、ジェームズ・ジョイスの「ユリシーズ」にするという気取った決定をする。改訂版では、中里介山の「大菩薩峠」に変わったりしている。外国ものでは、新劇的と思ったのか、変更されている。感動するせりふがあると〈全員〉で仕種をしたり、合唱的に声を発する。例えば、「拍手」する。「(正面をむいて)こんな時におとうさんがいらしたら、どんなに楽しいでしょうねえ」とみんなが発する。ということが、初演版では描かれたが、改訂版では、すっきりと〈家庭だなあ!!〉という家族を印象づける合唱に変えている。端的だが、的確な表現だ。

　母は言う。「こんなあたたかい家庭の団欒の場を捨ててまで、おとうさんの選んだ道は一体なんだったんでしょうねえ」。長男も言う。「おとうさんは、俺たちがおとうさんを頼らずに立派にこの家を守っていくことを願っているのだよね。……きっと俺が長男としてひとり立ちするために、ひとつの試練を与えてくれたのではないかと思うんだ」。父親の蒸発に酔うように彼らは生き生きする。

明子の父熊田が、明子の言動が、岡山八太郎氏を蒸発せしめる結果になったと、明子を引き取りに来る。ところが改訂版での熊田の登場は、東京オリンピック音頭が、流れてきて、舞台装置の壁がまん中から真っ二つ裂けた襖から、羽織袴姿の熊田留吉が、大漁船に乗って、やってくる。舞台の家の壁が二つに裂けて、大きな船が出てくるから、客はびっくりさせられる。効果満点だ。船の上で、笑みを浮かべ、音楽に合わせて手拍子とともに東京オリンピック音頭を歌って、入ってくるのだ。筋に関係ないといわれても、そこはつかの登場人物の特徴を見せて、シーンの盛り上がりを見せる。これこそ、絵になる姿を見せる登場である。つかは注釈に「もちろん、部屋の中に船が飛び込んでくることなど、現実には起こりっこない。しかし、重ねて言う。父親の蒸発という異常事態を迎えている家庭である。死んだ人間の二・三人生きかえらせてやるとの気概をもって演出していってほしい」とある。奇想奇抜なやり方に見えるが、つか作品の構図の中には、ピタリと当てはまるものになっている。

だが、格好のよかった熊田留吉が、次の瞬間、貧相な爺になる。「熱海殺人事件」のときの、大山金太郎が片手にマイク、もう一方の手に花束を持って、歌いながら格好よく登場するが、急に田舎臭い青年に変わると同じパターンである（加藤健一が大山金太郎と同じく熊田留吉も演じている）。初演版では熊田のハデな登場の画き方はない。これを思いつく発想が欠けているところにつか作品との距離が出るのだ。この面白さ、奇抜さを見逃すところに、論理的せりふを持つ新劇系の発想になってしまう要因があるのだろう。熊田が来たのは、明子を引き取りに、という筋は初演の本と同じである。が、登場の仕方にこんなアイディアが生れるとは、流石、つかだと言えようか。

床下から父が出てくる。「俺はいつまで床の下に隠れとかなきゃいけないんだよ」と問う。「機が熟するまでですよ」と母は言う。「どうです、一生いたら」とまで母は言う。此処から、父と母の長い会話があるが、どうも、つか作品としては、つまらない。魅力あるせりふが少ない。この辺のところに、「出発」が、今一つ注目されない原因があるのだろう。

例えば、六助が、おとうさんはサケ・マス漁船団に入って海の男になったとか。某国の秘密調査員だったり。麦飯は嫌いだ、酒をもってこい、と言ったりする。本当は東北に三・四日旅するだけのつもりだったのにとか。俺（父親）がいなくなったとたんに、あいつら、やたらがんばり出して。父は母に、今晩忍んで来てくれとか、今度サイフォンとコーヒーの豆買ってきてくれないか。暇だし、こうなりゃひらきなおって前向きに、穴倉生活を送る、などというこの会話が延々と続く。父親の立場から見れば、食卓の家族を裏から見ることになるが、その裏から見る勢いが、父と母のせりふには用意されていない。つか作品としては、再演されない所以がここらあたりにあるのであろうか。

嫁が夜警に行く夫を送って帰ってきて、父母の会話に参加するが、面白くなさは変わらない。シーン2に入るが、長男が父の床を叩く。ウイスキーを持ってきたのだ。そこへ熊田も加わる。彼らは相談する。八太郎の帰り方をどのようにするか、自主的に帰ってくるか、誰かに促されて無理矢理帰って来るか、八太郎、熊田、一郎の、お互いの立場が立つような善後策を検討しようとするシーンとなる。ここでの父と長男と熊田の役割の取り合いの会話は、つからしいところがあって、面白いとはいえるが十二分とは言えない。対話の進行に連れて、父八太郎を熊田が連れて帰ってくところから演じたりされる。

長男　とにかく一ペン通しときましょ。熊田のおとうさんが連れて帰ってくる所から。玄関をあけるところからですよ。はい、板つき。はい、板つきって言ってるだろう。起きろ、明子。新聞、持って来い。

（パジャマ姿の六助、ナイフを持ってとび出してくる。）

長男　何ねぼけてんだ、六助、しっかりしねえか。

父　おい、俺、衣裳これでいいか。

長男　かあさんに相談して下さいよ。おい　金ぶちのめがね買っといたか。

（皆は自分の小道具をそろえたりする。父親、おろおろする。）

母　はい、ハンカチ、あなた、がんばるのよ。
父　うん、おれもメガネ。
長男　……
母　少々、トチッちゃったって、そのまま押し切っちゃえばいいんだからね。私達ががんばるからね。

父八太郎を熊田が連れて帰ってくるが、ここでは、菊池寛の「父帰る」と同じ様なせりふとなる。長男が言う。「六助、おとうさんとは誰のことだ。エッ、おとうさんとは誰のことだと聞いているのだ。俺達におとうさんはいたのかね」。

ここで、菊池寛の「父帰る」では、父が出て行き、長男が追いかける、血の繋がりの濃さを、実の親子の良さを見せるシュチエーションになるが、「出発」では、熊田が、「又という日がありますよ……何か手段がありますよ」と言えば、〈母、傘をさし出す、父、傘をさす。その傘にだけ雨。嫁、床をあける。父、傘をさしながら下りていく。弟、ギター〉というト書きとともに、「お父さん、出発だ」という六助の声がある。父親が、床下の自分の部屋の改造を述べ「お父さんの部屋はより充実したものにしとくからね」と言う。ここで〈出発〉というせりふをもって来ているが、決して純粋な出発でないことは、ラスト近くに描写される。

ラスト近く、家族が食卓にいる。だが、〈ふすまがあいている。座敷牢になっている〉という卜書きがある。何故か、おとうさんは〈座敷牢〉に閉じ込められている。ラストは、おとうさんの〈一打ち百円〉のおとうさん叩きである。長男一郎が、父親の叩きをしているところで幕となる。

幕開きからの食卓を囲んだ家族の語らいのシーンは、つからしい戯曲展開の面白さがあって興味をそそられるが、父と母の対話になると、客のテンションが下がっていくと思われる。八太郎の帰り方をどのようにするかを模索し合う彼らの語らいのシーンで、再び面白さが浮上してくるが、「熱海殺人事件」や「郵便屋さんちょっと」には、ほど遠い。「出発」は、つか作品であって、つか作品らしくない（新劇的な）ところに（逆ではあるが）上演の可能性があったのであろうか。つまり、〈戯曲〉であって、〈台本〉ではなかったということか。

長谷川康夫は彼なりの〈戯曲〉と〈台本〉の違いを示している。「『出発』を読んで、まず驚いたのは、冒頭一行だけの卜書きだった。――きわめて正確このうえない食卓である――こんな〝文学的〟な卜書きは、それまで発表したどの作品にもなかったはずだ。……確かにこの一行によって、これは上演のための〈台本〉ではなく〈戯曲〉ということになるのだろう」[注8]と書き、「実際の舞台がどれだけ想像できるかが、戯曲としての完成度だ」といった意味のことを続けて書いている。ということは、発言どおり、〈台本〉は上演のためのテキストということになる。
ただ「改訂版・出発」の企画には、初日一週間前にテレビ中継されるということが、決定され、この当時、つかの舞台のテレビ中継はなく、「東京12チャンネル」で放送されることの企画が決定されていた。スポンサーが〈サントリー〉で放映中、あからさまにウイスキーが出てくる。「改訂版・出発」は、本番二週間前に収録され、そのときすでに芝居が出来あがっていたことになる。このことを紹介した長谷川康夫「つかこうへい正伝」には、トップシーンの紹介もある（掲載戯曲には活字になっていないが）。オープニングは、高野嗣郎が、マイク片手にしての前口上である。

「日本における父親の蒸発件数！　昭和五十年、五十一年、九二六八件！　そして五十二年、一三九六件！　この数字は何を意味しているのであろうか。現代社会に根強く病根をはびこらせる、父親の蒸発問題！　〝オレに会いたかったら讃美歌の十三番をリクエストしてくれ〟そう不敵につぶやき、夜霧に消えてゆく、日本のお父さん！　そしてそれを不安げに見つめる家族たち！　今、ここに問う！　父とは？　家庭とは？　そして家族とは?!　正義の熱血劇団、つかこうへい事務所と、華麗なる社会派スポンサー、サントリー株式会社！　そしてテレビ界の良心、東京12チャンネルが！　新たなる芸術の創造のために、クロスオーバーに手を結び、七八年初頭を飾る、ビックイベント！　ザ・デパーチャー「出発」を、今、あなたに!!

と語られる。せりふ終わりと同時に、高野はサントリーホワイトの瓶をカメラに向ける。スポンサーを印象づけての、なかなかのはじまりである。初演版と同じく舞台は、食卓であるが、長男は最初、いない。が、すぐに登場する。襖を破って出てくるという派手な登場の仕方である。食卓の始まり方には、細心の丁寧さがある。初演版には無いせりふが頭に用意されている。母「もうどのくらいになるんでしょうね。おとうさんいなくなってから。どこで何をしているのやら」を言わせて父不在を最初に示している。

新たに母のエピソードが挿入されている。一郎の入社式。妻すみ子では汚いからって、母代わりに神楽坂の芸者を連れて行く八太郎。岡山一郎君、色っぽいきれいなお母さんですね、と芸者梅香を称賛する。この光景をビルの陰から見ていた母。

母　そりゃあねえ、あたし汚い女ですよ。朝から晩まで化粧の一つも出来ず髪ふり乱してパンツ一枚で働いていましたよ……あれは丁度、すめらみこがお隠れになって、明治の御代も終わり、乃木大将が殉死なさり日露戦争。子ども十五人も抱え……飯場でふんどししめて働きましたよ。……飯場のたくましい男たちの腕に抱かれた灼熱の日々……あうずく、女の血がうずく、満州鉄道。乃木先生、ソ連軍です。ソ連軍が攻めてきた。……皆さん、皆さん逃げて下さい。あたしが犠牲になります。おんどれゃーッ！　露スケどもが。大和女の股倉でおッ死んでみっかー！

一郎　やめなさい。何が満州鉄道ですよ。乃木先生じゃないよ。あんた昭和十年生まれじゃない。……子ども十五人？　うちは、二人きりですよ。……卒業と同時に結婚したの、あんたじゃないですか。……

自分の人生を見栄えのよいものにする、絵になる人生絵図を見せようとする、つか人物の特徴をみせる構図がちゃんと母の姿に挿入されている。「明治の御代も終わり、乃木大将が殉死なさり日露戦争」と述懐する母、しかし、「あなた昭和生まれでしょ」、となじられる母。初演版にはない見事なせりふの挿入である。

「改訂版」で新たに加えられたものとして、驚きと少しの混乱は、〈祖母〉の登場である。長谷川の著書では、「つかはこの芝居で、戯曲にはない新たな役も登場させている。平田満のために作った〈祖母〉である。まるで「いじわるばあさん」のようなカツラと着物姿で舞台を駆け回り、家族たちをかき回す〈祖母〉を、平田は楽しげに演じ、それはまさに〈快演〉と呼ぶに相応しいものだった」と書いている。ところが、つかは『新劇』の「必勝法」で「ここの祖母の必要性は、後半に出てくる父と二役にしたことにある。芝居というのは総力戦であり、後半の父の出番が少ないので、ここでの役割りを顔見せということである。」とかいているが、上演が三年前で、〈祖母〉は平田満で、〈父〉は田中邦衛だったので、この文章が、三年後の『新劇』に載っているのは、つかの勘違いか、何かの作戦なのかもしれないので、深く立ち入らないことにする。

祖母のシーンは、一郎が祖母に語りかけたりすることになっているが、初演の台本と同じ様なせりふとして現れたりする。つか作品には、漢字の読み方にズッコケル表現が使われる。「熱海殺人事件」でも〈変身（へんしん）〉を〈へんみ〉と読ませたことがあった。ここでは、六助が「ぼく、人生のカタウロコというものにかかわってきたような気がするんだ」と言うと祖母が、「バカ、ヘンリン（片鱗）っていうんだよ」と六助のカタウロコ（片鱗）の間違いを戒め、意地悪するかのように、六助は山椒魚の子孫か何かだと、暗い出生の秘密があるかのように言って、意地悪ばあさんの祖母は去る。

六助　そう言えば、ボクは小学校の時、遠足で水族館に行ったことがある。あの時、水槽の中の魚たちもボクのその気持ちに応えるように、手招きをしていた。そうだったのか。そうとも知らずボクの尾ヒレを切り、うろこをはがし、人間の造作にしてここまで育ててくれたすみ子さん、ありがとう。

六助の奇妙な生い立ちが示され、新たなせりふが加わっている。

六助　ボクは山椒魚の尊厳と誇りにかけてこのご恩に報いなければいけないんだ。父親が失踪した非常時の家計を助けるために、ボクはあしたから納豆配達をするんだ。

六助の気持は初演時と同じであるが、ある意味で、イビツな、強烈な存在になっている。家計を助けるアルバイトが、新聞配達から納豆売りに変更されている。変更の理由はわからないが、納豆売りの方が、苦労が多いと判断されたのか、時代的に前ということが是とされたのかもしれない。改訂版では、六助のことが結構クローズアップされている。

六助　ボクはこれだけははっきり言っておくよ。今さらのこのこお父さんを帰って来させやしないからね。その時はその時で考えてることがあるんだ。刺しちがえるつもりでいるからね。

母　冗談じゃないわよ。おまえにお父さんの気持ちなんてわかってたまりますか。

母が六助をいたぶることに関して一郎は、反抗する。

一郎　……六助だってわからないなりに一生懸命取り組んでいることについてはむしろほめてあげるべきことじゃありませんか。助言のひとつもしてあげるべきことじゃありませんか。それを言っちゃぶち壊しですよ。母さん、六助が納豆売りしようとまで言い出してるんだよ。どうしてありがとうって素直に言えないんだよ。明子がトルコ嬢になろうとまで言ってるんだよ。母さん、あんた手が自然と前にこう合わされませんか。ボクが一体何のためにニューヨークタイムズ、ゲルマンエクスプレス、ルモンド毎朝とってると思うんだよ。読めやしないんだよ。母さん。読めなくとも必死に読めるふりしてんだよ、みんなここまでやってるんだよ母さん。あんただってね、蒸発した夫を持つ妻として自分の息子と同じくらいの男に入れあげる、そして淫乱の限りをつくす。それくらいのことはやってね、お父さんの蒸発に花を添えよう、この岡山家を盛り立てていこうという志はないんですか。父さんが見たら泣きますよ。父さん、一体何が原因で何が不満でこのうちを出て行ったんだろうね。……ぼくはね、せめてお父さんが帰って来る時だけでも、雄雄しく大河的に帰って来て欲しい。そのためにはぼくたちもそれ相当の心構えをしなきゃいけない。そう言ってるだけなんですよ。ぼくたちさえよくある話の家庭でいなきゃ。いつかきっとわかってもらえる日が来るんです。ぼくたちのお父さんは断じてよくある家庭のお父さんなんかじゃないんですからね。これだけは言っとくよ。丸腰じゃ帰せませんよ。ぼくも男です。

一郎の言葉は、すでに初演版の中に、中心的なところはある。しかし丁寧に噛み砕かれたせりふは、改訂版で、つからしいせりふとなり、展開となっていると言っていいのだろう。改訂版で驚きを覚えるのは、父と母の対話が淡泊なことである。台詞の数が少ないし、日常的な会話である。ただ、母が、父に膝枕してやり耳掃除してやり、父が蒸発した途端、子どもたちの成長が目ざましいと言って、父の奮起をうながしたりする。そこへ明子さんが割り込んでくる。この辺りの展開は、台本では分かりにくい。明子の言葉は了解できるが。舞台がどのように上演されたか、演出家つかこうへいを見る必要がある。他劇団で上演される初演版は、理屈的に理解できる展開になっていた。ただ、改訂版では、演出はそれほどなされず、平凡のような気がした。

父親が喫茶店・ハチを床下で開店させる。父の心意気が若干示されるが、すぐに、一叩き百円の父さん叩きが始まる。改訂版は、〈男〉ではなく実際舞台に合わせた〈一郎〉に変えてある。

4 「出発」と「改訂版・出発」への補遺

オーソドクスな作品（新劇系と言ったらよいか）の上演を続けてきた劇団の主に若手が、その劇団のレパートリーに嫌気がさしたとき、多くの場合、別役実かつかこうへいの作品に行くようである。そこで上演されたとき、旧来の演技でなされるから、舞台はチィグハグになる。だが、「出発」は、結構オーソドクスな部分があるので、やり易いというのか、取組易いということがあって、関西の劇団にも多く、取り上げられたと思われる。ただ、前半の展開は、つかこうへいらしい作品になっているので、リアリズムを基調とする（写実的演技を重んじる）新劇系の役者たちには、難しいということになる。

初演版も改訂版も前半の、父親が蒸発した家庭の食卓での家族の会話が面白い。その面白さが、改訂版ではより一層明確になっている。父親が蒸発した家庭を感じる彼らは〈家庭だなあ！〉と発する。繰り返しになるが、母の「すめらみこがお隠れになって、明治の御代も終わり、乃木大将が殉死なさり……」と昭和の女が語るシーンのでっち上げは、最高である。

父と母の対話になって、意味するところが理解できなくなってくるが、初演版に比べてすごく短くなっている。父と母の会話の後半で明子が加わる所からの方に力点が置かれている。そしてそれは、改訂版に強くなるが、次のシーンの、八太郎の帰り方をどのようにするか。自主的に帰ってくるか、誰かに促されて無理矢理帰って来るか。を相談する、初演版の運び、そして意図は、明確である。その意味では、作品としては、新劇的といわれても、初演版の方が、まとまっていると言える。改訂版では、つか作品の「何が飛び出すかわからない危うさやダイナミズムといったもの」[注9]を意識してか、つか的作品に引き寄せるためには、いささかの無理をしたのか、作品としての曖昧さを残したと言えようか。例えば、一郎と明子と熊田でシュプレヒコールのようなせりふになるが、意味を解すことは出来なかったというのか意味などなかったかもしれない。こんなせりふ、である。

一郎　……（熊田、明子に）さ、スフィンクスと睨みあってみろ、ああ、あの人があの人が。
一郎・明子　ああ、あの人があの人が。
熊田　岡山八太郎を連れ帰り。
一郎・明子　岡山八太郎を連れ帰り。
熊田　ああ、あの人があの人が。
一郎・明子　ああ、あの人があの人が。
熊田　岡山家に愛と平和をもたらした。
一郎・明子　岡山家に愛と平和をもたらした。
熊田　ああ、あの人があの人が。
一郎・明子　ああ、あの人があの人が。
熊田　アガメムノンの伝説の。
一郎・明子　アガメムノンの伝説の。
熊田　スフィンクスの謎とき。

一郎・明子　スフィンクスの謎とき。
熊田　テーバイの町を悪霊から救い。
一郎・明子　テーバイの町を悪霊から救い。
熊田　オイディプスの再来と言われた‼
一郎・明子　オイディプスの再来と言われた‼
熊田・明子　ああ、あの人があの人が。熊田の熊田の留吉っつあん、留吉っつあんたら留吉っつあん、田んぼのあぜ道留吉っつあん、麦ふみ小僧だ留吉っつあん、ごんべが種まきゃ留吉っつあん。

岡山八太郎を連れ帰り、というせりふがあるが、シュプレヒコール的な、ギリシャ劇の登場人物の名前が羅列されるようなお遊び的な、この部分のせりふを解すことは難しい。この後には、父親が喫茶店・ハチを床下で開店させる。父の心意気が若干示されるが、すぐに、一叩き百円の父さん叩きが始まって幕となる。

5 「改訂版・出発」の上演

「改訂版・出発」でやっと「出発」がつかこうへい事務所で上演された。長男の風間杜夫と父の田中邦衛を得てのもので、この二人の役者の〈売り〉があった。風間杜夫は好評であったが、田中邦衛の評判は悪かった。父と母のシーンは、母役に文学座から梅沢昌代が客演したのだから、もっと濃厚に、いままでのつか作品になかったスタイルなり、表現があって、しかるべきでなかったか、田中邦衛を活かす道はなかったのか。初演版の「出発」は、関西劇団にも見えたように、ある程度、写実的に表現されても、致し方ない要素があった。最も、両作品とも、前半は申し分ないつか的作品の特徴を出していた。絵にならない家庭と父親の蒸発によって（父親の蒸発を仕組んだ、と言った方がよいか）、生き生きとした家庭に塗り替えられるという構図は、面白く、成功している。梅沢昌代が、「明治の御代に飯場でフンドシ締めて生きた」という母親の演戯を好演したのが、改訂版の一つの見どころであった。後半は、初演版のオーソドクスな作品としては、成功しているといえるが、改訂版の描き方は、巧く描かれているとは言えない。先に引用したシュプレヒコール的なせりふのシーンは、上演テレビには無かった。カットされて当然だろうが、終わり方が唐突で強引な終わり方である。ただ、つか事務所で風間杜夫が初出演で熱烈な演技をみせる。だが、看板でありながら、田中邦衛出演の意味はあまり無かったようである。「改訂版・出発」が関西で上演されないのは、戯曲が発表されていないためか、後半の描き方に戸惑いがあったからかもしれない。

6　おわりに

初期のつかこうへいの作品において、「出発」は、〈戯曲〉であって、〈台本〉でなかったのであろう。そしてまた、新劇系演技とつか的演戯の先に成り立つ〈演技論〉を我々（演劇人）が生み出せるか、問われるところである。つかこうへい自身は、六二歳の若さで亡くなったが、かつてのつか作品から学べることは、まだまだあるのではないか。

注

［1］雑誌『新劇』一九八一年一〇月号（No.３４２）の「出発必勝法」新連載の冒頭のつかの言葉

［2］「シアターアーツ」２００２・４　No.16〈つかこうへいの笑い〉菊川徳之助より

［3］「出発」の関西劇団公演

①１９７４・11「上方小劇場」（演出・横井　新）
父＝横井　新、妻＝ゆかわじゅん、一郎＝逢坂太郎、嫁＝条あけみ、六助＝天満　哲、熊田＝田口　哲
（劇評）「演劇通信」１９７５・１　No.10「上方小劇場」（岩田）
「テアトロ」１９７５・２月号（No.３８４）「上方小劇場」（中西）

②１９７５・１　「ふぉるむ」（演出・小林哲郎）
父＝松枝　正、妻＝上田さち子、一郎＝神田芳伸、嫁＝室谷喜代、六助＝楠木　学、
熊田＝ふるかわ照、男＝棚橋洋一
（劇評）「テアトロ」１９７５・３月号（№３８５）「ふぉるむ」（中西）
③１９７５・８・９　「関西芸術座」（演出・森下昌秀）「たびたち」→「しゅっぱつ」
母＝小野朝美、長男＝中本雅年、次男＝小松健悦、嫁＝谷口欣子、熊田＝安部　潮、
父＝蔵田哲雄
（劇評）「テアトロ」１９７５・10月号　「関西芸術座」新人公演（中西）
④１９７７・４　「潮流」（演出・小林滝三）
母＝金子順子、長男＝村上治夫、次男＝浮田孝明、嫁＝池下雅子、熊田＝高橋政一、
父＝南部　光
（劇評）「テアトロ」１９７７・７月号　「潮流」（中西）
⑤１９９３・６・５　「青年舞台」（演出・久野正博）
⑥２０１６・11・25　「潮流」（演出・平田一紀）
母＝池下雅子、長男＝藤本直樹、次男＝山西　誠、嫁＝よこがわくみこ、熊田＝アベサトシ、
父＝浮田孝明。
（劇評）「第44回劇フェス２０１６　ＮＥＷＳ」２０１７・１　「潮流」（神沢・市川）
「演劇会議」２０１７・３　№１５３　「大阪演劇フェステバル」（菊川）

［４］「熱海殺人事件」のヴァージョン
①「新　熱海殺人事件――故郷へ――」。②「ザ・ロンゲスト・スプリング　熱海殺人事件」。

③「売春捜査官」。④「水野朋子物語――熱海殺人事件」。
⑤「二階堂伝兵衛捕物帖１――熱海殺人事件」。
⑥「長島茂雄殺人事件――二階堂伝兵衛捕物帖２」。
⑦「熱海殺人事件――傷だらけのジョニー」。
⑧「熱海殺人事件――モンテカルロ・イリュージョン」。⑨「サイコパス木村伝兵衛の自殺」。
⑩「ソウル版熱海殺人事件」。⑪「熱海殺人事件――オン・ザ・カンリー・ロード」。
⑫「熱海殺人事件――平壌から来た女刑事」。

［５］「実践的演劇の世界」　菊川徳之助　１９９８・４（昭和堂）より
［６］「つかこうへい正伝」　長谷川康夫　２０１５・11・20　新潮社
［７］「テアトロ」１９７４・９　№３７９　鳥山拡）
［８］「つかこうへい正伝」　長谷川康夫　２０１５・11・20　新潮社
［９］「つかこうへい正伝」　長谷川康夫　２０１５・11・20　新潮社

■なお、「出発」のせりふは、〈初演版〉は、「熱海殺人事件」（新潮社）掲載の「出発」から。〈改訂版〉は、雑誌『新劇』１９８１年１０月（№３４２）～１９８２年２月（№３４６）掲載の「出発必勝法」から引用した。

第五章

戦略家つかの〝「講談」語り〟で囲ったゴドー[注1]版

『松ヶ浦 ゴドー戒』

斎藤偕子

1 はじめに

この論ではおおもとでイメージされている現代演劇に影響力の大きい素材に注目し、その扱い方などを述べるにとどめる。ただ、手本の素材、つまりベケット作「ゴドーを待ちながら」の日本での同世代作家たちの受け止め方は多様で、各自の特質のみでなく微妙に時代的なずれもあり、興味深い。が、それらの注目したい作品に本文中で触れることはないものの、一応配慮はしたつもりだ。そのような視点から浮かびあがる、わたしの理解するつからしい独自性を強調していくのが趣旨である。それにしても、本作の上演の評判は、構造、アクション、場面転換など、ふつうの意味ではかなり八方破れであったために、当時の批評家や観客からは、評価されなかったようだ。そのためか、真っ向からの言及もほとんどなかったことを前提としていると、断っておきたい。

他の論で触れられていることだが、ひと言にまとめて繰り返しながらはじめよう。つかが注目されるような演劇の仕事を行なうようになったのは、完全に一九七〇年代に入ってからである。当時は、日本の現代劇世界で、既成の劇団や周辺の養成機関などから生み出されていた演劇人の世界と全く異なる地平から出発していたのが、主に大学などの学生劇団の中から注目を浴びるようになった、いわゆる小劇場、あるいはアンダーグラウンド劇場と呼称されるようになる活動である。これらは六〇年代に出発しているものの、注目されるようになったのはほとんど六〇年代末から七〇年代に入ってからのことで、つかはその後を追うようにして、一世代ずれたかたちでこの新しい地平の旗手たちに引き寄せられながら活動を出発させている（ちなみに彼は慶応大学の学生だったが、演劇科があり、学生演劇活動も活発で充実している早稲田大学やその周辺に出入りするようになり、仲間などと出会い、彼の活動基礎を築いたのである）。先輩たちが演劇界から認知されるに至るまでに、多少時間がかかったのに対して、彼は、先輩の敷いた道を踏みながら、しかも若い勢いと、自己流に先輩などから掴み取った創造の手法を賑やかに展開してかなり派手な活躍をしたので（そういうことに時代の若者の反応も大きかった）、それによって認知されたのも早い。第一に、当時現代劇の中心演劇雑誌であり、いち早く新しい動向に注目した『新劇』の若い編集者に、早々と活動を誌上で取り上げられたことも利していたに違いない。

つかの初期作品＝七二年から八三年までのほぼ一〇年間の代表作＝の初稿プリント上演版

は、こうして『新劇』誌上で一一作にのぼって発表されたのである。後ろ盾のない新人にとって異例のことであったと見る。

それにしても、後に多くのヴァージョンを生む『熱海殺人事件』に関して、劇評家の言及も少なくない。ところがこれから扱おうとする『松ヶ浦　ゴドー戒』に関して、プレテキストとなる小品「講談　みがわりゴドー若衆椿」のみは誌上で発表されているものの、肝心の本作品自体は雑誌に掲載されたこともなく、また、きちんとした劇評として取り上げられてもいない。ただ、『新劇』の出版社である白水社版の『つかこうへい戯曲（シナリオ）作品集』全四巻の『一』（一九八七年）に収録されており、それを本論でも分析対象にしている。

2　「ゴドー」の基本

ところで、今さら指摘するまでもないが、つかの出発した当時の若者たちの上演作品の内容の傾向を演劇環境に重ねて考えよう。戦後西洋近代劇にならって写実劇中心の日本の現代劇世界で、それを変革する大きな西洋からの影響としては、第一にブレヒトの叙事的演劇があり、それに次いでベケットの不条理演劇があったということは、いまや通説である。この二つの要因は、西洋近代劇の中から生まれたのであるが、もともとドラマの流れを中心に据え、変化しつつ展開するアクションの通った写実劇に対抗した新しい傾向を示していた。第一に大きな影響力を持ったのが、東洋的な歌などを含む語りもの、つまりブレヒトの叙事的演劇といわれ注目された演劇に顕著に見られた流れである。言い換えると語りを基本構造枠に持つ東洋演劇などの影響を受けて生み出されたと言われる舞台世界である[注2]。一方、かなり遅れてきたベケットの作品に関しては、西洋的展開の中心であった起承転結を起こさない世界として新鮮だったわけだが[注3]、これなども日本では早いうちから紹介者・研究者などによって、非西洋的側面を東洋演劇とも結び付け言及もされている。たとえば能などある種の区切りはつけられているものの、途上であるという人生認識構造が地謡などの語りなどで示されているということであり、決着の明確な「終わり」のない途上の連続が示唆される世界と見なされていた。言い換えると、起承転結の明確な、「ドラマティック」な進展を見せて、終わりを告げる劇構造とは異質なものであると、指摘されてきたということである。

　この二つの流れのうちとくに後者を敏感に受けとめていたのが時代が合致したことも要因となって、既成演劇とはよりしがらみの薄い遅く出てきた小劇場演劇であった。要するに、これらの作品がもたらした現代劇の大きな転換点を示す演劇的事件は、日本でも、七〇年代になってどうにか浸透しはじめるわけだが、それが、やはり、小劇場演劇に与えた事件的な意味であったと見るのである。

「ゴドーを待ちながら」の日本初演はすでに一九六〇年になるのだが、ブレヒト同様に、近代的リアリズムを中心に展開されてきた日本の現代劇演劇界の、これ以後の劇作家たちに、何らかの影響を与えたと言われるわけである。ただ、明確にブレヒト流とか、ベケット流とか言えないとしても、それぞれの作品の表現の方法において、影響を受けているということだろう。日本の不条理劇作家を代表すると目されている別役実は、何かにつけ同時代作家でベケットを意識しなかった作家はいないのでないか、と断言している。確かにそれぞれの世界観や素材などに応じて、ベケットを意識して書いている作品のない作家はいないぐらいだと分かる。それはそれとして、「ゴドー」の示唆する演劇の特質は何であったか、纏めておきたい。

具体的にベケット作品はいわゆる不条理演劇という呼称で云々されるのが普通のことだが、現代において、世界観に「不条理」という認識を持ち、そのことで世界に発信し続けたのは、ベケット以前のサルトルやカミユであった。カミユの『シーシュポスの神話』(*Le Mythe de Sisyphe*)(一九四二年、六九年邦訳)は、不条理という今日の世界観の教科書のようになったが、彼やサルトルの劇作品など、不条理の世界を描きながら「言語」問題で不条理演劇とはいわず、その作品はシチュアシオン演劇と呼ばれていた(日本でも注目されており、唐十郎の状況劇場も、これにちなんでつけられていたという)。これらは先駆的作品であったが、ベケットの示した不条理演劇というものは、人物間のコミュニケーションである言語(舞台作品としては、「ダイアローグ」)の韜晦した世界であり、それにより、ドラマティックということも、韜晦してみえる世界が提示されている。それにしたがって、具体的に舞台の細部の流れがどのように展開されているか、要約してまとめるとこうなる。

不条理演劇の要素

＊アンチ・ドラマティック〈アンチは非でも、ノンでもなく、対立する、あるいは否定する前提があるという意味〉としての重層性がある。

＊「待つ」という人物の行為自体は、様態か。とすると悲劇的とか喜劇的とか滑稽な笑劇とかいう、従来の概念範疇外にある。

＊ドラマの作り方として、待ちすぎて内容が薄れ、来る来ないは重要でなく、待つこと自体の行動は、対象をぼやけさせている。

＊繰り返される行為は、遊び・ゲームの様相を帯びる。自ら死のうとする行為ですら、まぎれもなく心中では本気であるにもかかわらず、「ふり」という遊びじみてきている。

＊原風景さながらに、具体的なもの（取り出したニンジン、バンド代わりの紐、ポツンと立つ一本の木など）は断片的で日常のコンテクストとしてのつながりを失っている。

＊時間（時計や暦）も、場所も、すべて、日常性から切り離されて韜晦している。

＊地球という具体的な人間の棲むコンテクストも韜晦している（あるいは、戦争などにより破壊しつくされている荒地さながらである）。

以上、簡素化してとらえたが、つか世界に関わる内容も、ほぼこれに当てはめられる。

第一につかのゴドー作品世界であるが、「講談」という枠を持つことで、まずはダイアローグの基本は退けられている、「来る」という主題の内容もあいまいに韜晦し、対象の出現も、全く気まぐれに見えるなど、日常世界とは異なる世界が展開する。それらの点からも、つかは、不条理の英語の「アブザード」という単語のもとの意味、ばかげた、つじつまが合わない、気まぐれに見える、滑稽な、といった状態を傍若無人に取り入れており、「状況演劇」とは一線を画していたのであった。

日本の他の作家については、次項で目立つ作品リストを並べるのみにし、すでに述べた通り、そこから見えてくる興味深い問題には踏み込まない。

以後この小論では、テクストに密着しながら、顕著につかの用いた方法と、つからしい展開の仕方などに注目する。彼は表のリストに挙げた作家たちの、いわば中間の世代であり、そのこともあって、中間的な観点に立って「不条理」世界を彼の世界に溶け込ませたと言えようか。この観点を基本にしながら、とくに作品の構造をテクストをたどり特徴を指摘しつつ、つからしいベケット作品に触れていきたい。

【作品リスト】（左はめぼしい同時代作家。右は影響ある作家）

戦後の主流〈東京中心〉劇作家の系譜

主要活動は戦後になってるが戦前作家

久保栄（1900-58）三好十郎（1902-58）
田中千禾夫（1905-95）
木下順二（1914-2006）

新しい戦後作家

宮本研（1926-88）矢代静一（1927-98）
福田善之（1934-）※
井上ひさし（1934-2010）清水邦夫（1936-）

反近代劇作家…戦前・昭和10年代生れ

別役実（1937-）※
鈴木忠志（1939-）※〈演出家。唐、寺山修司（1935-83）らとともに1960年代の担い手〉
太田省吾（1939-2007）※
唐十郎（1943-）※
佐藤信（1943-）※

アングラその後〈戦後すぐ生れ〉

岸田理生（1946-2003）
竹内銃一郎（1947-）※
つかこうへい（1948-）※
木野花（1948-）※

つか以後

野田秀樹（1950-）
北村想（1952-）※
如月小春（1956-2000）※
鴻上尚史（1958-）※
いとうせいこう（1961-）※〈横内謙介、三谷幸喜と同年生。坂手、平田の1年上〉

同世代作家による「ゴドー」（またはその影響を感じさせる）作品

別役実「AとBと一人の女」（1961）テクストなし
「やってきたゴドー」（2007）木山事務所
福田善之「袴垂れは垂れどこだ」（1964）
唐十郎「ジョン・シルバー」（1965）
佐藤信「あたしのビートルズ」（1967）
「鼠小僧次郎吉」（1969）
鈴木忠志「劇的なるものをめぐって・Ⅱ」（1977）〈前身としての同名の舞台作アリ。72、74年版合作〉

つかこうへい『松ヶ浦ゴドー』（1974）

如月小春「ロミオとフリージアのある食卓」（1979）
竹内銃一郎「Z」（斜光社解散の最後の作品として1979年上演）テクストなし
北村想「寿歌」（1979）
待つでなく行く
太田省吾「裸足のフーガ」（1980）
鴻上尚史「朝日のような夕日をつれて」（1981年5月）（91年印刷版）
市堂令「青い鳥ゴドー・ある日せっせと」（1982）テクストなし
いとうせいこう「ゴドーは待たれながら」（1992年）

3　「講談」という一人語りの構造

これまで述べた小劇場演劇は、アンチ西洋近代の姿勢を明確にしていたが、もうひとつの方向として日本の近代劇が退けてきた、近代以前の日本大衆芸能、つまり、演劇でいえば歌舞伎に近い大衆芝居や民間の諸芸能の世界に注目した流れも大きい。大衆演劇ということを強調したいのは、明治以後国劇として持ち上げられた「歌舞伎」「能」「狂言」などがある意味で（大衆性は含んでいるものの）上流階級化されたのに対して、地方回りも含めた民間で上演されてきた歌舞伎芝居や落語、講談などであり、いわば、庶民性が誇張され、強調される面の大きい芸能である。センチメンタリズム、官能的なリズムや挑発、感情過多、お涙ちょうだい、波瀾万丈、痛切感、等々のつまった演劇だ。そういう面を、つかは、これぞとばかりハチャメチャに「講談」という、一人語りの形式に誇張して詰め込み、全面にわたり彼の「ゴドー」世界に取り入れたのである。いうまでもなくこの一人語りの芸能は、同類の落語と異なって、個人というより歴史などに基づく物語性を持つ芸能である。このことは一点において、大規模な飛躍も可能で、ハラハラ感やセンセーショナルな物語を盛り込み、情緒性も満載のかたちで一般大衆に訴えやすくできる要素を持つ。つかの講談使用の戦略は、思い切り非知性的に世界を切り取って八方破れに使用することだったのではないか……。

繰り返し強調すると、それこそが、つか版「松ヶ浦　ゴドー戒」の作品全体において、講談語りであるという形式をとった第一の意図であり、戦略だったとみる。しかも、大衆芸能であるというばかりでなく、場末の劇場でしがない旅回りの「講談」芸能一座によって上演される演劇であるという枠取りまでが、念をいれてしつらえられている。つかの狙いがその辺から見えてこないか……。

劇の進行を辿りながら、注目していこう。

この一座に講談師は二人いて、師匠（花の掾）と舞台前面で客と向き合っている弟子（重蔵）が勤めるが、開幕はほとんど弟子の持ち場で占められている。全体も彼の独壇場といってよい（ちなみに、出演者には二人の名前が記されている記録があるが、途中で交替して演じている節がある）。

〈出だしの前の話の口火〉（テクスト53―55頁）

いよいよ客に直接話をはじめる前に、一種の開幕前の客との打ち解けた紹介のくだりがある。そこでは喫茶店で長時間待った男が待っていないふりをするという、ありそうな話が語られ、それによってこれからはじめる講談の中心主題の〈待つ〉ということが暗示され、待つつらさを無かったことのように誤魔化す男の心意気と心根の優しさが、客に親しみの雰囲気を与えながら印象づけられている、重要なプレ・プロローグともいうべき場面になっていて、巧みに作品世界が導入されてくる。

〈『みがわりゴドー』使用部分〉（テクスト55―61頁）

いよいよはじまる講談は、最初の部分として、前作の『みがわりゴドー若衆椿』がほとんどそのまま用いられており、この作品の一部になっている。これを辿りながら、展開の仕方に目を向けると……。

＊前座（テクスト55―56頁）

まず劇の内容を示す明確なプロローグとして、誰でも周知の「忠犬ハチ公」の話が語りに入っている。「待つ」という内容を、自らの死に至るまでひたすら待ち続けた無言の犬の引用で情緒たっぷりに表現し、大衆芸能らしいプロローグとして、持ち出しているのは、当を得ていよう。

＊二人の主人公の導入と苦しい立場の誇張（テクスト56―61頁）

原作「ゴドー」からとった二人の人物を導入してくるのだが、持って回った物言いの中から、どうやら一方が待つ我慢の耐え難さに労咳を患っていることになり、吐血する場面までしつらえている。これは待つということが、苦しくて哀れな行為であることを誇張してつかまえており、犬とは異なる人間のメロドラマ風に、弱い男と彼の病を嘆く友という関係で仕立てたわけである。つまり、死病といえば一時代前には労咳はメロドラマにうってつけの象徴、言い換えると大衆芸能に合致する手立ての装いを仕込んだわけだ。現代のつか観客・見物人が、同情するわけなどないことが、大仰に描くつかの捩じれた過多表現という偽装だとも言えないか……。

つづく部分、つまり前作からの長い引用部分の続きだが、主に、労咳を患ってまで待つ人の、気持ちや立場など、あちこちに飛躍する歌の導入や場面の転換などを含め、賑やかに並べ立てられている。いわば筋立てより雰囲気づくり情景のアブザードな場面転換が行なわれるということであろう。その方法は、引用している短い前作の上演で試されもしていた、といってよい。この舞台も、舞台に乗るからこそ生きる場面である。もちろん講談語りの枠を残しながら、さまざまの役者によって演じられることで進行していく場面であり、この種の一人語りの中で数人が担う場面づくりの傾向はこれ以後もつづく作品作りの基本とみてよいのだ。

〈前作から離れた場面の展開〉（テクスト61—71頁）

前作引用が終わってもやはり、ながながと講談部分としての場面がはじまる。その中で非連続的な場面が並列されていくわけだが、再度労咳病みの話がでてきて、人物たちの不幸が、あの場この場へと飛躍しながら述べられる。たとえば当時はやったボブ・ディラン『風にふかれて』が、全曲歌われるなど、戸惑うわけだが、それでも乗せられてしまう。観客にも馴染みのその哀調をおびたメロディーは、聞くものの感情に働きかけるわけで、鈴木忠志が、演歌などを盛んに用いたことに通じる効果かもしれない。何でも用いるつからしい場面づくりの一方法だと受け止めているうちに、原作に関してのベケットの名前がはじめて紹介され、ゴドーが「来る」ことを期待する雰囲気を盛り上げて場面が変わる。

〈正義漢ゴドー到来〉（テクスト71―76頁）

場面は急展開して、ただ「待つ」ことから、特定のゴドー、やってくるゴドーをイメージする一種のファンタジー場面になってくる。

待っている二人は日本的にウラ坊とゴン太と名づけられて登場、悪者（ポォッオーたち）に捉えられ、にっちもさっちもいかない状態に二人は追い込まれる。そこで、待望のゴドーならぬ正義の味方「不条理マン」が、まるで黄金バットのようにかっこよく現われ来て、二人を派手に救い出すのだ。つまり、この場面で思い切り賑やかに子供の英雄イメージ満載の「助っ人」を登場させる。そのことで、劇の流れも、対象が「待たれる」から「来る」という対極場面に切り替わり、嘘っぽく、しかし本物っぽく、急展開させられながら、目出度い終わり方で、仕上げられるわけだ。この不条理マンに関しては、現代人らしい悩む青年としての裏の顔も見させており、そのことで、大人にも、向き合わせようとしつらえてある。（講談の中の観客でなく、つか舞台の観客は、作者の臆面もない子供じみた描きかた自体に乗っかって、喝采する。）それもこれも、舞台の講談の観客にとっても、やってきたゴドー自体に、文化エリートに対するアンチ体制の匂いを嗅ぎだしているようにみる。ゴドーがやってくるという幻想自体が，この場面でひっくり返る危うさに乗っかっていることが、つからしいのだ。

〈二人で語る「講談」〉（テクスト76―82頁）

このあと最後の締めくくりの講談場面が長々とつづく。印刷された戯曲としては、講談師の師匠・花の掾が登場して彼の名前で客にじかに語るのはここで初めてなのだが、貧相な見栄えから喋っているのは師と弟子が入れ替わっているという卜書きがある。これまでも、直接観客に講談語りをしながら向き合っているのは二人の主役役者が交互に演じているらしいと、推察できなくはない。とくにこの卜書きによると、どちらとも言えない役であることが、言外にほのめかして示されていると受け止められもする。ただ、この場面では、二人の役割ははっきりしている。「不条理マン」を登場させたことで、観客の共感を得られたとして喜ぶ師匠だが、その一方で、ゴドーを中途半端に出したことに文句をつけるわけだ。ただ、それに対して、弟子は、その点は『やさしいゴドーの待ち方』とか、ゴドー関係の印刷物をどんどん出しているから大丈夫、と、得意げに述べる。それに対して、師匠は、演劇人として舞台でなく印刷物でアピールするとはけしからんと、怒って、彼を破門にしてしまう。

〈後談　弟子の述懐〉（テクスト82―84頁）

最後に、締めくくりに破門された弟子による人を食ったような場面がつく。どさ廻りで、観客の、いかにもその辺にいそうなばあさんとかだれさんとかが、ゴドー、どうしたか、と盛んに到来を待ち望んで訊いてくる、と紹介する。それというのも、彼がゴドー関係の何冊もの印刷物を、行く先々で投げ売りし、売りまくってきたから、ゴドーはどうしたと、どこでも期待されているためだというのである。まさにハチャメチャな価値観破壊的な締めくくりではないか……。

全体に完成した戯曲世界としての作品と見ると、決してよく出来た作品ではない。いささか思いつきの場面づくりなどもあり、シーンそのものもないほうがすっきりすると思う場面もあちこちに見られる。上演の中で楽しめる造りであると言えばそれだけだし、魅力的な役者の芸の存在感があってこそ生きてくると思える場面も少なくない。要するに結論としては、いい作品であるわけでも傑作であるわけでもないということだ。が、時代の勢いが劇団を後押ししている中で、意味のある活動としての舞台作品であったと言いたく思うのである。

4　アンチ伝統・アンチ前衛

すでに「3」で詳しく作品の流れを辿りながら説明してきたことの繰り返しになるのだが、改めて強調したいことを、明確にして押さえておきたい。

つかの世界は、あくまでも、アンタゴニストとしてのそれであったのではないか。そのターゲットの矛先は、ほかの新しい小劇場運動と連動して「新劇」という大目標があったことも否定はしない。しかし、彼の場合はそれのみではない。彼自身がすぐ目の前の道として辿っていた先輩たちの歩みを受け継ぎながらも、同時にその先輩たちの小劇場運動に対しても、基本として、矛先を向けていたのでないか。つまり、ちょうど彼が学生演劇から抜け出て活動しようとして頑張って出発した時期は、いわゆる小劇場の先輩たち（ある批評家たちなどの呼称として、「アングラ第一世代」と呼ばれることもあったが）から、いわば、遅れてきた世代なのである。（演劇活動のみでなく、安保や学生運動からも一歩遅れてきた世代だった。）

ところで、新しい演劇の旗手としての第一世代は、さまざまの面で、知的文化エリートと結びついていた。赤テント（唐十郎）も、土方巽などと親しくそのサロンともいうべき一級の文化知識人・哲学者・文人（澁澤龍彥、三島由紀夫など）の集まりとの交流もありバックボーンを与えられていた。黒テント（佐藤信）は、当初から同世代の先端的評論家・津野海太郎、佐伯隆幸、デヴィッド・グッドマンなどという錚々たる仲間の理論的バックボーンに支えられていた。また、最も近く実際の関わりも持った早稲田小劇場（鈴木忠志、別役実）も、当時のエリート学生演劇の拠点であったわけであるし、鈴木も後に岩波ブレーンといった知識人のバックを得ていくのである。

こういう目先の先輩たちに単純に従うことに組みしえなかったつかが、その姿勢として、アンタゴニストになった立ち位置は、言い換えると彼の創造のエネルギー源であったとすらみられるのではなかろうか。その作品のどれもに見られる既成に対する反既成、とくに知的エリートに対する庶民性という抵抗のエネルギーは、この作品に限らず、つかの力であったと見る。皮肉なことだが、そのこと自体は、つかの知性であり、教養であったと言えると、わたしは受け止める。彼の姿勢が在日であるという自覚の意味もあろうが、少なくとも、初期の作品では、反文化的既成が、それ以上のエネルギー源であったと見たいのである。

『松ヶ浦ゴドー戒』は、アンタゴニストつか、という観点から、作品の注目度は低いかもしれないが、躍如たるおもむきがある。

まず第一に、「講談」という日本の庶民芸能を引き出してきて、枠組みとして中心構造に用いたこと自体、他とは異なるという自負があったのではないか。日本演劇の（日本に限らず、非西欧的演劇だが、中でも日本の馴染みの芝居の枠組みとしての）、一人語りという構造をフルに用いていること自体が、目前の先人にはなかったことであろう。

「ゴドー」を用いながら、内容面から、その日本的な情緒や非知性的側面を大いに引き出してきている。「忠犬ハチ公」の忠誠心に注目させる出だし、哀しい病害（労咳と吐血）の例、ポピュラーソングによる懐かしいメロディーの多用、場所などで庶民の知る親しみを誘う、マンガのヒーローのイメージを借りて、待ち人来たるの場面づくり、等々、メロドラマのセッティング乱用・多用は、それ自体が戦略に見えるわけだ。当時の若者たちの間にやくざ映画が流行ったことと連動しているとも受け止められる。そして最後に、場末の講談舞台からは、センセーショナルな展開を結びのことばとしつつ「またのお楽しみのおいでを」という誘いで、全体を締めているのである。

テーマは「待つ」ことであるが、西洋発不条理演劇の解釈のような人間の根源的孤独などを前面に押し出し表現することはない。日本では、つか以前はゴドーをある種の憧憬・敬意・希求の対象としてイメージに託している作家が少なくない。それを半ば受け継ぎながら「見えない」「来ない」の荒々しい逆説を描いて見せることで、つか以後の多くの作家が耐え難さを耐えながら真っ向から受け止めているような描き方に向かう、ある種の橋渡しをしていると見えなくもないのである。

つかの世界のけたたましさを、人間の不条理に対する、反抗しながらの受け入れる姿勢のようにわたしは観る。つかはどこまでも戦略家だが、むしろ根はアンタゴニストであると言うほうが、適当なのかも知れない。

注

［1］以後本論で単純に〝ゴドー〟と記すときは、ベケット作の「ゴドーを待ちながら」の作品自体か、それがイメージする内容を持つ作品を指す。

［2］これは主に、千田是也によって俳優座の衛星劇団と呼ばれたもので最初に舞台化され、やがて広がっていった。

［3］こちらは文学座の若手などの活躍したアトリエで取り上げられたのが最初で、やはり新劇内で出発している。

■本論文の校正は、筆者が入院中のため編者井上理恵が担当した。

第六章

第二世代の〈生きのび方〉

「巷談松ヶ浦ゴドー戒」におけるパロディと大衆性

久保陽子

1　はじめに

一九七四年一月、二五才の若さで岸田戯曲賞を受賞し一躍脚光を浴びていたつかこうへいが、早稲田大学の劇団暫から距離を置き、新たにつかこうへい事務所での活動を開始し、青山に新しくできたVAN99ホールでの契約上演を開始したのが同年八月であった。劇作家として世間から注目され、かつますます人気を博していったこの時期に重なるようにして創作・上演された作品に、つかが作・演出を手掛けた『巷談松ヶ浦ゴドー戒』がある。これはVAN99ホールで一九七四年一〇月一〇日から一二日まで上演され、翌年には同ホール（一〇月一八日〜二七日）で再演された。本作には原形とされる作品があり、一九七三年に『やさしいゴドーの待ち方―その傾向と対策―』が六本木自由劇場（一一月一二日〜一五日）で劇団暫によって上演されている[注1]。この講談部分が『講談みがわりゴドー若衆椿』として『新劇』（一九七四年四月号）に発表され、さらにこれが大幅に加筆・修正され『巷談松ヶ浦ゴドー戒』となった[注2]。

『講談みがわりゴドー若衆椿』は、題名からわかるようにサミュエル・ベケット『ゴドーを待ちながら』（以下『ゴドー』と表記）のパロディで、親分ゴドーを待つウラジミルとエストラゴンの物語「松ヶ浦ゴドー戒」なる演目を中心にして、それに講談師・重蔵が講釈を交えながら語っていく。

これを基に創作された『巷談松ヶ浦ゴドー戒』は、前半部はこれをほぼそのまま用いながら、新たに重蔵（三浦洋一）の講釈の部分（デートの待ち合わせの話、深川の木場での観客参加の話、ボブ・ディランの歌）を追加している。後半部では、「ゴドー待ち第二夜」として、ウラ坊とゴン太（長谷川康夫・市村朝一）が不条理マン（知念正文）を待つという子供ショーを書き加え、さらに結末に重蔵の師匠である花の丞（平田満）を登場させるという改稿がなされている。後半部の子供ショーからは登場人物が増え、また様々なエピソードの追加によって物語が展開されたことに伴い、純粋な重蔵の語りのみで構成されていた「講談」から、世間のうわさ話の意である「巷談」へと変更されている。それぞれのエピソードは、待つという主題でゆるやかに繋がっているものの、飛躍を伴う語りによって断片化されながら、講談、旅芝居、歌舞伎、歌、文楽、子供ショー、香具師の口上がめくるめく展開されていく。

ところで、一九五三年にパリのバビロン座でロジェ・ブラン演出で初演され賛否を呼んだベケットの『ゴドー』は、すぐさま研究者たちによって日本の演劇界に紹介され、一九六〇年には安堂信也訳・演出で文学座アトリエ公演として都市センターホールで本邦初演されている。

これ以降、現代に至るまで『ゴドー』は様々に変奏され上演されてきたが、別役実は「我が国の六十年代の演劇は、ベケットの影響をそれぞれ濃密に受けて出発してきた」[注3]と述べているように、とりわけ『ゴドー』の日本への輸入の波を大きく受けた六〇年代の演劇 - そこにはアングラ演劇の作品も当然含まれるが - にはその影響が顕著にみられることは指摘されてきた。

こうした六〇年代の演劇状況を見据えながら、アングラ演劇世代から少し遅れて演劇活動を開始したつかが、自らの立ち位置を際立たせるために、敢えて『ゴドー』に材をとったことは、当然の成り行きであったともいえる。そして実際につかの『巷談松ヶ浦ゴドー戒』は、別役が「私はこれを読んでとっさに『あ、七十年代』と思った」[注4]と評したように、先行世代とは異なる方法で『ゴドー』を取り込み、これまでの受容の流れを大きく転換させた。その差異性は七〇年代演劇の幕開けを鮮やかに宣言し、扇田昭彦が指摘するように「画期的な転換点」[注5]となった。

また六〇年代のアングラ演劇が一部の熱狂的な観客に支持されていたもののどことなく後ろ暗さが漂っていたのに対して、七〇年代に本格的に活動を開始したつかの演劇は、「ファッション」[注6]と呼ばれるまでに人気を獲得し大きく演劇興行の枠を押し広げることになった。紀伊国屋ホールに進出することによって本格化するつかブームの胎動期である本作には、そうした流行を支えるつか作品の大衆性の端緒を見出だすことができる。

このように作品においても興行においても、日本の演劇界に新たな風を送り込んだつか演劇を改めて考えるにあたり、『ゴドー』の扱い方に注目することは一つの指標ともなるだろう。それゆえ本稿では、『ゴドー』の受容史においてパロディという方法に着目し、それがつかブームといかにつながっていくのかを、演劇の大衆性との関連においても考えたい。それによって、従来アングラ第二世代と区分されてきたつかのアングラ世代との非／連続性をより鮮明化できるのではないかと思う。

2 『ゴドー』受容史におけるみがわり・パロディという方法

一九五三年一月に初演された『ゴドー』は、日本では早くも同年の『新潮』（一一月号）で紹介されており、以後、「アンチ・テアトル」という呼称の流行とともに、五〇年代に研究者によって反演劇の手法や哲学的な解釈とともに日本に紹介されていった。そうした受容史を調査した風間研は、日本初演の際には、それに先立つ研究者たちの紹介の蓄積があったからこそ「どの劇評もまと外れなものではない」[注7]としている。つまり、『ゴドー』が研究者たちの知的な解説付きで日本にもたらされることで、賛否を呼び起こす隙もないほどにあらかじめ一定の価値づけがなされていたということである。その後、六〇年代には『ゴドー』は新劇団によって次々と上演されたほか、様々な翻案劇を生み出していく。

近代リアリズム演劇への抵抗として登場した「アンチ・テアトル」の演劇が、西洋の近代リアリズム演劇を手本とした新劇に反旗を翻す形で台頭し、独自の戯曲を模索していたアングラ演劇に、その作劇の方法論において示唆や影響を与えたことは当然だったのかもしれない。六〇年代に書かれた作品群を分析した津野海太郎は、『ゴドー』が「一人の作家の恣意的な思いつきの段階をこえて、現代演劇の方法的核心にまっすぐつながる存在」であるゆえに、もはや「原型的な硬さ」を獲得していると述べている。その上で、そこでは待つ者が来ないことが既に了解されており、その上で非到来ではなく到来の劇によって「再獲得される単純ならざる不充足感や距離の意識」が書かれているという[注8]。また扇田昭彦は六〇年代の劇作家たちはゴドーに「イメージの巨大さ、超越性、輝かしさ、高揚感、つまりそれによって世界と人間が一挙に根本から変わり、よみがえるような魔術的な力」を託したと述べているように[注9]、六〇年代においては、待ち望まれるゴドーは作品に応じて解釈は異なるものの、閉塞的な状況を覆す威厳ある何ものかであった。そして如何なる形でかそれは到来し、しかしながらそれは待つ人々の期待を裏切り、充足感をもたらすことはなかった。こうした救世主の到来の物語は、それがたとえ明るい結末をもたらさなかったにせよ、大きな期待に貫かれた一貫した物語である。それは、堀真理子が『ゴドー』に、テクストの論理性の排除、意味の剥奪といったポストモダン文学の傾向をみとめつつも、「『ゴドーを待つ』という、リオタールがモダニストの特徴とする『大きな物語（グランド・ナラティヴ）』がまだ健在である」と指摘していることとも一致する[注10]。

しかしながら本作にあっては、待つという主題は留めているものの、物語はそれぞれ無関係なエピソードに断片化され、一つ一つの物語も、待たれる人物＝ゴドーも「日常化」・「卑俗化」され[注11]、大きな期待はもたらさない。つまり、六〇年代の演劇が曖昧な何者かを待つという劇構造に共鳴しそれを劇作に取り込んだのに対し、つかは『ゴドー』という作品自体をパロディ化し、しかもそれを一つではなく様々な芸能や時事ネタやエピソードと取り合わせることによって細分化・矮小化し、軽やかに水平方向に横滑りさせていった。

『講談みがわりゴドー若衆椿』のみがわりという言葉が示すように、本作は本物を模倣するパロディであり、その時点でゴドーはすでに本物ではありえないが、さらにそのパロディにおいてもゴドーのみがわりが登場する。前半部では『ゴドー』のパロディとして「松ヶ浦ゴドー戒」が演じられ、ゴドーのみがわりとして女形だてらに六方を踏む若衆が登場し、後半部ではパロディとして子供ショーが演じられ、「不条理マン・ゴドー」がオートバイで颯爽と登場する。しかし不条理マンは、正義について「悩み続け」ている「一介の青年」であり、救世主でも正義のヒーローにもなりえない。また結末にはゴドーは姿は現さないものの、「ビーチサンダルにアロハシャツ」で「大磯の避暑地」から楽屋裏へ到着したと語られ、そのゴドーを舞台に登場させるかわりに、物語の続きが書かれた本を購入するように観客を説得していく。

こうして次々と展開するエピソードによってゴドーという中心は絶えずずらされかつ複数化されていく中で、最も大きなみがわりは重蔵と花の丞である。物語の終盤に花の丞（実は重蔵）

が登場することで、今まで重蔵を名乗っていた講談師こそ花の丞であることが発覚する。本来なら本物つまり正統なものになり替わることが、みがわりおよびパロディであるが、師匠が弟子と入れ替わるという逆転によって、そのヒエラルキーを転倒させる。また贋物が登場しない限り本物かどうかの判断がつかないため、両者は互いに依拠する相補的な関係性であるといえる。それは「表があれば裏がある。白があって黒がある。正統あって異端あり。が、しかし裏があってこその表。異端あればこその正統」という台詞にも端的にあらわれている。

また花の丞＝本物によって語られるのは『ポルノ版ゴドーを待ちながら』といういかがわしい贋物の存在である。「芸術か、ワイセツか」という時事的なフレーズで観客からは笑いを取り、それと同時に、敗訴となったものの大いに論争を巻き起こしたサド裁判は、二元論で議論することのナンセンスや線引きの曖昧性を印象づける効果として用いられている。ゴドーを登場させれば国家権力によって逮捕されるが、その覚悟で芸を見せようとする花の丞に対し、師匠の身を守るため芸のかわりに本を売ろうとする重蔵は、芸人として「まがい物」である。だが「確かに、私はまがい物です。しかし、一の瀬はまがい物ではないぞ」という重蔵（実は花の丞）の台詞は、既にみがわりが発覚しているこの場面では、この台詞自体が矛盾をはらんだものとなっている。ゆえにすべてが信用できないいかがわしい「まがい物」へと変容してき、最後には「客、もう何がなんだかわからない」というト書きさながらの様相を呈していく。

こうしてみがわりは、最終的には本物と贋物が入り混じり判別不可能なところまで平準化していく。待つという一本の縦糸に貫かれていた『ゴドー』は、断片化され数珠つなぎとなり、様々な位相で水平方向へ展開されるパロディの手法によって、たえず価値の相対化がなされている。それは、あらかじめ知的な解説付きで権威づけられた『ゴドー』と、それに依拠し待つという大きな期待に貫かれた劇作の方法をこぞって取り入れた六〇年代の日本演劇界における〈大きな物語〉への指向を断ち切ろうとする試みであるといえる。しかしながら、当然ながら本作もまた『ゴドー』に依拠して創作されているという点では、六〇年代と同様に『ゴドー』受容の影響下にあることも言い添えておきたい。以上、『ゴドー』受容史におけるみがわり・パロディの特異性をみてきたが、次にそのパロディの方法を具体的にみていきたい。

3 『ゴドー』と任侠映画における相互批評性

『ゴドー』は時間、場所、筋、人物が曖昧であることによって演劇の伝統から逸脱し、それゆえ反演劇(アンチ・テアトル)と呼ばれる。そのパロディである本作はいずれのエピソードにおいても講談の語りによってきっちりと時間、場所、筋、人物が示され、むしろそれによって場面転換がスムーズになされエピソードの飛躍を可能にしている。またゴドー＝待たれる人物にも性格が与えられることで、ゴドーは等身大のその人として明示され、いかなるアレゴリーをも差し挟まない。また、みがわりのゴドーが登場する本作では、ゴドーが来るかどうかよりも、待つ行為に付随する悲哀や人情が描かれている。冒頭のカップルの待ち合わせのエピソードでは、遅れているものの彼女は喫茶店にやって来る。それに対して吸い殻を隠して来たばかりの振りをする青年の「愛」に焦点が当たっている。続くハチ公の話では、飼い主の上野教授は既に死んでいるため来ないという決着はついている。それでもなお待ち続ける「ハチ公の姿を胸を焼く思いで憐れんだ」人々の情が描かれる。さらに講談の観客である養老院のおばあちゃんは、友人のおじいちゃんを思い「『…死ぬ前に一目ゴドーさんに会いたい。一目ゴドーさんに会ってから死にたい』とのたっての頼みだから何とかしてやってくれ」と嘆願するように、何とも人間臭い人情の世界へと変容していくのである。ゆえに本作では「涙」「純情」「人情」「情」「哀れ」などの言葉が多用される。

こうした物語の世界観を別役は、「最前衛のドラマツルギー」である『ゴドー』を、「最も陳腐で月並みとされているドラマツルギー」である「浪花節的人情と股旅物的美学」で翻訳し直すことで相互的な批評性を有していることを指摘し、「この絶えざる往復作業の中で、それぞれを養ってきた風土と風俗が、それぞれの得体のしれない実体として見えてくる」[注12]という。このように「アンチ・テアトル」は、パロディとして別のものと取り合わされることで、その見え方が変わってくるが、ここではつかが影響を受けたという任侠映画に着目し、その相互的な批評性についてみていきたい。

「松ヶ浦ゴドー戒」では「博徒の道をひた走る」ウラジミルと「無宿渡世に身を投じた」エ

ストラゴンは「任侠道を貫き通さんがため」、「堅気の身じゃ」ないゴドーを待ち続けている。つかが上京した一九六七年当時は「東映やくざ映画の全盛期で、かなり熱心に見た。その美学にかなり影響をうけた」[注13]というように、任侠映画は、その始まりとされる『人生劇場・飛車角』（一九六三年）のヒットを受け、スターシステムが確立され次々とシリーズ化・量産化され、六〇年代において人気を博していた。本作初演の前年の一九七二年には『仁義なき戦い』がヒットし、演劇界でも任侠ものが数多く上演されている[注14]。任侠映画はそもそもがはぐれものを主人公にした長谷川伸などに代表される股旅ものにその源流があり、「松ヶ浦ゴドー戒」が股旅ものと任侠映画の双方にまたがっているのもその親和性ゆえのことであろう。任侠映画の物語には型があるといわれており、主人公は対立関係にあるやくざの組からじりじりと迫害を受け我慢を重ねたあげく、最終的に悪の親分に一人で殴り込みをかける[注15]。本作では親分ゴドーへの忠義は待つことで示されており、待つ理由は語られないものの、「仁義の道」あるいは「恩義」が、『ゴドー』における待つ行為の動機付けとなっている。その一方で、任侠映画の世界なら一枚岩でなければならない親分への二人の忠義は『ゴドー』の影響を受け、ゴドーを待つ意味やその到来が何をもたらすのかという疑問を抱き「愚痴も出ましょう」というように揺らいでいる。

任侠映画では、殴り込みの道中にそれを待ち伏せしていた兄弟分のやくざと連れだって死を覚悟して同行する〈道行き〉の場面があるが、佐藤忠男によれば「ここで必ず、男同士の命がけの友情を讃える主題歌が入ることになっており、これは、しばしば客席からどよめきさえも起る重要な見せ場である」［注16］という。こうした命がけの兄弟分の友愛はエストラゴンとウラジミルに反映されている。エストラゴンは、労咳におかされ血を吐くまで待ち続けたウラジミルを見るに忍びなく思い、刀で切り殺した上で自決しようとする。しかしながら「ゴドー命」と彫り込まれた腕の入れ墨を見て、その忠義に感動し踏みとどまる。もちろん、これは『ゴドー』で二人が脈絡なく首吊り自殺をはかろうとする場面の変奏である。『ゴドー』とは異なり、任侠道に身を置く二人は命賭けで待たねばならず、また共に命を絶とうとするほど固い絆で結ばれている。とはいうものの、任侠映画で観客を沸かせた寡黙な男らしさはなく、『ゴドー』においてて暇つぶしをする二人のように、饒舌にしゃべり続けている。こうして論理性を排した『ゴドー』の隙間を忠義という論理で繋ぎ合わせ、一方で任侠映画の忠義を曖昧性によって揺らがせることで、双方ともに違った見え方が浮かび上がってくるが、では、そうすることでそこにいかなる批評性が内在しているのであろうか。

『ゴドー』に対する批評性は新たに追加された子供ショーの場面に明確にあらわれている。子供たちが待ち望む不条理マンとは「祖国を捨て」「アジアの果て」までやってきた不条理劇の到来であり、それをヒーローとして迎え入れる子供たちは日本の演劇界の喩といえる。「ありがとう、おじさん」と感謝される不条理マンは救いをもたらす正義の味方である一方で、「罪のない人々を巻き添えにして」しまう「宿命」を「悩み続け」「悲しくかみしめて」もいる。

そうした葛藤を抱える不条理マンを痛烈に批判するのが、一人の少年（岩間たか子）である。

少年　この稲を見ろ。この稲はなあ、俺たち百姓が春に、一生懸命に苗を植えて、秋の取り入れを楽しみにしていたんだ。それをお前のおかげで田畑は荒され俺たちは飢え死にするしかないじゃないか。何が正義だ。何が革命だ。いつもひどい目に会うのは百姓じゃないか。俺の田んぼを返せ。俺の父ちゃんを返せ。不条理マンのバカヤロウ。

「稲」を手にして突如やってきた少年が、「田畑」が荒らされると主張しているところに、日本の土壌に根付いた伝統が踏みにじられることへの反発がわかりやすくあらわれている。「松ヶ浦ゴドー戒」では、ウラジミルは「米問屋の一人息子」で、エストラゴンは「水呑百姓の六男」であることも、西洋から新しく輸入された不条理劇に日本的伝統を意図して対比させていることがわかる。さらに、講談、歌舞伎、股旅もの、任侠映画、文楽、香具師を『ゴドー』と取り合わせることで、自文化の演劇的背景と離れたところで不条理劇を救世主のように取り入れた日本の演劇界に対する批判となっている。そもそも西洋的なものに対して日本的なものを取り入れるという抵抗の方法は、西洋近代劇を取り入れた新劇に対して、アングラ演劇人たちが行ったものであった。彼らは前近代的な要素を取り入れながらその活動を出発させたが、『ゴドー』

に影響を受けた六〇年代の演劇に対する批判として同じ手法を用いたところに、つかの痛烈な批判がある。そして仁侠映画は、佐藤忠男によれば「高度経済成長をつうじて急速に切り捨てようとしていた」「封建的人間関係」を描き、そこに「ノスタルジア」を仮託することができたという[注17]。仁侠映画がマゲを切った時代劇と呼ばれていたように、着流し姿で仁侠道に生きる男たちの世界は前近代を彷彿とさせるものであり、六〇年代にブームになったとはいえ、日本の伝統的な世界を背負ってもいるのである。

また仁侠映画は、善である昔気質のやくざが、親分への忠義を立てて新興勢力である悪の組に殴り込みをかけ勝利するという構図を描き、学生運動の盛り上がりとともに熱狂的な若者の支持を得た。大きな権力に立ち向かっていく弱いが正しい者という任侠映画の構図は、そのまま悪を体制と、善を反体制と見立てられ、悪の親分の台詞には「ナンセンス!」と、殴り込みの場面では「異議なし!」と掛け声がかかったという[注18]。このように当時の学生はおおいに任侠映画の世界に感情移入し、そこに変革をもとめて立ち向かう自らの雄姿を重ね合わせていた。こうした時代を背景に演劇を始めたアングラ演劇人たちは、扇田昭彦が「六〇年代の小劇場運動の背景に、濃淡の差はあっても、かなり普遍的にこうした『闘争体験』があったことは注目していい」[注19]と述べ、また西堂行人が「運動」は狭義には「表現革命」で、広義には「演劇のみならず社会の変革を最終目標とするもの」[注20]と指摘しているように、そこには変革という時代のキーワードがる。たとえそれが結果的に希望をもたらすものではなかったとしても、待ち望まれる救世主の到来を描くことが六〇年代の演劇であり、それに対して、一九六七年に浪人生として上京したつかにとっては変革や闘争はそれほど身近なものではなかった。それは岸田戯曲賞受賞後の「何に対しても、獲得するという意識がぼくにはない。むしろパロディとしての生きのび方に心をひかれます。劇的に生きられた人に対するうらやましさですよ、ぼくにあるのは」[注21]という言葉に如実にあらわれている。それゆえ本作では任侠映画を用いてはいるものの、兄弟分であるウラジミルとエストラゴンは〈道行〉の道中にいて、殴り込みに行くどころか親分ゴドーの到来を無為に待っているだけであり、変革とは程遠い。六〇年代が任侠映画に仮託した変革への希望は、ここでは『ゴドー』と取り合わされることでパロディ化され、変革の期待そのものが無化されているのである。

4　笑いの演劇と大衆消費社会

パロディはこうした批評性だけでなく、それと同時に、「客席は終始笑いに包まれていた……（中略）観客はこれでもかと繰り広げられるつかの遊びを、その瞬間、瞬間、純粋に楽しみ、芝居を堪能していた」[注22]というように、パロディのもう一つの側面として、笑いがある。パロディによる笑いはその原型を知っていることが前提となり、その取り合わせの落差こそが笑いを生み出すゆえに、当時の観客は、『ゴドー』も、さらにはそこに取り合わされていく芸能、時事ネタ、風俗をかなりの程度で共有していたということになる。そして本作には、先に触れた学生運動や任侠映画の他に、世界的にヒットしたボブ・ディランの「風に吹かれて」（一九六三年）や藤島桓夫の歌謡曲「月の法善寺横町」（一九六〇年）の歌詞の直接的引用や、また「濡場の大公開」と予告される『ポルノ版ゴドーを待ちながら』は一九七一年から上映された日活ロマンポルノが、子供ショーでオートバイで現れるヒーローは一九七一年からテレビ放送が開始された石ノ森章太郎原作「仮面ライダー」およびそのヒットを受けて起こった変身ブームが踏まえられている。そもそも作品の中心である講談は、講談の寄席を舞台にした安藤鶴夫の小説『巷談本牧亭』（『読売新聞』一九六二年一月四日～六月二八日連載）が一九六三年に単行本化され直木賞を受賞したことで関心を集めた芸能でもあるのだ。同様に香具師の口上は、著作、レコード、ラジオなどで六〇年代後半から日本の放浪芸を意欲的に紹介していった小沢昭一の活躍や人気とも関係しているだろう[注23]。このように作品を改めて時代の文脈に返してみると、当時の観客に共有されていた社会文化的基盤がまざまざと浮かび上がってくる。風俗を縦横無尽に取り込み、それをパロディとしておもしろおかしく料理する手つきの鮮やかさや時代への嗅覚には瞠目すべきものがあり、それがつまるところ大衆の笑いへとつながっていったのだ。

そしてこの笑いを媒介にして観客と舞台とを結びつけたところに、六〇年代との差異がある。〈いま・ここ〉で上演される演劇では、そこに居合わせる観客との関係性が強く問われる。唐十郎の赤テントの大向こうさながらの観客のヤジや掛け声あるいは寺山修司が行った観客参加は、先に述べた任侠映画の映画館での掛け声に象徴されるように、学生運動における政治的コミットメントと照応し、六〇年代においては積極的な、そしてそれゆえ熱狂的な観客参加がなされ、また企図されていた。しかし、こうした直接的な舞台への介入に対して、つかは批判的である。新たに追加した場面の一つに、講談を聴く観客の様子を重蔵が語る場面があり、そこでは倒れたウラジミルに感情移入した観客が救急車を呼ぼうとしたり、支配人が桟敷席でゴドーのみがわりに「見得を切るわ六方を踏むわ」という騒動が語られる。それを「観客参加もあそこまでいくと問題があります」と揶揄し、虚構の物語に観客が没入していく集団形成の場を冷ややかにみている。

とはいえ、本作では観客に直接的に語りかける講談の形式を採用しており、作品に作用される観客の存在は強く意識されている。演劇を観るという行為は個的な体験であり、同じ舞台を媒介にしてはいるものの、観客各々が想像力を喚起させ作品を受容する主体として個々に分断されている。しかしながら笑いという目に見える指標で受容の態度が顕在化された時に、観客は世論という集合体となり、分断は連帯へと変貌する。観客は「茨城のお客様」と呼びかけられることで同質な虚構の共同体の中に取り込まれるだけでなく、同じ場所で同じタイミングで笑うことで、極めて個的な観劇体験を分かち合うことになる。しかも、先述のように同時代性を有するパロディのオンパレードである本作においては、これでもかと引き起こされる笑いの頻度と、文脈を理解しうる者にしか生じえない笑いの限定性によって、より連帯感は強められていく。こうしてつかは笑いを組織することで大衆としての観客を作り出し、笑いによって世論を味方にしていった。そして、公演／ステージ毎に観客という集団は増殖され、それが臨界点に達した時につかブームとして爆発的な人気を博すことになったのではなかろうか。

こうしたブームの背景には、一九七三年まで続いた高度経済成長によってもたらされた大衆消費社会がある。大衆消費社会にあってはより高い水準における消費がなされるため、「基本的欲求が満たされたあと」の「『娯楽的消費』への膨大な需要が発生する」[注24]。つかブームは少なからずこうした当時の社会的背景に下支えされていたといえる。全部で五ステージあった本作では、「もちろん毎回客席はすべて埋まり、立ち見でも入りきれずに、かなりの数の観客が帰ったという」[注25]と伝えられているように、既にその人気がうかがえる。そしてこうした時代状況を反映するように、パロディに次ぐパロディで展開された物語の最後は、もはやいかなる『ゴドー』のパロディの物語を上演することさえ手離し、かわりに本を売るのである。六〇年代から様々な形でなされていた『ゴドー』という物語の消費が、ここに至って三冊セット本である初級『やさしいゴドーの待ち方』、中級『ゴドーと歩んだ十五年』、上級『ゴドー待たせた憎い奴』という物質の消費へと転換される。最後の台詞が「三冊なんと千二百円、これは安い」であるように、廉価をつけられまとめ売りされることで、唯一無二である『ゴドー』／ゴドーの特権性は失墜する。基本的欲求が満たされた大衆消費社会においては、不足は既に充たされているため待つべきものはなく、多品種化・多仕様化した商品群の中からニーズに合わせて選択すればよいのである。

芸を売らずに本を売るというこの結末は、ともすれば大衆消費社会において笑いとともに娯楽として大衆に消費されていく、つか自身の演劇が重ね合わされ、それを否定的にとらえる見方も出てくるかもしれない。しかしながら、芸を売らずに本を売る重蔵は「うつけ者」「まがい物」「不肖の弟子」であり芸人として恥ずべき行為とされる一方で、「芸に生きるのも一生ならば、芸を商うのも一生なんや」と語らせているように、演劇の興業的な側面を否定してはいない。そして、先に確認したようにここでは重蔵は実は花の丞であるから、この熟練した師匠の香具師の口上によって本を買わせることができるのであれば、まさに舌耕芸の極みとなる。つまり、芸の熟達こそがそのまま商売へとつながっていく仕掛けになっているのである。ここには芸が良ければ売れるのは当然というすがすがしいまでの姿勢があり、資本主義社会に抵抗し小劇場やテント興行など手弁当で演劇を創作し、演劇で食べていくのは恥と考えたアングラ演劇人とはあきらかな隔絶がある。

5　おわりにかえて

みてきたように、『ゴドー』は六〇年代にあっては、変革という時代状況と結びつき、大きな期待とともに到来する何かを待つ物語として創作されていた。こうした社会政治的な激動の時代における劇的な生き方とは一線を画すつかは、既成の物語をパロディとして変奏し、それを断片化させることで増殖させていった。それはまさに空白が充填された後の多品種化・多仕様化が求められる大衆消費社会を反映したものであったといえる。

ところで、つかがその劇的な生き方にあこがれを抱いたというアングラ演劇人たちの、七〇年代における活動に目を転じた際に、象徴的な作品として鈴木忠志の『劇的なるものをめぐってII』（一九七〇年初演）がある。この作品は『ゴドー』をはじめ様々な作品の〈本歌取り〉で構成されており、その断片的構成や六方を踏む白石加代子の表象は、本作に少なからず影響を与えている。しかしながら、既成の劇言語を用いて役者の身体に劇的なるものを召喚する試みにおいて、鈴木は同じく『ゴドー』を素材として用いながらも、そのタイトルが象徴するように、劇的なるものを模索している点でつかと好対照をなしている。『劇的なるものをめぐってII』は一九七二年のパリでの初の海外公演を皮切りに国内外で公演を重ねたが、同じころ唐十郎は劇的なるものを求めて韓国やパレスチナなど政治的緊張が続く国々でのテント公演を始めている。また寺山修司も既に海外に上演の場を移していたが、一九七五年には日常における劇的なるものとの出会いを企図し杉並区一帯で市街劇『ノック』を上演した。その際には、「二〇代を中心とした観客は疲労も重なってシラケ気味」[注26]や「シラケ時代の春の夜の、うたかたの一幕」[注27]と評されたが、これが象徴するように、七〇年代半ばにあっては変革および劇的なるものは、もはや時代の雰囲気とは乖離していた。

代わって、シラケ世代ともいわれたこうした時代に生きる新しい若い観客は、劇的なるものを獲得する物語ではなく、パロディを用いたつかの笑いの演劇にこそシンパシーを抱いた。つかは、劇的なるものを希求し、またそのように生きられた先行世代に対する羨望を抱きつつも、それに対して劇的ではないという自らの感性を自覚的に受け止め、それを負い目としてではなく武器にかえることで、時代の寵児として大衆に広く受け入れられていったといえる。

最後に、講談による一人語りを中心に展開する本作において、その技量が問われる役者の存在についても触れておきたい。本作では「三つ巴」の攻防が二度繰り返される。前半部ではウラジミル、エストラゴン、みがわりのゴドーである羊飼いの少年の「涙のだまし合い」が、後半部では、花の丞、重蔵、楽屋裏まで登場したゴドーの、同じく涙をともなう攻防がある。前者においては、「ウラジミルを演ずるに足るだけの才色力量を兼ね備えた役者は今後現れない」ためにこの演目が歌舞伎一八番から除外されたと語られ、後者においては、花の丞の逮捕によって芸が途絶えることが危惧した重蔵が「芸だけは伝えていこう」と本を売るように、作品の上演・伝達にはウラジミルと花の丞の芸が最も重要であると位置づけられているのである。これは「三つ巴」として頂点をずらすことで、従来の『ゴドー』／ゴドーの権威を攪乱していることはもちろんだが、それと同時に、役者の芸に対するつかの信頼のあらわれと捉えることができるのではなかろうか。つかはエッセイなどで諧謔をともないながらもたびたび役者を手ひどくこき下ろしている。しかしながら、それとは裏腹に、一人語りで様々なエピソードを演じ分け、場を持たせることができる魅力的な役者に信頼を置き、またそうした役者がいたからこそ、講談の形式を用いた作品を書くことを可能にしたのではなかろうか。語りによってめくるめく場面を展開し、劇場につめかけた観客の笑いを誘った役者の演技がいかなるものであったのか、今となってはその様子をうかがい知ることはできないのは残念である。

＊本文中の『巷談松ヶ浦ゴドー戒』の引用は、『つかこうへい戯曲シナリオ作品集一』（白水社、一九八七年）に拠る。

注

［1］この上演台本は未発表であり、詳細は不明であるが、平田満や長谷川康夫の覚書によると、ゴドー待ち選手権の優勝者である講談師・花の丞と、その娘の太夫が、落ちぶれて旅回りをしている物語であり、主役は娘（岩間たか子）であったという。平田満「つかこうへい作品上演一覧」『つかこうへいによるつかこうへいの世界』（白水社、一九八一年→角川文庫、一九八五年）、長谷川康夫『つかこうへい正伝　1968-1982』（新潮社、二〇一五年）を参照した。

［2］『巷談松ヶ浦ゴドー戒』は、『戦争で死ねなかったお父さんのために』（新潮社、一九七六年→角川文庫、一九八四年）に所収され、『つかこうへい戯曲シナリオ作品集一』（白水社、一九八七年）に所収されている。

［3］別役実『台詞の風景』（白水社、一九九一年）201頁

［4］［注3］に同じ。65頁

［5］扇田昭彦「ゴドーの変身—小劇場演劇と現代—」『文学』（一九八五年八月）

［6］「座談会歴史がふり向くとき」『新劇』（一九七七年一月）座談会での大笹吉雄の発言。「一種のファッションになっている部分はある」と認めつつも「本質的にファッションかというと、それはそうじゃない」としている。

［7］風間研「一九六〇年、日本におけるアンチ・テアトル—イヨネスコとベケットはいかにして輸入されたか—」『日本福祉大学研究紀要』（一九八七年一二月）

［8］津野海太郎『門の向うの劇場』（白水社、一九七二年）14頁、256頁

［9］［注5］に同じ。

［10］堀真理子『改訂を重ねる『ゴドーを待ちながら』演出家としてのベケット』（藤原書房、二〇一七年）235頁

［11］扇田昭彦は、つかが行ったのは「到来するイメージとしての『ゴドー』の没落であり、価値切り下げ」だと指摘している。こうしたゴドーの「日常化」・「卑俗化」は七〇年代以降の演劇にみられる傾向であるが、その変化がつかによってもたらされたと述べている。［注5］に同じ。

［12］別役実「固有名詞の文体」『つかこうへいによるつかこうへいの世界』（白水社、一九八一年→角川文庫、一九八五年）

［13］「つかこうへい自作年譜」注12に同じ。

［14］「松ヶ浦ゴドー戒」の初演時の写真が掲載された『新劇』（一九七四年一二月）では、はみだし劇場「唄入り乱極道」、東演「勤皇やくざ瓦版」、マールイ+立動舎「仁義なき戦い」の任侠作品の舞台写真も並んでいる。

[15]任侠映画の型については、佐藤忠男『増補版日本映画史3』(岩波書店、二〇〇六年)51頁、斯波司・青山栄『やくざ映画とその時代』(筑摩書房、一九九八年)13‐15頁を参照した。
[16]佐藤忠男『増補版日本映画史3』(岩波書店、二〇〇六年)52頁
[17][注16]に同じ。52‐53頁
[18]斯波司・青山栄『やくざ映画とその時代』(筑摩書房、一九九八年)16頁
[19]扇田昭彦『日本の現代演劇』(岩波新書、一九九五年)15頁
[20]西堂行人「演出家の仕事―六〇年代・アングラ・演劇革命」『演出家の仕事―六〇年代・アングラ・演劇革命』(れんが書房新社、二〇〇六年)31頁
[21]「パロディ精神の25歳岸田戯曲賞のつかこうへい軽妙なセリフ術」『朝日新聞夕刊』(一九七四年二月五日)
[22]長谷川康夫『つかこうへい正伝　1968‐1982』(新潮社、二〇一五年)268頁
[23]当時の小沢の人気は、永六輔、野坂昭如とともに結成した「中年御三家」が武道館コンサート(一九七四年一二月六日)を行ったことからもうかがえる。
[24]間々田孝夫『消費社会論』(有斐閣、二〇〇〇年)142‐143頁
[25][注22]に同じ。269頁
[26]「ストーリーは『迷惑』だった?無断でポスター、銭湯で奇声　『警察注意も劇の一部』と閉幕　天井桟敷」『読売新聞朝刊』(一九七五年四月二一日)
[27]「あれっ、これ芝居なの　天井桟敷　街頭で30時間公演」『読売新聞朝刊』(一九七五年四月二〇日)

第七章　『熱海殺人事件』という事件
分をわきまえる身体から溢れる真情

阿部由香子

1　はじめに

『熱海殺人事件』といえば、つか作品の中で最も多くの人によって上演され、親しまれてきた作品といってよいだろう。舞台上に用意する必要のある道具やセットはわずかで、数人の登場人物達の圧倒的な存在感とほとばしるような台詞のやり取りによって観客は強烈な演劇の力を感じながら作品世界に引き込まれてしまう。舞台経験の少ないアマチュアが演じても、オーラを発するような芸達者な俳優が演じてもそれぞれの『熱海殺人事件』が成立する。その秘密はこの作品の「木村伝兵衛」や「大山金太郎」という役柄を演じ通すことで、俳優自身が凡庸な演技を超えた裸の自分を見せざるをえなくなるという仕掛けにあると思われる。

そして、その仕掛けは常につかこうへいという演劇人の演出家としての部分から捉えられることが多かった。稽古場でのダメ出しの言葉や、台詞を口立てでつけていく過程や、風間杜夫が「芝居が駄目なのではない、人間が駄目なのだ」[注1]と言われたというエピソードなど、つかの芝居において最も重要視され続けたのは、観客の心を揺さぶる俳優を舞台に現前させることであった。

しかし一方でつかは劇作家でもあった。特に一九七四年までの初期作品は戯曲として完成させてから雑誌に掲載されたり上演の準備にとりかかったものも多く、『熱海殺人事件』の初演もつか自身の演出によるものではない。つまり、劇作家としてのつかを考える上で『熱海殺人事件』は格好の手がかりとなり得るのではないだろうか。あまりにも有名な作品であり、親しみ続けてきたがゆえに確認することとさえ怠ってきたが、あらためて一番初めに活字化された初演版『熱海殺人事件』を読み直し、二十五才当時のつかがこの作品を通して何を伝えようとしたのかを確認していきたい。

2　軽やかな「殺人事件」

『熱海殺人事件』の初演は、よく知られているように一九七三年十一月に文学座アトリエで藤原新平演出によるものであった[注2]。その二年後の一九七五年九月につか自身が演出した『熱海殺人事件』[注3]は「定本・熱海殺人事件」[注4]というテキストへと大幅に変更が加えられ、一九八二年までのスタイルとして定着する。さらに一九八五年以降は時代と共に多様な書きかえ、加筆、設定変更が繰り返され、『熱海殺人事件』は文字通り時代を映し出す鏡のような作品として変容し続けていった。清水晶子は『熱海殺人事件』のその変容を丁寧に分析しつつ、同時に変わらない基本構造を次のように指摘する。

つかは「時に筋立てが変わってしまっていても『熱海』として存在しているのは、この作品がウエスタンのスタイルをとっているからだろう。老獪な保安官のもとにやってきた新米の男が、事件を解決する中で成長していくという形の物語」だと「熱海殺人事件について」[注5]で記す。つまり一人の新米刑事の成長物語、一種の教養小説が基本線だといっているのである[注6]。

確かに、作品の題名を「殺人事件」としておきながら、初演版『熱海殺人事件』には残忍な場面や謎解きの要素は一切でてこない。同時期に話題作となっていた「姫島村リンチ殺人事件」を素材にした安部公房の『未必の故意』(一九七一年九月初演)や、村人達が集団で殺人事件を隠蔽しようとする藤田傳『黒念仏殺人事件』(一九七一年二月初演)には、真実や正義のありかを真摯に問う姿勢が見受けられたのに対して、『熱海殺人事件』の冒頭部分は実に軽やかに始まる。

これは警視庁にその人有りと言われた「くわえ煙草伝兵衛」こと木村伝兵衛部長刑事と、

熱血捜査官熊田刑事の心あたたまる感動の物語である。

部長　三脚は立てたのかい。レンズのブレが激しすぎるんじゃないか。カッコつけて望遠なんか使うから、こうなるんじゃないか。……フィルムはコダック使ってこれだけの写真が撮れちゃうんだから大したもんだよな。広角はもっていったのかい。粒子荒らしてボカすって事くらい、その辺の写真屋だって考えつきそうなもんだよ。……バカ言っちゃいかんよ。こんな写真なんか使いものになる訳ないだろ、ハナたらして、股開いて、口あけさせといて、一体何だと思ってるんだ。君ら何年ヤマ扱ってんだ。……ああ、目もと、もうちょっとパッチリさせてよ、口もと少しすぼめるだけでも、何とかならんかね。……修正だよ、修正。ブン屋さんに気づかれないようにしろ。……ああ、夕刊の締め切りまで、何とかしたまえ。できなきゃ、ファッションモデル使って、スタジオでも借りて撮りなおしゃいいいだろう!!（電話きる）どうしょうもねえな、ろくすっぽ腕もねえのにこりやがって。

刑事　コホン。

部長　……

刑事　あの。

部長　何だね。

刑事　本日付けで警視庁捜査一課に転任の辞令を受けました熊田と申します。
部長　ああ、君か。熊田……
刑事　留吉です。
部長　富山県警きっての切れ者だと聞いとるよ。メシは食ったかね。
刑事　はあ。
部長　じゃあ、失礼して、いただかせてもらうよ。（ソバを食べ始める）［注7］

「殺人事件」と銘打っておきながら、この作品は「警視庁」の刑事達に目を向けた作品であり、一九七二年七月から放送が開始されたテレビドラマ『太陽にほえろ』の第一話「マカロニ刑事登場！」［注8］の冒頭を彷彿させるかのような始まり方なのである。敏腕刑事が捜査室で黒電話を手にしていたり、新米刑事が緊張しながら捜査一課にやってきて自己紹介をする様子、昼食にはソバを食べる定番など、同時代の大衆がイメージする刑事像に合わせるような作り方がされており、伝兵衛と熊田との関係性も「ウエスタンのスタイル」に見えなくもない。

さらに初演から八年後には日本中のあちこちで『熱海殺人事件』を上演するアマチュア演劇のグループが増加したため、彼らに上演を成功させるためのコツを伝授する「熱海殺人事件必勝法」が『新劇』に連載された［注9］。そこでつかが強調しているのは、戯曲を丹念に読み込んで解釈したり、台詞を一字一句違えずに言うことに力を傾けていては自分の作品は面白くないということである。台本を裏切った演出や、「役者の活造り」こそが芝居の面白さにつながることを主張する。さらに、芝居の冒頭のポイントの一つが「必勝法　その3　幕開きはおどせ！」として次のような演出法を提示する。

一ベルが鳴り、まだ客席がざわつく中、静かにM1『白鳥の湖』が流れ出す。低弦のピッチカートとハーブのアルペジオに乗ったオーボエの抒情的なメロディである。徐々に客電が暗くなる。曲はきたるべきクライマックスに向けて、とまどうように転調をくりかえす中、幕が上がる。激しい弦楽器のトレモロの中をホルンの強奏がテーマを謳いあげる。舞台中央のライトの中には、タキシードを着た、若き部長刑事が照らしだされる。写真を片手に、電話で声高く鑑識課と言い争っている。音はたかいままボリュームいっぱい、台詞なんか聞えなくていい。とにかく、これからすごいことが始まるぞ、という期待を与えておけばいいわけである。（傍線筆者）

『熱海殺人事件』といえばこの『白鳥の湖』で始まる幕開きが定番であるが、これはつか自身による演出を経た形であることをおさえておきたい。「台詞なんか聞えなくていい」という演出家としてのスタイルが劇作家としてのつかの仕事をすでに超えてしまっている。初演版では幕開きの音楽の指定はない。途中でカセットテープによって音楽を流す場面はあるものの、あくまでもそれは容疑者に自白させるためのムード作りであって伝兵衛の登場の音楽の指定はない。そして、もう一点大きく異なる点は、伝兵衛の年齢である。つかによる演出では当時二十代前半だった三浦洋一が伝兵衛を演じたため「若き部長刑事」となったのだと思われる。しかし、初演版の伝兵衛は「私は来年で定年なんだがね」「娘にスカート一枚買ってやるのに、半日はデパートを歩きまわらなきゃならんこのわしはもう六十だよ」と明らかに太平洋戦争を経験している世代の男として書かれているのである。六十才にならんとする伝兵衛という男はそもそも何者なのか。そして「熱海殺人事件」とは何だったのだろうか。

3 〈事件〉のからくり

初演版のテキストとして活字化されたものは次の三種が存在する。

A：一九七三年十二月『新劇』（白水社）第二十巻第十二号掲載（「文学座アトリエ公演台本」と付記）
B：一九七四年三月『新劇』（白水社）第二十一巻第三号（「岸田戯曲賞受賞作品」として掲載）
C：一九七五年一月『熱海殺人事件』（新潮社）

A、B、Cと少しずつ異同があるものの、つかの演出が反映される前の形であるため、伝兵衛のキャラクターや全体の構成はほぼ同じで以下の通りである。

①伝兵衛が電話で鑑識課に写真の文句をつけている。
②捜査一課へ着任した熊田は伝兵衛の「条理をはずれた捜査法」に当惑する。
③容疑者大山金太郎への尋問が始まるが伝兵衛や熊田のイメージ像とずれているために事件の概要がまとまらない。
④音楽をかけながら大山は事件の日のことを再現しはじめるが、うまく最後の殺しの場面までいきつかない。
⑤最後に初めから通して再現すると、大山とアイ子が方言の言葉で互いを傷つけあった真実のやりとりが語られる。
⑥伝兵衛は大山がマスコミや裁判官から一目置かれるほどの犯人として外へ出ていけるようにアドバイスを施し、熊田には部下として合格であることを告げる。
⑦伝兵衛は警視総監に事件の解決を電話で報告するが、電話の先の相手は実は不在である。

この作品の②～⑥の過程で登場人物達が互いに力を尽くしてすすめたこととは、容疑者大山が幼馴染のアイ子を殺してしまったという出来事を世間が納得するような〈事件〉に仕立てたことである。劇作家のつかが『熱海殺人事件』において目を向けていたことの一つは、〈事件〉がどのように作られるかというからくりであったのだろう。作中でも触れられている「坂田山心中」事件とアルベール・カミュ作『異邦人』の内容に目をむけるとその意図がさらに明確に浮かび上がってくる。

「坂田山心中」事件とは、一九三二年（昭和七）神奈川県大磯において慶應大学の学生調所五郎と静岡の資産家の娘、湯山八重子が家族に結婚を反対されたために心中を図ったという実際にあった事件である。しかし若者同士のありがちな事件であったにもかかわらず、八重子の遺体が墓地から消えたことがきっかけとなり、新聞がこぞって謎めいた展開を記事にした。そして心中した若者二人の関係は次第に美化されていき、さらには松竹蒲田撮影所によって『天国に結ぶ恋』という映画が製作されて大ヒットしてしまう。この一連の出来事は、戦後一九六四年にスタートした「私の昭和史」（テレビ東京）［注10］という番組で取り上げられ、実際に事件で最初に遺体を発見した吉川重男、事件を最初に記事にした新聞記者の岩森伝、そして映画化を依頼された監督、五所平之助が当時のことを証言した。その中で岩森の次の言葉は興味深い。

岩森　まず環境ですが、季節はちょうど青葉のころ（五月八日）、そしてその山の上から見た大磯の波打ち際には白砂青松、相模灘の波がざあっざあっというわけです。私どもさえ、そんな場所を知らなかったんですが、さすが恋人同士、こんないい所があったのだろうかとびっくりするほどいい。ほんとうに二人で心中するのには理想的な場所でした。（略）そして二人とも、死んでも醜い姿をさらさないように、ことに女の人は足を腰紐でゆわえて、非常に行儀よく慎しやかに眠るが如く死んでいた。実に美しい心中死体だなあと私は感じました。

アイ子の死体があられもない姿で写真に撮られていて、醜い様であったのと実に対照的である。さらに岩森は二人の美しいイメージを増幅していく。記事の見出しを「天国に結ぶ恋」としただけでなく、実際に心中があった場所は「八郎山」であったにもかかわらず、美しさにあわないからという理由で近くの地名を勝手に使って「坂田山」の心中事件として記事を書いてしまったのだった。

そして、そのバトンを受け取った形にもなる五所平之助が積極的に清純でロマンチックな映画に仕立てることに成功したため、主題歌と共に社会現象を起こすほどの話題作となっていく。若い一組の男女にとって極めて私的な出来事である心中という行為が、新聞記者と映画監督の仕事によって大衆が涙する事件や共感する物語へと作り変えられた仕組みが分かる好事例といってよいだろう。『天国に結ぶ恋』の主題歌の四節と、『熱海殺人事件』で挿入される歌の歌詞には類似性がみてとれる。

いまぞ楽しく眠りゆく
五月青葉の坂田山
愛のふたりにささやくは
やさしき波の子守唄（『天国にむすぶ恋』主題歌）［注11］

耳をすましてごらん
聞えてくるだろう
あの海鳴りの音が
それは熱海、熱海
熱海に散った恋物語（『熱海殺人事件』挿入歌）

海辺で哀しい終わりを遂げた若い男女の物語を土地の地名をよみこみながら抒情的に歌い上げている点である。つかが「坂田山心中」事件や『天国に結ぶ恋』を下敷きにしていたかどうかが問題なのではない。このように一つの出来事が物語へと変わっていく過程や事件と大衆との関係性につかが強く関心をもっていたことをあらためて指摘したい。

そして、「坂田山心中」が〈大学生〉と〈資産家令嬢〉が〈大磯〉で〈昇汞錠（しょうこうじょう）〉［注12］を服用した清純で美しい事件であったのに対して、「熱海殺人事件」は伝兵衛によって警視総監に次のように報告される。

この殺人事件は、工員・女工・熱海・腰ひもと、他愛もない類型として葬り去るものとすれば、何んらやぶさかなしとすることはございません。がしかし今日的に三面記事にもなり得ない状況を担っているからこそ、翻って私はこの事件を、日本犯罪史上特筆すべきものと明察しその行間にかいま見せている切実な市民構造を、我々は毅然たる志をして見据えるべきではないかと、かように考える次第でございます。（傍線筆者）

つまり、二つの〈事件〉を構成する要素は、あらゆる意味で正反対なのである。片や大衆が賛美しやすい清純な悲恋物語となりうる上位概念であり、もう一方は周囲にいくらでも転がっていそうな社会の底辺の陰鬱な要素である。つか（＝伝兵衛）は、あえて光が当たらない底辺の出来事をつなぎあわせて物語化することで、たとえ反対方向のベクトルであっても大衆に受け入れられて心に訴えるような〈事件〉にしてみせたのである。

ここで、大衆の視線や社会に受け入れられなければ出来事が正常に成立しえない、という前提については、もう一つ作中で触れられている『異邦人』の主人公ムルソーの殺人事件を連想せざるをえない。例えば、テキストAでは大山の尋問過程で次のようなくすぐりの場面が差し挟まれる。

刑事　熱い砂、松林のざわめき、青い海、透けるような空、……太陽のまぶしさ。
部長　ばか言っちゃいかん、日本の風土に巣立はずがない。
刑事　しかし。
部長　熱海が南フランスに匹敵するかね。

そして、この場面は『小説熱海殺人事件』[注13]の時点では次のように言葉が足されていく。

気がつくと、金太郎とハナ子をおしのけて、留吉は、舞台の中央に進み出てスポットを浴びていた。「熱い砂、松林のざわめき、青い海、透けるような空！　太陽がまぶしい、まぶしすぎる！　――今朝ママンが死んだ。まさか、いやそうなんだ。そうか、そうだったのか。大山金太郎はヨーロッパの不条理を越えた。そうだ、日本は今、西洋を大きく越えたのだ。大山君、ぼくは、これから君を大山金太郎とは呼ばない。大山ムルソーと呼ぼう。ねっ、部長やりましたね。日本の殺人事件も、いよいよ世界の檜舞台にあがれるようになったんですね」一人興奮している留吉を尻目に、伝兵衛は、
「金坊」
「かあちゃん」

とすかさず金太郎が受ける。とどこおりはない。

「ほらあ、すんなり『かあちゃん』じゃないでしょ。熊田、どこがママンなんだ、なにがママンなんだ。お茶づけ食ってどこがママンなんだ。タクアンぼりぼり食って、どこがママンなんだ。『かあちゃん』じゃないのか。日本の風土にムルソーなんて巣立つはずがないよ」

『異邦人』[注14]はフランス文学の名作として今なお読みつがれているが、一九六八年にルキノ・ビスコンティによって映画化されたことで一九七〇年代の日本の若者にとって共有可能な作品であった。ここでは通俗的な「熱海」の海岸と「南フランス」の海辺で起きた〈事件〉との距離を笑いにつなげていく。一見すると「熱海」の卑俗性と「坂田山」の神聖性とのギャップの関係に相通じているようである。

しかし、つかは主人公ムルソーを襲った悲劇の本質にこそ目を向けていた。彼は母親を亡くした翌日に彼女と海水浴へ行ったり映画を観にいったりしたのち、友人のトラブルに巻き込まれてアラビア人をピストルで撃ち殺してしまう。その罪が裁かれる法廷で検事から「悔恨の情だけでも示したでしょうか？　諸君、影もないのだ。予審の最中にも、一度といえども、この男は自らの憎むべき大罪に、感じ入った様子はなかったのです。」[注15]と糾弾され、結局死刑を宣告される。罪状が裁かれたというよりは、母親の葬儀で悲しみをみせなかったり、殺人を犯した後に申し訳ないと思う気持ちが態度にあらわれないような人間は社会の大多数に受け入れられないという理不尽な状況がそこにはある。伝兵衛は、警視総監への報告の中で次のような言葉も続けている。

私は今回の出来事を殺人と名ずけることさえ躊躇し、事件としてかこいこむ傲慢さに赤面せざるを得ません。あまりにも太陽がまぶしするという言葉の潔さのため、我々はムルソーを寛容するのであり、周知の如く誰もがこの必然を信じていず、むしろそう思いめぐらすことでしか自らを律しえない状況を見事に顕在化させたためではございましょうが、熱海殺人事件はそのギマン性を切実な小市民的性格を逆手にとり熾烈に告発しているのであります。

このように伝兵衛は、大山金太郎を「熱海殺人事件」の立派な犯人に仕立てあげる仕事を見事にやりとげたものの、実はその行為のからくりを疑問視する立場の人間でもあるのだ。若い伝兵衛ではなく、初演版の六十才の伝兵衛にとってはそこが重要な点であった。テンポよく軽い調子で〈事件〉をしたてる手腕は一流だが、そこに真実があるとは思っていないのである。やはり大山金太郎が一番最後に方言の言葉で吐露した真情こそ目をむけるべき真実であると彼は考えるのである。

大山は捜査室に入ってきた直後は自分のことを「僕」と言って丁寧語で話し、アイ子と海辺での再現場面を演じる時には「俺」と言っていた。しかし、最後に真情を吐露する場面でのみ「おい」へと変貌する。自らの立場を理解し、他者に受け入れられるようにふるまう大山が抑え込もうとしても溢れてしまった真情とはどのようなものだったか、いま一度確認しておきたい。

4　分相応であることへのこだわり

そもそもこの戯曲の登場人物たちは、分をわきまえることに執拗な人たちである。例えば「熱海」という土地は「かたぎの人が涼みに行く所じゃない。中小企業の社長が、バーのホステスつれて一泊旅行する所」であり、「職工ふぜい」が容疑を否認して「僕じゃない」などというのはおこがましく、「女工ふぜい」が「海をみたい」などと洒落た言葉をいうべきではない、と動かしがたい現実の力があちこちに用意されている。そして、その構造に対して抗うどころか従順にわきまえて生きていくこと、むしろ自らの分をわきまえてそのポジションでよい働きをすることこそ好ましいという世界観が存在している。伝兵衛は「ブス」のアイ子が生きる道を次のように示唆する。

そのアイちゃんもだ、目の前をウロウロしない程度に、まあ、なんだ東京近郊の団地で内職してもらってて、まあ、そのくらいのレーゾンデートルを認めてやって、円満に処理するくらいの柔軟さが必要だったんだよ。狭い日本だけどアイちゃんの座る椅子のひとつくらいはあったんだぜ。

大山もアイ子も自分たちが田舎者で「職工」や「女工」としてつつましく生きていかざるをえないことは十分理解していた。しかし二人の間で起こった出来事が〈事件〉となるためには、もっと自らのポジションと役回りを意識して立ちまわらないといけないことを、伝兵衛や熊田にたたきこまれていく。そして、やっと大衆の期待に沿うような存在になれそうな一歩手前のところで、自らの奥深くに存在していたどうしようもない真情が噴出してしまう。アイ子に「職工」で「九州弁」を話すから「めんどうなんよ」と突き放された大山は次のように激昂する。

男　油にまみれて、自動車修理しよっとってもね、車なんか欲しかないとよ。おふくろ乗っけてやりたいと思うのも、うそなんばい。もし、本当のことがあるとしたら、ピカピカの車で村中を、ゆっくり、ガキどもがついてこれるくらいの速さで一廻りして、家の前に横づけしてやりたいと思うことだけばい。食うしか能がないちゅうて、おい出された親父の横っ面を札束でひっぱたいてやりたいためにだけ金が欲しいばい。アイちゃんといればそぎゃんみえはらんでもよかような気がしたとばい。

この長台詞には、初演版Bへの書きかえで唯一変更が加えられている。内容は同じだが、「油にまみれて……刑事さん。車なんか欲しいと……刑事さん。」とアイ子への言葉ではなく、伝兵衛や熊田に向けて訴える台詞へと変わっている。文学座での上演を経ての変更だと推察するが、アイ子に訴えるよりも、「刑事」や観客に対して叫ぶことで、それまで笑いや軽さに包まれていた大山という存在から真実味が一気に溢れ出すことになるのだ。

そして、これは初演版『熱海殺人事件』の山場に限った話ではない。『熱海殺人事件モンテカルロイリュージョン』では陸上競技の補欠選手という弱者の立場であることを自覚しながらも、自らが置かれた理不尽な状況を甘受することができないアイコが衝動的に殺人を犯す。『飛龍伝'90殺戮の秋』では機動隊員である山崎一平が自分の立場を理解していながらも学生運動の女性闘士を愛してしまう。皆、分相応であろうと努め、自分の立場をわきまえてふるまおうと意識し続けてきたにもかかわらず、ふとしたはずみに抑え込んでいた未成熟な生の真情が溢れ出てしまう人の姿だ。その刹那にこそ演劇が観客の心をつかむ鍵があるとつかは考えていたのではないか。

一九八〇年代に入ってからだが、つかは役者の資質や個性について説明する際にプロレスをひきあいにだして次のように述べる。

試合展開をとってみても、プロレスはまず相手にも〝見せ場をつくる〟ということを第一の主眼としています。よく、プロレスのことを八百長と一方的に決めつけ、ことさら蔑視する人がいますが、難易度の高い必殺技を決める場合、レスラー同士が協力することを指して八百長と断ずるならそれは違います[注16]。

プロレスでは技をかける側も技をうける側も呼吸をあわせて〝見せ場〟を用意する。その定まりのような一連の流れの中で、約束事からはみ出してしまうような一撃や、衝動を抑えきれない反撃が混ざることがある。その刹那、観客は当惑しながらも一瞬目の前で確認した事態の真実味に心が奪われるのではないだろうか。

つかの演劇も同様である。役者が舞台上の時間を必死で生きるあまり、役なのか素の状態なのか判別できないほどの混沌とした真実味が生じた時にこそ観客は目の前の人間に強く惹きつけられてしまう。「大山金太郎」は「犯人」として完成したと同時に、大衆(＝観客)を魅了するスターとなることに成功したのである。折しも一九七〇年代は様々なスターの誕生を大衆が歓迎した時代であった。分をわきまえつつも裸の自分をのぞかせてしまう人間性と背負わせた物語の力によって、しがない一人の青年を大衆(＝観客)の眼前にスターとして登場させることが可能であることを提示したのが『熱海殺人事件』であったのだ。

5　一人きりの伝兵衛

最後に、初演版『熱海殺人事件』の末尾（⑦）において、伝兵衛が電話で報告する相手（警視総監）が実は存在していないというオチが用意されている点についてもふれておきたい。扇田昭彦はこのラストシーンについて次のように指摘する。

この事件は、本当に額面通りに受け取るべきなのか。いや、大山金太郎は果たして本当に殺人犯なのだろうか。いや、そもそも「熱海殺人事件」などという事件が本当に存在したのだろうか。それは、ラストシーンで木村伝兵衛が警視総監にかけるインチキ電話のように、名刑事でも何でもない一刑事の頭のなかを一瞬横切った幻想にすぎなかったのではあるまいか。いや、それとも、あれはたんに四人の男女が退屈しのぎにやってのけた捜査ごっこ＝ゲームだったのか――［注17］

読者や観客を最後に裏切るドンデン返しのような遊びの手法ともとれようが、この場合の伝兵衛が六十代の父親世代であることはやはり見過ごすことができない。『戦争で死ねなかったお父さんのために』（一九七一年初演）、『出発』（一九七四年初演）などと同様、父親世代に戦後民主主義に対する懐疑を語らせる構図がここにはある。なぜ初期作品においてつかがその構図に執着したのかという点は、稿をあらためて考える必要があるだろう。

また、このラストシーンにもつかの演劇観があらわれているととれなくはない。芝居の中に真実味を混入させて観客をひきつける見せ場を完成させておきながら、実は「すべて幻であった」「嘘でした」と再び突き放して終える態度は、大衆（＝観客）としてこの物語に参加した人々への問いかけの働きも持ちあわせている。自分が目にした出来事をどのように受け止めるべきなのか、揺さぶられた感情の正体は何なのか、我が身の内部で起こったことをひきうけざるをえないからである。演劇ほど大衆（＝観客）の内部に入り込んで揺さぶりをかけられるものはないことをすでにつかは熟知していたのだろう。

一九七三年に『熱海殺人事件』で岸田賞を受賞したつかは、自らも演劇界のスターとなる。そして圧倒的な存在感に裸の自分も混在させ、軽さと誠実さのどちらが真実なのか大衆（＝観客）を当惑させながらさらなる高みへと駆け上がっていった。『熱海殺人事件』とは、劇作家つかこうへいを時代のスターにした〈事件〉でもあったのだ。

注

［1］風間杜夫「いつも心につかこうへいを」『悲劇喜劇』（早川書房）二〇一〇年十月

［2］一九七三年十一月二十六日〜十二月二日　文学座アトリエ公演（演出：藤原新平、出演：金内喜久夫、角野卓造、川畑佳子、吉田竹広

［3］一九七五年九月二十日〜三十日　VAN99ホール（演出：つかこうへい、出演：坂本長利、平田満、須永克彦、三浦洋一、井上加奈子、あがた森魚、加藤健一）

［4］『定本・熱海殺人事件』（角川書店）一九八一年四月

［5］『つかこうへい劇場Ⅰ小説熱海殺人事件』（角川書店）一九八六年八月

［6］清水晶子「熱海殺人事件」『20世紀の戯曲Ⅲ』（社会評論社）二〇〇五年六月

［7］「熱海殺人事件」初出『新劇』（白水社）一九七三年十二月。以下「熱海殺人事件」の本文はすべてこのテクストからの引用とする。

［8］第一話「マカロニ刑事登場！」『太陽にほえろ』（日本テレビ）一九七二年七月二十一日放送。ボスこと藤堂俊介（石原裕次郎）、マカロニこと早見淳（萩原健一）、シンコこと内田信子（関根恵子）らによる刑事ドラマ。

［9］つかこうへい「熱海殺人事件必勝法」『新劇』（白水社）一九八〇年七月一日

［10］「天国に結ぶ恋―坂田山心中始末記―」『私の昭和史』（東京12チャンネル）一九六七年六月五日放送。聞き手：三國一朗。（『証言・私の昭和史』（學芸書林）一九六九年に所収された内容を引用した）

［11］作詞：柳水巴、作曲：林純平、歌：徳山璉・四屋文子。出典は［注10］に同じ。

［12］塩化水銀。毒性が強い。

［13］『小説熱海殺人事件』（角川文庫）一九七六年三月

［14］アルベール・カミュ『異邦人』。一九四二年に刊行。日本語では窪田啓作訳が一九五一年（新潮社）に刊行され、一九五四年の新潮文庫版によって読者層が広がりをみせた。
［15］『異邦人』（新潮文庫）P127より引用。
［16］つかこうへい「プロのなかのプロたち」『つかこうへい腹黒日記』（角川書店）一九八二年
［17］扇田昭彦「解説」『小説熱海殺人事件』（角川文庫）一九七六年三月

第八章 「定本　熱海殺人事件」論
きめる…虚構の演劇

内田秀樹

1 「定本　熱海殺人事件」というテクスト

「白鳥の湖」が流れ、幕が開くと、タキシード姿の木村伝兵衛部長刑事が電話をしている。相手の声は聞こえないが、どうやら鑑識に写真の修正を求めているようだ。その最中に、旅行カバンを手にした熊田留吉刑事が入ってくる。富山県警から警視庁捜査一課に転任したとのことだが、自己紹介もそこそこに婦警の片桐ハナ子も交えて三人で殺人事件の報告書の検討に入る。

しかし、「四時半だなんて中途半端な時間に人が殺されるのは、わたしは好みません」「わたし好みの発見者にすることに全精力を傾けてほしい」「動機もってそうな容疑者って、俺嫌いなのよ」などと、木村は偏見を隠そうともせず報告書を自分好みに書きかえようとしている。ハナ子もそれに同調しているのだが、熊田はなかなか馴染めない。始めはあれこれと反論するのだが、それもむなしく、やがて熊田も「きめつけ」で語るようになってくる。

そこに容疑者の大山金太郎が派手に登場する。殺害された山口アイ子と浜へ行ったことについての取り調べが始まるのだが、歌も交え涙ながらに自白を聞く三人を見て、大山はついサングラスを取り素顔を見せてしまう。それに失望した木村たちは結局また元の偏見に満ちた捜査に戻る。

「スナックで酒でも飲まなきゃ、海が見てえだなんて大それたこと、どうして言える」「本音はブスだから殺したのよ」「並みの人間だったらね、腰ひもなんかじゃ照れくさくて人なんか殺せないの」といった具合に、大山の証言をよそに「きめつけ」で取り調べを進める。一方で大山も「喫茶店だよ」「殺したらたまたまそれが……ブスだったたってだけじゃない」と譲らない。そんな大山の様子に三人は一度は取り調べを投げ出して去ってしまう。

一人取り調べ室に放置された大山は、「また残りもんの事件あてがわれたんだってな。伝さんも落ち目だよな」などと他の刑事たちの噂する声を聞き、やらねばという思いに駆られる。そして、何とか熱海の海岸での出来事を思い出そうとする。しかし、なかなかうまくいかない大山のもとに、まずハナ子が、次に熊田が、最後に木村が手伝いに現れる。今度は四人で殺害現場を再現しようとするが、結局うまくいかず、再び木村と熊田は去ってしまう。

あとに残されたハナ子と大山は二人で何とか現場を再現しようとする。再現の中でハナ子の「面倒」ということばに逆上した大山は、次第に殺したアイ子への、故郷への本音を吐露していく。「アイちゃんだけそこんとこ、分かってくれると思うちょったとです。たかが通りまで、たかがバスが見えんごつなるまで、涙ためてつっ立っとるおいが、そぎゃん面倒なもんですかね」大山の殺害理由はそうした「誠意」への裏切りにあった。

戻ってきた木村と熊田は一転して大山を犯人として認め、裁判や刑務所でのことを助言して万歳三唱で送り出す。その直後、結婚のため退職するハナ子は挨拶をして去っていく。熊田もまた富山へ帰ることを告げる。そうして二人は最後にたばこを吸う。たばこに火をつけるという些細な行動ではあるが、木村に認められたことを知り熊田が胸を詰まらせたところで幕が下りる。

「熱海殺人事件」は一九七三年（昭和四十八年）十一月、文学座アトリエで藤原新平の演出で初演された。翌年七月には劇団新芸によって、またその翌年七月には劇団暫によって再演され、それ以降はつかこうへい事務所によって毎年のように再演された。

一方、戯曲「熱海殺人事件」は、初演と同年同月の雑誌「新劇[注1]」が初出である。そして、そのわずか三か月後に岸田戯曲賞受賞の発表とともに、再び雑誌「新劇[注2]」に掲載された。単行本としては、新潮社から「熱海殺人事件[注3]」が発行されこれが初版になるが、この後出版社を変え、角川書店から「定本　熱海殺人事件[注4]」と文庫版「熱海殺人事件[注5]」が発行された。その後も角川書店から「小説熱海殺人事件[注6]」や「シナリオ　熱海殺人事件[注7]」が発行され、ついには映画「熱海殺人事件[注8]」が上映されるという具合にメディア展開していった。

また、さらにその後に「ソウル版熱海殺人事件」「ザ・ロンゲスト・スプリング　熱海殺人事件」「熱海殺人事件――傷だらけのジョニー――」「熱海殺人事件――モンテカルロ・イリュージョン――」「売春捜査官――熱海殺人事件――」といったような、様々なバージョンの「熱海殺人事件」が書かれ上演された。

「熱海殺人事件」を考える上で、まず問題になるのは改稿の問題であろう。初出からほぼ全ての戯曲で改稿が行われている。しかも、それは後期になればなるほど多くなり、「ソウル版熱海殺人事件」以降はほぼ別物と言っていいほどである。そんな中で私は「定本　熱海殺人事件」をテクストに選んだ。それは、台詞とト書きの他に、段を変えて作者のことばが記されていたからである。楽屋話の類も多分にあるのだが、その中に作劇や演出に言及している箇所がいくつか見られた。このような特徴を持つのは「定本　熱海殺人事件」だけである。したがって、私はそこにある作者の言葉を補助線にして「定本　熱海殺人事件」という演劇について考えてみることにした。

2　「きめる」という行動原理

ここでの、「だれだ」は、「俺のピンスポット横取りしに来やがったのは、だれだ!!」であると考えればよい。熊田には、地方から上京してきた不安とか気負いとか、あることはあるけど、「俺にも照明よこせ！」と、そういう気持ちをもち、照明を引っ張り込むという気概をもってもらいたいのである[注9]。

引用部分は冒頭の電話のところで木村が「……だれだ‼」と言った後のト書きに付された作者のことばである。ここで木村と熊田に二通りの言動の意味が与えられたのが分かる。

まず、木村だが、劇中においての「だれだ」の意味は、言うまでもなく現れた人間に対する疑問である。それに対して「俺のピンスポット横取りしに来やがったのは、だれだ‼」は木村を演じる役者が感じるべき気持ちだ。つまり、劇中においては単なる疑問であるはずのセリフが、役者の気概までもを表していることになる。

一方、熊田の劇中の心情は「地方から上京してきた不安とか気負い」である。それを役者が表現することになるのだが、ここで熊田を演じる役者に与えられたのが「俺にも照明よこせ！」という気概である。この不安や気負いと気概が合わさった演技がかなり難しいものであることは想像に難くない。

もっとも、これは役者の立場から考えた場合である。劇中の人物の立場から考えると事態はより深刻になる。登場人物の気持ちになって役者が演技をするということはよく言うが、この場合はそれが反転して、役者の気持ちが登場人物の言動を左右するということになる。つまり、登場人物の行動原理が役者に因るということである。つかこうへいが台本を持たずに口立てで演出をした理由もこの辺りにありそうである。

また、木村の妹の話の後の木村とハナ子の会話に付された作者のことばでは、次のように説明される。「とにかく、きめることが好きな連中と思っていただきたい。普段、きまらないのだから、舞台くらいは、きめよう。」この「きめることが好きな連中」というのは木村とハナ子のことで間違いないが、肝心の「きめる」ということが劇中世界だけでは説明できない。普通の生活において「きめる」ことなど必要ないのだ。「きめる」というのは、それを見ている観客がいて初めて成立する。だから、ここでは「舞台くらいは、きめよう」と役者に向かって言っているのだ。しかし、そのことはまたもや反転して劇中の人物の行動原理となる。そして、それはもう一人の登場人物、大山についても同様である。。

客席にいた大山にスポットライトがあたる。その場で「マイウェイ」を歌い上げる。すると今度は「タラのテーマ」が流れ、真っ赤に照らされた客席を離れ、少女に花束を渡し、舞台に上がる。派手な登場の仕方である。しかし、何一つ物語上の必然性がないことから、「きめることが好き」という行動原理の表われであることが分かる。また、ト書きに「部長は、上手袖から一台のピンスポットを引っ張り出し、客席を照らし出した」とあることから、木村もこれに協力していることが分かる。物語の必然性や現実性を超えて、「きめる」という行為に各々が向かっているのである。

このように「定本　熱海殺人事件」の登場人物の行動原理は「きめる」ことにあると言える。しかし、その程度や方法はそれぞれに異なっている。

3　「きめつけ」る木村

木村は「きめる」ことに終始する人物である。その中で主に用いられるのが「きめつけ」である。

冒頭の電話のところからすでにそれは始まっている。木村は殺害された被害者の写真が気に入らない。そこで、「よだれ垂らして股開いて口あけさせといて、いったい俺の事件を何だと思ってんだ」と激昂する。挙句の果てには写真の修正を迫り、ファッションモデルを使った撮り直しまで要求する。

ここにあるのは、現場写真は美しくなくてはならないという「きめつけ」である。それと同時に、後の木村の「ブス」発言にもつながるのだが、被害者は美しくなくてはならないという「きめつけ」である。

もちろん、現実の殺人事件ではそのようなことはない。どんなに醜悪でむごたらしい現場写真でも、ありのままが受け入れられる。また、被害者がみんな美人であるということもない。現実を踏まえればこれはナンセンスなやり取りなのだが、なぜかその「きめつけ」が成立して観客も笑ってしまう。そこには、おそらくテレビドラマの影響［注10］がある。

「熱海殺人事件」の初演の前年、一九七二年（昭和四十七年）七月から日本テレビ系列で「太陽にほえろ！」が放送されている。最高視聴率四十パーセントを記録し、一九八六年（昭和六十一年）まで続いた大人気刑事ドラマである。このドラマの中で警視庁七曲警察署捜査第一課の刑事たちは、お互いをニックネームで呼び合う。その格好も長髪にノーネクタイであったり、ジーパンを履いていたりで、従来の刑事ドラマの刑事にはないファショナブルな格好であった。それ以前の刑事ドラマといえば、ＴＢＳ系列で放送された「七人の刑事［注11］」に代表されるようにとにかく地味なものであった。ドラマの主眼は事件の方に置かれ、刑事自体はあまり描かれなかった。わずか数回の放送で刑事中心の回が存在するものの、それも刑事の苦悩という地味な題材に終わっている。そんな中で、人気の若手俳優を起用し、おしゃれな格好をさせ、都会を走り回らせた「太陽にほえろ！」は相当に新しかったと言える。

そのドラマの中で数多くの被害者が登場するが、その殺害された姿が登場するとき大概はあまり乱れていない。殺人なのだから大いに抵抗もしただろうから、血液のみならずあらゆる体液が飛び散っていて不思議はないのだが、画面上の被害者は生前とあまり変わらずきれいなまだ。これはテレビメディアの自主規制によるものなのだろう。木村は明らかにこれを踏襲している。だからこそ、この後、ブスを殺したことで大山を責める。言うまでもないことだが、刑事ドラマの被害者は女優が演じておりブスであることはない。

被害者がブスであってはならないという共通理解はもう一つの源を持つかもしれない。それがワイドショーである。一九六五年（昭和四十年）四月に日本テレビ系列で「アフタヌーンショー」、一九六八年（昭和四十三年）四月にフジテレビ系列で「3時のあなた」、一九七三年（昭和四十八年）にＴＢＳ系列で「3時にあいましょう」の放送が始まっている。その中で芸能ゴシップと一緒に凶悪事件が扱われるのだが、被害者の醜悪さに言及したことはない。それどころか視聴者の関心を煽るために、「美人女子大生」だとか「美人ＯＬ」などと大きく見出しに書いた。もちろんテレビだけではない。週刊誌や大衆紙も同様のことを行なっていた。そうしたメディア環境があったからこそ、木村の「きめつけ」は生きてくるのである。

木村が「きめつけ」る。それは現実としてはおかしな「きめつけ」だが、テレビドラマやワイドショーという共通理解があるので観客も納得する。むしろ、演劇という非日常においてはそちらの方がふさわしいとさえ感じる。これが、木村の「きめつけ」を成立させる背景だったのである。

写真の次に木村が「きめつけ」を行うのが事件の報告書についてだ。死亡推定時刻が四時半だということで、「中途半端な時間」と切り捨てている。同様に「容疑者の犯行後の足取り」に対しては「下衆な殺しした犯人に足取りもへったくれもあるか！」と切り捨て、容疑者の年齢についても「十九が気に入らなきゃ好きな年に書き直しゃいいだろう！」と言い捨てている。

もっともこれらは「太陽にほえろ！」に登場しないわけではない。全七百十八話の中には、四時半の事件もあっただろうし、十九歳の犯人もいただろう。問題はそこではない。同じく報告書の中の発見者についてハナ子が語るところにその答えはある。「真っ白けの消防団員じゃ、この先おもしろくなりそうにないじゃないですか。」つまり、個々の問題ではなく、それが組み合わさった時のおもしろさが問題なのである。現実の事件ではそれが地味な組み合わせであることもある。いや、地味であることの方が多いだろう。だからこそ、特異なものはワイドショーに取り上げられる。一方、「太陽にほえろ！」はテレビドラマである以上、できるだけおもしろい話に作り上げられている。地味な事件の回も無いということはないだろうが、そんな場合は視聴率が下がる。それは避けなければならないから、特異な犯人、特異な発見者などで視聴者の気を引く。木村はそれを気にしていたのである。もちろん、本来の意味でそれを気にするべきであるのは作者のつかこうへいである。劇中の登場人物である木村たちが考えることではない。

このような木村の「きめつけ」を作者は次のように説明する。「部長の捜査法は、殺意はしょせん狂気であるという認識に依っている。それに対処するにはこっちも自分の狂気にすがるしかない、というのが部長の方法論なのである。」

木村は地味な事件を派手な「きめつけ」で揶揄していた。しかし、その実は派手な「きめつけ」をも切っていたのではないだろうか。その刃物の役割をするのが狂気であり笑いである。ドラマのようだとひとまず納得し、そうでないものをつまらないと否定する。然る上でもう一度現実と照らし合わせたところでドラマの嘘が露呈する。ドラマではよくあるけど、現実にはあまりないというものである。それを強引に「きめつけ」ていくところに、木村の狂気がある。

4 「きめつけ」成長する熊田

一方で、段階的に「きめつけ」の世界に入っていったのが熊田である。

始めから「きめつけ」る木村に対して、熊田は突っ込みを入れる立場でしかなかった。狂気の木村に対して、常識的な答えしかしなかったのである。しかし、それも次第に木村たちの論理に飲み込まれていく。死体の発見者について「それが死体だと分かって、初めて死体を発見したために動転してただじっと座っていたかもしれません」と話し、「座っていただけかね」と訊く木村に、「ええ、それが静岡県人の宿命なのです」と「きめつけ」る。

その直後に作者のことばが次のように付される。「この熊田のきめつけ――フィクショナルな性格づけ――によって、熊田は初めてこの芝居に参加する。今までは、いわば、狂言回しの役割にすぎなかった。」

もちろん、熊田がここまで演劇「熱海殺人事件」に参加していなかったなどということはあり得ない。狂言回しだろうが何だろうが、舞台にいて台詞をしゃべっている以上、参加はしている。ここで言う芝居は「きめつけ」る芝居である。それまでは富山県警から赴任してきた、いわば外部の人間であった熊田が、木村とともに「きめつけ」ることによって、「定本　熱海殺人事件」の、「きめる」行動原理の芝居に参加し始めたのである。

そして、「つぎの台詞は、熊田の二度目の「成長」を示す」と作者のことばが付されるのが、「そうか、そうだったのか。山口アイ子は海を見たかったわけじゃないんだ。海を取り巻く幻想に身も心も酔い痴れていたかったんだ。そうだったのか。俺は何も知らなかった。何も知らない、ばかやろうだったんだ！」という台詞である。一度目の「成長」は「静岡県人の宿命」と「きめつけ」たところのことを言っている。それに対して、今度が二度目の「成長」だという。どちらも「成長」であるが、一度目と二度目の一体何が違うというのであろうか。

それは、「きめつけ」の内容の差異というほかない。一度目は「静岡県人の宿命」とただ地域性になぞらえて「きめつけ」たに過ぎない。一方で、「山口アイ子は海を見たかったわけじゃないんだ。海を取り巻く幻想に身も心も酔い痴れていたかったんだ」は、アイ子の心情を「きめつけ」、その行動原理を発見・理解している。「きめつけ」だけで終わらず、それが他者への理解へと及んでいるのである。一度目よりも一つ進んだ「成長」と言えよう。

このことを、つかこうへい自身も次のように語っている。

> そして、できるだけ観客がわかりやすく入り込みやすく観られるようにと、芝居の構造を実に簡単に捉えられるようなものとした。いわゆる西部劇の構造を採ったわけだ。老獪

な保安官のもとに新米の保安官がやってきて、事件を解決していく中で成長していくという物語。やがて全てが終わると、若い保安官は老保安官を一人残し去っていく。このお決まりの構造の中に、今の世の中に起きる問題と、それぞれの人間をあてはめていくことで『熱海』はできあがっていった[注12]。

熊田はまさに事件の解決の中で二段階の「成長」を遂げたのである。

5 「きめ」られない大山

始めから最後まで「きめる」木村と、段階的に成長し「きめ」ていく熊田。その両者とまた異なるのが大山である。

前述したとおり、大山は登場の時点では「きめる」側の人間だった。派手な登場だけではなく、取り調べが始まってからも「俺じゃねえよ」と「きめる」ことを忘れない。しかし、後のト書きの中で本質的にはそうでなかったことが分かる。

大山は逮捕され、留置場に入れられて苦しかったこのかたを思い出す。どの刑事も最初は親身になって取り調べてくれるのだが、すぐにその地味さに飽きられ、あっちこっちたらい回しにされ、余計者扱いされる日々が続いた。これじゃいけないと、留置場でからだを鍛え、奥の深さを出すために哲学書を読みふけった。そして、殺人は被害者と加害者のためにだけあるのではなく、それを捜査する刑事のためにある、との悟りまで開いたのであった。捜査官のファイトをかきたてないことには、ろくな取り調べもしてもらえない。大山は、刑事たちの心をつなぎとめるために、メイク法から歌唱法まで練習した。しかし、本当は、アイ子との熱海の浜は、そんなことで理解してもらえるとは、みじんも思っていなかった。

大山のそれはこれまでの取り調べで培われた、いわば処世術としてのそれだったのである。だから、本質的には「きめ」ない大山が存在する。飽きられたくないから、余計者扱いされたくないからそうするだけであって、その実、そんなことでは自分とアイ子とのことは理解してもらえるとは思っていない。「殺人は被害者と加害者のためにだけあるのではなく、それを捜査する刑事のためにある」という悟りで「きめ」てみるものの、そのことが「被害者と加害者」への理解へつながることはないのである。

もちろん、ここにも現実との乖離があり、それが笑いへとつながる。それは、大山が必死に刑事好みの犯人になろうとしているところだ。そもそも、犯人はなってしまうものであり、なるものではない。その性質も本来不可逆的なものであり、起きた事件に対して取り調べで変更を行えるようなものではない。したがって、犯人であることも、その性質も、事件が起こった時点でもう決まってしまっていることなのだ。いや、その前に容疑者が犯人になりたがるという時点ですでにおかしい。現実では、よほどのことがない限り、犯人であることを認めようとしない。

冒頭の作者のことばでは次のように説明している。

また、犯人というと、しょぼくれて出てくる。私たちは演劇をやっているのではないか。であれば、どこの犯人が舞台にしょぼくれて登場するものか。どの悲劇がうつむいてなどいるものか。野心満々でバイタリティーに富み、明日を夢見てこその悲劇である。

かくて、日本から新劇やってる（説教めいたり、講釈垂れたりしている）連中を根絶やしにするためにも、当分は芝居をやめられない、と肝に銘ずる今日このごろである。

つかの立場がアンチ新劇であることはいいだろう。したがって、「私たちは演劇をやっているのではないか」の「演劇」とは、新劇以外の演劇を指しているのだ。「演劇をやっているの」だから、「しょぼくれ」た犯人は出さない。「しょぼくれ」ないために、「きめる」のである。大山の場合も、「演劇をやっている」という前提に立ち「きめる」ことが、その人物の行動原理になっている。

しかし、取り調べが進むうちに大山は「この人たちはほんとにいい人なのではないか」と思い始めてしまう。そして、「もしかしたら、この部長さんは、自分のありのままを見てくれるのかもしれない。よし、素顔の自分を見てもらおう」と決心し、「大山は、サングラスを取る」のである。素顔に戻るということは、演じるのをやめることである。「きめる」のをやめることである。それではせっかく参加していた「きめる」演劇をわざわざ抜け出すことになってしまう。もちろん、木村たちの人柄を認め心を開いた結果、大山が素顔の自分を晒すというのは自然な流れである。劇中人物の感情の流れとしてはおかしくない。しかし、これは「きめる」演劇である。「自分のありのまま」などそこには存在しないのだ。案の定、木村たちの態度は激変する。「この先、待遇変わるぞお前」のことば通り、大山の証言などお構いなしで「きめつけ」の取り調べを始めるのである。

6 「きめつけ」を補助するハナ子

最後にハナ子だが、「きめる」ということでは、木村と同様に終始その態度は変えていない。ただ、そのほとんどが木村の「きめつけ」に賛同する形で出てくるため、ハナ子の独自性は見えにくい。それがかろうじて見られるのが大山と行なう劇中劇の中である。

木村と熊田が去った後、ハナ子がアイ子役になり熱海での殺人の再現をすることになる。始めはたどたどしく会話をする二人だが、ハナ子が「面倒」と言ったことで大山の様子が一変する。ト書きには「この時、婦警片桐ハナ子は、かつて味わったことのない背筋の凍りつくような思いを感じていたはずである」とある。この「かつて味わったことのない背筋の凍りつくような思い」とは、大山の殺意に対する恐怖だろう。大山は演じることで、意図せずに犯行時の殺意を呼び起こしていた。

そこから劇中劇の中で二人の言い争いが始まる。アイ子は自分に惚れていると譲らない大山と、あくまで惚れていない、昔のことも忘れたと言い張るアイ子役のハナ子。二人のことばは平行線をたどる。その中で、ハナ子の「きめつけ」はだんだんひどくなっていく。始めは大山のことばを引き出す形で会話していたに過ぎなかったが、「面倒」と「きめつけ」た辺りからおかしくなっていく。「惚れちょらん」「忘れた」と何の証拠もなくアイ子の気持ちを「きめつけ」る。挙句の果てには「おいが職工じゃから、そうやってしみったれる」から、「九州弁つかってごまかす」から「面倒」だと言い、喫茶店でコーヒーを値切ったり、原宿散歩に弁当・水筒持参で来たり、熱海への電車の中を走り回ったりする大山が「恥ずかしかった」と言う。どれも、大山が田舎者であるという認識からの「きめつけ」である。その認識からステレオタイプの田舎者像がハナ子の口から発せられている。その結論として、「百姓の相手は疲れた」と言ったところで、大山の最後の自白が生まれる。

……油にまみれち自動車修理ばしよったっちゃね、刑事さん。車なんて欲しいと思ったこつはなかとです。お袋を乗せちゃりたいと思うこつも嘘ですばい。おいが本当に車ほしいのはピカピカん車で村中ばゆっくり、鼻たらしちょるがきどんがついて来られるくらいのスピードで、うちん前に横づけしちゃりたいと思うこつだけですばい。食うしか能なか、食うしか能なかっちゅうて、追い出した親父の横っつら札束でひっぱたいちゃりたいと思うためにだけ、金のほしかとです。アイちゃんとおると、そぎゃん見栄は張らんでよかような気のしたとです。アイちゃんだけそこんとこ、分かってくれると思うちょったとです。たかが通りまで、たかがバスが見えんごつなるまで、涙ためてつっ立っとるおいが、そぎゃん面倒なもんですかね、刑事さん。答えてもらわんことには、明日からまた油にまみれて働き、夜になったらパチンコやって屋台で焼酎あおる毎日送れんですよ、刑事さん。答えちもらわんことには、国のお袋に、もうすぐ一軒工場持ってみんな楽さしちゃる、ほら吹いて手紙ば書けんですよ、刑事さん。刑事さん！

「刑事さん」と何度も呼びかけているように、もはや再現の体を成していない。大山は演じることをやめてしまっている。その直前までは、アイ子が惚れていないと嘘をついている、村での思い出を忘れるわけがないと「きめつけ」続けている。それがハナ子の首に手をかけようとした瞬間、本音を吐露してしまった。その中で、事件以前もまた演じていたことを告白する。

車が欲しい大山。お袋を乗せてやりたいと思う大山。それらは自分を追い出した親父たちを見返してやりたい気持ちを隠すための嘘だった。その嘘をつかなくて済むのがアイ子だった。つまり、アイ子の前では演じる必要がなかった。演じないから、バスが見えなくなるまで涙をためて立つことしかできなかった。それをアイ子に面倒と言われた。演じない、行動しない自分を面倒と言われることは、演じ、行動した結果を面倒と言われるよりきつい。後者が行為への嫌悪であるのに対して前者は存在への嫌悪であるからだ。言葉としては「面倒」の一言だ。しかし、これが大山の中で殺意を芽生えさせた。

もっとも、これは「定本　熱海殺人事件」が「きめる」演劇である以上、当然の帰結である。「きめる」ことが求められる世界で、「きめ」ないことはいかなることも成就し得ない。「きめ」たからこそ途中から熊田は「演劇」に参加できたし、「きめる」のをやめたからこそ大山は犯人として認められなくなった。それらと同様に、過去においても大山は「きめ」るのをやめた結果、アイ子に「面倒」と切り捨てられたのである。

かくして大山はハナ子たちに「アイ子との熱海の浜」を理解してもらえた。再現で演じることを通じて、過去に演じていた（＝「きめ」ていた）ことを知り、それを吐露することで本音と殺意を理解した。その中で確認できたのが、演じないことで、「きめ」ないことでアイ子に理解されなかったという事実である。逆に言えば、演じることでしか分かり合えないのが大山ということになる。

そして、それは何も大山だけの問題ではない。木村も熊田もハナ子も同様である。演じることでしか分かり合えないからこそ、「きめる」ことや「きめつけ」ることを必死に行なってきたのではないか。

ハナ子は劇中劇でアイ子を演じることで、大山を理解しようとした。熊田は「きめつけ」る捜査法を体感することで、木村を大山を理解しようとした。そして、木村は「きめつけ」の中で大山をハナ子を熊田を理解しようとした。その結果が最後の場面ということになる

引用の台詞の後、大山は立派な犯人として認められ万歳三唱で送り出された。結婚退職して静岡へ行くことになったハナ子は祝福され送り出された。富山に帰ることを決めた熊田は最後に木村に認められた。それぞれがそれぞれの形で承認されて送り出されて終わっている。

そして、これは同時に「きめる」演劇である。大山は立派な犯人になることで、ハナ子は花嫁になることで、熊田は木村に認められることで最後に「きめ」ているのである。そして、これは木村も例外ではない。この論の始めの改稿の話に戻るが、「熱海殺人事件」にはいろいろな結末が存在する。「定本　熱海殺人事件」では、最後の作者のことばで初演の結末が紹介されている。

一人になった木村が警視総監に電話をするのであるが、これが間違い電話である。しかし、電話相手の罵声や電話の切れた音を無視する形で長台詞が続く。「警視総監殿、日本は大きく病んでおります」と社会風刺のようなことを言うのだが、もちろんそんなところに主題はない。

そんなことは劇中どこにも語られてなかったのに、最後に出てくる台詞が主題だとは考えにくい。これは木村が「きめ」たのだと考えた方がよさそうだ。事件の終わりに部長刑事が警視総監に報告をする。その中で現代社会のあり様を嘆いて見せる。それが、木村の「きめ」た最後であったのである。

まとめよう。「定本　熱海殺人事件」は「きめる」演劇であった。その中で、役者に「きめる」ことが求められた。そして、そのことは役者の気概だけではなく、登場人物の行動原理にまで及んだ。劇中で「きめ」た結果、そこで何が行われたのか。それは、相互理解に他ならない。「きめる」ことで、演じることで他者を理解したのである。

そこには「ありのまま」とか「本当の自分」といったようなものは存在しない。演じている以上、徹底した虚の世界である。その中でも「きめる」というのは外面上も内面上も最も虚なる状態ではないだろうか。その虚の状態で人は分かり合えるというのである。いや、逆に言えば、虚の状態でないと人は分かり合えないということになる。

その虚を徹底的に追求したのがつかこうへいの新しさであろう。

注

［1］「新劇」一九七三年（昭和四十八年）十二月

[2]「新劇」一九七四年（昭和四十九年）三月

[3]「熱海殺人事件」一九七五年（昭和五十年）一月十五日　新潮社

[4]「定本　熱海殺人事件」一九八一年（昭和五十六年）四月十五日　角川書店

[5]「熱海殺人事件」一九八五年（昭和六十年）一月二十五日　角川書店

[6]「小説熱海殺人事件」一九七六年（昭和五十一年）三月十五日　角川書店

[7]「シナリオ　熱海殺人事件」一九八六年（昭和六十一年）四月十日　角川書店

[8]映画「熱海殺人事件」一九八六年（昭和六十一年）六月　全国松竹系

[9]本文引用は「定本　熱海殺人事件」に拠る。以下、注のない引用はすべてこれに同じ。

[10]つかこうへい自身は「定本　熱海殺人事件」の中で、「昔、「キイハンター」というテレビ番組があって、私はたまらなく刑事にあこがれたものである。かといって作家にもなりたかったし。が、そのときの「いつの日か」という執念が、この作品を書かせた動機なのであった（ということにしておこう）」と言っている。「キイハンター」は一九六八年（昭和四十三年）四月六日から一九七三年（昭和四十八年）四月七日にTBS系列で放送されたテレビドラマ。警察ではなく警察が解決できない事件を扱う謎の組織が描かれていた。

[11]一九六一年（昭和三十六年）十月四日から一九六九年（昭和四十四年）四月二十八日に系列で放送されたテレビドラマ。

[12]二〇〇五年（平成十七年）三月、メディアアート出版より発行の「つかこうへいの新世界」。引用はその中の「つかこうへいインタビュー」に拠る。

第九章

シナリオ「つか版・忠臣蔵」

「滅私」型の自己表出

伊藤真紀

1 「大物語」としての「忠臣蔵」

つかこうへいと井上ひさしの対談集『国ゆたかにして義を忘れ』［注1］「『忠臣蔵』が育てた日本人」で、井上ひさしは「大物語」「中物語」「小物語」という物語の分類を示して次のように問いかけている

井上　大物語ってのがありますね。

つか　はい。

井上　中物語、小物語ってのもありますね。日本は神国であるとか、それから結婚は神聖であるという誰もが疑わないような大物語があるけど、つかさんはどうも映画に関しては大物語が……。

つか　好きなんですよ。スペクタクルが好きですね。小さいころね、うちのオフクロが日

曜ごとに子供たちを映画館に連れていってくれまして、それで観てたのが「雪乃丞変化」とか「忠臣蔵」「若さま侍捕物帖」という、大川橋蔵とか美空ひばりとかそういう路線ですね。それで何て言いますか、キザな恥かしいようなセリフに、あのころは感動した覚えがありましてね。(「大物語の構図」『国ゆたかにして義を忘れ』角川書店、一九八五年九月、傍線…伊藤注)

『つか版・忠臣蔵』は、一九八二年の大晦日、一二月三一日に、NHKの「紅白歌合戦」の裏番組としてテレビ東京系で放送された。午後九時から十一時四十五分までの二時間四十五分という大作ドラマであり、「誰もが疑わないような大物語」としての「忠臣蔵」のパロディだと言える[注2]。さらに井上は、つかの「大物語」への嗜好について、

井上　だんだんわかってきました。これは誤解を受ける言葉なんですけど、つかさんにはいい意味の大衆性があるんですね。それはきっと、大物語の構図をよく識っているからなんですね。少年が少女に会うとか、それから天地はこうやって出来たとか、物語のモトみたいなもの。それをきっと小さいときにつかんだんですね。(傍線…伊藤注)

と発言している。ここで井上は、笑いで観客を包むつか作品の「大衆性」の重要な側面に言及している[注3]。そして、つかは「大物語」の「構図」を識っている、という。「天地はこうやって出来たとか」という井上の比喩は、つまり、社会の構造がどのように組み立てられているか、ということをつかが幼少期から敏感に感じとっていた、という指摘であろう。この「構図」は、つかの一種の「戦略」であったため、つかはここでは意識的に話を「エンターテインメント」にずらして返答したと考えるのは深読みだろうか。

「つか版・忠臣蔵」は、同名の小説があるが、ここからテレビ放映のシナリオを中心に、考察したい。この作品は、従前のテレビドラマとしての「忠臣蔵」人気を引き継ぐかたちで企画されたものと思われるが、ところで、テレビ放送の「忠臣蔵」は、いつ頃から登場したのであろうか。宮澤誠一の『近代日本と「忠臣蔵」幻想』（青木書店、二〇〇一年一一月）によれば、テレビ以前に、まず映画の「忠臣蔵」ブームがあった。第二次世界大戦後、片岡千恵蔵主演の「赤穂城」（東映）が昭和二十七年（一九五二年）に上映された後、昭和三十年代に「忠臣蔵」もの映画が黄金時代を迎えたが、東宝が昭和三十七年（一九六二年）に製作した稲垣浩監督作品の「忠臣蔵」を最後に、「忠臣蔵」ものの主流は、テレビに移っていったようである。テレビ作品としての「忠臣蔵」は、オリンピック開催の年である昭和三十四年（一九六四年）にＮＨＫが放送した豪華キャスト（長谷川一夫、山田五十鈴、尾上梅幸、滝沢修、宇野重吉、林与一、淡島千景らが出演）の大河ドラマ「赤穂浪士」が空前絶後の高視聴率を記録した後から、「忠臣蔵」のテレビ時代が訪れたという（同書二三〇〜二三三頁）。

「つか版・忠臣蔵」はこうした「国民的」な物語としての「忠臣蔵」のパロディとして、また、国営放送が配信する「紅白歌合戦」の裏番組という意味でも「大物語」として、つか本人にも視聴者にも意識されていたであろう。放送を前に、取材を受け、「なぜめったにやらないテレビの仕事を引き受けたの？」との質問に対して「〝紅白〟の裏番組ということだけ。ああいう権威に対抗することがオレたちアングラの仕事だと思っているからね。〝紅白〟は視聴率70％以上。約八千万人が同じ番組を見ているという計算になる。これはすごくおそろしいことだよ」と言い、また「『忠臣蔵』を選んだのは？」との問いに対しては「忠臣蔵は前々から興味があって書いていたんだけど、なかなかうまくいかなくて未完のままだった。今年の春、この話が来たのをきっかけに夏ごろ、脚本を仕上げたんだ。」と答えている［注4］。先に紹介した井上ひさしとの対談のなかでも述べられているように、つかこうへいは「忠臣蔵」などの物語には、子供の頃から接していたというから、「つか版」の「忠臣蔵」の構想は、演劇活動の初期から、つかの中にあったのかもしれない。扇田昭彦は、小説『つか版・忠臣蔵』の文庫版（角川書店、一九八五年一〇月）の「解説」で、十年近く前に、つかこうへいと会ったとき、「演劇評論家の戸板康二氏から、『演劇をやるからには歌舞伎を、とくに「忠臣蔵」を手がけるべきだ』と勧められたという話をしていた。」と書いているが、その後、しばらくして『平凡パンチ』に四週にわたって、「つか版」の「忠臣蔵」の原型となる戯曲が発表された、と振り返っている。

2　『忠臣蔵』幻想」のパロディ化

「つか版・忠臣蔵」は、一九七七年一一月から一二月にかけて、「紙上劇場」という珍しい形式で『平凡パンチ』に掲載された[注5]。その後、小説とシナリオの「つか版・忠臣蔵」が、刊行されている。小説は、『野生時代』の一九八二年一二月号に発表され、これに加筆されたものが、単行本としても発表された。(『つか版・忠臣蔵』角川書店　一九八二年一一月)。その後になって、前述のインタヴューのように、テレビ局からの企画提案に合わせて書かれたのが、シナリオの「つか版・忠臣蔵」で、こちらは放送後の一九八三年一月に『新劇』に発表され、現在は『つかこうへい戯曲シナリオ作品集』の第四巻(白水社、一九九六年一一月)に収められている。テレビ放映の際の出演者は、風間杜夫(宝井其角)や平田満(大石内蔵助)をはじめとする劇団つかこうへい事務所のメンバーに加えて、萩原流行(近松門左衛門)や、田中邦衛(松尾芭蕉)、そして女優陣は、松坂慶子(志乃)、美保純(大石内蔵助妻阿久利)など、異色の顔ぶれを揃えていた。

本稿では、右にあげた「つか版・忠臣蔵」の諸作のうち、『つかこうへい戯曲シナリオ作品集』所収の「つか版・忠臣蔵」(以下、「シナリオ版」とする)、および『平凡パンチ』に掲載された「紙上劇場」（以下、「紙上劇場版」とする）を参照しつつ考察することとするが、まず、「シナリオ版」のあらすじを簡単に紹介する。

浅野内匠頭は、ただ単に「廊下が好き」という理由で、江戸城松の廊下に立って行き交う人の交通整理をしていたところ、「刃傷好き」の多門伝八郎の術策にはまり、同日の夕方に切腹させられることになってしまう。しかし、とても辞世の歌を読むまでの知性は無いので、家臣の大石内蔵助と大高源吾が宝井其角から辞世の歌を買い、浅野内匠頭に読ませて遂に切腹となる。歌をつくった宝井其角は、もとは武士だったが、身分の違う「泣き女」の志乃を愛したことで、今は武士を捨てて物書きになっていた。其角は、志乃の勧めで、大石ら赤穂浪士に仇討ちをさせてから、それを芝居に仕組んで大当たりをとろうとする。浪士たちも、派手に討ち入りをして、次の就職活動につなげようとしていた。其角の目論見は当たり、芝居は大成功するが、この芝居には衝撃的な幕切れが待っていた。討ち入りの場面の後で、坂田藤十郎をはじめとする役者たち四十七人が、実際に腹を切ったのである。これにより、大石らは再就職どころか、切腹せざるを得ない状況となる。追い詰められた大石は、降りしきる雪のなか其角を斬る。

「紙上劇場版」は、冒頭の時点ですでに「刃傷事件」は終わっており、浅野内匠頭が「刃傷」に至った理由には触れていないが、「シナリオ版」では、主君である浅野内匠頭の切腹の理由は、多門伝八郎の策略[注6]にはまったもので、大石内蔵助をはじめとする臣下は、無能な主君のおかげで、路頭に迷うことになったのであり、討ち入りの「義理を踏み正義をつくす誠心」〔注7〕など無い。ここで大石ら赤穂浪士の頭の中にあるのは、窮地に立たされたなかで、いかに有利に再就職をするか、ということである。そのために、「討ち入り」翌日に、プロ野球の世界のように「ドラフト会議」を予定している。そもそも「討ち入り」自体も、終了後に「忠臣蔵」初日を開けて、大当りをとろうとする役者たちに代行させるのである。赤穂浪士の英雄像を打ち砕くストーリーだが、このような、浪士の「討ち入り」が、彼らの「就職活動」であった、という説は、『つか版』以前にもあった。田村栄太郎は『忠臣蔵物語』（白揚社、一九三四年八月）の「復讐派就職戦術のカラクリ」等の項で「就職活動」説を示している。田村は戦後も、映画で美化された浪士たちの虚像が国民の間に浸透し、軍国主義の復活に利用されることを恐れて、この説を再説した。（前掲　宮澤誠一『近代日本と「忠臣蔵」幻想』二三三・二三四頁）。この「シナリオ版」において、注目すべきは『忠臣蔵』という「幻想」〔注8〕そのものがパロディ化されている点である。

『つか版・忠臣蔵』の発表された時代は、いわゆるバブル経済へ向かう頃であったために「再就職活動説」が自然に採用されたのかもしれない。「紙上劇場版」は、自身の評価をあげるための活動でわざと切腹をしてみせることを「商腹（あきないばら）」と呼んでいる。「商腹」は、つかの造語であろうが、武士における戦と「就職活動」についての見解を遡ってみると、豊臣秀吉の朝鮮進出の頃に日本軍の捕虜となり抑留された朝鮮の儒者、姜沆（かんはん）の『看羊録』〔注9〕に至る。同書は、池上英子の『名誉と順応―サムライ精神の歴史社会学』（森本諄訳、二〇〇〇年三月）に紹介されている。池上は、姜沆（かんはん）が残した記録を引用し、この儒者は日本の「サムライ達の勇敢な戦いぶり」は「評判への気づかいに促されてのこと」だと感じていたため、「少しでも胆力に欠けると見なされてしまったら、どこへ行っても容れられない。……刀瘡の痕が顔の面にあれば、勇気のある男だと見なされて重（い俸）録を得る。」と結論づけたと書いている。また、サムライの忠義についてのありふれた見方とは対照的に、「そのような献身ぶりは私利に発するもの」であり、「何も王（公）のためを計ってするのではない」と姜沆（かんはん）が批評した言葉を引きつつ（一〇九～一一〇頁）、姜沆（かんはん）が主人の後をおって進んで自決した家来をも目撃していながら、このようにいうことには矛盾がある、と書いている。つまり「追腹」は私利だけでは説明することはできないはず、ということである。

「シナリオ版」の幕切れでは、大石をはじめとする赤穂浪士の「計算ずく」と対照的に、役者達の「切腹」が描かれており、その意味について考えてみるべきだろう。

3　『仮名手本忠臣蔵』の勘平・お軽と、其角・志乃

「シナリオ版」の主人公は、芭蕉門下の俳人宝井其角と考えられるであろう［注10］。其角を演じたのは、つかこうへい劇団の風間杜夫で、其角の愛した女性が、松坂慶子の扮するところの

「泣き女」の志乃である。この恋愛物語は、「紙上劇場版」には無かったものである。この二人のロマンスは、パロディ作品とは言え、「シナリオ版」の主筋になっており、代表的な「忠臣蔵」物である『仮名手本忠臣蔵』で言えば、五段目・六段目の物語、すなわち塩谷判官（浅野内匠頭）家来の勘平と、その恋人お軽との恋に匹敵する純愛物語として据えられていたのかもしれない。なお、志乃が登場したのは、『野生時代』掲載の小説からであるが、「シナリオ版」では、其角、志乃と近松門左衛門〔注11〕の三角関係がよりはっきりと図式化されている。二人の出会いは、其角の父の葬式であった。

志乃　私の方ばかりごらんになっていましたね。気づいてました。
其角　（笑う）名は。

と尋ねられて志乃は、自分が賎しい身分の「泣き女」であり、「お武家さまにお言葉をかけられるような女ではございません。」という。

其角　見ず知らずの私の父の通夜から葬儀まで二昼夜、涸れることなく、よく嘘の涙が流せるものですね。
志乃　それを商いとしておりますから……。

其角　弔い客の夜とぎも。
志乃　それも商いでございます……今日のお葬式、本当に立派でございました。
お父さまはさぞ。
其角　私は父が嫌いでした。心底憎んでおりました。旗本直参の身でありながら、貧しき者に小銭を貸し、高利をむさぼり、私腹を肥やす父でありました。見境いなく小間使いの女にまで手をつけ、孕めばボロ屑のように捨て、母や私を苦しめる卑しい男でした。無垢な母は、そのような苦しみから逃れるために自らの手で命を絶ったのでございます。（後略）

こうして其角は志乃に出会い、母への思慕とも重なり合う志乃への思いを告げる。

其角　志乃！　私は侍をやめます。武士という身分をかなぐり捨てます。あなたをいとおしいと思う気持ちを偽わりたくはないのです。

其角が思いのたけを述べるのに対して、志乃も其角へ愛を口にはするが、しかし、志乃は、自分のような卑しい女に惚れてはいけない、と言いおいて去ろうとする。それを呼び留める其角に対して、

志乃　……今度呼ばれたら、本気で惚れられたと思って覚悟してもらいますよ。
其角　志乃、私はおまえを離さない。
志乃　一生つきまとわしてもらいますよ。

と、シーンは高潮するが、もちろん、つかこうへいの作品らしく、この場面の後で、其角に「回想場面はこんなもんでいいか。」と語らせて、視聴者に肩すかしをくわせることも忘れていない。

右に紹介したように、この作品は、武士を捨てて物書きに身を落とした其角という男と、「泣き女」であり「娼婦」でもあるとされる志乃という組み合わせの男女の恋愛悲劇でもある。『仮名手本忠臣蔵』の五段目（「山崎街道の場」）と六段目（「早野勘平住家の場」）に登場する勘平とお軽は、よく知られているが、勘平は、お軽としばしの逢瀬を楽しんでいるうちに、主君が大事件をおこしてしまったため、その咎のために、切腹しようとするが、お軽に止められて、一時的にお軽の実家に身を寄せる。しかし、かつての朋輩千崎弥五郎（モデルは神崎与五郎）と偶然行き会い、「侍」の「一分」を立てるため、自身の名誉回復のために、かつての千崎に助けを求めるところから悲劇が始まる。ここで、勘平は、すでに、お軽の実家に身を寄せて、実質的には「聟」となっているが、しかし、偶然、「山崎街道」で千崎に出会うことでつかみかけた「侍」の「面目」を立てるチャンスを何とか逃すまいとしがみつく。つまり、「侍」の「名誉」という、「虚」を求めることになるが、そのために、必要になるのが百両という金、すなわち「実」である。しかし、身を寄せているお軽の実家にもそれを用立てる余裕はない。「恥ずかしや、主人の御罰で今このざま、誰にこうとの頼りもなし。されども、かるが親与一兵衛と申すは頼もしい百姓、我々夫婦、何とぞして元の武士に立ち返れとともに嘆き悲しむ。」『仮名手本忠臣蔵』（「早野勘平住家の場」）[注12]というなかで、結局お軽は身を売り、金を工面することになる。この二つの段を通じての悲劇は勘平とお軽だけの物語ではなく、勘平と、お軽の一家の物語になっている。

一九八一年に刊行された渡辺保の『忠臣蔵　もう一つの歴史感覚』（白水社、一九八一年一一月）では、式亭三馬の「忠臣蔵」についてのパロディ「忠臣蔵偏痴気論」を通して、勘平とお軽の物語が解読されている。渡辺は、式亭三馬においては、この悲劇のなかで最も不幸なのはお軽の母親である、とされているのを紹介しながら、この視点がパロディとして重要なポイントであると指摘している。「百姓の老夫婦と娘、侍の聟とが奇妙な共同生活をはじめた。侍といっても浪人していまは猟師だから日常生活はうまくいったかもしれない。しかし身分制度の厳しい当時にあって、一度異常事態が起これば、その矛盾は一挙にふき出すだろうし、事実ふき出した。」（二二九頁）と、三馬にならって、あらためて老母の目からこの事件を見つめ直している。

そして「この家庭悲劇は一方で塩治家に対する与一兵衛親娘、勘平の忠義という倫理をふくみ、一方で金という経済をはらんで、うかび上がった家族の葛藤である。その点で単なる家庭内部に閉じこめられたドラマではなく、大きく社会全体へのひろがりをもち、しかも社会の最小の単位として家庭の問題を扱っている。」（二三〇頁）とする。つまりこの「家庭悲劇」は「百姓与一兵衛親娘の家庭へたった一人早野勘平という身分の違う他人が入るとどうなるか、どういう悲劇が起こるかということ」（二三〇頁）を明らかにしているという。『仮名手本忠臣蔵』の五段目・六段目は、「夫を失い、聟を殺し、息子を行方不明にし、娘を苦界におとした。老婆が背負っているのは、たった一人の女の運命ではなく、そういう自分をつつみこむ世界の構造」（二三一・二三二頁）からくる悲劇であると説明している。たしかに、この作品の「世界の構造」を形成しているのは、士農工商という身分階層制であり、上下の関係であり、強者と弱者の関係である。なかで最も上位の「武士」の文化とその論理である。もし、お軽の相手が勘平という、塩治家の武士でなかったら、ここまでの悲劇にみまわれることはなかったはずである。お軽は塩治家に奉公にあがっているから、何らかの変化はあったであろうが、身分が違う「武士」を恋して、「武士」の論理に搦め捕られなかったら、話は違っていただろう。

4 「虚」を生きる命の重み

右に見たように、『仮名手本忠臣蔵』には、「身分違い」の恋があるが、この点は、「シナリオ版」の中心にある宝井其角と志乃の物語と共通している。「シナリオ版」は、其角から志乃への愛情が、より強調されているように思われるが、志乃もやはり其角への愛情に答えようとしている。そして、この二人の間に入っているのが、近松門左衛門である。志乃は、其角から愛を告白されていたが、「泣き女」という身分を恥じて、あえて其角の前から姿を消し、近松の妻となっている。物語全体を通して、其角による「忠臣蔵」の舞台化は、作家としてのライバルである近松を超えるという、命がけの「芸道物」にもなっているが、ここで近松が登場することの裏には「虚実皮膜論」も意識されているであろう。この作品は、宝井其角が、近松門左衛門という大物作家のものとなっている志乃を取り戻すための闘いのプロセスを描いた「恋愛物」でもあり、また、「虚」と「実」の間を往還する「芸道物」でもある。其角の側から言えば、近松が「心中物」なら、自分は「仇討ち物」でいく、という訳である。

ここで重要なのは、志乃の「献身」の描かれ方である。もう一度『仮名手本忠臣蔵』に戻ってみよう。お軽は、夫に内緒で自身の身を売る。このお軽の自己犠牲、すなわち「滅私」は、夫をはじめとする、また『仮名手本忠臣蔵』に描かれる男たちの「切腹」に見合うものである。

もともと「つか版・忠臣蔵」は、『仮名手本忠臣蔵』をはじめとする「忠臣蔵」もののパロディでもあるので、より誇張した表現が用いられているのは当然と言えるが、志乃の場合には、自身の「滅私」を他に移し替えているのである。こうして物書きとしての近松対其角の立場が、志乃の力により逆転していく様子が次のせりふで描かれる。

近松　こんどは何しようちゅうのや、わいはお前の言うとおりして来たで。十年つれそうたぐちひとつ言った事ない女房をボロ屑のように捨ててきて。娘は三つやった、今でも「お父ちゃん、お父ちゃん」言う声が聞こえてきよる。お前の言うとおりしてきたやないか。確かにわての名は上った。が、このわてはなんや。今度は何しようっちゅうねんや。

志乃　ペッ！　人間落ちめになりとうおまへんな。

近松　今度の松の廊下の事件で、今度は何人殺そうちゅんや。

志乃　四十七人、皆殺しにさせてもらいます。

近松　おまえ、なんちゅうおなごや。それや、それや、その目や、負けん、負けん、負けてたまるか！　わしは近松じゃ、近松門左衛門じゃ、わしが書いたる、負けん！　恐いやろ。

志乃　恐おます。

近松　わしに書かしとうないやろ。そうやろうな、いとしい男に書かしたいやろな。そうやろうな。

志乃　書かしとうおます。

志乃の前に短刀を置く近松。

近松　わいのこの腕切ってみ、いとしい男に書かしたいのなら、わいのこの腕切ってみ、筆持てんように切ってみと言うとんのや。

志乃、刀を抜きふりかざし、近松の腕を切りおとす。

近松　ウワー……。

志乃　其角はーん、ええ物書きになっておくれやす。（傍線…伊藤注）

志乃のエネルギーはまさに法外なものである。ここで、志乃は「四十七人、皆殺しにさせてもらいます」と語っているが、このせりふのある物語前半では、視聴者には意味が理解できない。しかし最後のどんでん返しで、その意味が明らかになる。もともと近松と志乃は、「心中物」を成功させるために、偽の心中をでっちあげていた。「曽根崎心中」の初日を前にして、もう一つ盛り上げようと、何も知らない男女を連れて来て実際に殺し、心中だと大騒ぎして観客の関心をひくことで興行を盛り上げたという前例がある。そして今後は其角の「仇討ち物」にも同じ手を使おうとしているのである。もし赤穂浪士がなかなか復讐しないために芝居が書けないというのであれば、逆に芝居で「討入りしなければいけないようなところまで、追い詰めろ」

というのが近松や志乃の考え方である。結局、志乃の助言に従った其角は、大石らに討ち入りを勧め、その直後に討ち入りの芝居の上演を計画していた。そして、さらに志乃の助言で、芝居の終幕に「切腹」の場面をつけ加えて、本当に役者たちが腹を切ることを密かに計画していたのである。つまり、そうすることで、大石をはじめとする赤穂浪士たちが確実に「切腹」せねばならない状況に追い込もうとしているのである。「四十七人、皆殺しにさせてもらいます。」のせりふには、こうした背景があるのだが、その筋書きを採用したものの、現実の浪士たちへの影響を心配する其角に志乃は、次のようにいう。

其角　あなたの言うとおり書きました。確かに赤穂の大名達は、武士の風上にもおけない奴だと思います。

志乃　違います、死ぬのはその倍の九十四人どず。でもそのために四十七人もの人間を殺すことは……。

其角　なに!

志乃　赤穂の浪士と役者とです。

其角　……。

志乃　わて、今其角はんのためにええことしてきましたえ。中村座いって、竹みつじゃのうて、本ものの刀で舞台で腹切って死ぬんやって其角はんが言ってましたって、言うてきましたえ。

其角　エッ。

志乃　藤十郎はんたち、えろう喜んでおりましたわ。舞台の上で死ねるなんて、役者として本望やあ言うて、さすが其角はんやと言うてました。嬉しおすか。

其角　なんという人だ、あなたは、あなたという人は。

ここで、志乃の目的はたんに其角の芝居を成功させることだけでなく、必ず四十七士たちを死においやることである。しかし、なぜここで坂田藤十郎をはじめとする役者たちは、本当の切腹をせねばならないのだろうか。

5　「滅私」のエネルギー

先に書いたように、俳優たちの死には、志乃という弱者における「滅私」の思想が重ねられている。志乃は、自分を「滅」するだけでなく、「滅」した状態で「泣く」ことを売り物にしている「泣き女」である。

志乃は、偽りの涙の「虚」によって糧を得る女であり、藤十郎ら俳優も、其角も自分を滅して「虚」の世界に生きている。その「虚」には、斬れば血の出る命があり、「虚」を「実」に変えるための絶大な力を持ち、時に「実」を動かすことができるのである。仮に「虚」と「実」

の重さが同じであるとすると、果たして赤穂浪士たちの「名誉」のための切腹は、本当に命を賭けてまで演ずるべきものなのであろうか。つまり、最終場面における俳優達の本物の「死」が、赤穂浪士の「切腹」を逆に照射しているのである。

「切腹」の文化史でもあるモーリス・パンゲの『自死の日本史』の日本語版は、一九八六年五月に、筑摩書房より刊行されたが、第九章の「残酷の劇」の「死と演劇空間」で「赤穂事件」と「忠臣蔵」に言及し、次のように説明している。赤穂浪士の討ち入りは「模範的な忠誠をひけらかしながらの仇討ち」であり、それは「自己放棄という徳の輝かしい典型となるための行為」で、「とるべき態度に関する彼らの美意識が、簡素で、すさまじく、また象徴的でもあるポーズのなかに彼らを永遠に閉じ込めてしまうのだ。」とされている。「すべてはまるで舞台の上で演じられているかのように進展する。ただ死だけは別だ。と言うのも、彼らが切腹するとき流れた血は、正真正銘の血であったのだから。武士階級全体が、その風習、その態度、そのあらゆる所作をもって、舞台に登るのだ。」と、赤穂事件の「演劇性」を指摘する。「だがおよそ権力を握る支配階級が演劇のもつ力を利用しなかったような社会が、かつて存在したことがあるだろうか。サムライの社会を他の社会と区別するのは、むしろ真面目さの強迫観念がそこにあるということであろう」（傍点筆者）という。「存在と仮象の終わることのない弁証法に彼らが押しつける決着、それが行為なのである。死を賭けての行為なのである」とし、「〈意志的な死〉は、ただ単に行きすぎた封建的名誉の過ちを償うために国家に捧げられた贖罪の行為というだけではない。」と現実世界と幻想世界の相互関係が社会を動かす現象に言及している。「それは同時に武士的生きざまを描く演劇の原本証明」で、「くもりなく純粋透明であると自分たちのことを考えていた武士たちが、社会生活のゆえに余儀なくされたものまねの罪を償う、贖罪の行為であるという機能も合わせ待っているのである。」と、武士による〈意志的な死〉の力を解き明かしている。「シナリオ版」における最終場面には、「武士的」な「実像」を見ようと求める人々の前で、その「像」をひっくり返そうとする法外な「滅死」のエネルギーがこめられるのである。

内田保広は、「つかこうへい　つか版忠臣蔵」(「現代文学のなかの忠臣蔵」)『国文学　解釈と教材の研究』臨時増刊号、一九八六年一二月二〇日)で、つか作品には「日常の中で分節化しきれないある意識・行為が明確にされている。その中には『熱海殺人事件』以来、かれの作品に存在する、型とそれにこだわる人間とのおりなす、いささか滑稽な描写・設定がある。」とし、つか作品のおける「型」の存在を指摘している。そして「中村座で芝居にかける事を前提に、敵討の準備は進められる。このあたりの設定は、やらせが事件を作成していく過程である。」として、メディア論としての「つか版」忠臣蔵の一側面を捉え「芝居に関与する人間にも、其角にも、この事件にかける期待とその必然とが、巧みに設定されている。こちらの必然に対して、この作品では大石等からの敵討への必然は極めて希薄になっている。同時に、この二つの要素の倒錯した絡み合いは、一方に存在している行為の美意識を対象化して滑稽なものへと転落させている。」とその批評性を指摘し、「こうした事件の設定は、考えようによれば、きわめて現代的だ。メディアとそれにかかわる人間の戯画的な関係は、ますます滑稽になってきている。」と記しており、卓見と言える。「つか版・忠臣蔵」は、一種の芸能論でもある。つまり、「虚」と「実」が対照的に描かれているのである。内田はまた、「本来の忠臣蔵が行為への美意識を義士の側に置き、周囲にそれへの賛同者をおいていたのとは正反対になる。ここで成立しているアクロバチックな関係は、これまでの忠臣蔵にはみられない世界である。」と書いているが、まさに最後の大どんでん返しこそがこの作品の要で、「虚」から「実」へ、つまり、「忠臣蔵」という「大物語」の「共同幻想」から作り出される「虚」の思考の「型」の危うさをパロディとして描いているのである。

6 「見るもの」を「見返す」大どんでん返し

なお、最後のシーンは、「紙上劇場版」においては、俳優たちは、本当に死ぬ設定にはなっておらず、「舞台の袖では、『吉日を選んで』と瓦版屋に答える内蔵助の声に耳を澄ませながら、其角は幕が下りきってもうつぶせのままの四十七士が、このまま起き上がらなければよいと思っていた。察してか、菊五郎が頭を上げ、汗をふきながら、ニヤリと其角を睨んだ。」と書かれている（『平凡パンチ』一四巻五〇号、一九七七年一二月一二日、菊五郎は「シナリオ版」では藤十郎となる）。

この設定の変更は、週刊誌という媒体での「読み物」的な性格を持つ「戯曲」から、テレビという媒体での展開に伴うものと考えられるかもしれない。変更後のシーンには、「見る」ものを「見られる」ものが強烈に「見返す」という逆襲の構図がある。「見られる」ことのプロから、「見るもの」を強烈に「見返す」視線があり、その点で、どんでん返しの幕切れは「つか版・忠臣蔵」において傑出している。

井上ひさしは、「見る」「見られる」という関係について、一九八〇年六月に朝日新聞に連載された「文芸時評」のなかで、鈴木忠志の「現代において、見られることを自覚的にひき受けている人間の屈辱感とは、どのような質のものであるかを見究め、そしてそれがどう舞台に生かされなければならないかを実践すること……それが、たとえば「能」という演劇を現代に生かすこと」だという演劇論を引用しながら、「見られるという屈辱感をテコに、表現者としての自分を深め、靭いものに錬え上げる。このすさまじい自己鍛錬に成功した表現者を、筆者流に名指せば、たとえば『私小説家』川崎長太郎ということになる。村松友視ならば、力道山とアントニオ猪木をあげるだろう。そして演劇の世界でこの栄光を担うのは疑いもなく唐十郎だ。」（井上ひさし「見せる＝見られる」『ことばを読む』中公文庫、一九八五年七月）〔注13〕としている。

つかも、「特権的肉体論」をはじめとする一九六〇年代からの新しい演劇論の潮流を引き継いだ演劇人であったと言えよう。ただし、鈴木忠志や寺山修司が、解体したドラマを「コラージュ」の方法で再構築した手法に比べると、つかは日本の「大物語」と正面から向き合い、重要なエッセンスを引き出しながら、見事に逆転して見せた。

つかは、特に自身の考えをストレートに述べることのない作家だが、「忠臣蔵」については、冒頭で挙げた井上との対談『国ゆたかにして義を忘れ』（『忠臣蔵』が育てた日本人」）で次のように発言している。

つか　で、「忠臣蔵」が育てた日本人というのは何ですかね。あれがあったから徴兵令とか布け(し)たんだろうし、戦争もやれたんだろうみたいな……。〝お家のため〟っていいますかね。

つかが、早くから「忠臣蔵」に興味をもっていたであろうことを、冒頭に記したが、長谷川康夫は「『忠臣蔵外伝』という芝居の予告［注14］には、その作者のひとりに〈つかこうへい〉の名があるのだが」と『つかこうへい正伝　一九六八～一九八二』（新潮社、二〇一六年三月、一四八・一四九頁）に書いている。

日本人における「武士的エトス」を分析した神島二郎は、武士的な精神を「マイナス」の「私」で説明し「西欧においては＋(プラス)の私を公に媒介するのに対して、日本においては－(マイナス)の私を公に媒介すると考えられる」（神島二郎『近代日本の精神構造』岩波書店、一九六一年二月、第二部「『中間層』の形成過程」の「二　欲望自然主義の問題」「欲望自然主義の成立」）とした。また、聖徳太子の十七条憲法以来の「滅私奉公」の精神を、「わが国の伝統でもあり、支配的な観念である。」と注を付して補っている（同書注）。本作の志乃に限らず、つか作品の登場人物は、自己を「滅」して見せる方向で、すなわち、あえて「マイナス」の、「被虐」の「私」を表現をして見せることで、自己表出をする。この方法は、私たち自身の日常のなかの演技の「型」でもあるだろう。それはちょうど、つかが言うところの「前向きのマゾヒズム」[注15]であり、この思考の「型」が、近世以来の社会の「構図」のなかで描かれている点で、この作品は秀逸と言える。

注

[1] 角川書店、一九八五年九月刊行。（『月刊　カドカワ』に一九八四年に連載後、同書収載）文庫版は、河出書房新社より二〇一七年四月刊行。

[2] 放映後に発売されたビデオは以下のとおり。VHS版『つか版・忠臣蔵』（株式会社パック・インビデオ）製作・著作／テレビ東京／製作協力テレビ東京番組制作《スタッフ》プロデューサー／古田明、ディレクター／宮川鑛一、不破敏之、原作・脚本・演出／つかこうへい。一一六分作品。

[3] 対談時点で、井上の小説「不忠臣蔵」が『すばる』に連載されており〈一九八〇年五月から一九八四年一二月号まで〉好評を博していたが、井上が「忠臣蔵」を題材にした戯曲「イヌの仇討」

の初演は、一九八八年九月なので、この時はまだ発表されていない。しかし、井上による『イヌの仇討』は、一家とともに「討ち入り」におびえる吉良上野介を描いた「中物語」であり、同じ「忠臣蔵物」でも、つかの作風との違いは歴然としている。

[4]「テレビ最前線『仕掛人』『紅白歌合戦の裏番組「つか版・忠臣蔵」（テレビ東京系）の原作・脚本・演出を手がけたつかこうへいさん』『サンデー毎日』（六二巻一号、一九八三年一月二日）

[5] 週刊『平凡パンチ』一九七七年一一月二一日発行の一四巻四七号から一二月一二日発行の一四巻五〇号までの各号に「つか版　忠臣蔵」の一幕から四幕までが掲載されている。

[6] この裏には柳沢吉保との衆道の駆け引きがある。背景となっている政治と衆道の関係も「つか版・忠臣蔵」には意識的に描かれており、重要なテーマではあるが、本稿の考察の範囲を超えるのでここでは触れない。

[7]「真山青果」の「元禄忠臣蔵」から、としてつか自身が本文中に引いている言葉。

[8] 宮澤誠一『近代日本と「忠臣蔵」幻想』（青木書店、二〇〇一年一一月）の序章「『忠臣蔵』という幻想」より。なお、渡辺保著『忠臣蔵　もうひとつの歴史感覚』のなかに「『仮名手本忠臣蔵』という共同幻想と江戸庶民の現実の相対化の向こう側にあるもの、それがなんであるのか。それは三馬の文学の中にある笑いの意味でもあるが、同時にその視点が『仮名手本忠臣蔵』という物語の中で人を魅きつけているものがなんであるのかをあきらかにした。」（二二八頁、傍線伊藤注）とあり、また「忠臣蔵」の歌舞伎の「型」の工夫に関連して「第一に、江戸時代以来、その型におどろくほどの変化と変遷があり、第二に、その変遷をささえている作品としての『忠臣蔵』が一つの共同幻想的なひろがりをもっているということがあった。そして第三に、どういう型をとるか、どういう工夫をするかということころに、その時代時代の文化の基準があったということである。」（二四一頁、傍線…伊藤注）

と「共同幻想」「幻想的なひろがり」という言葉が使用されている。ここでの「幻想」という表現は、渡辺保による同書の記述も参考にしている。なお、吉本隆明著『共同幻想編』は一九六八年刊行。

[9] 東洋文庫、四四〇、姜沆(かんはん)著、朴鐘鳴訳注『看羊録　朝鮮儒者の日本抑留記』平凡社、一九八四年一二月、一七六から一七七頁。

[10] 宝井其角と「忠臣蔵」との関係は、俳句を通して交流があった大高源吾との討ち入り前夜のエピソードが有名である。そのほか其角の書簡で討ち入りに関するものと思わているものが二通ある。また、其角は歌舞伎役者とも交流があった。其角の伝記については田中善信『元禄の奇才　宝井其角』新典社、二〇〇〇年一一月、参照。

[11] 渡辺保著『忠臣蔵　もうひとつの歴史感覚』は、赤穂事件に関する中村座の芝居の上演中止について、近松と其角との間で書簡のやりとりがあった可能性を示唆している（三四頁から三八頁）。近松門左衛門作とされる忠臣蔵関連の作品は『傾城三ツ車』、『曙曾我夜討』。

[12] 服部幸雄編著、歌舞伎オン・ステージ『仮名手本忠臣蔵』白水社、一九九四年三月を参照した。

[13] 単行本は一九八二年三月、中央公論社刊。もとは一九八〇年一月から翌年一二月まで「朝日新聞」掲載の「文芸時評」記事。

[14] この「予告」は、当時の早稲田小劇場の公演チラシかと思われる。当該のチラシは、現在早稲田大学演劇博物館が『劇的なるものをめぐってⅡ　改訂版』資料として所蔵している。チラシには、「早稲田小劇場連続公演」として「其の三」の「劇的なるものをめぐってⅡ　改訂版　白石加代子抄」〈鈴木忠志―構成・演出〉と並べて「其の四」の「忠臣蔵外伝」が〈作―つかこうへい・新健二郎・鈴木忠志　鈴木忠志―構成・演出〉とされている。日程は一九七三年四月一〇日から二九日まで。「〈わずか三人扶持とる拙者でも、千五百石とるあなた様でも、これまでつなぎましたる命は一つ〉」とのキャッ

チコピーがある。この作品は、作者名に「つかこうへい」の名があるのだが、この作品が上演されることはなかったようである。長谷川は「そんなことも理由になったたか、つかは自身の中でひとつの結論を出したのだろう。模索の時期を乗り越え、暫をベースに、自分なりの芝居を作っていくと、いよいよ腹を括ったのだ。」（『つかこうへい正伝　一九六八〜一九八二』同前　一四九頁）とあり、そうであるとすれば、つかこうへいの芝居作りの重要なポイントに「忠臣蔵」があったことになる。本稿は、日本近代演劇史研究会での口頭発表をもとにしているが、研究会での発表の準備段階で、資料の存在をご教示頂いた元演劇博物館助手の星野高氏と、あわせて早稲田大学演劇博物館のご協力に、記して感謝いたします。

[15] 別役実との対談「言葉の冒険」（『つかこうへいによるつかこうへいの世界』白水社、一九八一年一一月、所収）において、つかは、別役の『象』のうちに「ひけめの美学」を見出し、その美学を成立させている思考について「マイナスのそういうところでの発想状態、前向きのマゾヒズム、前向きの卑屈さみたいなところで一つの時代を切りさこうとしているんだ、ぼくは別役さんに対してそういう思い入れをしていたわけなんですよ。」と別役に語っているが、つか自身の作品にも同種の性質が見られるであろう。

第Ⅲ部　〈つか版〉青春――二人の男と一人の女

第十章　『ストリッパー物語』の七〇年代
つかこうへいドラマの転換点

星野　高

1　「静かな」つか演劇

劇作家・演出家の横内謙介は、高校に入学したばかりの一九七七年春、初めてつかこうへいの舞台『熱海殺人事件』を見て、次のような「衝撃」を受けたという。

幕開きから、白鳥の湖の大音響に驚かされ、その音に負けじと速射砲のように吐き出され続ける過激な言葉とギャグに圧倒された。[…]かと思うと突如一転して紅に染まる舞台上、あがた森魚の「赤色エレジー」に包まれて、腰ひもでハナ子が絞め殺される痛切な殺人シーンとなる。[…] 完全自白に追い込むと、菊の花でしたたか犯人を殴りつけるタキシード姿の部長刑事、舞台一面に飛び散る花びらを見て、訳も分からず心臓がバクバクとした。（横内謙介「つかこうへい演劇の衝撃」『文藝別冊　つかこうへい　涙と笑いの演出家』所収、河出書房新社、二〇一一年、一〇一―一〇二頁）

横内は、高校入学直後、生徒集会で真面目にスピーチする生徒会長に向かって上級生たちが浴びせた「シー」「シー」という揶揄に端的に表れていたような、一九七〇年代後半の学校内に蔓延するしらけた雰囲気に息苦しさを感じていたという。だがつかの舞台が、その「圧倒的な言葉と情熱の洪水」と「徹底的に差別的で毒に満ちた笑い」によって、それを吹き払ってくれたという。学生運動が終わった直後の、無力感に襲われ、何事にも無関心・無感動な、いわゆる「シラケ世代」の若者たちに向かって、「「お前ら、シラケてる場合じゃねえだろ！」と尻を叩いてくれた」のが、つかの舞台だったと回想する。

こうした横内が描き出す、大音量の音楽や力のこもったテンポのよいセリフの応酬、照明と絶妙の選曲のポップスによって盛り立てられる情感あふれた場面、観客の安易な共感を妨げるように突如挿入される残酷な場面など、最初から最後まで流れるような、息もつかせぬ場面の連続に圧倒され、終演後もしばらく動悸が収まらない——といった観劇体験は、その舞台に触れた多くの人に共通するものではないだろうか。本稿の論者もまた、横内の「衝撃」からすでに二十年近く経った頃だが、一九九〇年代半ばに両国のシアターXで初めてその舞台に接して、同様に感じ、簡単に圧倒され、呆然としながら家路についたことを覚えている。総じて熱量の高い、激しい舞台だというのが、つかこうへい作品の上演に対するイメージだった。

だから一九七〇年代のつかに関する資料を眺めていったとき、活字化された最も早い時期に属するつかの舞台についての文章が、その特徴として「静かさ」を指摘していることを知って驚いた。演劇評論家の大笹吉雄は雑誌『ミュージック・マガジン』一九七四年一月号で、六本木の自由劇場で上演された『改訂版・初級革命講座飛龍伝』について、次のように記しているのである。

> 絢爛さと絶叫に満ちた最近の小劇場演劇の中では、この劇団の舞台は、それらと比較を絶してひっそりとし、かつ、つつましやかなものである。が、舞台におけるイメージにおいて、この静かで「貧しい」暫の仕事は、すぐれた「兄貴たち」の先行作に、さほどひけを取るものではない。（※傍点引用者。「暫」はつかが拠点とした学生劇団。）

同様の指摘はこの記事にとどまらず、同じ頃に大笹が書いた一九七三年度の小劇場運動を概観する文章「激越と静謐　七三年の小劇場演劇」（『演劇年鑑　一九七三年版』早稲田大学演劇博物館、一九七四年）でも繰り返されている。つか作品の言葉づかいは「突拍子もなく静謐」で、彼の登場人物たちは「静かな口調」「穏やかな口ぶり」でセリフを語るのだという。

この「激越と静謐」を読むと、大笹が「絢爛さと絶叫に満ちた」「激越」な舞台として、「静謐」なつかの舞台の、直接の比較対象に想い描いていたのが桜社の『泣かないのか？泣かないのか？一九七三年のために』（作・清水邦夫、演出・蜷川幸雄）だったことが分かる。大笹によれば「一体に、「小劇場演劇」をおし進めている集団はボルテージが激烈なのを特色とする」が、「この年、そうしたボルテージのもっとも高いといえる舞台が、桜社」の同公演だった。そして、つかの舞台の「静かさ」は単にセリフの音量の大小だけでなく、桜社と比べたときの、舞台上で交わされる言葉の意味の伝わりやすさも含めた指摘だったこと、また特に「革命」を語る『飛龍伝』という作品の内容に関わって、「静かな」「穏やかな」発話が印象的だったらしいことなども読み取れる。したがって初期のつか作品すべてに共通する特徴が、横内の記す印象とはおよそ異なる「静かさ」だったと判断するのは早計に過ぎるかもしれない。

しかし、つかの舞台にいち早く注目し、これ以降もほとんどの舞台について劇評を発表し続けた大笹が、いわゆる「つかブーム」の最盛期だったと考えられる一九八一年に書いた次の文章を読むとき、やはり現在多くの人が抱くであろう「激しい」イメージのつか演劇とは違った、別の趣きを持つ舞台がかつて存在したのではなかったかと思わされるのである。

世評の高かった『蒲田行進曲』にしろ、『飛龍伝』や『熱海殺人事件』にしろ、わたしはその舞台に不満を覚える。悪い意味で手だれになって、かつての批評性が影を薄めているからである。[…]わたしには、多くの観客を得たいと思ったその時点で、つかが意識的に何かを捨てたと思えてならない。(大笹吉雄「反成熟の意志　小劇場八〇」『演劇年鑑一九八〇年版』早稲田大学演劇博物館、一九八一年　※『飛龍伝』『熱海』は書き替えによる上演)

一九七〇年代の初めと終わりに書かれた右の大笹の二つの劇評は、その期間のどこかの時点で、つかが大きく劇作の力点の置き所を変えたことを示唆している。もしその転換が、大笹の言う通り、「多くの観客を得」るためになされ、それが一つの要因となって、「つかブーム」と呼ばれる一九七〇年代後半の爆発的な人気が引き起こされたのだとすると、その転換期をつぶさに観察することによって、つか作品と一九七〇年代という時代の状況がかかわりあう様相がよく見て取れるだろう。本稿のねらいはそれを明らかにすることにある。

そしておそらくそのきっかけとなった作品は、一九七五年の『ストリッパー物語』だったように思われる。

そう考える大きな理由は、演劇評論家扇田昭彦の論考「奇怪な愛の三角形　つかこうへいの劇世界」（『文藝別冊　つかこうへい　涙と笑いの演出家』所収、前掲、五六―六一頁）での主張による。大笹同様、早い時期からつかの舞台について発言を重ねていた扇田はそこで、おそらく私たちの多くが映画『蒲田行進曲』でよく知る「銀ちゃん―ヤス―小夏」の関係に表れているような、つかの戯曲や小説に繰り返し描かれた奇妙な男女の三角関係が、初めて観客の前に姿を現したのがこの『ストリッパー物語』だったというのである。

あるいはまた、一九七〇年代のつかの活動に、俳優や執筆協力者として伴走した長谷川康夫が、「たぶんつかブームと言われる、かつてない熱気のようなものが客席に生まれたのは、この『ストリッパー物語』からだ」(『つかこうへい正伝』新潮社、二〇一五年、二七九頁)と回想していることも手掛かりになるだろう。

大笹、扇田、長谷川らの発言を合わせて考えれば、つかは『ストリッパー物語』をきっかけに、「批評性」から「奇怪な愛の三角形」を描くことへと劇作の力点を変え、それがブームを起こす一因になった、と言えるだろうか。だがその点についてはまた後に詳しく触れることにして、ひとまずここで『ストリッパー物語』について見ていくことにしたい。

2 『ストリッパー物語』の『愛と誠』

『ストリッパー物語』の初演は一九七五年四月、青山のVAN99ホールである。同年十二月に「惜別篇」と銘打たれやはり99ホールで再演、翌七六年六月に場所を新宿の紀伊國屋ホールに移して三演された。これまでこの初演から三演にかけての舞台は、戯曲としては活字化されず、内容を詳しく知ることが出来なかった。

だが先に触れた長谷川康夫の『つかこうへい正伝』(以下『正伝』)には、長谷川自身の記憶と、一部残されている映像記録を元に、初演時の上演内容を再構成した記述がある[注1]。あるいは当時の雑誌記事に断片的なセリフの採録や内容の紹介があるほか、私自身もまた、二〇一二年に早稲田大学演劇博物館で開催された展覧会「つかこうへいの七〇年代」において、関連企画として上映された初演時の映像を見ることが出来た〔注2〕。それらを手掛かりに、初演から三演の舞台を大まかに推測してみよう。

主な登場人物はストリッパーの「明美」と、そのヒモで演劇を志した過去をもつ「シゲ」、ストリップショウの演出を受け持つ明美の「兄」、照明家志望のアルバイト学生「直次郎」の四人である。それぞれ根岸季衣（とし江）、三浦洋一、平田満、知念正文（再演・三演は加藤健一）が演じた。それ以外に、劇中劇を演じる高野嗣郎と水村ひろ子も出演していた。

まず確認しておきたいのは、この劇におけるダンスの比重の大きさである。長谷川によれば、この作品は明美を演じた根岸による「ダンスを中心に据え、それを観せるために芝居部分がある」という構成になっていたという。まだ無名の女優だった根岸が、ストリッパー役と言いながら一度も裸体を見せることなく、『雨のエアポート』や『メリー・ジェーン』『うそ』『ビーバップ・ア・ルーラ』など六曲を踊り、観客を魅了した。

扇田昭彦は再演時の劇評ではあるが、「さめた感性とみずみずしい情感が共存する根岸とし江の演技と踊りが新鮮」〔注3〕と述べ、演劇評論家の森秀男もまた「根岸とし江という新人のすばらしさにほれぼれしました」と語っている。さらに森は「作者がまだ活字化していないのは、あの踊りの場面がつなぎではなくて、劇構造の中でぬきさしならないものだからでしょう」と、この作品におけるダンスの重要性を指摘している〔注4〕。

私が見た映像では、冒頭、ナイトキャップをかぶりだらしなくうずくまる明美が、兄（平田満）

に指導され、シゲ（三浦洋一）と結婚式の入場を練習する場面から始まっていた。最初はへっぴり腰だった明美が、結婚行進曲が鳴り進むにつれ、次第に自信にあふれた顔つきと動きになり、明美だけにピンスポットが当てられると、突然『雨のエアポート』のイントロが流れ始め、そこに三浦の『ストリッパー物語』開幕を告げる煽り口上がかぶさって、明美が勢いよく踊り出すのである。ある劇評に「痴呆的なストリッパーとして、登場すると見るや、突然キマル根岸とし江、どうも魅力は、八方破れの演技が突然キマルところにあると見た」[注5]と書かれているのは、この場面を指すのだろう。

根岸のダンスを別にすると、やはり初演時の劇評によれば、この劇は「ヒモを養うストリッパー（根岸とし江）が、幸せな結婚をのぞむ兄の期待を背負って、新生活に入るが、結局、ヒモ＝舞台の生活に戻ってくるという、純愛の抒情劇を〝劇中劇〟の形式でつきはなして描いた作品」[注6]だったという。ここでいう「劇中劇」とは、一つには当時『週刊少年マガジン』に連載中で、こちらもやはり「ブーム」を起こしていた劇画『愛と誠』（作・梶原一騎、画・ながやす巧）のパロディで、その風刺が「秀逸」だったという。

劇画の方は、ヒロインの「早乙女愛」が愛を誓った「大賀誠」からどんなに苛酷な目に遭わされようとも徹底的な自己犠牲の精神で誠の情を尽くしていくという物語だった。一方、劇中劇「サドマゾショー・愛と誠」は、平田満演じる明美の「兄」が、座員の高野・水村らと結成している「日本ストリップ解放戦線」による新しいストリップだった。映像では彼ら三人が話し合いを進めるうちに、けっきょくストリッパーである水村は脱がず、どういうわけか高野が脱ぐ、という展開になっていた。

長谷川が、劇中劇での彼ら三人の「やり取りはすべて七〇年当時の学生運動用語に染まっていて」[注7]、と指摘するのは、例えば、あどけない容貌の水村がたどたどしい口調でストリッパーについて言う「リーダー！あたしが硬化した観念に支配された観客の、偏見に満ちたさげすみの視線にこれ以上耐えることは、私たちの仕事を最終的には挫折の道へと導くのではないでしょうか」や、それに答えてリーダーである「兄」が語る「イデオロギーなき肉体は去れ。夜明けが近いときは最も暗いという言葉を噛みしめるんだ！」といったセリフを指しているのだろう[注8]。この劇中劇の題材は、再演では映画『タワーリング・インフェルノ』に、三演では宝塚の舞台が話題を集めていた『ベルサイユのばら』に変わった。

さらにまた長谷川によれば、この劇は「明美を巡るシゲと直次郎、三人の関係」によって支えられた側面もあったという[注9]。明美への直次郎の恋はかなわず、一方のシゲは劇の最後でストリップ一座を出ていくことを決め、明美に別れを告げることになる。

この別れの場面でシゲが口にする「俺は掛け値なしに申し分のないヒモよ」[注10]といったセリフによく表れているような、シゲの「あえて卑屈にヒモを全うしてみせることで喜びを感じる」[注11]といった屈折した心情を核に、この後、シゲの視点から語られる『ヒモのはなし』（舞台・小説）や、それをもともとの劇に引き戻した舞台『ヒモのはなし』、小説版『ストリッパー物語』などが作られていくことになる。

舞台ではその後、シゲが明美にこれまでの二人の関係について「ちょっとした若気の至りよ」という残酷な言葉を口にし、明美が両頬をひっぱたく。それをきっかけに流れる泉谷しげるの『春のからっ風』のなか、シゲが退場していくことになる。この一連の演出は、長谷川が「ゾクリとした」と書くように、映像でも印象的だった。だが『正伝』には記されていないが、映像に映っていたこれに続く箇所も私の記憶に残っている。シゲが去った反動からか、躁状態で何かを喋っていた明美が一瞬黙り込んだあと、それまでとは違う力のこもった声音で、「見世物（みせもん）じゃねえよ！」と言い放つのである。ストリップを「見世物」と考えるなら、それを題材にした劇の大詰めで結構を整えるために発せられるセリフとして、少しあざとさも感じられるかもしれない。しかしそれを上回る強さと爽やかさが、根岸の言葉には感じられた。

映像記録はこの場面で終わっていたが、さらにこのあと曲が変わって、根岸と、全身を銀粉に塗った知念のダンスになり、根岸が「穿いていた赤いジーパンのボタンを上から二つほど外した瞬間」、場内が明るくなり、劇は終わったのだという。

上映会で見ることができた映像は約一時間のものだったが、初演時の読売新聞の劇評［注12］に「二時間笑いっ放しだった」とあり、ダンスの時間を差し引いても他にいくつか場面があったことが推測される。ただ、同じ読売新聞の劇評が続けて、上演全体を要約した言葉として、「寅さんまがいの兄と、ストリッパーのその妹を軸に舞台は展開する」とだけ記している点には注目したい。この作品を「純愛の抒情劇」と評した先の記事でも、根岸の名前だけが挙げられ、明美の側から粗筋が紹介されていたように、初演では、あくまでこの劇の中心はストリッパーの明美の側にあり、シゲの存在感はまだ薄かったのである。

3 奇怪な愛の三角形

それではこうした舞台のどこに、扇田昭彦は、これ以降「つかの劇世界の中核」になっていったという「奇怪な愛の三角形」を見出したのだろうか。扇田は三浦洋一が演じたヒモのシゲ（重）の「特異な人間像が観客に衝撃を与えた」と述べたあと、その「特異」さについて次のように続ける。

> 重は明美を愛していながら、自分から彼女を劇場支配人、巡業先の有力者などに当てがってセックスの相手をさせ、明美が奪われる嫉妬と痛みに煩悶しつつ倒錯的な喜びを味わい、同時に明美への愛をも深めていくのだ。（扇田昭彦「奇怪な愛の三角形　つかこうへいの劇世界」前掲、五六頁）

扇田はこうしたシゲの行動に示されているような、「男女が一対一で向き合う通常の愛の形」

ではなく、「二人の間にわざと別の男たちを導入して、人工的な三角形を作る」という男女関係を指して「奇怪な愛の三角形」と呼ぶ。そしてこの後一九八〇年代半ばまでに作られていく同じ『ストリッパー物語』シリーズの舞台・小説計六篇や、『寝盗られ宗介』（初演八〇年・小説八二年）、『蒲田行進曲』（初演八〇年・小説八一年）、『つか版・忠臣蔵』（TV放送・小説とも八二年）などの作品でも、この男女の人工的な三角形が反復されていくという。

これらの登場人物たちがなぜこのような行動をとるかという点について扇田は、彼らはなだらかに流れるうつろな日常的な時間に抗して意図的に三角関係を作り出し、情熱的に生きようと「切実な努力と懸命なあがき」を続けていると見る。それによって、つかは「大きな思想と精神的な指標が失われた一九七〇年代から八〇年代にかけての日本人の精神的風景を、あざやかに、かろやかに描き出した」のだと指摘する。

だが、当時の雑誌・新聞記事を見ていくと、扇田のいう「奇怪な愛の三角形」は、初めから、『ストリッパー物語』のなかで強く打ち出されていたわけではなかったことが分かる。繰り返しになるが、初演の一九七五年四月の舞台に関する記事で、シゲの存在感は小さいのである。例えば、右に引用した扇田の、シゲの「特異」さについての記述は、主に次のようなシゲの独白を受けて書かれたものだろう。

ヒモ　浜松の興行のときだよ。土地の顔役ってのが県会議員から頼まれて、アケミを貸せって三拝九拝ですよ。［…］次の日、アケミをなだめすかせて連れてったら、そのジイサン、耄碌しちゃって腰も満足に動かせない。その熱意は買いますよ。でもアケミはブウたれる。それじゃ不肖私がって、オレがうしろからワッセワッセと押したわけ。「いいですか、押しますヨ」「おう！」そしたら下からアケミがウインクするのね。おれも上からウインク。プラトニックって言葉はこの場の状態のためにあったね。（「おかしくって！悲しくって！ナンセンス！な世界を売る鬼才つかこうへいとその一味」「週刊プレイボーイ」一九七六年七月十三日号、三六頁）

たしかにここには扇田の言う通り、明美に別の男をあてがうことによって、明美への愛を深めるシゲの姿が描き出されている。またこの県会議員のエピソードは形を変えながら後の『ストリッパー物語』シリーズに繰り返し使われていることも確認できる。しかしこの引用の出典である「週刊プレイボーイ」の記事は、初演ではなく三演の紀伊国屋ホールの際に書かれたものである。そして初演と、題名に「惜別篇」と付け加えられた再演・三演との大きな違いはこのシゲの独白の長さだったというのである。

長谷川によれば再演の「芝居自体は初演とほとんど変わりがなく」、目立った変更点は、劇中劇が『愛と誠』から『タワーリング・インフェルノ』になったことと、「もうひとつ」、シゲの一人台詞が増えたことだったという。

もうひとつ変化をあげるとすれば、明美との別れを前にしたシゲによる一人台詞が増え、芝居におけるその場面の重要度も増したことだった。ヒモとしての心構えを延々語る三浦の台詞は、初演の折はほんの短いものだったのが、再演の稽古段階で足され、芝居の幕が開いたあとも、ステージを経るごとにどんどん長くなっていったという。（『正伝』前掲、三一〇―三一一頁）

扇田に「奇怪な愛の三角形」を印象づけたであろう三浦の一人台詞は、「初演の折はほんの短いものだった」というのである。この記述を裏付けるように、一人台詞が「どんどん長くなっていった」再演以降の雑誌新聞記事では根岸とともに三浦に言及した評が目立つようになる。例えば再演について「ヒモ役の三浦洋一もいい持ち味を出して好演」（※傍点引用者）とあり［注13］、また三浦の独白場面全体について、「ヒモのヒモたりえない悲しみが、当のヒモの口から、霧となってほとばしり出るとき、観客は、自身がヒモになったかのようにきき入っていたではないか。このシーンがないとドラマは成立しない。万雷の拍手とともに、幕がおりた」［注14］と、当時の舞台面と客席の雰囲気をよく伝え、同時に三浦の独白の劇における重要性を指摘した劇評も見られるようになる。さらには「全体これ「ストリッパー物語」というよりも「ヒモ物語」の感が強い」［注15］と、ドラマの中心がシゲの側にあるかのように受け止める劇評も現れるようになる。そして事実、このあと三浦の一人芝居や、俳優の田中邦衛がシゲを演じた舞台の題名は『ストリッパー物語』ではなく『ヒモのはなし』になっていくのである。

これらの点を踏まえれば、七〇年代のつかのほとんどの舞台に出演し続けた俳優平田満が、初演からさほど時間の経っていない一九八〇年の時点で書いた次の一文は、短いが注目に値するだろう。

(『ストリッパー物語』は)次第に明美とシゲの葛藤と別れに重点が置かれるようになり、「惜別編」と銘打たれる。(平田満編「つかこうへい作品上演一覧」『つかこうへいによるつかこうへいの世界』白水社、一九八〇年、一六九頁 ※傍点引用者)

先の『正伝』の記述や再演以降の劇評、この平田の記憶などから考えるに、おそらく元々の構想とは違って、つかが次第に三浦—シゲの独白場面に示された、三浦洋一という俳優の表現するものと、それが切り開く「奇怪な愛の三角形」を含む劇世界に、ともに〈手応え〉を感じるようになり、ドラマの重心をそちらに移していったということだったのだろう。シゲの独白の中に、一九七〇年代半ばの時点で俳優を魅力的に見せることができ、ドラマの強度を増すことができる可能性を感じとり、それをふくらませていったのである。そして以後、このとき見出した劇世界を、つかは七〇年代後半に発表される多くの舞台や小説で追い求めていった。

それでは徐々にシゲに重心が移っていく以前の、おそらくは初演の舞台に色濃く残っていたであろう元々の『ストリッパー物語』の構想とは、一体どのようなものだったのだろうか。

4　『共産党宣言』としての『ストリッパー物語』

『ストリッパー物語』が青山のＶＡＮ99ホールで初演される直前の一九七五年四月下旬、読売新聞に掲載された紹介記事は、この作品の元々の構想を窺うことができる数少ない資料の一つである。冒頭、つか自身の「これまで父親を描いてきたが、八作目にして〝女〟を書いてみることにした」という発言の引用に続けて、次のように報じられている。

ストリップ一座が舞台で、座長は家庭的なストリップ作りを考えている。このため、このストリップを見た観客はすべて家へ帰ってしまう。インテリゲンチアの弱みをテーマとした作品。（「読売新聞」一九七五年四月二十二日、夕刊五面）

つかがこの時点までに発表した戯曲は『郵便屋さんちょっと』『戦争で死ねなかったお父さんのために』『初級革命講座・飛龍伝』『熱海殺人事件』『出発』『巷談松ヶ浦ゴドー戒』などで、たしかに『戦争…』や『飛龍伝』『出発』など父親を主役に据えた作品が多く、女性を中心に描いたものはない。また当時の記事で『ストリッパー物語』に付せられた惹句の多くが「脱がないストリップ」だったから、根岸のダンスや、「兄」が率いる「日本ストリップ解放戦線」によって演じられた、けっきょくストリッパーは脱がない劇中劇が、ここで触れられている「見た観客はすべて家へ帰ってしまう」ような「家庭的なストリップ」だったのだろう。

そしてたしかにこの「家庭的なストリップ」によって、「インテリゲンチアの弱味」を描き出そうとしていたことも分かる。それは初演の劇評に「理屈抜きに笑っているうちに、知識人の弱さに対する、つかの温かさを見つけた」[注16]とあることや、別の劇評でも「ここでの笑いは、肉体を持たない批評・文化論・評論などが、いかに進歩的といわれようと、無意味な営みであるかを証拠づけている」[注17]と受け止められていることからも、実際の舞台にはっきりと打ち出されていたことが窺える。

このいわばインテリ批判の側面については、雑誌『新劇』一九七三年九月号の「特集・ストリップ」が参考になる。『新劇』は無名だったつかの戯曲や詩、論考を積極的に載せた、つかを世に送り出した雑誌だった。同号にも特集ページとは別につかのエッセイが掲載されており、少なくともこうしたストリップ特集が組まれていたことはつかも承知していただろう。

特集には佐藤信や武智鉄二、澁澤龍彥、田中小実昌らの文章や、小沢昭一の戦後ストリップ史についての座談会、実際のストリップの台本などがならぶが、そのうち映画監督の若松孝二と作家野坂昭如の対談「ストリッパー・やさしさ解放区」の中で、ストリップ小屋は社会における解放区であり、観客とステージの強い交流が実現されている場所だと語られている[注18]。この見方に従えば、すでに観客との理想的な交流が実現されている解放区で「解放」を叫び、その結果観客を家へ帰してしまう「日本ストリップ解放戦線」の「兄」の試みは、たしかに「無意味な営み」だと言える。

またほかに『ストリッパー物語』の元々の構想について、興味深い発言を残しているのが大笹吉雄である。大笹は「初演の『ストリッパー物語』は「共産党宣言」をストリッパーが見せるという話」だったとあちこちに書き残している[注19]。このアイディアはよほど大笹の印象に残ったようで、初演から十七年後に行われたつかを囲む座談会では、直接本人に確かめているほどである。

大笹　『ストリッパー物語』の最初のプランは、共産党宣言でストリッパーをやるっておっしゃってなかったですか。

つか　ええ、いろいろ考えました。[…]共産党宣言で（ママ）ストリップが全国を回っている一座のストリッパーとヒモの話にしようかなあと思っていたんですけど、役者さん次第でどんどん変わっていってしまったんですね。

（井上ひさし編『演劇ってなんだろう』筑摩書房、一九九七年、一八七頁　※座談会は一九九二年十一月に行われた）

大笹は、ある時期までのつか作品の面白さを、『共産党宣言』をストリップで見せようとしたり、『巷談松ヶ浦ゴドー戒』のように、ベケットの『ゴドーを待ちながら』を講談化しようとしたりするようなパロディー志向の発想に見ていた。そしてそのときに用いられていたドラマツルギーについて、まず集団的な〈たて前〉をその典型的な状態で描き、その典型として描かれた〈たて前〉を徹底的に追求したあげく、〈たて前〉の虚偽性が暴露される、というものだったと説明する［注19］。

たとえばそれは『巷談松ヶ浦ゴドー戒』では、大衆の前で講談版『ゴドーを待ちながら』を口演する講釈師を通じて、同時代人の〈『ゴドーを待ちながら』の受けとめ方〉のうさんくささを描くことであり、『飛龍伝』では、運動に挫折した元革命闘士と、彼が「立派に挫折」しているかどうか見回りに来る監視員とのやり取りを通して、〈革命運動の挫折〉の甘えをえぐり出して見せたりすることだった。また『熱海殺人事件』では、殺人を犯した工員が、警察権力の誘導のまま大衆の望む「あるべき犯人像」に迎合していく過程を通して、〈大衆〉が内包するファシズム的構造を指弾したのだという。そしてこうした社会全体の〈たて前〉の虚偽性を暴こうとする作風から、大笹は初期のつかを社会性を持った作家だと考えていたようである。

この見方を推しすすめて考えれば、おそらく大笹は『ストリッパー物語』の初演を、その時代の人々の〈「共産党宣言」の受けとめ方〉に潜む虚偽を、ストリップ小屋の人々を通してあぶりだそうとした作品だと捉えたのだろう。あるいはさらに大笹の捉え方と、前述の「兄」の「無意味な営み」を元に推測すれば、「共産党宣言」をストリッパーが見せる話とは、そもそものマルクス、エンゲルスの『共産党宣言』が現実に即していない同時代人たちの主張を徹底的に批判したように、知識人の唱える説がいかに空論であるかを暴きだそうとした物語だったのかもしれない。そしてまた、「無意味な営み」を行う「兄」には、現実の、つかにとっての先行世代の姿が重ね合わせられていた可能性も考えられる。

しかし先に見たシゲの独白の長大化にあらわれていたように、あるいは大笹とつかの対話での「最初のプランは……」や「……どんどん変わっていってしまった」といった発言に窺えるように、『共産党宣言』としての『ストリッパー物語』の色合いは、上演を重ねるごとに徐々に薄れていったのである。

本稿の冒頭に引用した大笹の言う「批評性」とは、おそらくこうした、それまでのつか作品に一貫して備わり、初演の『ストリッパー物語』には濃厚に含まれていた、社会のたて前の虚偽性を暴露するといったドラマツルギーに基づくつかの作風を指した言葉だったのだろう。それが『ストリッパー物語』の再演を機に、転換したのである。それは、大笹の言う「社会性」を持ったドラマから、平田が記していた「明美とシゲの葛藤と別れに重点が置かれる」ような、個人的なドラマへの転換だったと言えるかもしれない。

5 「つかブーム」と『ストリッパー物語』

「つかブーム」という現象が演劇界にとどまらず一般に知られるようになったのは、正確に一九七六年六月から七月にかけてのことだったと言ってよいように思われる。その年の三月、新宿の紀伊国屋ホール初お目見得となった『熱海殺人事件』が連日大入り満員を続け、あまりの人気ぶりに最後の二日間は急遽異例の一日三公演が行われるなど話題を呼んだ。それを受けて六月下旬から再び同ホールで上演される予定の『改訂版・ストリッパー物語・惜別編』(三演)を前に、多くのマスコミがつかの元に取材に訪れ、一斉にブームを報じたのである。

管見に入った限りでは六月十六日「朝日新聞」朝刊TV欄横の「さらに上昇つかブーム」という記事をはじめ、「週刊サンケイ」六月二十四日号の、つかの演劇活動全体を紹介する四ページにわたる記事、「読売新聞」六月二十六日夕刊の、状況劇場『下町ホフマン』と『ストリッパー物語』(三演)の人気を並べて紹介した「若者の心をつかんで競演中」という記事、七月上旬から中旬にかけては、「女性自身」(七月八日号)、「週刊現代」(七月八日号)、「週刊朝日」(七月九日号)、「週刊明星」(七月十一日号)、「週刊プレイボーイ」(七月十三日号)、「週刊読売」(七月十七日号)と各誌に立て続けに記事が載せられている。「芸術新潮」八月号の記事の見出しはそのものずばり「異常なつかこうへいブーム」だった。おそらく一九七六年の七月上旬に雑誌を手にとったとしたら、多くの場合「つかこうへい」の名前を目にすることになっただろう。観客層は「大学生を中心として高校生、ＯＬ」[注21]で、「約六割が女性」[注22]だった。以後その人気は、一九八二年につかが演劇活動を一時休止するまで続いた。

もちろんこうしたブームが起こった要因をすべて『ストリッパー物語』に求めるつもりはない。だがそのブームの中心地となった新宿紀伊國屋ホールへの進出を可能にしたのが、具体的に再演の『ストリッパー物語・惜別編』だったことは、改めて確認しておいてよいだろう。ＶＡＮ99ホールで『惜別編』を観た紀伊國屋ホール支配人の金子和一郎が、「世の中にこんな面白い芝居があるのか」と思い、つかに出演を打診したのである[注23]。

また早稲田大学の劇研時代からつかを知り、ＶＡＮ99ホールにつかを呼んだ張本人である北吉洋一が「『ストリッパー物語』という、たぶんつかさんの代表作になるような芝居も、ここから生まれたって満足感もあった」[注24]と語り、ＶＡＮ創業者の石津謙介も後年99ホールの思い出を語る中で「つかこうへいの『ストリッパー物語』」[注25]と名指しで挙げているように、『ストリッパー物語』の同時代的な評価は高く、印象に残る作品だったのである。つかブームを伝える先の記事の一つで、ある大学生が「熱海殺人事件の方がよかったけど、ストリッパー物語もいい。もう一回見る」[注26]と語っているのが、この作品の同時代的な位置づけをよく伝えている。少なくともブームのきっかけとなりうる作品だったと言えるだろう。

だがブームの進展につれ、劇評家からは徐々につか作品への違和感が口にされるようになる。

例えば森秀男は一九七九年の現代劇を回顧する文章の中で、その年の八月に上演された『広島に原爆を落とす日』について「その着想が歴史への批評性の衰弱を思わせた」と記し[注27]、やはり一九八一年の『ヒモのはなし』と『銀ちゃんのこと』について山本健一は「切実さのある力作だったが、かつて〝アングラ狩り〟を自称し、すべての権威を徹底的に笑いのめした厳しい姿勢は影をひそめている。悪意を投げかける相手がいなくなり、つかにとりパロディーの手法は行き詰まったのだろう」と述べている[注28]。大笹がこの頃に書いた劇評は本稿の冒頭に見た通りだが、やはり一様に、つかの舞台に存在した批評性や風刺の鋭さの後退が指摘されるようになるのである。

しかしそれは、やはり大笹が触れていたように、つかが「意識的に何かを捨てた」、転換の結果だっただろう。それによって、つかが三浦洋一の独白に感じた〈手応え〉の通り、山本が批判しながらも記すような強い「切実さ」を観客に感じさせることに成功したのである。扇田昭彦も「奇怪な愛の三角形」を論じる中で、「初演で重を演じた三浦洋一の凄絶とも言える生々しい迫力」と回想している。

ちょうど『ストリッパー物語』の三演のころ、続けて上演された『ストリッパー物語・火の鳥篇』で初めてつかの舞台に触れた批評家の劇評がある[注29]。そこではつかの「演劇活動の眼目」について、「それはおそらく、あらゆる価値意識の相対化という点に絞られていくのではないかと思う」と述べられ、それにしては「風刺の心の甘さ」や「常識的な批評の心というものが幅を効かせすぎて」いて、いっそ「もっと思いきった通俗化をねらったほうが案外すっきりした舞台に仕上ったのかもしれない」と語られているのは、転換期のつか作品の姿を正確に映しているようで興味深い。しかし、そうした「あらゆる価値意識の相対化」だけでは、横内が生徒会長への上級生の冷笑的態度に感じていた息苦しさを吹き払うことはできなかったのではないだろうか。

そう考えると初演の劇中劇の題材が『愛と誠』だったことは、この作品の成立ちにとって、大きな意味を持っていたのかもしれない。当時の記事の中に『愛と誠』を単なる一挿話ではなく、この劇全体のテーマに関わる役割を果たしていると捉えたものがあるのだ。

ストリッパーとヒモを劇画「愛と誠」に二重写しにし、われわれの日常には、通俗的であるが故に純粋な〝愛〟が欠けているのではないかという逆説が仕掛けられる。

（「異常なつかこうへいブーム」「芸術新潮」一九七六年八月号）

いま一度先の初演時の劇評に戻れば、やはりそこにも「純愛の抒情劇を〝劇中劇〟の形式でつきはなした作品」だとあった。〈ストリップ小屋の中で起こるドラマ〉という全体としての劇中劇構造を用いて、「つきはなし」ながらも、この劇の底には信じられる価値あるものを確かめていこうとする姿勢が横たわっていたように思われるのである。

注

［1］以下初演の内容に関する長谷川康夫の言葉は主に『つかこうへい正伝』（前掲）の二七六―二九二頁から引用した。
［2］「つかこうへいの七〇年代・作品上映会」二〇一二年六月二十四日（第一回）・七月二十二日（第二回） 詳細は「演劇博物館 館報一〇七号」（早稲田大学演劇博物館、二〇一二年、一八―二三頁）
［3］「再演、めざましい成長 「ストリッパー物語・惜別編」」（「朝日新聞」一九七五年十二月二十四日、夕刊五面）
［4］「座談会・高揚なき彷徨 七五年の演劇界」（「新劇」白水社、一九七六年一月号）
［5］時標 作品 「ストリッパー物語」（「新日本文学」新日本文学会、一九七六年八月号）
［6］鳥山拡「「ストリッパー物語」の成功」（「テアトロ」一九七五年六月号、四九頁）
［7］長谷川『正伝』（前掲、二八二頁）
［8］「おかしくって！悲しくって！ナンセンス！な世界を売る鬼才つかこうへいとその一味」（「週刊プレイボーイ」一九七六年七月十三日号）に採録されている台詞による。
［9］長谷川『正伝』（前掲、二八三頁）
［10］長谷川『正伝』（前掲、二八五頁）に採録されている台詞による。
［11］長谷川『正伝』（前掲、二八三―四頁）
［12］「4月の新劇から」（「読売新聞」一九七五年五月二日夕刊七面）
［13］［注3］に同じ。
［14］［注5］に同じ。
［15］「安倍寧のかーてんこーる」（「週刊読売」一九七六年七月八日号、三七頁）

［16］［注12］に同じ。
［17］［注6］に同じ。
［18］「ストリッパー・やさしさ解放区」（「新劇」一九七三年九月号、六七頁）
［19］引用は「座談会　歴史がふり向くとき　一九七六年の演劇界」（「新劇」一九七七年一月号、四七頁）。他に、大笹吉雄「小劇場の美学　七五年の小劇場」（『演劇年鑑　一九七五年版』早稲田大学演劇博物館、一九七六年、五九頁）など。
［20］大笹吉雄『同時代演劇と劇作家たち』（劇書房、一九八〇年、五九―六一頁）を元に記述した。
［21］「週刊サンケイ」（一九七六年六月二十四日号、一五八頁）
［22］「女性自身」（一九七六年七月八日号、六八頁）
［23］「ニュー新宿浪漫」『ＳＴＡＧＩＮＧ』№10（東芝ライテック株式会社、二〇〇一年、三頁）
［24］長谷川『正伝』（前掲、三二〇頁）
［25］「時代の証言者　石津謙介10」（「読売新聞」二〇〇四年二月二十五日朝刊十三面）
［26］「若者の心をつかんで競演中」（「読売新聞」六月二十六日夕刊七面）
［27］森秀男「一つの終焉　小劇場七九」（『演劇年鑑　一九七九年版』早稲田大学演劇博物館、一九八〇年、六九頁）
［28］山本健一「回顧　演劇」（「朝日新聞」一九八一年十二月十一日夕刊五面）
［29］清水哲男「諷刺の心の甘さ」（「文藝」河出書房新社、一九七六年九月号、二五二頁）

第十一章

〝内面の言葉〟が生み出したドラマ

小説「蒲田行進曲」

鈴木　彩

1　活字の中の登場人物たち

一九八二（昭和五七）年一月、つかこうへいは小説「蒲田行進曲」で第八六回直木賞を受賞した。第八二回に短編集『いつも心に太陽を』（一九七九、角川書店）所収の「ロマンス」「かけおち」「ヒモのはなし」の三作が候補となって以来、二度目のノミネートでの受賞である。八〇年代初頭、つかこうへい事務所は紀伊国屋ホールでの三部作（「いつも心に太陽を」および「熱海殺人事件」の再演・「蒲田行進曲」の初演）や、俳優座劇場における「ヒモのはなし」の上演で多くの観客を動員し、「第二次つかこうへいブーム」［注1］とも称される状況が起きていた。劇作家・演出家としての評価に加え、つかは小説の書き手としても評価されたことになる。しかし、彼が「受賞のことば」で述べたのは小説よりも演劇への関心であり、劇作家・演出家という立場の表明だった。

私は演劇を天職だと思っております。（中略）私は、小説の中の活字に封じこまれた登場人物よりも、日常生活を背負い、開演から終演までの時間をフィクショナルな肉体として生きようとする役者を、なによりも愛しております。このたびの受賞はもちろん身に余る光栄でありますが、「演劇の面白さに比ぶべくものではない」という心意気だけは持ち続けていきたいと思います［注2］。

小説「蒲田行進曲」は、一九八〇（昭和五五）年一一月、先に述べた三部作の一つとして初演された演劇作品を元にしている。「「蒲田行進曲」㊙演出日記」［注3］には、それまでの作品同様、稽古場で俳優の演技を見ながら台本を作り上げていく過程が記録されている。ただし長谷川康夫［注4］がこの「日記」は「事実関係や時系列などそのディテールたるやメチャクチャで、多くのエピソードも含め、ほぼフィクションと言っていい。」と述べているように、その内容の真偽は定かではない。だが、初演で小夏を演じた根岸季衣が「『蒲田行進曲』のヤスは（中略）「俺、なんでも飲み込んじゃうよ。飲み込みのヤスよ」って長谷川（康夫――引用者注）君から飛び出した台詞が、ヤスのキャラクター決めたようなものだもんね。」［注5］と振り返っていることから、台本がつかと俳優の相互交流によって生まれたことは間違いないだろう。

「フィクショナルな肉体として生きようとする役者」の存在を前提として誕生した「蒲田行進曲」だが、戯曲の出版（一九八二・四、角川書店）よりも先に、小説に形を変えて世に出ている。

一九八一（昭和五六）年一〇月、『野性時代』八巻一〇号に掲載された「銀ちゃんのこと」がそれである。同作を改稿・加筆したものが「蒲田行進曲」と題を改め、同年一一月に角川書店から刊行された。直木賞を受賞したのはこの単行本版である。

今では「蒲田行進曲」といえば、演劇や深作欣二監督の映画（一九八二・一〇）の方が著名であるかもしれない。小説版もそれらと概ね筋は同一であり、映画スターの銀四郎、大部屋俳優のヤス、そして銀四郎の子を妊娠してヤスに押しつけられる小夏の複雑な関係を、映画中の階段落ちをクライマックスにして描き出している。しかし演劇・映画と異なり、小説にはそれを演じる俳優の身体が付随しない。特に、演劇版ではフィナーレに「出演者全員がタキシードでカーテンコールに立って踊る」［注6］場面を加えたり、映画版のラストシーンが、病室のセットが解体されて俳優たちが集合し、テーマソングが流れる場面であったりするように、他の「蒲田行進曲」には今まで展開されていた物語がフィクションであることを改めて認識させるような、俳優本人の登場という仕掛けがあるが、小説は俳優の存在とは無関係に、言葉によってのみ編まれ、テクストそれ自体で完結している。

そのような小説「蒲田行進曲」の特徴の一つは、「ヤスのはなし」と「小夏のはなし」という二部から成り、それぞれヤスと小夏が一人称の語り手を務めていることである。この「活字に封じこまれた登場人物」の言葉のみで形成される小説「蒲田行進曲」を通して、果たして何が表現され得たのだろうか。つかは「受賞のことば」で、演劇という手法を第一と語ったが、一方で多くの小説を著してもいる。本論では、つかこうへいが小説という方法を通してこそ表現し得たものを、小説「蒲田行進曲」を分析することで明らかにしたい。特に小説においてヤスと小夏の視点および内面が追加されたことに着目し、その意味を、同じくつかが著した戯曲「蒲田行進曲」(先述)や映画シナリオ[注7]、続編小説でありマコトという第三者による一人称の語りで展開する「銀ちゃんが、ゆく　蒲田行進曲完結篇」[注8]との比較も行いながら考えたい。この比較の目的は、つかが行った他の表現と並置することにより、小説「蒲田行進曲」の表現の特質を明らかにすることである。そのため、つかの名で発表された映画シナリオとは展開・台詞が大幅に異なる[注9]深作監督の映画版は、この目的に沿わないことから、本論ではこれ以上の言及は行わない。

2　小説版に潜む暗さ——小夏とヤスの心理的なすれ違い——

第八六回直木賞の選評の中で、小説「蒲田行進曲」に関する言及を眺めると、目立つのはその面白さと軽さへの言及である。「テンポがよく、間がよく、イキがよく、いかにも人間が生きている感じがあった。」(城山三郎[注10])「ともかく面白い作品で、何度も笑ったり唸ったりした。」(山口瞳[注11])「何んとも面白くてうら悲しい小説であった。(中略)難をいえば、すこし軽い。」(源氏鶏太[注12])と軽さはあるものの、笑いながら読めて少しせつない、どちらかといえば明るい作風の小説として捉えられているようだ。共に直木賞を受賞した光岡明「機雷」が、第二次大戦中に機雷敷設に携わった軍人を描いた戦争文学であり、候補となった他作品にも〝津山三十人殺し〟を題材とした西村望「丑三つの村」、幕末の中山忠光暗殺事件の真相を追う古川薫「暗殺の森」などシリアスな作品が多い。その中にあって「蒲田行進曲」の軽妙さとユーモアは印象に残っただろう。しかしその軽妙さとユーモアにのみ注目していては、作中に潜む暗さを見逃すことになる。小説「蒲田行進曲」は、戯曲／映画シナリオに比して、顕著な暗さを有するテクストだといえる。その一例が、結末部である。

小説と、戯曲／映画シナリオ版の重要な相違点の一つに、小夏がヤスの家を出て行くという結末がある。階段落ちの前々日、ヤスは小夏に当たり散らし、熊本の実家の話をしては涙する。小夏は「そんなヤスを見ながら」「出て行こうと決心」し、階段落ち当日はヤスが出かけた後「荷物をまとめて家を出」る。階段落ちの直前、小夏に当たるヤスの姿は戯曲と映画シナリオにも描かれているが、階段落ち当日のヤスと小夏はそれぞれ次のような対話を交わしており、小夏はヤスのもとを出て行くことはない。（傍線は引用者、以下同）。

【戯曲　蒲田行進曲】

小夏　できあがったらしいね、階段が。（中略）あんたが階段落ちをやって、こんなブ厚い札束を口にくわえて帰って来るのを、あたし病院で待ってるからね。こんだけ腹の中でいたぶられた赤ちゃんだもん。誰かが死ぬ覚悟で稼いできた金でなきゃ、親父の名乗り上げてくれなきゃ、出て来れやしないよ、やりきれなくてネ……あたしは、あんたに押しつけられたんじゃないよ。あんたに惚れて一緒になったんだよ。

ヤス　あいよ。

【シナリオ　蒲田行進曲】

小夏「ねえ、キスしていかない?」

ヤス「……………」

小夏「今度、琵琶湖に連れてってね、それとビーズのハンドバッグ買ってね、それと、三条の釜めし食べに連れてってね、それと水玉のスカートも欲しかったんだ」

ヤス「オレ、ただ落ちるんじゃないからね。落ちても、一歩でも二歩でも這い上がっていくんだからね。志半ばに倒れる勤王の志士なんだからね」

そこには小夏からヤスへ示される愛情があり、ヤスもそれに応えようと試みている。しかし小説の結末部にこのようなコミュニケーションは成立していない。家を出た小夏は降りしきる雪の中で陣痛に見舞われ、撮影所の階段落ちの幻影を見る。小夏は「ヤスの、「怖いよ、怖いよ」という声を聞いたような気」がし、階段から落ちたヤスが立ち上がって「監督、銀ちゃん、かっこよかったですか？　銀ちゃんのいいシーン、撮れました？」と訊いて「崩れるように倒れ」る姿を見る。それが小説のラストシーンである。ここには、戯曲／映画シナリオとのもう一つの大きな相違点として、クライマックスにあたる階段落ちが〈不在〉のままだという特徴もあるが、そのことの意味は後述する。まずは小夏に最後までヤスの元へ戻る意思がみられないまま、小説「蒲田行進曲」が幕を閉じていることを確認しておく。

この終わり方は、小説後半の「小夏のはなし」で、繰り返し彼女の語りを通して描かれてきた、ヤスと小夏の心理的なすれ違いの帰結として存在している。ヤスの家へ来て二か月ほどの時点で、小夏はヤスの「だって、子供が生まれるんだもの、きれいごとは言ってらんないよ」という言葉を「あたしに貸しを作ったような言い方」と見做し、ヤスが新しい料理道具を買うことには「またあたしが何か作って待ってることを期待してるのよね。そういうふうに期待されてることが興ざめで、またそれで気が重くなってね、喧嘩（けんか）になって……それの繰り返しよ。」と「期待」を見出してうんざりする。プロポーズを受け、ヤスの実家へ挨拶に行く時にも、次のように幾度もヤスへの不信感が語られていた。

• 人吉に向かう汽車の中で、ヤスは、みかんむけだの、駅弁のエビのてんぷらよこせだの、やたら横柄な態度で、あげくは、自分の血液はB型だの、右目がちょっと乱視ぎみだの、まだ盲腸やってないだの、今まで無理して食ってたけどハンバーグは大嫌いだの、もううるさいったらないの。

・田舎に着いてからのヤスの態度を見てると、あたしはなんだかヤスが恐くなってね。やってけんのかなって不安になってたのよね。

・「あたしはもともとあんたと一緒になるような人間じゃないのよ」／とイヤミのひとつも言いたくなってしまった。

再び戯曲・映画シナリオに目を向けるならば、そこにもヤスと小夏のすれ違いはある。しかしたとえば戯曲では、ヤスが実家での小夏の振る舞いを諌める台詞が「いいんだよ、俺の前だったら何やってくれても。裸になって町中走り回ってくれ。坊主頭になってくれ。いいんだよ、俺の前だったら。」「出たよ、田舎だから、」と極端な発言へ向かい、小夏も「今日の落ち込み開始は八時二十分か。ただささ、得意の田舎が。長くなるんだよ。」「毎晩これですワ。」と冗談めかした反応をするなど、ユーモラスな雰囲気も漂う。また映画シナリオでは「オレさ、ただ普通の家庭を築きたいだけなのよ。」と言うヤスが「普通の家庭」の例としてテレビ番組「パパ大好き」「ママはなんでも知っている」などを挙げるが、小夏はそれを知らず、「じゃ何見てたの？」「『バークにまかせろ』[注13]。」「バーク？」というやり取りがあるなど、それはどこかコミカルである。

小説における小夏の語りが浮き彫りにする、ヤスと小夏の心理的なすれ違いにこうしたコミカルさはない。もちろん「銀ちゃんとのイライラの絶えなかった生活にはなかった穏やかさ」に安堵を覚える小夏は、ヤスへの弁当を作る時にも「一つ一つこうやって覚えていこうと殊勝に決心」し、ヤスとの生活に積極的になろうとしている。また、語り（地の文）ではない台詞の中でも、銀四郎に「少しずつだけどヤスのこと好きになり始めてるの」「お母さんもお兄さんもとってもいい人でね。（中略）だから、あたしも、あの人たち裏切っちゃいけないと思うのよね」と言い、ヤスにも、小夏の実家でヤスが父親に黙って殴られてくれた時、「ああ、女はやっぱりこういう人に惚れなきゃいけないなあ。」と思ったと語る。だが、そこに「いこう」「いけない」という表現が用いられているように、それらは意識的に向かう方向であり、自然に湧いた感情が指し示す方向とは言い難い。その上で、先述のような不信感を語っていた小夏が、最後にヤスの家を出て行くのは自然な終局といえよう。このような心理的なすれ違いの多くは、小夏の内面を示す語りによって示唆されている。発話される言葉のみでなく、地の文の語りが示す内面が描かれることで、二人のすれ違いは明確になった。そのことは小説「蒲田行進曲」に、軽妙さやユーモアとは異なる暗さをもたらす一因になったと考えられる。

3　献身を逸脱するもの——抑圧されたヤスの感情——

内面が描かれることで生じる小説「蒲田行進曲」の暗さは、前半「ヤスのはなし」にも看取し得る。銀四郎とヤスの関係は、演劇「蒲田行進曲」の初演時から「精神的なサド・マゾ関係」[注14]と見做され、小説版も山口瞳[注11]によって「いまの若者の受身の姿勢がマゾヒズムに拡大され、一種の恍惚境を造りだす作者の手腕に感動した。」と評された。こうした理解はつか自身が「これからの時代は、前向きのマゾヒズムがないとやっていけないんじゃないかと思いますよ。（直木賞――引用者注）受賞作も、それがうまくいった」[注15]と「前向きのマゾヒズム」というキーワード[注16]を用いたことでより定着し、現在に至るまで「蒲田行進曲」の人物関係はサディズム／マゾヒズム、または支配／被支配の構図で解釈される傾向にある。

小説版について扇田昭彦[注17]は「ヤスはマゾヒスティックな生き方を選び、志向するが、決してそれだけで自足する根っからのマゾヒストではない。」とし、「そういう生き方をすることの屈辱感」から「階層の違う相手に向かうとき、一転して、銀四郎そっくりの支配者となる」ことを指摘した。また蓮見正幸[注18]は小説版の解説で、銀四郎を「日本の父権が台頭する家長制度を露骨に明示したもの」とし、「ヤスたちは、銀四郎という家長のもとで、家長を盲目的に愛し、従うことで拠り所を求めていく」と考察する。そしてその「権力者、被権力者の構図」はヤスと小夏にもみられるが、その時、支配される側は「決して悲観していない。むしろそこに支配者への限りない『愛情』が見えてくる」と述べて、その心性を、つかの言う「前向きのマゾヒズム」の内実だとしている。両者とも銀四郎（支配）―ヤス（被支配）／ヤス（支配）―小夏（被支配）という関係を見出していることになるが、先に述べたように小説「蒲田行進曲」

の小夏は、心理的なすれ違いの末、ヤスのもとを去る。そこに被支配者の位置に収まらない彼女の姿があり、そのことからもこの作品は単純な支配／被支配の構図による解釈では理解しきれないといえる。

そして小説版のヤスの内面にも、マゾヒズムや被支配者の位置を逸脱するものが、物語の冒頭から見出される。確かに前半「ヤスのはなし」におけるヤスの語りには、銀四郎に殴られても「銀ちゃんは、なにか考えがあってやってることだろうし、出方をみるまで我慢しなきゃあ。」「俺は腕の一本折られたって、銀ちゃんが陽気だってことが一番嬉しいんだ。」と、暴力を振るわれても銀四郎に尽くすことを喜ぶ心情が示される。銀四郎がヤスを階段落ちに指名した時も同様で、ヤスは「俺だけは顔を上げてお名指しを待ってたんだ。俺と銀ちゃんは付き合いが違うもんね。」と考えている。しかし監督に「俺が死にでもすりゃ、評判になって客が入るでしょうね」と言い切るヤスの内面には、次のような思いも生じている（当該部分は初出テクストにはなく、単行本化の際の加筆）。

（監督を――引用者注）睨み返してやったものの、五年前の「階段落ち」で、三和土で顔がひしゃげ、骨が皮膚をつき破って出た富岡さんを思い出して、だんだん顔がこわばってきた。ヘラヘラ笑えなくなってくるのが分かったよ。のどがくっつきそうにカラカラになって、どうしちゃったんだろうね。怖いわけないいんだよ、大好きな銀ちゃんのためにやるんだからさ。
だけどなぜか体が震えてんだよ。一体どうしちゃったのか、涙が出てきちゃってね。

それに対して、戯曲や映画シナリオで同様に階段落ちの話題が出る場面では「ニヤリとヤスを見」た銀四郎に「ヤス、一瞬ゴクリとツバを飲むが、すぐに――／ヤス　俺、やります。」と返答する姿（戯曲）や、「大部屋たちは、こそこそと下を向いているが、ヤスだけはなぜか階段を見上げている。」（映画シナリオ）というト書きはあるものの、ヤスの内面の葛藤が示されることはない。

また小説のヤスには、酔ってクダを撒く銀四郎に「銀ちゃん、俺たちのなにが気に入らないんですか。だれかぶっ殺してきますか。俺、今から大道寺をブチ殺して来ます！」と言った時にも「言葉とは裏腹に、俺はガタガタ震えてたんだよ。大好きな銀ちゃんのために、ひと一人殺したってどうってことないはずなのにね。むしろ、そうなったらいいなって、いつも思っていたのに。」と相反する思いが生じている。銀四郎のために死ぬことや人殺しになることに対して感じる恐怖を、ヤスは「なぜか」という疑問以上には追究しない。それは、自分が〝思うべきこと〟ではないと感じているためだろう。そんなヤスは小夏との婚姻届に判を押すよう銀四郎から迫られた時には、このように考える。

だけど、どうしたんだろう、俺の耳許では、「こいつなら安心できるからな」っていう銀ちゃんの声がガンガン響いてるんだ。殴られ続け、蹴られ続けて、もうとっくになくなってたと思ってたプライドが頭もたげたのかもしれないね。

この「プライド」の内実は詳しく語られていないが、この後ヤスは「銀ちゃん、小夏さんの気持ちも聞かないことには」とすぐには判を押そうとしない。また「どうしたんだろう」という疑問をヤスが抱くのは前記した場面のように、銀四郎への献身を逸脱する感情が生じた時であったことを鑑みれば、この頭をもたげた「プライド」の意味するところは「ヤスだと俺が安心できんだよ。」という言葉を免罪符に、結婚を決められようとしていることへの違和感ではないだろうか。いずれにせよヤスの語りの中には、銀四郎に全てを捧げる献身的な自己像から逸脱する感情が生じるとともに、それを抑圧しようとする心理状態が描き込まれている。

ヤスがそうした感情を認めないことには、献身を暗に求める銀四郎の振る舞いも関わっているだろう。銀四郎が自分の意思を明確に言語化せずに意向を通そうとする傾向にあることは、カメラの前を横切っていないヤスを殴ることで「どうします、撮り直しますか」と監督に提案する冒頭の場面に、既に表れている。新聞の扱いが小さいことに文句を言う際も「マコトなんか俺に、もうこの映画降りて下さいって言ってんだよ。」「播磨屋（はりま）の大将がこの記事読んだら、ただじゃ済まさないよ。」と周囲の人間の声を根拠に、希望通りに事を進めようとする。「小夏のはなし」に語られる、「おまえ、いつまでも、俺と関り合いになってるとろくなことはないぞ。そろそろいい男見つけて、身を固めたらどうだ」と言うことで小夏と別れようとするさまもその一例だろう。階段落ちに指名した時は「ヤスが死ぬ」と断言し、あげたセーターを着て欲しい時は「おまえがあのセーター着て迎えてくれれば、俺はうれしいんだよ。」と言う銀四郎が、ヤスに直接命令することは多くない。しかし、ヤスにテレビの仕事が来ていると聞くと「目がキラリと光」り、「あんまり俺に義理立てしなくたっていいんだぜ。人間はまず、自分のことを考えなくっちゃ。」と言う彼の振る舞いは、それでも銀四郎を優先するという反応を暗に求めている。

ヤスは常にそんな銀四郎の心を推し量り、銀四郎が望むような反応をしようと試みる。しかしヤスの語りは物語の冒頭から、銀四郎への献身に収斂されない心情を揺曳させ、ヤスが望まれる、そして自らも目指す姿に合致し得ない可能性を示唆している。そして小説後半のヤスは実際に、銀四郎が望む姿を逸脱していくことになるのである。

4　ヤスがなりたいもの・なれないもの

後半「小夏のはなし」になると、小夏とともに暮らし始めたヤスは、小夏を伴って実家へ挨拶に行き、披露宴を執り行い、名実ともに小夏の夫、またお腹の子の父親になっていく。するとそれに伴うように、ヤスの銀四郎に尽くそうとする行動はより極端になり、次第に銀四郎の意思とは無関係な献身へ変化していく。ヤスは小夏の母親に「お母さん、ぼくたち二人とも銀ちゃんが大好きなんですよ」「銀ちゃんが白と言ったら、黒いものでも白と言わなきゃいけない、死ねと言われたら死ななきゃならないんだって」と銀四郎への好意と献身を熱弁し、披露宴の後には「明日から伊勢に新婚旅行に行くんです。一緒に行きませんか」「そりゃ小夏だって銀ちゃんと行く方が面白いのにきまってるんだもの」と銀四郎を熱心に誘う。銀四郎は「一緒に行くっておまえ、今日の明日じゃ、切符だってないしよ」「スケジュールだってあるしよ。会社と打ち合わせしてみないと……」「それに、行ったってどうするんだよ、俺一人で」と消極的であり、結局同行しない。この披露宴より前に、銀四郎は小夏に指輪を渡してプロポーズをしているが、これを小夏に断られて以降は復縁しようとすることもなく、ヤスのこの行動にも喜んではいない。だがヤスはそれに気付かず、小夏に「なんで銀ちゃん、新婚旅行についてこなかったんだろうね」「いつだって、俺は銀ちゃんが来さえすれば部屋に二人っきりにして、外で週刊誌の記者見張っててやるのに」などと語る。しかしその直後に「なんのために十年間も殴られたり蹴られたりして、女までくっつけられたのかわかんなくなっちゃうもんな。」と語り、大部屋仲間と飲んでは「この腹の子は俺を蹴り落とす銀ちゃんの種だから、俺もおめでたいよ」とクダを撒くヤスは、同時に銀四郎への怒りを内に抱えている。銀四郎の望むように尽くす自己像を実現しようとしてきたヤスは、前半「ヤスのはなし」以上に、そこから逸脱してしまう感情

――銀四郎への怒りを抱えているからこそ、かえって強く激しく、銀四郎の望むように尽くす自己像の実現を目指すのかもしれない。しかしそれは結局、銀四郎の意思から離れてしまい、ヤスは目指す自己像とは異なるものにしかなれないのである。

銀四郎と小夏に仲良くしてほしいと言いながら、小夏に怒りをぶつけるような相反する発言は戯曲・映画シナリオにもみられる。だが小説版では始めから銀四郎への献身を逸脱する感情を抱えていたヤスの帰結として、なろうとする自己像からずれてしまう姿が示されることが特徴的である。そして小説版には他にも、ヤスがかくありたいと憧れる自己像と実際の姿が離れてしまう例が認められる。次に述べる例は、ヤスの銀四郎への同一化志向に関わるものである。

「ヤスのはなし」において、撮影中、土方歳三を演じる「下唇(したくちびる)をかみ、左の目を少し細めた、銀ちゃん」を見たヤスは、「思わず銀ちゃんの気持ちになって龍馬を睨(にら)みつけ」、撮影終了後は、階段落ちを引き受けながら「銀ちゃんの真似して、下唇を噛(か)み、右目を細めてニヤリと笑」う。タクシーで銀四郎の待つ店に向かう時は「急げよ、カネはあるんだからよ」と言ってから「その俺の口調、銀ちゃんそっくりなんだよ。いつのまにか銀ちゃんの口調が移ってるんだよね。」と考える。ヤスがここで同一化しようと思い浮かべる銀四郎は、映画スターとしての華々しい彼である。幻の主演映画「当り屋」で「脇に生まれついた人間は一生脇で生きていかなきゃならないんだ」と思い、事故に遭って「ライトが俺を照らすことも、レフ版が俺に当たることもなくなった」と安堵したと語るヤスだが、それでもなおスターとしての銀四郎に憧れ、同一化を志向している。

　だが、銀四郎を真似るヤスが細める目は銀四郎と反対であり、口調が「銀ちゃんそっくり」というのも、ヤスの認識以上にそれを保証するものはない。一方「小夏のはなし」では、ヤスが銀四郎に似ているという指摘が二度なされる。一度目は、小夏が大部屋俳優たちに弁当を持っていった時である。ヤスが「太はシャケを二つ食え。コロッケは一人二個、そのエビフライはパン粉にピーナッツの薄切りがまぶしてあんだよ。」と世話を焼くのを見て、小夏は「こんな時のヤスって、もう銀ちゃんと同じなの。そっくりそのまま。真似してるのね、いや、しぜんに似ちゃうのよきっと。」と考える。二度目は酔ってクダを撒くヤスに、大部屋仲間のトメさんの妻、カヨが「ヤスさん、しつこいとこなんか、銀ちゃんに似てきたね」と言う場面である。そこで似ていると言われるのは、ヤスたちにすき焼きをおごった場面のように必要以上の世話を焼き、気に入らないことに不満を繰り返す銀四郎であり、映画スターとしての彼ではない。

　このような形で幾度もテクスト内に描かれる、ヤスがなろうとする自己像と実際の姿の落差は、クライマックスの階段落ちの場面まで継続している。第二節に述べた通り、小説「蒲田行進曲」の階段落ちは〈不在〉の場面である。戯曲でも映画シナリオでも、階段落ちは実際の出来事として描かれ、その展開は概ね共通する。ヤスは現場に遅れて現れ、スタッフに横暴な振る舞いをするが、階段から落ちた後には立ち上がって「今の銀ちゃんのアップ撮れました？」「こういうの銀ちゃんカッコいいもんね。カッコいいな、俺、銀ちゃんダーイ好きだもんね。」（台詞は戯曲より引用）と言って倒れる。

　小説にも、スタッフに横暴に振る舞うヤスの姿は描かれているが、それはヤス自身が階段落ちの当日、「得意気に家中歩き回」りながら小夏に語る台詞の中にしかない。ヤスは「俺、今日だけはスターさん並みに遅れて行くからね。」「『きさま、だれが落としたんだ。こんなところにガラスが落ちてるじゃないか。ちょっと、昭次来い！　俺を殺す気か』って、みんなの見てる前で、助監の昭次をガンガンひっぱたいてやるのよ。」「タバコ吸い終わってプイと捨てて、／『カメラ回してくれや、さ、行こうか』／俺が言うんだよ、きっとたまんないだろうね。」と饒舌に語る。続編小説「銀ちゃんが、ゆく」では事実として階段落ちが回想され、「ヤスは落ちたあとカメラに『銀ちゃん、ちゃんと撮（と）れてました？　カッコよかったですか』って聞いたんだよな」という銀四郎の台詞もあることから、小夏が幻影で聞いた言葉（に似たもの）をヤスが発したことは確かなようである。しかしスタッフへのヤスの振る舞いなどには触れられておらず、ヤスが次々に語っていた未来が実現されたかは定かではない。そして少なくとも小説「蒲田行進曲」を単体で見た場合には、階段落ちはヤスが語る言葉の中と、小夏が見る幻影の中にしか存在しないのである。

　階段落ちを〈不在〉にしたことは、戯曲や映画シナリオと似た展開の中に、それらとは異なる意味を浮上させる。それは、ヤスと小夏が思い描くヤス像の落差である。ヤスの言葉が描く、階段落ちの前のヤスの振る舞いは小夏に示したい自己像の表れである。一方で小夏は、先述のように「ヤスの、「怖いよ、怖いよ」という声」や「監督、銀ちゃん、かっこよかったですか？銀ちゃんのいいシーン、撮れました？」と訊くヤスを幻に見ている。それは実際のヤスの言葉と重なるところがあるにせよ、ここでは小夏の意識が捉えたヤス像として登場している。ヤスが語りたい自己は「スターさん」のような横暴な振る舞いだったが、小夏はヤスに階段落ちへの恐れと、銀四郎への思いを見出している。「ヤスのはなし」において〝思うべきこと〟ではないものとして認められていなかった恐怖心を、小夏は看取しているのだ。そしてヤスの中では抑圧されていた恐怖と、ヤスがそうありたいと願っていた銀四郎に尽くす姿とを、矛盾することなく一つの人物像として思い浮かべる。ヤスの認識内では不統一だった二つの部分が、この小夏の意識においては統合されている。ヤスとの心理的なすれ違いを経て家を出る決断をした小夏は、ヤスがかくありたいと望む姿をヤスに見出さない。だがヤスの意識とは異なる次元で、小夏がヤスの二面性をありのままに受け止め、理解していたことは確かなのである。

5　続編「銀ちゃんが、ゆく」が手放したもの

小説「蒲田行進曲」は、ヤスと小夏の内面を示す語りによって、各人物の認識の差異や葛藤を浮かび上がらせ、心理的なすれ違いや、かくありたいと願う自己像をめぐるドラマを示した。それは、一人称小説の性質を存分に活かした表現である。だがこの手法は、続編小説「銀ちゃ

んが、ゆく」には引き継がれていない。「銀ちゃんが、ゆく」は小夏が銀四郎の子であるルリ子を出産するところから、ヤスと小夏の離別、小夏の映画女優への復帰、銀四郎と小夏の共演作である「新撰組魔性剣」の撮影などを経て、銀四郎が凶刃に倒れて帰らぬ人となるまでを描いているが、その語り手は、「蒲田行進曲」にもわずかに登場する大部屋俳優の一人・マコトが務めている。マコトは物語の本筋に関わらない目撃者であり、その語りは銀四郎に対して、あらゆる面で肯定的である。たとえば冒頭では、「蒲田行進曲」にも描かれたような傍若無人な銀四郎の姿――マコトたちがすき焼きで肉ばかり食べることに文句を言う、「おまえら大部屋の役者は、どんなに努力したって浮かびあがることはねえぞ」と断言するなど――が回想されているが、マコトはそれらを「思い出のひとつひとつが熱く渦（うず）を巻き、それが喉（のど）の奥にこみあげてきます。」と感動の思い出として振り返っている。それは作品が銀四郎の葬儀から始まり、語り全体が銀四郎の死後のものであるせいもあるだろう。しかし「自分勝手な思い込みで人を平気で傷つける銀ちゃんなどいなければ、どれだけ楽しいだろうと思うことはありますが、三日もすると無性（むしょう）に会いたくなってくるのです。」と述べたり、銀四郎がアップにこだわるさまを「銀ちゃんの美学からすれば、しごく当然のことです。」と認めたりするマコトは「蒲田行進曲」のヤス以上に、銀四郎に心酔した語り手である。

　そのように語るマコトは時に、銀四郎の代弁者ともなる。マコトは「小夏さんの、その仕種（しぐさ）のかわいらしさに僕まで胸がキュンと締めつけられる思いでした。きっと銀ちゃんはなおさらだったでしょう。」と小夏に対するときめきを銀四郎に重ね、白血病に侵されたルリ子が自らの病を知ってしまった時は「一瞬、僕の目の前がまっ白にたわみ、時間が止まったかと思いました。（中略）銀ちゃんの顔も紙のようにまっ白です。」と銀四郎と自分のショックを「まっ白」という同一の表現で示す。銀四郎とルリ子が雪の中を撮影所に向かう場面では「願わくば、全能の神が翼ある白馬にうちまたがり、この地上に舞い降り、このいたいけな子に奇跡をもたらさんことを。銀ちゃんの透明な涙が、そう訴えているように思えました。」と、迸る願いを銀四郎の涙が「訴えている」ものかのように提示する。「蒲田行進曲」でも「銀ちゃんが、ゆく」でも銀四郎の内面は語られていない。しかし「銀ちゃんが、ゆく」では、マコトと銀四郎の心理が同一であるかのように語られることで、代替的に表現されている。

蓮見正幸[注19]はこの小説「銀ちゃんが、ゆく」について「小説『蒲田行進曲』で見せた主観的、一人称の話ではなく、客観的、三人称の立場からの文体の中で表現をしたところで芝居とは完全に離れた、小説としての完結、完成された銀ちゃん、ヤス、小夏の関係のなれの果ての姿を表出しているのだろう。」と述べた。確かにマコトは物語における当事者性が薄いが、銀四郎への心酔に基づくその言葉には、十分に主観がある。そしてその主観が銀四郎を相対化することなく、全面的に肯定する点こそが「銀ちゃんが、ゆく」の特徴だといえよう。

そのように心酔するマコトの眼差しを通した物語の中では、銀四郎は主人公としての強靭な輝きを放つ。映画「新撰組魔性剣」の撮影が始まる際に「いつのまにか銀ちゃんの回りには撮影所中のスタッフが幾重にも人垣をつくっています。」「撮影所は花が咲いたみたいにいっぺんに明るくなります。」と評される銀四郎は、時代の変化に抗えない京都撮影所において、古き良き映画を象徴するヒーロー然とした位置を獲得する。自分の見せ場にこだわり、階段落ちについて「なんのために無駄メシ食いの大部屋飼ってんだよ。階段落ちで殺すためだろうが！」と啖呵を切る様子も「蒲田行進曲」と同様の横暴さを含み持つが、俳優たちの破天荒なエピソードを「そういうことが決していいことだとは思いませんが、その奔放さがスクリーンに壮絶なエネルギーを生み出す原動力になっていたことは確かだと思います。」と認めるマコトの語りの中では、階段落ちそのものが、奔放だった時代の象徴にもなり、銀四郎はその古き良き京都映画を守る存在となる。

小説「蒲田行進曲」は刊行当時、「愛」と「自己犠牲」の物語として宣伝された。新聞広告や単行本の帯には「テーマは愛／哀しく、切なく、惨めでさえありながらやはり、愛――。／映画「新撰組」の撮影進行とともに昂まっていく男二人（銀、ヤス）と小夏の恋情。／つかこうへいが描く、現代の愛のかたち。酷薄な「ラブ・ストーリー」！」[注20]というキャッチコピーが躍り、直木賞受賞作品として『オール讀物』に転載された際には、目次に「危険な階段落ちも厭わない。大部屋役者のいじらしくも切ない自己犠牲」[注21]という文句が添えられた。しかし本当にそれは「愛」と「自己犠牲」の物語だったのだろうか。一人称を用いた小説「蒲田行進曲」では、ヤスや小夏の内面における葛藤に、戯曲や映画シナリオ以上にスポットが当たる結果となった。むしろルリ子の白血病に血筋による宿命を見出していた銀四郎が、階段落ちを遂げて「ルリ子は助かるよ。落ちていくときオレはそう確信したんだ。オレがこうなることできっと宇宙の法則が変わったんだ」と語りながら死んでいく「銀ちゃんが、ゆく」の方が、より率直な「愛」と「自己犠牲」の物語であるともいえる。

登場人物間の葛藤を、内面描写を通して浮き彫りにする「蒲田行進曲」の手法は、眺められる人物である銀四郎よりも、眺める視点を持つヤスと小夏のありようを鮮明に描き出すことにつながった。それゆえに「銀ちゃんが、ゆく」では銀四郎という存在にスポットを当て、彼を中心とした物語とするべく、銀四郎を肯定するマコトという語り手が必要とされたのかもしれない。銀四郎・ヤス・小夏の物語の完結篇にあたる「銀ちゃんが、ゆく」に引き継がれなかったという点では、小説「蒲田行進曲」の手法は、後に続くことのない、一つの仇花にすぎなかったかもしれない。だがそのことをもって、この手法の意義を軽視すべきではないだろう。

つかが「天職」と自負した演劇とは異なり、小説には「フィクショナルな肉体として生きようとする役者」が付随することはなく、その物語は言葉によってのみ編まれる。既に演劇作品として世に出ていた「蒲田行進曲」を、そのような小説というフィールドで再構成するにあたり、つかは演劇においては（独白など一部の場面を除き）浮上することの少ない〝内面の言葉〟を、一人称の語りによって小説全体に配した。そのことが戯曲や映画シナリオとは違う、心理的なすれ違いや、かくありたいと願う自己像をめぐるドラマを描く「蒲田行進曲」を生み出すことになったのである。つかこうへいは戯曲・小説・映画シナリオと、複数の媒体に跨って作品の発表と再構成を行った作家である。その中でも小説ならではの形式を通して、既発表作品の新たな可能性を切り拓いたこの取り組みは、注目すべき成果だといえよう。

※特に断りのない場合、つかこうへい「蒲田行進曲」（小説）の引用は『蒲田行進曲』（一九八一、角川書店）、「蒲田行進曲」（戯曲）の引用は『戯曲　蒲田行進曲』（一九八二、角川書店）、「蒲田行進曲」（映画シナリオ）の引用は『シナリオ　蒲田行進曲』（一九八二、角川書店）、「銀ちゃんが、ゆく」（小説）の引用は『銀ちゃんが、ゆく　蒲田行進曲完結篇』（一九八七、角川書店）に拠る。

注

［1］無署名「過熱気味つか人気　「ヒモのはなし」切符売り切れ」『朝日新聞』（一九八一・三・三〇）
［2］つかこうへい「受賞のことば」『オール讀物』三七巻四号（一九八二・四）
［3］「「蒲田行進曲」㊙演出日記」『つかこうへいによるつかこうへいの世界』（一九八一、白水社）
［4］長谷川康夫『つかこうへい正伝　1968-1982』（二〇一五、新潮社）
［5］風間杜夫・根岸季衣・長谷川康夫（鼎談）「『蒲田行進曲』『熱海殺人事件』を生んだ破天荒な天才が隠し続けた「内面」　演出家つかこうへいを語ろう」『週刊現代』五八巻三七号（二〇一六・一〇）ただし、ここでは長谷川康夫のヤスについて語られているが、実際は稽古途中で配役が柄本明に変更

となっている。そのため「蒲田行進曲」は、銀四郎…加藤健一、ヤス…柄本明、小夏…根岸季衣という配役で初演された。

[6] 風間杜夫・平田満・愛原実花（鼎談）「つかこうへい『蒲田行進曲』を語ろう」『週刊現代』五七巻二八号（二〇一五・八）で風間が「舞台のほうは、終わり方が暗いので、つかさんが「このままではお客さんを帰せない」と言い出し、出演者全員がタキシードでカーテンコールに立って踊ることになった。」と発言している。

[7] 映画「蒲田行進曲」のシナリオには、『新劇』二九巻八号（一九八二・八）に掲載された「蒲田行進曲（シナリオ）―決定稿―」と、それに加筆して同年九月に刊行された『シナリオ　蒲田行進曲』（角川書店）がある。

[8] 一九八七（昭和六二）年四月の『野性時代』一四巻四号に掲載。ただしこの時は同年一月の『文学界』四一巻一号に掲載された「蒲田行進曲Ⅱ（映画シナリオ）　銀ちゃんが行く」の方が先に発表されている。

[9] 柘植光彦は「つかこうへい「蒲田行進曲」（監督：深作欣二）」『国文学 解釈と教材の研究』二八巻一〇号（一九八三・八）で、つかによる映画シナリオ［注7］の完成後に「深作欣二を中心とするスタッフによるシナリオの修正」があり、「編集段階で整理されて小説・シナリオから大きく離れ、ぐっと軽快になった実際の映画」が生まれたと推察している。

[10] 城山三郎「独特の破壊力」『オール讀物』三七巻四号（一九八二・四）

[11] 山口瞳「豊作貧乏」『オール讀物』三七巻四号（一九八二・四）

[12] 源氏鶏太「感想」『オール讀物』三七巻四号（一九八二・四）

[13] 刑事エイモス・バークを主人公とする、アメリカの刑事ドラマ。ジーン・バリー主演。日本では

一九六四（昭和三九）年一月から一九六五（昭和四〇）年六月まで、日本テレビで放送された。

[14] 健「「蒲田行進曲」つかこうへい作・演出」『朝日新聞』（一九八〇・一一・二五・夕刊）

[15] 扇田昭彦（記）「第86回直木賞を受賞した　つかこうへい」『朝日新聞』（一九八二・一・二〇）また「「蒲田行進曲」㊙演出日記」［注3］にも「柄本（初演・ヤス役——引用者注）の芝居は私自身、好ましいが、私が書きたかったインテリゲンチャの、いわば前向きのマゾヒズムのもつ卑屈さの表現ではなく柄本の持ち味の芝居のような気がする。かえって銀ちゃんの方に、インテリの色がでているようだ。」との言葉がある。

[16] この「前向きの」という言葉が意味するところについて、つかは明確には語っていないが、別役実との対談「言葉の冒険」（『つかこうへいによるつかこうへいの世界』一九八一、白水社）には、別役の「象」から「ひけめの美学」を学んだと語り、「マイナスのそういうところでの発想状態、前向きのマゾヒズム、前向きの卑屈さみたいなところで一つの時代を切りさこうとしているんだ」と感じたという発言もある。

[17] 扇田昭彦「解説」『蒲田行進曲』（文庫）（一九八二、角川書店）

[18] 蓮見正幸「解説　文学の使命における『蒲田行進曲』」『つかこうへい演劇館　蒲田行進曲』（文庫）（一九九九、光文社）

[19] 蓮見正幸「『蒲田行進曲』から『銀ちゃんが、逝く』へ」『つかこうへい劇場3　銀ちゃんが、ゆく蒲田行進曲完結篇』（一九九六、角川書店）

[20]『読売新聞』（一九八二・一・二）の広告「直木賞受賞作　蒲田行進曲」より引用。

[21]『オール讀物』三七巻四号（一九八二・四）の目次より引用。なお、この号に転載されたのは前半の「ヤスのはなし」のみであり、そのテクストは単行本版に基づく。

第十二章 インテリ映画青年ヤスの〈階段落ち〉

自立の物語としての『蒲田行進曲』

宮本啓子

1 はじめに

つかの芝居にはあらゆるところに笑いが仕組まれていて、どこにつかの本音が隠されているのか見つけにくい。『蒲田行進曲』［注1］が初演された一九八〇年は、漫才ブームが始まった年であった。若い漫才師は本音を露悪的に語ることで客を笑わせ、それまで建前としてあったものを次々とこわした。つかの笑いも同種の破壊力を持っていた。観客は劇場に押しよせ、笑いころげた。つかの芝居は時代の風に乗ったのである。

つかの登場人物は真面目である。過剰な〝思い込み〟のなかで真剣に生きる彼らは鬱陶しい存在であるが、特別な人間ではない。つかは、そんな真面目な人物を徹底的に揶揄した。観客はつかの登場人物を笑い、その一途さに共感し、不器用さに涙した。つかの人気が、演劇愛好家だけでなく若者全体に広がっていった背景には、笑わせながら泣かせる、という大衆演劇の王道を〝軽く〟、〝今風〟に実現したからにほかならない。だが、つかは彼のエッセイで、自分の芝居を「私は一度も笑った事がない」、「客が笑っていようものなら、『このくずどもめが』と唾を吐きかけてやりたい」と述べており[注2]、菅孝行は、「つかは、ほとんどサディスティックともいえるほどに、精力的に誤解としての笑いを組織した」と書いている[注3]。

『蒲田行進曲』はふたりの男の物語である。ひとりはスター俳優の銀四郎、もうひとりは大部屋俳優ヤス。銀四郎は、暴君のようにヤスを扱い、ヤスは奴隷のように銀四郎に仕えた。ヤスは、銀四郎の子供を孕んだ小夏と命ぜられるままに結婚し、『新撰組』に主演する銀四郎のために、命を懸けた〈階段落ち〉をする。ヤスは、つかの描いた、極端なほどに真面目で一途な登場人物のひとりである。

これまで『蒲田行進曲』は、銀四郎とヤスの特別な愛憎、あるいは支配―被支配といった観点で議論されてきた。例えば、扇田昭彦は、『蒲田行進曲』の「銀四郎とヤスの間には、もともと責め役、責められ役というサド・マゾ的な関係があるが、そこに小夏が加わることで、二人の男は嫉妬と苦痛と快感を高めあう抜きさしならない関係を形成」したと述べ[注4]、またこの二人の間に「主人と奴隷にも似た支配―被支配の関係」が存在していることを指摘した[注5]。『蒲田行進曲』が銀四郎とヤスの関係を軸にして論じられてきたのは、つか演劇の先見性を早くから注目し、論じた扇田がつか作品の一貫した特徴を「関係性の世界」に見たからである[注6]。たしかにヤスも「関係性の世界」の住民である。ヤスは銀四郎の反応を見ながら、彼ののぞむ〝ヤス〟を演じて、その素顔をみせない。そしてこれまでヤスが個人として詳細に考察されることはほとんどなかったのである。
興味深いのは、初演が成功し、ヤス役の柄本明の演技が絶賛されたにも関わらず、つかが柄本の演じるヤスに不満を持っていたことである。

……が、この違和感は何だ。きっと私は、何か大きな間違いを犯しているのだ。柄本の芝居は私自身、好ましいが、わたしが書きたかったインテリゲンチャの、いわば前向きのマゾヒズムのもつ卑屈さの表現ではなく柄本の持ち味の芝居のような気がする。かえって銀ちゃんの方に、インテリの色が出ているようだ。今になって、柄本を銀ちゃんに、風間をヤスにすればよかったと思うが、今さら変える事はできない。しかし根本的な失策にちがいない［注7］。

たしかにつかは、大部屋俳優のヤスがインテリの映画青年であることを示す〝硬質なワード〟を戯曲にいくつか記している。ヤスが全巻そろえたという映画雑誌『映画批評』、彼の主演映画『あたり屋』、ヤスが詳しいとされる「エイゼンシュテイン」などである。つかは、なぜヤスがインテリでなくてはならないと考えたのだろうか。そしてなぜヤスが、銀四郎のために〈階段落ち〉を決意するにいたったのだろうか。インテリであることがヤスの重要な要件であるのなら、ヤスを解くカギがここにひそんでいるかもしれない。

そこで本論文では、大部屋俳優のヤスにかかわる〝硬質なワード〟を補助線にして、ヤスが『新撰組』で〈階段落ち〉を決意するにいたる経緯を分析し、ヤスの〈階段落ち〉がどのような意味を持つのかを明らかにする。

2 『蒲田行進曲』と〈階段落ち〉

一九八〇年十一月、「つかこうへい三部作」と銘打たれた二カ月公演が紀伊国屋ホールで行われた。演目は、『いつも心に太陽を』、『熱海殺人事件』、そして新作『蒲田行進曲』である。この公演は、第十五回紀伊国屋演劇賞を贈られ、つかの人気は頂点に達した[注8]。『蒲田行進曲』は小説になり、映画化されて多くの賞に輝いた[注9]。『蒲田行進曲』はメディアを横断して大ヒットした、初期つかこうへい作品の代表作のひとつである。

まず『蒲田行進曲』が上演されるまでの経緯を追っていき、この作品が〈階段落ち〉を軸に書かれたことを確認する。参照するのは、「『蒲田行進曲』㊙演出日記」（以後「㊙演出日記」）と長谷川康夫の書いた『つかこうへい正伝　一九六八―一九八二』[注10]（以後『正伝』）である。「㊙演出日記」には、長谷川康夫をヤス役にすえて稽古が開始されるが、うまくいかず、柄本明をヤス役にして公演が成功するまでの『蒲田行進曲』の上演経緯が、日記スタイルで面白おかしく書かれている。

『蒲田行進曲』は、五年前に上演の予告がなされたが延期され、一部では「幻の作品」に終わるのではないかと噂されていたという[注11]。当初、松竹蒲田撮影所を舞台にした「スター女優の悲哀」の物語が演じられる予定だった。しかし稽古が開始された数日後、つかは突然京都太秦の東映撮影所に取材に出かける。目的は俳優・汐路章に会い行くことだった。テレビ朝日の『徹子の部屋』に出演した汐路が語った〈階段落ち〉に、つかが興味をひかれたからである[注12]。テレビ放映は前年の十二月五日で、稽古開始の八か月前であった。稽古が思うように進まないなかで、つかが汐路の〈階段落ち〉を思い出したのであろう。

汐路章(一九二八-九四)は、映画黄金時代に「常に奇抜なアイデア、奇抜なメーク、奇抜な衣裳」で映画を彩ったわき役俳優である。五八年の『新選組』(東映作品・佐々木康監督)で、汐路は池田屋で志半ばにして死んでいく勤皇の志士を演じ、そこで彼は、高さ約八メートル、数十段の池田屋の二階から後ろ向きにころがり落ちた。これ以降、彼は〝階段落ちの汐路章〟と呼ばれた[注13]。

京都から戻ると、つかは、〈階段落ち〉をひかえた大部屋俳優の「心意気」を語る台詞を、長谷川相手に「口立て」で作りはじめた。舞台は東映京都撮影所へ、物語は大部屋俳優をめぐる話に変更された。ここで急遽、長谷川が主役に躍り出たのである。ヤスは本来なら平田満がやるキャラクターである。しかし、つかこうへい事務所の看板俳優のひとりである平田は、他の二作にも出演する。夜の本番に加えて、昼に『蒲田行進曲』の稽古をするのは、心身ともにきつい。つかは、客演を呼ぶことにためらいがあった。彼は、「私の台詞のリズム感を肉体化できる役者は、そうそういない」と考えていたからだ。役名のヤスは長谷川康夫から、小夏は根岸季衣のかつての芸名・嵯峨小夏から取られていることからも、つかがこの上演を長谷川と根岸に託すつもりであったことがうかがえる。

九月十三日付の「㊙演出日記」に、つかはこう記している。

新作と言うのは新しく書いた作品のことではない。それは新しい個性を捻出することに他ならない。衝撃的な芝居は、必ず衝撃的な肉体を伴う。役者・長谷川が出てこなければならない［注14］。

新作にかけるつかの意気込みは強く、ヤスを演じる長谷川にかける期待は大きかった。五年間完成しなかった『蒲田行進曲』を、つかは、〈階段落ち〉を中心にすえて物語を構成することで書き終えたのだ。

3　東映京都撮影所の「スター・システム」

『蒲田行進曲』の舞台は、東洋映画京都撮影所とあるが、東映京都撮影所（以後京撮）である。

時は、一九七八年頃だと推定される[注15]。つかは、京撮を取材する理由を「古い撮影所システムのようなものが、そこにしか残っていない」からだと言っていたという[注16]。つかのいう「古い撮影所システム」とは何を指すのだろうか。

戯曲は、五年ぶりの時代劇『新撰組』の撮影からはじまる。ト書きには、「坂本龍馬（橋屋の若旦那）と新撰組隊士の激しい立ちまわり。隊士たちを一人斬っては見得を切り、また一人斬ってはカメラをにらみつける」とある。橘が顔で演技をしようとすると、土方歳三役の銀四郎も自分が主役だと言わんばかりにカメラを覗きこみ、自分の表情を大写しにしようとする。『定本チャンバラ時代劇講座』で橋本治は、映画とは「カメラの前に存在するものを映すもの」であり、「嘘であっても、カメラの前に存在してしまったら、それは簡単に実在してしまうものが映画」なのだと述べている。また二人が競って写ろうとする〝アップ〟についてはこう記している。

〝アップ〟という特殊な〝演技〟は映画及び、テレビにしかありません。〝アップ〟が特殊な演技術であるというのは、スクリーンに大写しになった俳優の表情を見るだけで、観客は何かをつかまえてしまうことが出来るという意味です。

さらに、映画スターの表情のアップがスクリーンに映し出されることは「映画スターが観客の胸の内を直に覗きこむこと」だと説明している［注17］。つまり二人が競ってカメラに近づくのは、観客に何かをつかまえてほしい、観客の胸の内をじかに覗きこみたいからである。歌舞伎出身の橘はともかく、カメラマンにアップを要求し「臭い」演技をする「大部屋あがり」の銀四郎の評判は芳しくなく、カメラは彼を追おうとしない。今回の映画ではじめて主演する銀四郎にとって、土方歳三の見せ場である〈階段落ち〉のシーンがなければ、実際の主役は龍馬役の橘になってしまう。だが、撮影所には危険をおかして〈階段落ち〉をしようという気概のある活動屋はいない。

『映画評論』の記事「夢の工場――東映京都撮影所」［注18］によれば、全盛期の東映時代劇映画では、まず人気の高い俳優が主役に選ばれ、その俳優を魅力的に見せるための脚本が書かれるという、いわゆる〝スター・システム〟が採られていた。筆者である野口雄一郎と佐藤忠男は、東映時代劇映画の魅力を「権威主義の魅力」だと分析している。スターは〝風格〟を求められ、風格を身につけるために、「徹底的におだてられ、ちやほやされるべき生活が仕組まれ」た。またスターを立派そうに見せるために、「ことさら立派でない、オッチョコチョイで卑屈で、立派そうな人間の命令通りに動くことが好きで好きでたまらないような感じの人物」を脇にすえた。スターは周囲によって「風格」を身につけ、脇役に力をかりて「立派そう」に見せたのだ。その見返りにスターは、脇役たちに仕事を与えた。面白いのは、「スクリーンの外においても、〝立派そうな人間〟に扮する人間と、〝立派でなさすぎる人間〟に扮する人間との、主従に似た支配と服従の関係が生じやすい」という指摘である。記事は、「東映の時代劇こそは、実は現在博物館的な存在として存続している本物の歌舞伎より、よりいっそう本質的に歌舞伎的なものだといっていいのかもしれない」と結ばれている。

これまで銀四郎とヤスの主従関係は特別なものとみなされてきた。しかし二人の関係は、極端に描かれてはいるものの、東映京都撮影所が時代劇を制作するうえで生み出した〝スター・システム〟に由来している。そしてその主従関係は時代劇映画のスクリーン内だけでなくスクリーンの外でもみられたのだ。つかは〈階段落ち〉のためだけでなく、時代劇俳優の序列化が厳然と存在する、「古い撮影所のシステム」を描くために京撮に行ったのだと考えられる。つかは、撮影所のリアルな現実をそのまま戯曲に描いているのである。

4　ヤスの主演映画『あたり屋』と映画『少年』

ヤスは、絶版になった『映画評論』全巻を京都大学の学生から十五万円で譲ってもらい、これを「命から二番目に大事なもの」だと自慢する映画青年である。銀四郎も「シャシンにかける熱がちがう、映画の勉強毎日してるんだから」と言ってヤスが映画好きの勉強家であることを認めている。

ヤスが、銀四郎より先に映画で〝主役〟を演じたことは、これまで注目されたことはない。

彼が主演したのは、大作映画の穴埋めに急遽作られた『あたり屋』という低予算の映画で、逃げた女房をさがすために親子で全国を巡るというロードムービーである。その親子は生活費を稼ぐために、車に接触し、運転手を脅して示談金を得る、いわゆる〝当たり屋〟をしている。同志社大学の学生が書いた脚本は、シナリオコンクールで一位になった。その学生は、ヤスが出演しているすべての映画を見て細部まで覚えている彼のファンである。『あたり屋』は、ヤスに宛て書きして書かれたのかもしれない。

ヤスは、「これではい上がれると思った。このアルコールとニコチンだらけの大部屋から抜け出せると思った」。彼は、万全の準備をして初日の撮影にのぞむが、緊張のあまり台詞がでてこない。撮影は進まず、「大部屋は所詮大部屋だよ」というスタッフのつぶやきが聞こえるなかで、大阪・釜ケ崎のロケになる。これがうまくいかないと封切りに間に合わないという土壇場で、ヤスは、「足でも折って、撮影中止になったら、俺、こんなつらい思いしなくて済むんじゃないか」と思いつき、車に身を投げる。車の窓ガラスが割れ、顔に傷を負った女優は引退する。映画は撮影中止になり、映画会社は数千万円の損失を負う。

当たり屋を描いたロードムービーに、六九年に封切られた大島渚監督の『少年』がある[注19]。元傷痍軍人の父と先妻との間で生まれた十歳の息子、父の現在の妻と彼女が生んだ三歳の私生児の四人家族は、当たり屋をして全国を巡る。少年は、妊娠した義母のかわりに、当たり屋をする。少年は、アンドロメダ星雲から地球にやって来る、正義の味方の宇宙人に憧れを抱いていた。そして家族のために危険を顧みずに金を稼ぐ自分を〝正義の味方〟だと信じていた。ある日、走行中の車が道路を歩いていた少年の弟をよけそこなって急ブレーキをふみ、その車に乗っていた少女が死亡するという事故が起きる。少女の死がきっかけとなって、彼は自分のやってきたことが悪い行為だったと気づく。少年は、少女の死の責任をとって死のうとするが果たせない。北海道の荒野で彼は、宇宙人を模した雪だるまをつくり、弟にこう語る。

こいつはな、正義の味方なんだ。悪いことをするやつを、地球の悪人をやってけるために来たんだ。（中略）ぼくは、そういう宇宙人になろうと思っていたんだ。なりたかったんだ。だけどだめだ。ぼくはふつうの子供なんだ。死ぬことも上手にできないんだ……

少年は泣きながら、雪だるまを壊す。その後、一家は検挙され、少年は取り調べにたいして黙秘を貫き、家族を守る。評論家の竹中労は、少年が、自分のおかした罪の結果を直視し、弟に語りかけるシーンを、「もっとも美しい、感動的な場面」と評価した。竹中は、これを、少年のうちにある「ヒエラルキー」を少年自らが批判したシーンと読み解いたからである［注20］。

少年を演じたのは、養護施設で生活している九歳の阿部哲夫である。大島は、少年が「孤立し、自立して行く重大なシーン」を撮るためには、少年役の阿部が「実生活的にも甘えを捨て孤立し自立していかねばならないと考え」、意図的に彼を撮影クルーから引き離した［注21］。阿部は孤独に立ち向かいながら当たり屋の少年を演じきる。世の中を見据えるような鋭い目をした阿部の顔がポスターになり、孤高の少年を演じた彼は絶賛された［注22］。

一方ヤスのほうは、『あたり屋』の主役を演じることができなかった。映画を愛し、映画に人生をかけてかかわろうとしていたヤスは、チャンスを生かすどころか、撮影所に迷惑をかける。ヤスが車に突っ込むのは、少年のように死を選んだからではない。足でも折って撮影中止にしたら辛さから逃れられると思って飛び込んだのだ。ヤスが主演した『あたり屋』と阿部哲夫の『少年』を比べると、ヤスの〝ぶざまさ〟が際立つ。つかは、インテリのヤスにこのような挫折を背負わせ、ヤスの〝無力さ〟、〝卑怯さ〟を描いた。

5 〈階段落ち〉とヤス

ヤスが、銀四郎のために〈階段落ち〉を決意するにいたる経緯を戯曲から見ていきたい。『あたり屋』で撮影所から見放されたヤスを拾ってくれたのが銀四郎であった。ヤスは、彼の失敗を「問題ない」と笑い飛ばす豪快な銀四郎を「うらやましかった」。そして、「銀ちゃんの為だったらどんな事でもしようって思った」。

その後、彼は銀四郎に奴隷のように尽くす。銀四郎が彼の子供を孕んだ小夏をヤスに押し付けてアパートを去る場面で、ヤスは窓越しにこう叫ぶ。

ヤス　（窓の外に向かって）銀ちゃん、俺、小夏さん幸せにしますから！（小夏に）俺、銀ちゃんのおかげでここまで来れたんです。

小夏　ここまでって、どこまで来れたの？　あんた、ただの大部屋なんでしょ。殴られたり蹴られたりしてるだけなんでしょ。

ヤス　俺は写んなくていいんです。俺がガソリンかぶって火だるまになって哀愁がバーッと出ると、それを見ている銀ちゃんとこへカメラがダーッと行くんです。銀ちゃんがキマればいいんです。俺が映る映らないは関係ないんです。

それを聞いた小夏は、「やめてよ、そういう殊勝な真似は。底が割れてんのよ。嫌いなのよ、あんたみたいなタイプは」とヤスに嫌悪感を示す。そして結婚を承諾したようにみせても、結局は「逃げるのよね、あんたみたいな男は」と言い放つ。

実際、ヤスは、本番で銀四郎にカメラがズームアップしてくると、頭を上げて彼の邪魔をする。カメラに映らないものは実在しないのが映画だから、ヤスは写りたがるのだ。彼が撮影所で銀四郎の暴力を嬉々として受け容れる理由も、銀四郎にいい仕事をさせたいといった〝キレイごと〟だけではない。「ワンカットが勝負」の大部屋俳優にとって、スターが本気でかかってくれないと、そのシーンはボツになるからである。

注目したいのは、『蒲田行進曲』には、男たちに〝覚悟〟を問う台詞が繰り返されていることである。冒頭のシーンで、龍馬は土方に、「おはんらにワシが殺せるのか、そんな度胸があるのか！」と叫ぶ。銀四郎が監督に、〈階段落ち〉をカットしたことに文句を言うと、監督は彼に、「じゃあ、あんた殺せるの？　土方歳三が落とすんだけどさ、あんた殺せるの？」と言い、ヤスに、階段落ちをしたら、「よくて半身不随っていう、そういう役をやりきれるスタントマンがいるわけ？」と問い質す。さらに、

監督　身体バラバラになるぜ、落とせるかネ、落とせる奴いるかね。これを殺せるヤツがいたら、人間じゃないね、役者だけだね。フフフ。

銀四郎もヤスもその脅しに沈黙する。ヤスが、「銀ちゃんに最初から真剣持たせた方がよいんじゃないけ」と死ぬ覚悟があるかのように監督に強がる。だがヤスに〈階段落ち〉の覚悟はない。演技をしているのだ。そんな彼を見て監督は舌打ちをして退場する。銀四郎も、「とうとう俺を人殺しにしやがったよ」と苦し気につぶやいてみせる。

ヤスが〈階段落ち〉を決意するのは第一幕の最後である。銀四郎が、同じ大部屋俳優の新治に〈階段落ち〉をやらせることにしたと聞き、ヤスの機嫌は悪い。新治は、銀四郎がカメラに写りたがるヤスとやりたくないと言っていると言い、ヤスにこう意見する。

新治　ヤスよ俺たちは大部屋だよ。チョイ役はチョイ役なりのスターさんの立て方ってあるんじゃないの。あんたみたいに一回真ン中に立っちゃうと、主役をやった人には、わからないかもしんないけど。「あたり屋」だっけ。あんたが今でもそらで台詞全部覚えててさ、ト書きまでベラベラまくしたてるヤツだよ。

彼はヤスのズボンのポケットにいまだにある「あたり屋」の台本を取り上げて、「忘れられないんでしょ、あの主役の味が」と言い放つ。

その直後、『新撰組』のリハーサルが再開される。橘が来ていないために、銀四郎が龍馬を、ヤスが土方を演じる。ヤスはよどみなく土方の台詞を言い、彼の自然な演技に驚いた監督は、急遽、副社長とプロデューサーを呼びに行かせる。監督はヤスに、「おい大部屋、ここだよ。カメラここだよ。真ン中で芝居してみろ。自分の力量でかっさらってゆくんだよ。役も女も」と声をかけて、パイロットフィルムを撮り始める。ヤスに再びチャンスが訪れたのだ。だがヤスが次に言ったのは土方歳三の台詞ではない。

ヤス　……私は小夏を愛しております。この世で唯一かけがえのない者だと思っております。この長き道のりを共に歩んでゆこうと思っております。（中略）妻として、生涯の伴侶として、ともに歩んでゆこうと思っております。

言い終わるとヤスは泣きながら去る。

なぜヤスはここで結婚式の誓いの言葉を言ったのだろうか。銀四郎は、ヤスのアパートに行って小夏を押しつけた時に、ヤスに「おめえ、先ねえだろ。この先、いい役とか、そういうアテ、ねえだろ」と切り出す。返事をしないヤスを銀四郎は殴り、彼はミュージカルの主役が決って、会社が身の回りを整理しろとうるさいのだと話して、ヤスに小夏と結婚しろと詰め寄る。ヤスが銀四郎をじっと見ていると、彼は、

銀四郎　（ヤスの視線に気がつく）何見てんだよ。てめえなんか、ペッタペッタハンコ押して、幸せになりゃあいいんだよ。オラ、おめっとさん！（婚姻届にハンコを押す）

銀四郎は、スターとして生きることと、結婚して小市民的な幸せをつかむことを対極に置いて、将来性のないヤスに結婚を強要したのだ。ここでヤスが、土方の台詞ではなく結婚の誓いの言葉を言うのは、大部屋俳優として生きていく覚悟をかためたからである。彼はカメラに映ることを断念した。だからヤスは泣きながらカメラの前から立ち去るのだ。

6　『新撰組』と『戦艦ポチョムキン』の〈階段落ち〉

ヤスが決意した〈階段落ち〉の意味を考えたい。銀四郎は、小夏を連れてヤスのアパートを訪れる。本棚にエイゼンシュテインの本があるのを見つけてヤスに説明を求める。彼は「……映像のリアリズムにおける、その……」と語りはじめ、「でも銀ちゃん、越えてるから」と口をつぐむ。つかの芝居は基本的には、何もない空間で行われる。もちろん本棚があるわけではない。なぜ、ヤスの本棚にエイゼンシュテインの本がある設定にしてまで、それを話題にしたのだろうか。

もちろん、インテリの映画青年であるヤスと大部屋俳優である彼の、理論と現実の乖離を描いているのだろうが、それだけではあるまい。エイゼンシュテインで最も有名な作品は『戦艦ポチョムキン』である。ロシア革命二十周年を記念して作られたこの映画には、「オデッサの階段」と呼ばれるシーンがある。暴動を起こした水兵の乗る艦船ポチョムキンがオデッサに寄港すると、民衆は海に面した階段のうえに集まり、熱狂的に歓迎する。そこに軍隊が出動し、一列に並んで階段のうえから民衆を銃殺する。カメラは、逃げ惑い、階段から転げ落ちる人々の様子を撮る。いわゆる〝モンタージュ理論〟によって、アップショットとロングショットを組み合わせて編集された映像は、軍隊の残虐性を際立たせ、名場面として名高い。山田和夫は、このシーンをこう説明している。

兵士たちはついにその人間的表情を画面にはっきりと提示することはない。機械のように階段を降りる隊列、その銃口、足並み、そして顔のない革靴の列である。民衆の側の、多様な人間的表情のクロース・アップ、その多彩なモンタージュと、きわめて対照的である。かれらは非人間的であり、民衆は人間そのものである［注23］。

一見関連のないように思われるエイゼンシュテインをめぐる会話は〈階段落ち〉で関連づけられる。興味深いのは、エイゼンシュテインが民衆の顔のアップをさまざまに撮影しているのにたいして、兵士たちの表情を撮っていない点である。先述したように、大写しになった民衆の表情のアップは、それを見る観客に何かを感じ取らせる。エイゼンシュテインは、虐げられ、蹴り落とされる民衆の表情を撮影することで無名の民衆をスクリーンに刻みつけた。

『新撰組』の〈階段落ち〉で、軍隊にあたるのが銀四郎であり、民衆がヤスである。〈階段落ち〉でヤスは振り向いてはいけない。つまり顔を見せてはならない。カメラは、斬り殺した土方歳三を追い、彼の表情に浮かぶ〝哀愁〟を観客に伝える。『新撰組』では、無名の志士は無名のまま葬られるのだ。ヤスが望んでいたのは、映画に自分の存在を残すことである。その彼が、望みとは真逆の〈階段落ち〉に挑戦する。それは、大部屋俳優として無名のまま生きる覚悟を決めたということである。
ヤスが泣きながら去った後、銀四郎と小夏の場になる。彼は、自分ではなく橘が映画会社のカレンダーの正月を飾ること、ゴールデンウィークやお盆の映画も橘が主役に決まったことを小夏に告げる。銀四郎は主役の座を橘に奪われたのだ。銀四郎は小夏に結婚を申し込み、彼女はそれを断る。彼が小夏に催眠術をかけて区役所に連れて行こうとする。「グー!……ムニャムニャ……」と睡眠術にかかっているふりをしていた小夏が目を開けて「銀ちゃんの催眠術なんて効かないよ」と伝える。銀四郎のために「命令通りに動くことが好きで好きでたまらない」ふりをしていた小夏がその役をおりたのだ。脇役を失った銀四郎からスターの〝風格〟が消える。銀四郎はこう言って去る。

銀四郎　私、健闘むなしくここに一敗地にまみれました。でも、涙をふいているあなた、そして、ハンケチを握りしめているあなた、今あなたの見たのは、決して一人の男が傷つき倒れていった姿ではありません。断じて、悩み朽ち果てていった姿なんかではないのです。新たなる夢と希望に満ちた青春の出発なのです。青春の予感なのです。私は、決して負けはしません。

この言葉は三人の思いを代弁している。ヤスは大部屋を抜け出すチャンスを逃し、小夏は望んでいた銀四郎との結婚を断念し、銀四郎は主役の座を逸する。それぞれがそれぞれの夢に破れ、現実と向き合ったところで第一幕は終わる。

第二幕で、ヤスは、世話になった人たちを受取人にして保険をかけている。彼は〈階段落ち〉で死ぬ覚悟なのだ。ヤスの気がかりは、ヤスの前でオドオドとしている銀四郎のことである。スター俳優が、堂々と演技をしなければいいシーンを撮ることはできない。ヤスは、「そんなんじゃいい写真は撮れっこないんだよ」、「何のためにおまえとくっつけられたんだ」、「何のためにあのヤローに十年間銀四郎に殴られてたんだ！」と言い、暴れる。ヤスは遂に「一体俺は何なんだ、どんな人間なんだ」という根本的な問いに突き当たって自問する。

第三幕は〈階段落ち〉の当日である。この日だけはヤスが主役である。ヤスは銀四郎がのり移ったように傍若無人に振る舞い、見かねた銀四郎が彼を殴りつける。さらにヤスはスタッフにも言いがかりをつけて、彼らに暴力をふるう。遂に〈階段落ち〉の時が来る。銀四郎はヤスを袈裟懸けに堂々と斬りつけ、ヤスは振り返ることなく階段を転げ落ちる。最後に彼はこう言って倒れる。

ヤス　監督！　俺、振り向かなかったでしょ。ねえ、振りむかなかったでしょ。今の銀ちゃんのアップ撮れました？　銀ちゃんのアップ、これ、こういうの銀ちゃんカッコいいもんね。カッコいいな、俺、銀ちゃんダーイ好きだもんね。……オレ生きてます。

オレ、生きました。

ヤスは傍若無人を装い、銀四郎を苛立たせることで彼から迫真の演技を引き出した。監督は、階段から人を斬り落とせるのは人間じゃない、「役者」だけだと言っていた。ヤスが〈階段落ち〉をすることで、銀四郎を「スター俳優」にした。またそうすることでヤスは「大部屋俳優」になったのだ。『戦艦ポチョムキン』でエイゼンシュテインは、民衆のそれぞれの姿をフィルムに刻みつけたが、つかはヤスを無名の存在にした。『新撰組』は、その無名のヤスの〈階段落ち〉によって完成し、銀四郎は主役の座を奪い返すことができた。ヤスが二人の人生の主導権を握り、二人の主従関係は逆転する。ここで、〝スター・システム〟とは、スターありきではなく、脇役がスター俳優を盛り立ててこそ成立する構造であることが明らかになる。

銀四郎は、小夏に失恋したことを「新たなる夢と希望に満ちた青春の出発」だと観客に向けて語りかけたが、この〈階段落ち〉こそ再出発をするためのイニシエーションだったのではないだろうか。

7　長谷川康夫の〈階段落ち〉

長谷川康夫は『正伝』で、「㊙演出日記」はエピソードも含めてほぼフィクションであったことを明かしている[注24]。もちろん「㊙演出日記」の形式がいかにドキュメンタリー風であっても、これを事実だと思う人はいないだろう。読者は、そこに登場する長谷川康夫が、つかの作り上げた〈長谷川康夫〉であることを承知している。重要なのは、この日記が長谷川の手によって書かれたという事実である。つかは、ヤス役を与えられたにもかかわらず、役をおろされた長谷川の顛末を彼自身に書かせたのだ。長谷川は、日記に〈長谷川〉をことさらにダメな人間として描いたばかりか、関係者の実名を使って〈長谷川〉を批判した。なぜつかは長谷川に彼にとって辛いであろう「㊙演出日記」を書かせたのだろうか。

〈つか〉は、〈長谷川〉がヤスの役をつかみきれずモノにできなかったら、舞台で本物の階段から落ちてもらうしかないと発言している。つまり、〈つか〉は、〈長谷川〉に、長谷川の責任を取らせようとしたのだ。

長谷川は『正伝』でつかとの関係を、「まだ二十歳の頃から、連絡してくるのは一方的につかさんで、僕はただ待っているだけだった。そして何か指示されれば無条件で受け入れてきた。それがどれだけ理不尽な要求であっても……」と証言している[注25]。まるでヤスが銀四郎との関係を語っているかのようなこの発言から見えるのは、つかと長谷川の関係が、銀四郎とヤスとの主従関係と相似形をなしているということである。ヤスがインテリの映画青年であるとしたら、長谷川がインテリの演劇青年である。また『あたり屋』で主役を演じきれなかったヤスとヤスの役を降ろされた長谷川も重なる。つかはヤスに〈階段落ち〉を課した。そしてヤスは〈階段落ち〉によって自立していく。つかは長谷川に「㊙演出日記」に「俳優として、人間として使い物にならず」、つかの「芝居を背負うことの出来ない〈長谷川〉を描き、読者の笑いものにさせることを課した。つかがライターとしての長谷川康夫を信頼していたことは、彼が長谷川に作品の下書きを任せていたことからも明らかである。つかは、作家である長谷川に最も辛い作業を課したのだ。これがつかが長谷川康夫に与えた〈階段落ち〉である。

一九八二年の九月の『蒲田行進曲』の再演でつかこうへい事務所は解散し、つかは演劇の世界から一時身を引く。その前年の十二月に発行された、「㊙演出日記」が所収されている『つかこうへいによるつかこうへいの世界』は、初期のつかこうへいの演劇を総括したような書籍である。その巻頭を飾っているのが、長谷川康夫が下書きをした「㊙演出日記」であったのだ。

つかは彼の舞台に笑いころげる観客への苛立ちを隠さなかった。その彼が、観客に示したのが、インテリの映画青年であるヤスの〝ぶざまさ〟であり、彼の持つ〝卑怯さ〟であった。そしてヤスは、自分自身を問い直して「大部屋俳優」として自立する。涙と笑いにあふれたエンターテイメントと見なされがちであった『蒲田行進曲』は、ヤスを中心に読み解くと、つかの厳しく鋭い刃が隠された作品であることが明らかになる。

つかの芝居にはあらゆるところに笑いが仕組まれていて、何が語られているか捉えにくい。そこで本論文では、大部屋役者のヤスが〈階段落ち〉をするまでの経緯を、彼にかかわる〝硬質なワード〟である、ヤスの主演映画『あたり屋』や『戦艦ポチョムキン』を補助線にして探り、インテリの映画青年のヤスが映画で〈階段落ち〉をやることがどのような意味を持つのかを考察してきた。

8　終りに

これまで『蒲田行進曲』に描かれている銀四郎とヤスの主従関係は特殊なものとみなされてきた。だが、二人の関係は極端であるが、東映京都撮影所が時代劇を制作するうえで生み出した〝スター・システム〟に由来していることが明らかになった。これを前提にして『蒲田行進曲』をみると、この戯曲がリアルな世界を描いていることがわかる。

ヤスは以前に『あたり屋』という作品で主演したことがあったが、彼は主役を演じきれず映画は取り止めになる。ヤスの主演映画のことはこれまで注目されてこなかったが、同じように当たり屋を描いた大島監督作品『少年』を通してみると、インテリの映画青年であるヤスの〝ぶざまさ〟、〝無力さ〟が浮かび上がる。

ヤスは、仲間の言葉で大部屋俳優として生きようと覚悟をきめて〈階段落ち〉に挑む。『新撰組』でヤスの挑む〈階段落ち〉をエイゼンシュテインの『戦艦ポチョムキン』の階段シーンと比較すると、俳優にとって〈階段落ち〉がいかに苛酷であるかが浮かびあがる。いくら命をかけて〈階段落ち〉に挑んでも肝心の顔は映らない。つまり無名でなければならないからである。ヤスは自分を消すことで、スター俳優である銀四郎を主役にした。ヤスによって〈階段落ち〉が成し遂げられた時、主従関係が逆転する。〈階段落ち〉は、ヤスにとって次なるステップへ向かうイニシエーションである。

これまで『蒲田行進曲』は、銀四郎とヤスの特別な愛憎、あるいは支配被支配といった点で議論されてきた。しかし『少年』や『戦艦ポチョムキン』を補助線にして『蒲田行進曲』を読み解いていくと、この物語はインテリの映画青年であるヤスが大部屋の役者として自立していく物語として読むことができる。つかはインテリのヤスに苛酷な試練を与えた。ヤスと相似形をなす長谷川康夫にも厳しい〈階段落ち〉を課した。それを乗りこえるヤスの姿を通してつかは、人間に覚悟して生きよと伝えているのかもしれない。笑いと涙に満ちた『蒲田行進曲』は、鋭い批評性を持って、観る者に刃を向けているのだ。

注

［1］「蒲田行進曲」の引用は、『戯曲　蒲田行進曲』（角川書店、一九八二）に拠る。

〔2〕つかこうへい『あえてブス殺し汚名をきて』（角川書店、一九七七）三三頁
〔3〕菅孝行『戦後演劇』（朝日選書、朝日新聞社、一九八一）二五五頁
〔4〕扇田昭彦「劇場型の愛」『舞台は語る』（集英社新書、二〇〇二）六六頁
〔5〕扇田昭彦「現代演劇の作り手たち　つかこうへい」『才能の森』（朝日新聞社、二〇〇五、）九〇－九一頁
〔6〕扇田昭彦『現代演劇の航海』（リブロポート、一九九八）二一一頁
〔7〕つかこうへい「蒲田行進曲㊙演出日記」『つかこうへいによるつかこうへいの世界』（白水社、一九八一）三十頁
〔8〕情報誌「シティ・ロード」の「読者が選出する年間ベストテン」八〇年度の演劇部門作品の一位は『蒲田行進曲』、二位『いつも心に太陽を』、四位『熱海殺人事件』、八位『初級革命講座・飛龍伝』。ベスト作家・演出家は、つかこうへいが一位。ベスト役者・舞踏手は、一位風間杜夫、三位平田満、四位加藤健一、五位柄本明、十二位根岸季衣であった。
〔9〕小説『蒲田行進曲』第八六回直木賞を受賞。深作欣二監督映画『蒲田行進曲』第二八回キネマ旬報脚本賞、第六回日本アカデミー賞最優秀作品賞など。
〔10〕長谷川康夫『つかこうへい正伝　一九六八－一九八二』（新潮社、二〇一五）
〔11〕扇田昭彦「解説」『蒲田行進曲』（角川文庫、一九八一）二一三頁
〔12〕「徹子の部屋」一九七九年十二月五日放送、タイトルは「悪役は善人なり　汐路章」
〔13〕『日本個性派俳優列伝Ⅰ　汐路章』（ワイズ出版、一九九六）
〔14〕前掲書「㊙演出日記」三十頁
〔15〕『蒲田行進曲』の監督の台詞で「十年前にやった『新撰組血風録』」、「十五年前『新撰組血風録』で」

とある。これが『新選組血風録　近藤勇』（六三年公開）なら、時は七三年か七八年である。七〇年安保闘争にかかわった小夏が三十歳という設定なので七八年であろう。

[16]前掲書『つかこうへい正伝』四九〇頁

[17]橋本治『完本　チャンバラ時代劇講座』（徳間書店、一九八八）一五-七頁

[18]野口雄一郎・佐藤忠男「夢の工場——東映京都撮影所」『映画評論』（一九五九年八月号）七六-七九頁

[19]大島渚監督　田村孟脚本『少年』（日本シアター・ギルド配給、一九六九公開）

[20]竹中労「「少年」と「私が棄てた女」を貫通するテーマは何か？」『キネマ旬報』（一九六九年七月五日号）三十四頁

[21]『少年』おぼえ書き」『大島渚著作集第三巻わが映画を解体する』（現代思潮新社、二〇〇九）一三四頁

[22]六九年度の「キネマ旬報　日本映画部門」第三位、「映画評論　日本映画部門」第二位。

[23]山田和夫著『戦艦ポチョムキン』（大月書房、一九七八）一〇三頁

[24]前掲書「蒲田行進曲㊙演出日記」四八七頁

[25]前掲書『つかこうへい正伝』九頁

第十三章 ドラマトゥルギーを超えた物語を求めて
「リング・リング・リング　女子プロレス純情物語」

中野正昭

1　戻って来たつかこうへい

「お前は死んだあの子の位牌を持ってリングに上がれるのか」——こんなキャッチコピーを掲げるパルコ劇場プロデュース〝長与千種スペシャル『リング・リング・リング　女子プロレス純情物語』〟は、幼子の死の場面から始まる。

闇の中から病院の緊急治療室のアイソトープの音が聞こえる。

医師の声　お母さんにあゆみちゃんの側にいてもらって下さい。
　助からないまでも励ましてやるべきだと思うんです。
　血圧は。
看護婦の声　60です。
若原の声　娘を助けてやって下さい。

医師の声　脈拍は。
看護婦の声　25です。
医師の声　心臓マッサージを開始しろ。
（略）
看護婦の声　5、4、3……停止しました。
娘さんが死ぬときにどうしてお母さんが側にいてあげないんです。
7時15分、ご臨終です。
若原の声　ウォー。千種はどこだ。どこにいる千種は。
大介の声　小樽です。ベルトを取りに行ってます。
若原の声　……!![注1]

闇の中の沈黙、やがて静かに長渕剛の歌《いつかの少年》が流れだす。大人となった長渕が、少年時代を過ごした鹿児島の暗い記憶を断ち切り、これから自分の人生を歩み出す門出の歌だ。歌につづき、突如、暗闇を切り裂くように複数のスポットライトが照らされる。舞台上には数十人の男たちが、レスラーパンツ姿で腕を組んで立っている。リング・アナウンサーが彼らの名前をひとりずつ高らかにコールする。今まさにプロレスの試合が始まろうという緊張感が漂う中、紫の格闘着を纏った彼女が舞台中央に姿を現し、右手をまっすぐに高く突き上げる。

リング・アナウンサーが一際大きな声でコールする。「レディース&ジェントルメン、長与千種！全日本女子プロレスのあの伝説から二年、長与千種ファースト・ステージで御座います!!」。次の瞬間、男たちが長与千種に襲いかかる。しかし彼女はそれをたった一人でなぎ倒していく。――元人気女子プロレスラーの長与千種が本人をモデルとする「長与千種」役で主演する『リング・リング・リング　女子プロレス純情物語』は、悲劇的な幼子の死から一転、長与の現役時代を髣髴させる熱い闘いで幕を開ける。哀しさと激しさの緩急自在な往復が、この作品全体の基調をなしている。

一九八二年、小説『蒲田行進曲』で直木賞を受賞し、人気の絶頂にあったつかこうへいは、文筆に専念するために「つかこうへい事務所」を解散した。そして演劇活動を空白のまま八〇年代を終えるかと思われた八九年一月、つかは女優・岸田今日子を主演とする『今日子』（シアター・サンモールの杮落とし公演）で再び演劇界に復帰した。題名からも分かるように、『今日子』は岸田今日子その人をモデルとしながら、つからしい自由な想像力を交えてつくりあげた虚構(フィクション)だ。有名女優本人が自分をモデルとする役で主演する凝った仕掛の話題性もあって、マスコミはつかの演劇界復帰を大々的に喧伝したが、舞台の評判はふるわなかった。

しかし、つづく同年八月に上演した、自作小説の舞台化『幕末純情伝　黄金マイクの謎』（平栗あつみ主演、パルコ劇場）は沖田総司が実は女だったという奇抜な内容と外連味あふれる演出で観客の評判を集め、その後も改バージョンを重ねるヒット作となった。翌九〇年十一月には、

『初級革命講座　飛龍伝』を大幅に改訂した『飛龍伝'90　殺戮の秋』（富田靖子主演、銀座セゾン劇場）を、六月には『熱海殺人事件』の改訂版『熱海殺人事件　オン・ザ・カントリー・ロード』（塩見三省主演、紀伊國屋ホール）を、さらに九一年四月も『熱海殺人事件　ザ・ロンゲスト・スプリング』（池田成志主演、紀伊國屋ホール）、そして十一月十日から十二月十二日にかけて『リング・リング・リング　女子プロレス純情物語』（以下『リング・リング・リング』）を発表し、いずれも好評を博した。

『リング・リング・リング』は、『今日子』につづく復帰後の完全書き下ろし第二作目で、実在する有名人が本人役で主役を務める点も同じだが、こちらはパルコ劇場開場以来の観客動員を記録する大成功を収めた［注2］。公演と同じ十一月には戯曲『リング・リング・リング　女子プロレス純情物語』（白水社）が出版されている。翌九二年二月四日から九日には大阪の近鉄小劇場で、三月十九日から二十九日には福岡をはじめ地方公演も行われた。

その後『リング・リング・リング』は、つかの手により小説化され、九三年二月に小説版『リング・リング・リング　女子プロレス純情物語』（角川書店）が出版され、同年五月には、つか脚本、工藤栄一監督で『リング・リング・リング　涙のチャンピオンベルト』（バンダイビジュアル＝ギャンピット制作）の題名で映画化もされた。つかの八本目の映画化作品だ。映画は舞台に引きつづいて長与が主役をつとめた他、共演に島田陽子、阿部寛、渡瀬恒彦、さらに試合場面では全日本女子プロレスの人気レスラーが多数出演した。映画公開前には映画脚本を収めた

『フォトシナリオ　リング・リング・リング　涙のチャンピオンベルト』（白水社）も出版された。『リング・リング・リング』は、復帰後に手掛けた新作の中で最大のヒット作である。

つかの代表作が一九七〇年代からつかこうへい事務所解散の八二年までに集中していることを考えれば、復帰後のつかの演劇活動は明らかに第一線を退いたものである。しかし、演劇人としてつかこうへいの足跡を眺めた場合、この一線を退いた時期の彼が何を考え、何を求めたのかを知ることは決して無駄ではないだろう。本稿では『リング・リング・リング』を題材に、復帰直後に手掛けた有名人本人による自演作品に込められたつかの創作意図を探ってみたい。

2　女子プロレス界の革命児・長与千種

まずは本作の主役の長与千種と女子プロレスの歴史について、舞台と比較する上で、やや詳しくみてみよう。長与千種（本名・長與千種）は、一九六四（昭和三十九）年十二月八日、長崎県大村市に生まれた。父親は元競輪選手で、千種という名前は当時の配当最高額の船券・千円に因み、千の種をまけるような人になれとの願いを込めて命名された。四歳の時に小児結核と小児喘息を併発、慢性的な栄養失調もあり、毎日病院へ通って治療を受けるという日々を小学二年生までつづけた。健康を取り戻したきっかけは、身体を鍛えるために通いはじめた近所の空手道場で、その後より本格的に学ぶため沖縄空手・小林流の道場へ入門、スポーツ空手とは異なる武道空手を習得した。

長与には姉がいたが、男の子が欲しかった父親は千種を男として育てようとし、普通の女の子として育てたかった母親とは諍いが絶えなかった。例えば小学校のランドセルひとつにしても、父親が黒色、母親が赤色を、それぞれ用意して長与にどちらを使うか選ばせた。そこで長与は「学校に行く時には黒いランドセル。でも赤いランドセルはいつも布団の枕元に置くんですよ」［注3］という器用さで、親も自分も巧く納得させたという。その後、弟が誕生すると、こうした父親の干渉は影を潜めた。

長与が女子プロレスに出会ったのは七四年、十歳、小学四年生の時だ。テレビで見た女子プロに熱中するようになり、同年、大村市民体育館にやって来た全日本女子プロレスの試合を生で見て虜となった。


（……）その時はマッハ文朱さんがスターで、ロンドンブーツにパンタロンはいてGジャン着てたんですけど、それがものすごくかっこよかった。サインしてもらおうと思って文房具屋でノート買って行ったんだけど、あまりのかっこよさに「サインしてください」って頼めなかったんですよ。かっこよかったなぁ。その時唯一写真を撮ったのが小人さん〔筆者注＝当時の女子プロはミゼット・プロレスと組んで興行した〕。プリティ・アトムさんがピースサインしてくれたの、今でも覚えてます［注4］。

翌年、一家を不幸が襲う。競艇選手を引退後、父親は飲食店を経営し軌道に乗せていたが、保証崩れで知人の借金を背負うことになった。借金返済のため、両親は関西で出かせぎ仕事を行い、姉弟は中学卒業まで別々の親戚宅に預けられた。家族全員が再び一つ屋根の下で暮らせるようにと考えた長与は、八〇年、中学卒業と同時に上京して全日本女子プロレスのプロテストを受ける決心を固める。とはいえ、借金を理由に娘を中卒でプロレスラーにする親がそうそういるはずはない。それが分かっていた長与は、中学三年のテストを全て白紙で提出、高校受験も推薦も不可能なように下準備をした上で、理解ある担任教師の協力を得て両親を説得した。見事プロテストに合格し、人気悪役レスラー「デビル雅美」の付け人をしながら、八月にデビュー戦を果たした。

日本の女子プロレスは、一九四八年、三鷹市の空手道場で進駐軍相手の興行として始まったとされる。これは力道山がデビューした五一年を日本の〝プロレス元年〟とする男子プロレスより三年も早い。しかし現在のスポーツ・プロレスと異なり、初期の女子プロレスは、アメリカのキャット・ファイトの流れを汲む「ガーター・マッチ」――水着姿の若い女性が互いの太腿のガーターベルトを奪い合うエロチックな見世物――で、会場も芝居小屋やキャバレー等の遊興施設だったため、一般的なプロレス史からは除外されている。

五四年、在日米軍慰問のために世界チャンピオンのミルドレッド・バーグ、メイ・ヤングら全米トップ選手が来日すると、彼女らとの試合興行に刺激された関係者の間に、従来のお色気路線を脱したプロ・スポーツを目指す動きがあらわれる。そして六八年、日本女子プロレス協会を脱退した松永高司と選手たちが中心となり「全日本女子プロレス興業株式会社」（以下「全女」）を設立。全女は、女子プロレスとミゼット・プロレスの二本立て興行を掲げ、神社の境内やスーパーの駐車場に野外リングを設営しながら全国を旅廻りし、観客を増やしていった。

小学生の長与千種が女子プロと出会った七四年、全女からマッハ文朱がデビューする。元々歌手志望だったマッハは、テレビ番組『スター誕生！』の決勝大会に進出するも、同じ回に出場した山口百恵に破れて歌手デビューの機会を逃した。その後、姉が見つけた雑誌の女子プロレスラー募集に応募してレスラーとなった。長身で美人、性格の明るいマッハはたちまちアイドル選手となり、次いで歌手デビューするとこれもヒットを記録した。このマッハ人気を受け、女子プロは一九七〇年代半ばからスポーツと芸能の要素を合わせ持つスポーツ・ショウとして独自の進化を遂げていく。七六年、ジャッキー佐藤とマキ上田がタッグ・チーム「ビューティ・ペア」を結成、「プロレス版宝塚」と呼ばれた歌やパフォーマンスで若い女性の人気を集めた。七八年には、デビル雅美がデビュー。「デビル軍団」を率い、善玉の「ベビー・フェイス」対悪玉の「ヒール」という物語的面白さで女子プロファンの間口をさらに拡げることに成功する。長与がデビューした八〇年頃の全女は、テレビ中継が始まり、以前より人気が高くなったとは言え、まだ経営は苦しく、相変わらず野外リングを設置して試合を行う旅廻りが基本で、試合回数は年三百回を超えた。プロ・スポーツと呼ぶには、あまりに見世物的な匂いが強く残っていた。

デビュー直後の長与は鳴かず飛ばずの地味なレスラーだった。男性相手に実践的な沖縄空手を学んできた長与には、どこか女子プロを侮るところがあったようで、先輩やファンから生意気だと疎んじられることもあった。長与の人気に火が着いたのはデビュー三年目の八三年一月、全日本選手権を賭けたライオネス飛鳥とのタイトル戦からだ。この時、長与は、技の掛け合いを前提とする従来のプロレスのやり方ではなく、相手を確実に倒すことを目的とした「ストロングスタイル」で挑んだ。女子プロでは珍しい格闘技由来のリアル・ファイトはたちまち観客の注目を集め、同年八月、長与とライオネスがタッグ・チーム「クラッシュ・ギャルズ」を結成すると、十代の女の子たちを中心にその人気は社会現象にまで拡大した。

技の掛け合いを基本とし、ルールが曖昧で、ショウ的な要素の強いプロレスは、早くから「八百長」疑惑があり、他のプロ・スポーツと比べ鬼っ子的な存在だった。特に長与が活躍した一九七〇年代後半から九〇年代にかけては、ファンやメディアの間で激しい八百長論争が繰り広げられた。そんな中、八〇年には村松友視が『私、プロレスの味方です――金曜午後八時の論理』(情報センター出版局)を発表、競技と演技の境界上にプロレスの魅力を見つめる画期的なプロレス論で安易な八百長論に一石を投じ、ベストセラーとなった。一方、八四年には男子プロレス団体のUWFが旗揚げされ、ショウ的要素を排除したシュートスタイルのプロレスを確立、後の総合格闘技の布石となった。こうしたプロレスの八百長を巡る虚実の仕切り直しが盛んに行われていた中、長与千種は女子レスラーとして唯一WCWA世界女子選手権ほか四冠を達成し、女子プロレス界の革命児と呼ばれるようになった。

そして人気絶頂だった八九年、当時の女子プロ「二十五歳定年制」を受け入れ長与は引退を決意。引退後は郷里に帰って空手道場を開こうと考えていたが、全女の社長から、引退した女子レスラーが芸能界で活躍する道を開拓して欲しいとの説得もあり、タレントに転身する。

3 おれはお前から逃げない

長与とつかの出会いは、一九八九年春、知人に連れられた長与が『幕末純情伝　黄金マイクの謎』（八月、パルコ劇場）の舞台稽古を見学したことによる。この時、つかの隣に座った長与は、俳優に口立てで稽古を付けるつかの怒鳴り声など物ともせずに居眠りをしてしまう。後日、長与はつかから呼び出される。

指定された六本木のバーに伺うと、貸し切りになったフロアの奥で、つかさんが飲んでいらっしゃったんです。でいきなり歌を唄えと言われるんですが、指定された歌は知らない歌。緊迫した雰囲気で、社長も『ちーちゃん唄いなさい』と言うので、とりあえず唄っていると、今度は『マイウェイ』を歌詞を見ないで、つかさんの後について唄いなさいという。無我夢中でそれを繰り返して、気がつくとつかさんが、では明日から練習にくるようにと言ってらっしゃったんです（笑）〔注5〕

こうして長与は田端にある『熱海殺人事件　オン・ザ・カントリー・ロード』（九〇年六月、パルコ劇場）の稽古場に通うようになった。元喫茶店を改装した狭い稽古場で、つかが長与に出した課題のひとつが「笑いながら唄え」だったという。マッハ文朱以降、歌う女子プロレスラーは数多く登場したが、なかでも長与は人気と歌唱力に秀で、クラッシュ・ギャルズ時代に八枚のシングルと七枚のアルバム、引退後も既に六枚のシングルと四枚のアルバムを出していた。「笑いながら唄え」とは、人前に出ることに慣れ、度胸もすわっている長与の役者としての素質を試す狙いがあったのだろう。というのも、長与は同作の「大山金太郎ダミー」役――客席後方から《マイ・ウェイ》を唄いながら登場してステージにあがると、木村伝兵衛（塩見三省）に乱暴にキスされる――で初舞台を踏むが、公演中つかからあらゆる手段でプレッシャーをかけられたという。例えばゲネプロでは、緊張している長与の傍にわざわざやって来たつかは「大勢の客の期待を裏切るなよ」と、余計な一言をかけて言った。しかしプロレスで鍛えられた長与の図太くタフな神経が、この程度でまいるはずはなく、初日があく頃には「つかさん、今日は土曜だから二回楽しめますね」と楽しそうに話しかけ、つかを喜ばせた。

この公演中、つかは長与をモデルに作品をつくることを考えつく。はじめは単に『哀愁の夜に』という題名だけがあり、舞台にするかどうかも決まってなかったが、結論は突如打ち上げの席で出された。

つかさんにいきなり『おれはおまえから逃げない』って言われたんです。どういう意味だろうと思っていると、『あの女子プロレスっていうのは何なんだ。普通の10代の女の子っていうのは、自分の弱点を隠すじゃないか。足が太いとか、尻がでかいとか。でも女子プロの奴らはあんな水着きて、リングの中で戦って、あんなに明るい。チャンピオンベルトて言ったって、質屋に持っていきゃ4千円位にしかならないもんだろう。それなのに二言目には、チャンピオンになりますだの。あんなのただのメッキだ』と。こっちはプロレスやってる時は命かけてましたから、頭にくるわけです。でも、ちゃんと分かって下さっている。『だからこそ、あのベルトの持つ意味はなんだろうと思う。みんな本気であのチャンピオンベルトを目指している。おれはそんな女子プロを、そしておまえを描かなきゃ一生後悔すると思う』と。女子プロは女が水着姿で八百長試合やる見世物だと言われているけど、おれはそんな色眼鏡で見ない。おまえから逃げないというような事を言って下さった。うれしかったですね。芸能界に入って初めて色眼鏡から解放された様に思いました[注6]。

一九四八年生まれのつかと六四年生まれの長与には十六の年齢差がある。『飛龍伝』『ストリッパー物語』『蒲田行進曲』『幕末純情伝』など、つかは社会的な足枷をはめられた女性を好んで作品にしている。当時の女子プロはスポーツの躍動感と見世物の禍々しさが同居し、そこに十代の少女たちの熱い声援が飛び交う唯一無二の不思議な存在だった。それは芸能の始原的姿に近いのだが、それをメジャーな演劇で作品にしたのはつかだけだ。女子プロをとりあげることは、女性を描いてきたつかにとっても大きな挑戦だった。

この時の約束を守るべく、つかは翌九一年四月の『熱海殺人事件　ザ・ロンゲスト・スプリング』でも長与を同じ役で起用した後、次のパルコ劇場プロデュースの新作を『リング・リング・リング』で行くことに決める。これを知らされたパルコ劇場支配人・山田潤一は「えっ、元女子プロレスラーの人に、パルコの芝居を一か月もやらせるんですか?」[注7]と驚き呆れたという。時代はまだバブル景気で、劇場側にも余裕があったが、それでも長与の主役抜擢は大博打だった。

しかし、つかのやる気は本物で、当初三ヵ月を予定していた台本の執筆は、わずか十四日間で完成する。この後に口立て稽古による大幅な手直しがあるとは言え、これは記録的な執筆スピードだ。舞台は九一年八月一日から毎日約九時間の稽古を経て、十一月に本番を迎えた。

4 戯曲版『リング・リング・リング』

実のところ、出版された戯曲『リング・リング・リング』は読んでいて首を捻らざるを得ない場面が幾つもある。口立てで舞台を作り上げるつかこうへいは、もともと緻密な芝居を書くタイプの作家ではないが、それを割り引いたとしても、現在、活字で読める戯曲『リング・リング・リング』はかなり歪だ。ここでは、この戯曲をもとに作品の内容をみてみよう。なお混乱を避けるために、これ以降長与千種に関しては、本人を「長与」、作中人物を「千種」と記す。

場所は、つかの故郷福岡県嘉穂郡の炭鉱街を連想させる「福岡県筑豊の炭鉱街」だ。この町では近頃落盤が多発し、新婚の千種もまた、夫・義明が落盤事故で半身不随となっていた。千種に想いをよせる福岡県警の亀田は、これが事故を装った事件で、その犯人は流れ者の漫才師「アカマン」こと万作に違いないと推理する。犯行動機は二つある。一つ目は、亀田に対する万作の敵意だ。亀田と万作は共にレスリング選手としてオリンピック代表を競うライバルだが、実力では勝てないと悟った万作は、落盤事故の捜査をする亀田を事故に見せかけて殺そうとした。二つ目は、千種の存在だ。千種にプロレスラーの才能を見抜いた万作は、彼女を上京させ、自らの手でストロングスタイルのレスラーに育てたいと考えた。そこで邪魔な義明を殺害しようとした。

亀田に追求された万作は犯行を認めつつも、見逃して欲しいと頼む。すると亀田は交換条件としてオリンピック代表の選考試合でわざと負けるように言うのだった。

亀田　おいは千種のことが好きなんや。わしは千種を東京なんかに行かせとうないんや。この筑豊に、この美くしか九州にいてほしいんや。あんなうす汚い東京なんか行って、八百長まがいの女子プロやらしたら、千種の無垢なる心が汚れちまうんだ。

万作　亀田さん、女子プロは八百長じゃありません。

亀田　わしは金メダル取って、千種に真のスポーツの喜びを教えてやりたいんじゃ。

万作　亀田さん、女子プロも立派な真のスポーツです。

なかなか交換条件をのもうとしない万作に業を煮やした亀田は「暴走族あがりのお前をひろってここまでにしたの、誰ね。入院してるお母さんの費用払ったのは誰ね。弟を少年院に迎えに行ったのは誰ね。恩を感じちょったらおいに日本代表権譲ってくれんね」と、恩を楯に八百長試合を迫るのだった。

渋々ながらも条件を受け入れた万作のもとに、ひとりの美女が訪れる。全日本女子プロレスの十年連続チャンピオンのデビル奈緒美だ。亀田にわざと負ける約束した万作に対し、デビルは「あなたが亀田さんに恩があるから、私は身をひかなくてはならないんですか。いやです。」「明日、勝って下さい、私のために。私だけのために」と懇願するのだった。——このデビル奈緒美の「身をひく」の意味は、物語の最後まで分からない。戯曲では、こうした整合性のない部分が幾つもみられる。先の亀田と万作のやりとりも、亀田は万作を流れ者の漫才師「アカマン」だと言ったかと思うと、子供の頃から面倒をみた間柄だと言うなど一貫性がない。

さて、懇願するデビル奈緒美に対し万作は、あなたは女子プロ人気を煽るために協会が無理矢理つくりあげた客寄せのチャンピオンに過ぎないのだと冷たく言い放つ。「しかし千種は違います。／あの子は自分の力ではいあがってくる子です。／この女子プロを根底から変えてくれる子です。／神社の境内の裏手でヘビつかいやろくろっ首の見世物小屋と並んでやっている、ストリップまがいの女子プロレスを変えてくれる子です」と。怒りにまかせ万作を蹴り続けるデビル、そこに千種が現れる。するとデビルは彼女もまた蹴り倒す。

千種　何ね、あのデビルの態度は！　あれがチャンピオンのやることね。いたいけな少年少女の差し出す色紙には、どげん疲れとっても真心と微笑みをもってサインしてやるのが、チャンピオンベルトの重みじゃなかとね。お義母さん、寝てる場合じゃなか！　よし、うちゃ下半身不随にされた義明さんの仇ばうちに東京へ行ってチャンピオンベルト取っちゃる。

こうして千種は女子プロレスラーを目指すようになるのだが、なぜチャンピオンベルトを取ることが義明の仇討ちになるのかは不明だ。

デビル奈緒美の名前は、長与が初めて付け人についたデビル雅美に因むものだろう。長与の回想によれば、デビル雅美は、生意気な言動で先輩や同期からいじめられがちだった長与を庇い、言葉使いや人に接する態度を厳しく躾けてくれた先輩だったという。

その後、千種は、一家の働き手である彼女を東京に行かせないために手籠めにしようと企んだ義父をバックドロップで殺してしまう。亀田に逮捕された千種は、罪を認め裁判にかけられるのだが、弁護士の若原だけは千種の犯行に疑問を持っていた。殺された義父は第三頸椎、第七頸椎及び第八頸椎を一度に骨折したことが死因とされているが、それらの骨を一度に折って殺害するには、バックドロップの体勢を四十五秒間維持しなければならない。そんな人間がこの世にいるのだろうか、と。そこに千種の才能を惜しむ万作が割って入り、「千種さん！　俺はあんたに必ずチャンピオンベルトを取らせます。デビルを倒し、真のストロングスタイルの女子プロをあんたに完成してもらいたいんだ。刑務所からトレーニングのカリキュラムを書き送ります。タバコと酒は絶って下さい。それと、男はつくらんで下さい」と言い残して、彼女の身代わりに服役するのだった。

万作の意志を継ぎチャンピオンベルトを取る決意を固める千種。それを苦々しく見ていた亀田は「二十四個のルビーにふちどられたチャンピオンベルトのあの黄金の荒鷲がつかむものは希望。両の目が見つめるものは愛。その神聖なベルトをしめようって人間が九州は筑豊のボタ山でチンケなジーさん殺したとわかったら無垢な少年少女はどう思うと思っちょる」と、千種の逮捕を宣言、その証拠をつかむため部下を率いてモロッコで性転換し、女子プロレスラーとして潜入捜査を開始するのだった。――『リング・リング・リング』には多くの笑いが登場するが、そのいずれもが、以前のつかの特徴だった悲痛で切ないアイロニーの笑いではない。登場人物やそれを演じる俳優、さらには観客までをもアイロニーの対象にするような毒と批評性を持った笑いではなく、どこまでもその場面を賑やかにするための添え物の笑いだ。

四年後、刑期を終えて出所した万作は衝撃の事実を知らされる。女子プロレスラーとなった千種は、万作に会えない寂しさから、レフリーに転身した元弁護士の若原と結婚し妊娠していたのだった。プロレス団体のコーチになった万作は、千種や他の選手たちを一流の女子プロレスラーに育てるべく厳しいトレーニングを課していく。肉体改造はもちろん、野獣のように粗野な彼女たちに言葉使いや礼儀作法まで、殴る蹴るしながら指導する万作を見て、周囲が思わず止めようとする。

万作　うるさい。俺はこうやってレスラー育ててきたんだ。
　　いいか、お前らが女子プロやめても、きちっと生きていけるように、飯くらい炊けるようにしとくんだ。普通の女のたしなみってのを覚えてとくんだ。人に会ったときは『おはようございます』、分かれるときは『さようなら』って言うんだ。言ってみろ。キサマ、言わんかったらオラ叩っ殺すぞ。

千種　おはようございます。

万作　俺はお前にレディになってもらいたいんだ。俺たちはレディのプロレスをやるんだ。いいか、よく聞け。引退した女子プロたちが今何やってる。テレビのバラエティショウでケチな漫才師に笑いもんにされてるだけだろうが。黄色やピンクに髪染めさせられて、竹刀持たされ、見せ物小屋でゲテモノ扱いされてるだけだろうが。一年もすればお払い箱だろうが。お前の先輩あげてみろ。パッション鈴木。今、何してんだよ。不世出のスターと言われ、あれだけ立派な引退式をやってもらって、タチの悪い男に騙されて、あげくが今新潟競輪場で車券切ってるよ。いいのか、そんなとで。中條さん、いいんですか、そんなことで。あんたたちが青春をかけた女子プロがゲテモノ扱いされてていいんですか。大嶋さん、女子プロはただ図体がでっかいから、女子プロに入ってきたんですか。竹刀持たされて、ケチな漫才師どもにコケにされるため、女子プロをやってんのか。

陽子　違います。

万作　そう、違うんだ。リングの上でしか捜すことのできない青春ってのを見つけにきたんだ。和代、お前、リングの上に飛び散る汗の中に、女の何かを見つけたいんじゃないのか。和代、違うか。

和代　そうです。

実際の女子プロに取材した生々しい台詞だ。つかはバックステージでの女子プロレスラーの悲痛な境遇を赤裸々に、暴力的に描いて行く。引退後の惨めさやそこに到らざるを得ない女子プロの内幕を告発する。と同時に、自分にはとうてい理解できないが、「リングの上に飛び散る汗の中に、女の何か」をひたすら追いかける女の子たちがいること、そうした「青春」があることだけは認めるべきだと主張する。

万作が千種をチャンピオンにしたがる理由には裏があった。万作とデビルは人目を忍ぶ恋人同士で、万作は、客寄せチャンピオンながらも全身全霊で闘い傷つくデビルからストロングスタイルの千種がベルトを奪うことで、デビルにレスラーらしい最後を飾らせようと画策していたのだった。

やがて千種は、厳しいトレーニングと試合の合間に、女の子を産む。あゆみと名づけられたその赤ん坊は、プロレスの巡業で忙しい母親に抱いてもらえず、母乳も与えてもらえなかったため身体が弱く、四歳——長与が小児結核と小児喘息を患った年齢だ——になった今も入院したままで回復の見込みがない。病院のあゆみを見舞った亀田が千種に言う。「あゆみちゃん、体中に注射針打たれてベッドの上でうめいとった。もう注射針打つとこなくて、股の内側にやっと静脈見つけてまた一本注射打ったとよ。（略）さあ、行ってやれ。あゆみちゃん心細かよ」と。しかし千種はあくまでもチャンピオンベルトを取りに北海道の試合会場へ行くと応える。

亀田　あげなチャラチャラしたベルトのほうが、八百長の女子プロのベルトのほうが実の娘より大事か！
千種　女子プロは八百長じゃないです。あたしはベルトが欲しいんです！
亀田　大した女だね、あんたは！

そしてタイトルマッチ目前、あゆみは不在の母親の名前を呼びながら淋しく死んでいった。女子プロレスラーが母親になるのは難しい。ある選手は三ヶ月の巡業を終えて帰宅し、可愛いわが子を抱いて一緒にお風呂に入ったまま眠ってしまい、子供は溺死した。別の選手は、こたつで赤ん坊に母乳を与えたまま眠ってしまい、圧死させた。

千種　疲れてたんだと思います。
若原　たかが八百長の女子プロが何が疲れてただ。
千種　女子プロは八百長じゃないです。

若原　そりゃさ、炊事洗濯だの、家事に疲れてうっかり殺しちゃったんだったら、まだわかるよ。ま、大変でしたね、ご愁傷様でした、って普通の会話ができますよ。だけどよ、千葉の稲毛屋〔スーパーチェーン「いなげや」〕あたりの駐車場でチャラチャラした水着着て八百長試合やってて疲れて殺されたんじゃ赤ん坊もたまんないよ。とにかく女子プロと一緒になると、まともな葬式も出せませんもんね。

（略）

若原　あんな八百長のベルトなんかのためによく娘を殺せたな。

千種　女子プロは八百長じゃないですよ。

若原　言えって、女子プロは八百長ですって。あゆみも許してくれると思うよ。言えって、八百長って。でなきゃあゆみも成仏のしようがないんだよ。言ってみろ!!　私は女子プロの八百長のために娘を殺しました!!

若原、散々蹴りつける。

愛娘を亡くした父親の若原は、娘の母親である千種を執拗になじり、蹴りつける。女子プロレスラーの職業意識や人格が次々と、徹底的に否定されていく。夫の罵声に耐え、子供を亡くした悲しみに耐え、いよいよ千種は十和田で開催されるデビル奈緒美とのタイトルマッチのリングへと上がる。しかしリング上のデビルは、長年のレスラー生活で既に心身ともに憔悴しきっていて、両目の視力も失っていた。試合開始のゴングが鳴ると、そのままマットに倒れ込み、生きを引き取る。

闘わずして勝利した千種の前に、手にチャンピオンベルトをぶら下げた亀田が現れる。ベルトを落とし、踏みつける亀田。「デビルさん⁉　ベルトは必ず守りぬきます」と闘士を燃やす千種。アマチュアレスリングでオリンピックの金メダルを目指した亀田の実力に押され、千種はリングの片隅に追い込まれていく。と次の瞬間、隙を突いた千種が亀田の背後に回り込み、バックドロップの体勢で亀田の身体を持ち上げ、フォールに入る。四十五秒。レフリー姿の若原がカウントを取る。1、2、3！　師である万作と共に五年の歳月をかけてつくりあげた「千種スペシャル」の完成だ。高々とチャンピオンベルトを掲げた千種が叫ぶ。「あゆみ！　お母ちゃん、ベルト取ったからね。あゆみ！」

万作を奪い合った千種とデビルが正面から対決しない『リング・リング・リング』のクライマックスは、いささか肩すかしを食らった感じだ。女子プロを題材にした物語としては、クライマックスは女と女の決着を見たかったように思う。それ以前に、この戯曲が抱えている幾つもの整合性のなさはどうしたことだろう。先述の亀田と万作の関係、デビルの「身をひく」発言の他にも、作中何度も「女子プロは八百長だ」と男たちから侮辱される度に、千種は「八百長ではありません」と反論するが、作品の中でその根拠らしきものは最後まで語られない。なぜ千種がプロレスに夢中になったのか、その理由も判然としない。半身不随の義明の仇討ちだと千種は言うが、なぜデビルが義明の仇になるのか不明だし、万作への恋心だけでチャンピオンベルトへの執着を納得するのも難しいだろう。白水社から出された戯曲は、誤字脱字や組版のミスが散見されることからも、公演に先がけて大急ぎで出版されたことが容易に想像できるのだが、興味深いことに、この戯曲以前の上演台本では、右記のような疑問の大半が整合性がつくように書かれている。次に、上演台本をもとに、現在確認できる一番最初の形の『リング・リング・リング』をみてみよう。

5　上演台本版『リング・リング・リング』

筆者が古書店で偶然手に入れた上演台本には、戯曲では削除された幾つか重要な設定が残っている。上演台本から戯曲へ移る過程で変更された点は、細かに複数あるが、特に顕著なのが登場人物の関係と、千種をプロレスへと駆り立てる動機だ。

戯曲では千種を中心に複数の男たちの思惑が交差する内容になっているが、上演台本ではこの中心に千種とデビル奈緒美の二人が置かれている。まず亀田と万作だが、上演台本では、二人は千種ではなくデビル——チャンピオンというだけでなく、なんと、警察署長の娘という別の設定がしてある——を奪い合う。デビルに恋心をよせる亀田は、オリンピックで金メダルを取れば彼女との結婚を許可すると署長から言われ、これまで面倒を見てきた恩を盾に、デビルの恋人である万作に棄権を迫る。これで、デビルが万作に「あなたが亀田さんに恩があるから、私は身をひかなくてはならないんですか」と言った意味が分かる。亀田は万作が落盤事故の犯人だとは知りもしないし、千種をレスラーにしたくないという気持ちもない。

千種を巡る亀田、万作の関係も異なっている。戯曲では、千種のことが好きな亀田は、金メダルを取ることで千種に真のスポーツの喜びを教えようとしたり、殺人犯が少年少女の憧れのチャンピオンになる資格はないとの理由からと千種を逮捕しようとする。上演台本では、亀田が金メダルを欲しがる理由はデビルと結婚するためであり、執拗に千種を逮捕しようとする理由はただ警察の職務からだ。

万作の方の変更はもっと大きい。上演台本の万作は、デビルのためだけに千種を利用するエゴイスティックな人物だ。落盤事故を起こしたのは亀田を殺すためで、義明は単に巻き込まれたに過ぎない。千種をレスラーに育てるのは、あくまでも彼女の才能がデビルの引退を飾るに相応しいからだ。戯曲では、子供を亡くした千種に対して万作は、葬式に出るためにタイトルマッチを放棄しても構わないと優しさをみせ、これに千種が反発する場面があるが、上演台本では、千種を葬儀に出させてやってくれと頼む若原に対し、万作は何が何でも試合に出場させると冷たくあしらう。

一番驚くのは、千種の義父殺害についてだ。戯曲では、後半で唐突に若原が、事件の真犯人は万作だと千種に告げる場面がある。落盤事故にみせかけて亀田を殺そうとしたところを義父に見られた万作は、千種がバックドロップで殺したようにみせかけておいて、実は自分で技を掛けて殺したのだ、と。つまり、万作は千種の罪を被ったのではなく、逆に千種に罪を着せようとしたのだった。とはいえ、戯曲では、千種は義父殺害を認めており、この突然の真相の解明は、チャンピオン目前の千種を慌てて潔白にするために無理矢理付け加えただけの印象が強い。一方、上演台本では、千種は義父を払いのけはしたが、技は掛けてないと主張する。そして、デビルと万作の関係に気づいた彼女自身が、万作に疑いの目を向け、真犯人はあなたではないかと詰め寄る場面が設けられている。言うなれば、千種は、亀田—万作—デビルの三角関係に巻き込まれ、利用された形だ。

千種がプロレスに夢中になる動機はどうだろう。戯曲では、万作を巡る千種とデビルの三角関係は描かれるが、チャンピオンベルトを巡る二人の対立は判然としない。ところが、上演台本では、千種とデビルの過去の因縁がきちんと描かれている。戯曲の二人は大人になって万作を介して出会うことになるが、上演台本の千種は子供の頃から女子プロが好きで、チャンピオンのデビルは彼女にとって最大の憧れの的だった。筑豊で女子プロの試合が行われた際、子供だった千種はデビルに色紙を渡してサインをねだるも、疲労していたデビルから拒否されるという出来事があった。その時、千種は

千種　何ね、あのデビルの態度は！　あれがチャンピオンのやることね。いたいけな少年

少女の差し出す色紙には、どげん疲れとっても真心と微笑みをもってサインしてやるのが、チャンピオンベルトの重みじゃなかとね。よし、うちゃ東京へ行ってチャンピオンベルト取っちゃる。

と、誓いを立てる。これが戯曲では過去の因縁を全て削除してしまったために、同台詞の後半部分に「……チャンピオンベルトの重みじゃなかとね。お義母さん、寝てる場合じゃなか！よし、うちゃ下半身不随にされた義明さんの仇ばうちに東京へ行ってチャンピオンベルト取っちゃる」と、整合性を欠くような動機が書き加えられることになる。

上演台本を読む限り、『リング・リング・リング』の当初の構想は、デビル奈緒美を中心とする三角関係と千種を中心とする三角関係の二つの構造があった。デビルと千種の二人の女性の物語が、プロレスを介して互いに交錯する内容だったのである。それをつかは戯曲ではデビルを中心とする構造をなくし、強引に、主人公の千種だけの物語にまとめたのだった。

6　耐える女と男たち

上演台本から戯曲への強引な変更は、作品を千種ひとりを中心とする物語にし、主役の長与の存在を前景化しようとする演出上の意図があったと思われる。つかが役者の個性や魅力を前面に押し出す演出家ではなく、純粋に劇作家だったら、およそやらないような杜撰な処理だ。
しかし、これとは別に、作品の根幹のテーマに関わる理由もあったように思われる。
長与との対談の中で、つかは、長与を「いとおしいと思い、こいつこそ役者だ」と思う理由に、普通のOLや主婦、テレビのトレンディドラマの女優や小劇場の役者では見せられない「人間の生命力」をあげ、「そういうものが演劇だと思うんだよ」と語る。そして『リング・リング』が『蒲田行進曲』のつづきとして書いたものだったと告白する。

『蒲田〜』の時は子供を生きさせたわけなんだけどさ、それはさ、やっぱり子供を亡くすっていうのは辛い話しだからさ、大抵の役者じゃその辛さにぐちゃっと潰れちゃうからなんだよ。あの階段落ちのあとに子供を亡くすとしたら、そのシーンを預けられるのは長与千種しかいないと思ったね。そういう辛さに耐えられるのが長与千種だと思ったんだよ。おまえはどういう耐え方をするのか、男たちに見せてくれっていうつもりでこれは書いたんだよ［注8］。

「男たちに見せてくれ」とあるように、つかにとっての『リング・リング・リング』は、長与のファンの大部分を占める女性にではなく、男性に向けて書いた作品なのである。つづけて、つかは「女も戦っている、っていうことを、認めなきゃいかんと思うよ。女も自分には自分の人生があって、自分の人生を幸せになる権利があるっていうことを必死に訴えているようなところがあるしな」[注9]と語る。つまりつかは、この作品は女子プロという女と女が闘う世界を題材にしながらも、女(千種)と女(デビル)が闘うのではなく、女(千種、デビル)と男たち(亀田、万作、若原、義明、義父)の闘いを描いた作品であり、「自分の人生の幸せ」――それは「リングの上に飛び散る汗の中」に探している「女の何か」――を手に入れるために圧倒的な悲劇に耐えてみせる女(長与)の「生命力」を、それを認めようとしない男たち(観客)に見せつける作品なのだと、言っているのである。

こう考えた場合、なるほど、千種とデビルという二つの中心は本来一つのものであってよく、むしろあるべきであり、千種が最後に闘う相手は、デビルではなく、亀田でなければならないと解釈できる。そして、このテーマが極端な形で爆発したのが千秋楽のクライマックスだ。

7 千秋楽版『リング・リング・リング』

扇田昭彦は、一九九〇年代以降のつか演劇の変化として、演出方法と俳優の演技スタイルの「様式化」(いのうえひでのりの言葉を借りれば「つか歌舞伎とも呼ぶべきもの」)を指摘している。

具体的に言えば、俳優たちが正面を向いて、切れ目なく、早口の大声で、まるで叫ぶようにセリフを語る演技術である。舞台進行もきわめて速く、時折、大音量のポップな音楽を加えた躍動的なダンスシーンが入る。一口で言えば、フォルテ、フォルテで攻めるノリのいい「にぎやかな」演劇である。（中略）だが、一九七〇年代から八〇年代はじめにかけてのピーク時のつか演劇の表現は、全体的にもっと精妙で細やかで、フォルテからピアニッシモまでの振り幅を含むものだった。極端に劇的なセリフと、生活感のあるリアルなセリフが同居する演劇だった［注10］。

千秋楽の舞台映像［注11］を見ると、『リング・リング・リング』が一九七〇年代の精細さと九〇年代のにぎやかな様式化の両方を備えていることがよく分かる。もっぱら、長与の出演場面は前者の演出と演技で、それ以外の場面は後者で区別して処理されている。そしてクライマックスは、この両方の要素を合わせ持つ形で処理されている。

舞台では、千種の存在をさらに前景化するためだろう、戯曲以上に整合性のとれない変更が幾つか加えられている。そしてクライマックスに関しては、物語の整合性など二の次で、作品のテーマが〝長与千種〟という「人間の生命力」を男たちに見せつけることにあることが明確に示されるように変更されている。

千秋楽のクライマックスはこうだ。チャンピオンベルトを賭けたタイトルマッチ、デビルと千種がリングに上がる。が、デビルは両目を失明している上に精神にも異常を来し、「わたしを虐めないで！」とリングの上を這って逃げ廻っている。とても試合ができる状態ではないデビルに向かい、壁のように両手を大きく拡げ、行く手を遮った千種が、静かに、力強く語りかける。ピアニッシモからフォルテへ、ゆっくりと声量とスピードをコントロールしながら。

千種　デビルさん、覚えていらっしゃいますか？　昭和四十七年、長崎県大村市、大村市民体育館で、あなたを取り巻くファンの中にひとり入っていくことができなかった少女がいたことを。つぎはぎだらけの服を着て、ひとり少女が泣いていたことを。その少女の家は貧しく、サイン色紙一枚買うお金がなかったのです。あなたは優しく、その少女を手招き、ノートの切れ端にサインしてくださいました。そして優しく頭を撫でながら、「いつか必ずチャンピオンベルトを取りにおいで」、そう言ってくださったのです。明ける年三月、その少女はノートの切れ端サインをひとつ手に握りしめ、朝靄の中、朝風の列車に乗って、ひとり上京してきたのです。デビルさん、あなたは立たなければなりません。立ってあたしと闘わなければなりません。なぜならば、ひとり泣いていた少女とは、この私なのですから。つぎはぎだらけの服を着て、サイン色紙一枚買うことのできなかった少女とは、この長与千種なのですから！

デビル　昭和四十七年、長崎県大村市民体育館。私は生まれて初めて背筋が凍りつくよう

な恐怖を感じた。なぜならば、その客席の片隅に光る狼の目をした少女がいたから
だ。千種！　それがお前だ！　待っていたぞ、待っていたぞ‼

以前の作品と比べ、『リング・リング・リング』の台詞は、長い独白が多用されている。千秋楽版では、特に後半部分で、上演台本や戯曲の台詞に加筆したり、新たに長い独白が追加されている。そのほとんどが千種の台詞で、内容は長与の実体験に則したエピソードばかりだ。長いもので三分を超えている。こうした長い独白の多様には、八〇年代の小劇場演劇を率いた野田秀樹ら新しい劇作家の影響をみることができる。

デビルは立ち上がると、闘いを制止しようと取り付く万作を蹴り倒し、千種に挑んでいく。しかし既に身体はボロボロで、不動の千種に蹴りを入れようとして無様に倒れ込む。

千種　デビルさん。あなたはその少女がノートの切れ端に知った希望に応えなければなりません。その少女が、あなたの優しさに報いるには、あなたのチャンピオンベルトを奪うことだと誓いを立てたからです！

力尽き倒れたデビルを、千種は繰り返し蹴り上げ、エルボーを加え、フォールを決める。レフリー姿の若原が、二十四個のルビーに飾られたチャンピオンベルトを千種に手渡す。興奮し

た口調でアナウンサーが叫ぶ。「勝ちました！長与千種勝ちました！見事な、見事なカムバックです‼」。やがてステージ一杯のライトに照らされ、ハンドマイクを握った長与が浜田省吾《路地裏の少年》を唄いだす。と、背後の暗幕が上がり、そこには出演者が横並びでキーボードを演奏しながら一緒に歌を唄っている。頭上からはキラキラと金銀の紙吹雪が舞い、ウエットな歌謡曲にのせて出演者がひとりずつ紹介される。全員の大合唱。二曲目、沢田知加子《避暑地の夏》が唄われる——九〇年代のつかが大劇場で定番とするようになる終わらせ方だ。

千秋楽のクライマックスは、千種とデビルが正々堂々とリングで闘い、勝負を付ける。この後、亀田が登場することはない。千種（女）が、亀田、万作、義明、若原義父ら（男たち）と対峙しながら、デビル（女）からチャンピオンベルト（自分の人生の幸せ）を受け継ぐ物語として終わるのである。このクライマックスで興味深いのは、物語上は福岡県筑豊生まれの千種が、「長崎県大村市、大村市民体育館」という長与の子供時代を連想させるエピソードを語り出すことだ。それまでは虚構に過ぎなかった千種の物語の中に、突然、長与の人生が顔を出す。先述のように、小学四年の長与は大村市民体育館で女子プロを初観戦し、買ったノートにサインをもらおうとするも、恥ずかしさからできなかった。その時の憧れのレスラーはマッハ文朱であって、デビル雅美でも、デビル奈緒美でもない。初観戦の年も昭和四十九（一九七四）年であって、「昭和四十七年」ではない。昭和四十七年に関わりのある出来事と言えば、それは長与ではなく、つかの方だ。この年、二十四歳のつかは「劇団（＝慶応大学の友人と結成した劇団仮面舞台〉も解散し一度は芝居もやめようかと考えていたとき、偶然〈早稲田大学六号館、劇団暫の〉平田満、三浦洋一らと出会い、再び気でも違ったように芝居をはじめる」[注12]ことになる。また、「見事なカムバックです!」とは、千種に対してではなく、長与に対しての言葉だろう。そして、舞台の上のリングにチャンピオンとしてカムバックを果たした長与の姿の上には、おのずと演劇界に復帰したつか自身の姿も重なってくるはずだ。

千秋楽版『リング・リング・リング』のクライマックスでは、それまでの物語の整合性など無視して、虚構の長与千種と現実の長与千種、そして、つかこうへいが重なり合い、虚実の境を超えた瞬間が一気に立ち上がる。「八百長」や「演技」といった言葉では割り切れない虚実の境界上のリアリティが、ドラマツルギーだけでは表現することのできない「人間の生命力」が、観客の眼前に差し出される。その意味で上演台本から戯曲、そして千秋楽へと変更を重ねた『リング・リング・リング』のクライマックスは、つかこうへい流の演劇論でありプロレス論として見事に完成している[注13]。

8　ドラマトゥルギーの行き詰まりと河原乞食の生命力

マスコミから「なぜ、いま女子プロレスなのか」と尋ねられたつかは「女子プロレスというのは、僕は、最後の〝河原乞食〟の一派じゃないかと思っている」と答えている。

『伊豆の踊子』に、「物乞い旅芸人村に入るべからず」という立て札があったという話が出てきますが、芸人というのはもともとそういう、普通の世界からはじき出された危険な匂いを持ったもので、文学というのもそういうものだと思うのですが、いまの役者は、テレビのクイズ番組だとか食べ物番組、レポーター役などにうつつを抜かしていて、全然危険な匂いがしませんね。

そういうなかで、女子プロレスだけは、最後の〝河原乞食〟だ、これが最後の砦だなという思いが僕にはあったのです。

僕は、危険な匂いや狂気的なものを持った役者を探していこうと思っていますが、それがいまは難しい[注14]。

この時期のつかが河原乞食の魅力に強く惹かれた背景には、もはや既存のドラマトゥルギーでは現代社会を捉えることは不可能なのではないかという危機意識があった。そのことをつかは、演劇活動から遠ざかっていた一九八〇年代に登場した新しいタイプの殺人犯を例に、繰り返し語っている。例えば「僕のつくった『熱海殺人事件』の劇場型犯罪が、M君で終わったのじゃないかと思うときがある」[注15]と語る東京・埼玉連続幼女誘拐殺人事件の宮崎勤について、つかは「四人も殺していて、〔死体を撮影した〕ビデカメラだけは借りてきたというもんね。「殺しましたけど、ビデオ、機械はいつも借りていました」って、これは、笑われますわ。〔劇作家が〕そんなこと書いたら」と呆れてみせる［注16］。「俺は劇作家である以上、殺人を犯した人間は心のどこかで傷ついているものなんだと思っている。でも、そうじゃないんだよ、今は。」［注17］と、思想も内面も確信もない現代の殺人犯に対するドラマツルギーの敗北を認めるのだった。そしてつかはこうした現実とドラマトゥルギーの乖離を、次のように、芝居に置き換えてみせる。

取り調べる刑事が舞台として、取り調べられる犯人が客席とする。で、なかなか自白しない犯人が出てくる。

と、刑事さんたちは、犯人像が変わってきたということに気づかず、「なあに、西新宿署の落としのカッちゃんがタバコをすすめときはこわいよ」なんてたかをくくってるわけだ。

いよいよ、落としのカッちゃんが出てきて、「よっ、タバコ吸うか？」とすすめるわけだ。昔の犯人だったら、タバコもらってついほろりとなって白状しちゃうんだけど、近ごろの犯人は、「禁煙してます」なんてむっとして顔をそむけるわけだ。

で、次に出てくるのが、麻布署のカッちゃんなんだよ［注18］。

麻布署のカッちゃんの「お袋さんが泣くぞ」も、渋谷署のカッちゃんの「カツ丼でも食うか」も、今の殺人犯には通用しない。想定し得るあらゆる犯人像を、現実の犯人たちが裏切っていく。つまり「犯人はどんどんどん変わっていってるのに、刑事は変わっていかない。客の心情風景はどんどん変わっていくのに、役者は百年前のやり方でやってるもんでリアリティがないってことなんだよ」と。この刑事の側に、役者だけでなく、劇作家や演出家も含まれることは言うまでもないだろう。つかは、現実社会の変化に対応できず、観客を感動させることも納得させることもできなくなっている新劇もアングラ演劇も——そしておそらくは自分自身も——やがて観客に見放されていくのだ、と結論づける。

そこでつかは、ドラマトゥルギーの行き詰まりを打開する新しいリアリティを、河原乞食の「生命力」に求めたのだった。復帰後のつかが力を入れた有名人本人による自演作品は、ドラマトゥルギーに頼って芝居をつくるのではなく、強烈な「生命力」を持つ人物を探し出し、その「生命力」に乗っかり、作品そのものを物語化されたその人に託すことで強固なリアリティを獲得しようとする苦肉の方法だったと言ってよい。ここに、つかの演劇人生の中で最後のターニングポイントをみることができる。

そして長与千種の場合、この河原乞食の「生命力」が生み出すリアリティの源は、実にシンプルなものだった。つか流の女優論『あなたも女優になろう——素敵な女優になるためのヒント——』（光文社、一九九七年）の長与千種の項で、つかは長与の「見せる力」を絶賛する。

演劇ではお客さんは前にしかいませんが、女子プロレスのリングでは四方向をお客さんに囲まれていて、すべてをお客さんに見られています。そして、レスラーは、どこに座った人にも充分に楽しんでもらわなければなりません。絶えず四方に気を配り、自分を見せなければならないのです。

「見せる力」とは、見せる勇気ということでもあります。あるいは、見られることに耐える勇気と言ってもいいでしょう。

よく、テレビなどでぽっと出のアイドルタレントが、わずかの間にみるみる別人のようにきれいになっていくのを見たことはありませんか。

あれは、見られているという意識が人を美しく変えていくよい例です。逆に言えば、自分を「さらし者」にすることに平気で耐えられるエネルギーのある人だけが、美しくなれるということなのです。このエネルギーの足りない人は、見られることに負けて成長できず、いつの間にか忘れられていくのです。

何千人もの観客に見つめられても、負けないだけの強烈なエネルギーは、強靱な体力から生まれてくるものなのかもしれません。

つかのユニークなところは、読者に俳優術をすすめるにあたって、受動的な「見られる」から能動的な「見せる」へと演技の獲得を説くのではなく、逆に「見せる力」から「見られることに耐える勇気」、「自分を「さらし者」にすることに平気で耐えられるエネルギー」、さらには「強靱な体力」という俳優の根源的な生命力の獲得へと論を展開してみせるところだ。では、そんな「強靱な体力」はどうやって獲得できるのか。「心理だの役の内面だの、ゴチャゴチャしためんどくさいこと考えてるヒマがあったら、ヒンズースクワットの百回もやっとけ」と、つかは言う。

俳優の魅力と個性を過剰なまでに舞台で引き出してみせるつかの演出術は、演劇の中心に俳優をすえた鈴木忠の演出術の影響を受けているとされる。それは確かだが、自分の創作意欲を刺激してくれる俳優という素材を探し出し、その素材に乗っかるようにして作品をつくるつかのやり方は、演出術と呼ぶにはあまりに偶然性に依拠している。鈴木の演出術は様々な俳優に適用できるメソッドだが、つかのそれは俳優との出会いである。

こうしたメソッドを超えた人と人との出会いの難しさは、『リング・リング・リング』後のつかが、出会ったタレントの「生命力」を借りて新作をつくるのではなく、彼らの「生命力」を過去作品の枠の中で改訂しながら発揮させるという方法に落ちついたことからも分かるだろう。長与千種と並ぶほどの「生命力」の持ち主に、その後、つかは出会うことができなかったようだ。また、その一方で、晩年のつかはオーディションで選抜した無名俳優や素人による「北区つかこうへい劇団」（一九九四年）、「大分市つかこうへい劇団」（一九九六年）、「つかこうへい北海道演劇人育成セミナー」(一九九八年)を創設し、精力的に新人発掘に力を入れた。これは出会いの数を増やすと同時に、ただ黙々ヒンズースクワットをして、「見せる力」の源である「強靭な体力」を育むことのできる人材を可能な限り自分の手で養成しようと考えた結果だろう。

興味深いことに、その後、『リング・リング・リング』は、つかこうへい以外の演出、長与千種以外の主演で五度再演されている[注19]。『熱海殺人事件』には遠く及ばないが、演劇界復帰後の作品では最多、復帰以前の作品と比べても、この再演数は注目される。敢えてドラマトゥルギーにとらわれず、長与千種の強烈な生命力を徹底して前面に押し出すことで成功したこの作品が、一部の人間にとっては、つかや長与を離れ、ひとつの作品として大きな魅力を持っているということだろう。『リング・リング・リング』が一本の戯曲として、あるいは舞台としてどのような強度を備えているか――この問題についてはまた稿を改めて論じてみたい。

主要参考文献

つかこうへい『リング・リング・リング　女子プロレス純情物語』白水社、一九九一年。

つかこうへい『リング・リング・リング　女子プロレス純情物語』角川書店、一九九三年。

つかこうへい、長与千種『フォトシナリオ　リング・リング・リング　涙のチャンピオンベルト』白水社、一九九三年。

つかこうへい『あなたも女優になろう――素敵な女性になるためのヒント――』光文社、一九九七年。

松村友視『合本　私、プロレスの味方です』ちくま文庫、一九九四年。

亀井好恵『女子プロレス民族史　物語のはじまり』雄山閣出版、二〇〇〇年。

柳澤健『1985年のクラッシュ・ギャルズ』文藝春秋、二〇一一年。

文芸別冊『つかこうへい　涙と笑いの演出家』河出書房新社、二〇一一年。

合場敬子『女子プロレスラーの身体とジェンダー――規範的「女らしさ」を超えて――』明石書店、二〇一三年。

長谷川康夫『つかこうへい正伝　1968―1982』新潮社、二〇一五年。

東谷譲ほか『日本文化に何をみる？　ポピュラーカルチャーとの対話』共和国、二〇一六年。

ビデオ『リング・リング・リング　涙のチャンピオンベルト』バンダイビジュアル、一九九三年。

注

［1］つかこうへい『リング・リング・リング　女子プロレス純情物語』白水社、一九九一年。

［2］柳澤健『1985年のクラッシュ・ギャルズ』文藝春秋、二〇一一年。

［3］長与千種、松浦理英子「プロレスの割切れなさに憑かれて」『現代思想』二〇〇二年二月臨時増刊号。

［4］つかこうへい、長与千種『フォトシナリオ　リング・リング・リング――涙のチャンピオンベルト』白水社、一九九三年。

［5］インタビュー「長与千種　プロレスラーから女優へ」『キネマ旬報』一九九三年六月上旬号（一一〇七号）。

［6］同前
［7］つかこうへい『あなたも女優になろう――素敵な女性になるためのヒント――』光文社、一九九七

年。

［8］前掲『フォトシナリオ』

［9］同前

［10］扇田昭彦「井上ひさしとつかこうへいの時代。」『東京人』二〇一〇年十月号。

［11］一九九二年にCS衛星劇場で放送。

［12］前掲『フォトシナリオ』収載のつかこうへい年譜。

［13］『リング・リング・リング』の小説版と映画版は、戯曲や舞台と異なる物語構成になっている。小説は、千種やデビル奈緒美を含む複数の人物の視点で各物語が綴られる群像劇になっている。映画は、上演台本に近く、千種とデビルの二人を主人公に物語が進む。大衆性を意識したのか、映画では、あゆみやデビルの死は避けられている。

［14］「つかこうへいが語る　今なぜCMと女子プロレスか」『宝石』一九九一年十二月号。『リング・リング・リング』と同時期、河原乞食の危険さに惹かれていたつかは、作・演出を任されたキリンビールのCMで大失敗をしている。これは、若年層の「ビール離れ」「ドラマ離れ」「CM離れ」に歯止めを掛けることを目的に、一年間毎日新作でドラマ仕立てのCMを放送するという前代未聞の大プロジェクトで、この主演につかは勝新太郎を起用した。破天荒な言動で仕事のトラブルも多かった勝の起用に、キリンは大反対したが、つかは「俺を信じろ」と言って押しきる。そして一年以上の準備期間と五億の予算を掛けたCMが放送開始された翌日、勝は麻薬不法所持で逮捕、CMはたった一日で打ち切りとなった。

［15］インタビュー「恥をなくした文化は駄目になる」『Voice』一九九〇年十二月号。

［16］同前。

［17］「つかこうへいの怖れを知らぬ100の質問」『しんげき』、一九九〇年五月号。

［18］同前。

［19］再演は以下。①『リング・リング・リング　女子プロレス純情物語』、二〇〇〇年八月、イカロスの森、髭の子チョビン演出、菜月チョビ主演。②つかこうへい追悼企画参加作品『リング・リング・リング女子プロレス純情物語』、二〇一一年六月、一心寺シアター倶楽部、虎本剛演出、小野愛寿香主演。③『リング・リング・リング　女子プロレス純情物語』、二〇一二年七月、Ｇフォーススタジオアトリエ、後藤宏行演出、広田さくら主演。④『リング・リング・リング　女子プロレス純情物語』、二〇一五年九月、Ｇフォーススタジオアトリエ、後藤宏行演出、針生あす華主演。⑤つかこうへい七回忌追悼特別公演『リング・リング・リング２０１６』、二〇一六年三月、全労済ホール・スペース・ゼロ、秦建日子演出、キンタロー主演。

あとがき

つかこうへいが慶應義塾大学に入学した一九六八年秋にイギリスの劇作家アーノルド・ウエスカー（一九三二～二〇一六）が来日した。〈ウエスカー68〉と呼ばれた催しで招かれたのだ。これは演劇界のちょっとした〈事件〉だった。木村光一がウエスカー三部作（①「大麦入りのチキンスープ」、②「僕はエルサレムのことを話しているのだ」、③「根っこ」）を一挙に上演したいと考えていたことからこの企画が始まったらしい。野村喬によれば、氏が「ベルリンで開催中の〈ブレヒト対話68〉の真似をしようと言い、宮本研が日本のわれわれの問題とすることを提案したのが〈ウエスカー68〉になってしまった（略…これまでのような各新劇団の主導ではなく）若い人が音頭取りして呼びかけ」（『テアトロ』一九六九年一月号）た初めての試みであった。老舗新劇団の若手にも68年現象が起きていたのだ。

一〇月末にウエスカーは朝日生命ホールで講演（「断片化を超えるもの」『テアトロ』一二月号・一月号掲載）、一一月三日に①と②を木村演出で（①江守徹・長岡輝子・加藤嘉・清水良英出演、②湯浅実・清水・みきさちこ・片岡あい出演）、③を観世栄夫演出で（今福正雄・伊藤牧子・吉行和子出演）連続上演、六日にはシンポジュームがあった。「延べ一万人の参加者」（野村喬）が集まり一連の企画は成功する。もちろんプロやアマの演劇青年や学生たちが沢山集まったからだ。若者で満員のシンポジュームの客席でぼんやり学生だったわたくしでも感じた〈奇妙な違和感・にがさ〉を今も思い出す。

つかこうへいはこの催しの客席にいたのだろうか……と思う。ウエスカーは芸術によって社会変革が可能になることを望んでいたし、連帯を重視した。そして地域社会に根を下ろす芸術活動を考えていた。シンポジュームでは招いたウエスカーをターゲットにするような雰囲気があって、それがわたくしの〈にがさ〉になって残った。

ウエスカーが「演劇による社会変革のための教育」が芸術的になされなければならないと主張すると、「ナンセンス！」の言説が会場に飛び交った。

大笹吉雄は〈ウエスカー68〉についての一文の中で、サルトルの「二十億の人間が飢えている今、文学は何ができるか」という問いを問うまでもなく、演劇は何ができるかといえば、「演劇は殆んど何もできはしない」。それでも何かできるはずだと問えば、「弱いながらも、そして不確実ながらも、少なくともウエスカーが残して行ってくれた〈連帯〉を、より強固にするしかない、（略）もちろん、おのおの勝手（な方法…井上）であっていい」のだが…と記していた（『テアトロ』一九六九年一月号）。

つかこうへいを名乗る前の金原峰雄は、きっとどこかに座っていて会場に蔓延した〈にがさ〉を受け止め演劇への扉をあけたのではないか…、彼は〈連帯〉ではなくて、羽仁五郎の指摘したような「まずあるものをぶちこわす」思想を持つことを選択したのではないか…と密かに夢想している。

つかこうへいの足跡は、先人たちの正や負の遺産を〈切り崩し〉て大衆が主人公の社会へと進む扉をあけていたからだ。

つかこうへいにはほんとうに手古摺った。『革命伝説・宮本研の劇世界』を上梓してからつか作品を順次みんなで検討したのだが、先入観に縛られていたせいか宮本研とのあまりの違いにあたふたし、困惑した。つかのすべて――読める限りのものを読んでも、少なくともわたくしは彼の〈核〉がなかなか掴めず縁日の金魚すくい状態であった。毎回発表する者は〈つか演劇〉で演劇の世界に興味をもったものや、わたくしと似たような思いを抱えているものなど様々だった。

戯曲だけではなく小説も取り上げて同じ題材を二人で取り組んでみたら新たな道が拓けるかもしれないと思いついたのがよかった。発表者間では打合せも相談もせず、自身の考えでいつものように検討したのだが、戯曲や小説に向かう方法も視点も異なる分析が多面的なつかこうへい像を表面化するのに手を貸した。これはなかなかいい方法だったと今は、思っている。

さて、日本近代演劇史研究会は結成以来四〇年を超えた。発会を計画した藤木宏幸・曽田秀彦・西村博子の三人の大先輩の内、前のお二人は空の彼方に逝き、発会時に学生で事務局を担当したわたくしが、現在では代表を担っている。

研究会編で一九九八年二月に初めて『20世紀の戯曲　日本近代戯曲の世界』を社会評論社から上梓した時から今日まで、研究会が発信した数冊の本のほぼ全ての編集を受け持ってきた。原稿を集め、査読をして戻し、また集めるの繰り返しが毎回続いて近年はガソリン不足を補うのも困難になってきた。先輩たちのように空の彼方に逝く前に、興味を持っている研究をまとめたいという我儘な気持ちが段々大きくなっている。そんなわたくしが、つかこうへいという新しい演劇状況を生み出した稀有な劇作家の研究論集で研究会の仕事に一区切りつけることが出来て本当にうれしい。

社会評論社の松田健二社長と装幀・組版デザインを担当した中野多恵子氏にはいつものように洒落た本を作って頂き感謝している。

可能な限り多くの人々とつかこうへいのファンにこの本を読んでもらいたい。日本という国の中でつかこうへいという一人の劇作家が、様々な想いを裡に籠めて生きてきたことを作品を通して知ってもらいたいし、その上でこの本からつかこうへいの新たな局面が拓かれるといいと願っている。

二〇一八年一二月二三日

井上　理恵

執筆者紹介（執筆順）

井上　理恵（いのうえ　よしえ）
近現代演劇専攻。桐朋学園芸術短期大学特別招聘教授、日本演劇学会副会長、日本近代演劇史研究会代表。
著書■『久保栄の世界』、『近代演劇の扉をあける』（第32回日本演劇学会河竹賞受賞）、『ドラマ解読』、『菊田一夫の仕事　浅草・日比谷・宝塚』、『川上音二郎と貞奴』全3巻（社会評論社）。
共著■『20世紀の戯曲』全3巻、『木下順二の世界』、『井上ひさしの演劇』、『革命伝説・宮本研の劇世界』『岸田國士の世界』『村山知義　劇的尖端』他多数。

今井　克佳（いまい　かつよし）
日本近代文学・演劇専攻。東洋学園大学教授。国際演劇評論家協会（ＡＩＣＴ）会員。
共著■『革命伝説・宮本研の劇世界』（社会評論社）、『井上ひさしの演劇』（翰林書房）。
論文■「野田秀樹の演劇における〈言葉の担い手〉の系譜―『キル』から『ロープ』までを繋いで」『社会文学』28号、「詩表現としての宗教性―「瞳なき眼」と「詩への逸脱」『有島武郎研究』3号、他多数。
劇評■「鏡の〈ロンドン〉、紙の〈日本〉野田地図番外公演「THE BEE」『第二次シアターアーツ』32号、「春琴」とサイモン・マクバーニーの「旅」（小劇場レビューマガジン『ワンダーランド』２０１３年9月25日）。

関谷　由美子（せきや　ゆみこ）
日本近代文学専攻。文芸・映画批評。博士（文学・首都大学東京）
著書■『漱石・藤村〈主人公〉の影』〈愛育社〉、『〈磁場〉の漱石　時計はいつも狂っている』（翰林書房）。
共編著■『明治女性文学論』（翰林書房）、『大正女性文学論』（翰林書房）、『読まれなかった〈明治〉―新しい文学史へ』（双文社出版）。
共著■『島崎藤村―文明批評と詩と小説と―』（有精堂）、『世界から読む漱石「こころ」』（勉誠出版）『井上ひさしの演劇』（翰林書房）。
論文■『硯友社一面　明治二〇年代の想像力―「心の闇」の〈出世主義〉―』（大東文化大学人文科学研究所『人文科学』第二十三号）他多数。

林　廣親（はやし　ひろちか）
日本近代文学・演劇専攻。成蹊大学教授。
著書■『戯曲を読む術―戯曲・演劇史論』（笠間書院）
共著■『岸田國士の世界』、『井上ひさしの演劇』（翰林書房）、『佐藤春夫読本』（勉誠出版）、『革命伝説・宮本研の劇世界』（社会評論社）。
論文■「谷崎潤一郎「春琴抄」における〈恋愛〉の読み方―久保田万太郎「鵙屋春琴」を補助線として―」『文化現象としての恋愛とイデオロギー』（成蹊大学人文叢書14　笠間書房）他多数。

菊川　徳之助（きくかわ　とくのすけ）
演出家。日本演出者協会理事。元近畿大学舞台芸術教授。
著書■『実践的演劇の世界』（昭和堂）
共著■『二〇世紀の戯曲Ⅱ』・『革命伝説・宮本研の劇世界』（社会評論社）、『関西戦後新劇史』（晩成書房）
論文■「『夢・桃中軒牛右衛門の』演出ノート」（近畿大学文芸論集四巻二号）、「木下ドラマにおける受動的主人公」（日本演劇学会紀要二十七号）他。
演出作品■「セチュアンの善人」（ブレヒト作）、「茜色の海に消えた」（芳地隆介作。委嘱作）、「よるのたかさで光をのぞむ」（鈴江俊郎作。委嘱作）他多数。

斎藤　偕子（さいとう　ともこ）

アメリカ演劇・演劇理論・演劇評論活動。慶應義塾大学名誉教授。

著書■『黎明期の脱主流演劇サイト―ニューヨーク1950-1960』（鼎書房）、『19世紀アメリカのポピュラー・シアター』（第43回日本演劇学会河竹賞受賞）論創社。

共著■『演劇論の変貌』（論創社）、『革命伝説・宮本研の劇世界』『木下順二の世界』（社会評論社）、『岸田國士の世界』『井上ひさしの演劇』（翰林書房）。

翻訳■『アバンギャルド・シアター1892-1992』（監訳）他多数。

久保　陽子（くぼ　ようこ）
日本現代演劇専攻。博士（お茶の水女子大学）。お茶の水女子大学基幹研究院リサーチフェロー。駒澤大学、都留文科大学、聖心女子大学非常勤講師。
論文■「寺山修司『毛皮のマリー論』」『演劇学論集62号』、「寺山修司『大山デブコの犯罪』―一九六〇年代アングラ演劇におけるジェンダー化された男性の身体表象をめぐって」『ジェンダー研究』21号、「寺山修司『浪花節による一幕　青森県のせむし男』──〈祝祭〉性と母親像をめぐって──」『国文』129号他。

阿部　由香子（あべ　ゆかこ）
日本近現代演劇専攻。共立女子大学教授。日本近代演劇史研究会事務局長
共著■『20世紀の戯曲』全三巻（社会評論社）、『岸田國士の世界』『井上ひさしの演劇』（翰林書房）、『木下順二の世界』『革命伝説・宮本研の劇世界』（社会評論社）、『向田邦子文学論』（新典社）。
論文■「井上ひさし『化粧』の変容─虚実の多層構造から自己発見のドラマへ──」（『学芸国語国文』第47号）、「『劇作家井上ひさしが仕掛けた戦さ」（『社会文学』第48号）他多数。

内田　秀樹（うちだ　ひでき）
法政大学大学院人文科学研究科日本文学専攻博士後期課程在籍。山梨大学大学院教育学研究科修士課程教科教育専攻国語教育専修修了。
共著■『革命伝説・宮本研の劇世界』（社会評論社）。
論文■「『紙風船論』─新しい演劇論の試み──」（『山梨大学　国語・国文と国語教育』第九号一九九九年八月）。

伊藤　真紀（いとう　まき）
日本近代演劇専攻。明治大学文学部准教授。
共著■『大正の演劇と都市』（武蔵野書房）、『岸田國士の世界』（翰林書房）、『革命伝説・宮本研の劇世界』（社会評論社）。
論文■「小町の『生』を描く─津村紀三子の新作能『文がら』」『日本演劇学会紀要　演劇学論集』43号、「久米邦武の能楽研究と『人体美』─聴く能から観る能へ」『日本演劇学会紀要　演劇学論集』50号、「能舞台に上がった女性たち─大正十一年の『淡路婦人能』をめぐって」『日本演劇学会紀要　演劇学論集』56号、「『女申楽』と木内錠─近代戯曲の『女物狂』」、『法政大学能楽研究所能楽研究叢書6　近代日本と能楽』。

星野　高（ほしの　たかし）
日本近現代演劇専攻。早稲田大学演劇博物館招聘研究員。
共著■「『タイフーン』の世界主義──近代通俗

劇にみる日本趣味」(『演劇のジャポニスム』所収、森話社)、「帝劇の時代—ヴァラエティー・シアターとしての大正期帝国劇場」(『商業演劇の光芒』所収、森話社)、他。

鈴木　彩(すずき　あや)

日本近代文学専攻。慶應義塾大学文学研究科国文学専攻博士後期課程修了。博士(慶應義塾大学)。慶應義塾大学ほか非常勤講師。

共著■『井上ひさしの演劇』(「頭痛肩こり樋口一葉」執筆)、『怪異を魅せる』(青弓社)、『革命伝説・宮本研の劇世界』(「新釈・金色夜叉」執筆)。

論文■「〈瀧の白糸〉上演史における泉鏡花「錦染瀧白糸」の位置」『藝文研究』104号、「新派劇〈婦系図〉と原作テクスト—泉鏡花「湯島の境内」を視座として—」『日本近代文学』90号、「泉鏡花「南地心中」と「鳥笛」「公孫樹下」の人物描写—お珊への眼差し」『国語と国文学』94巻3号他。

宮本　啓子(みやもと　けいこ)

近現代演劇専攻。早稲田大学大学院文学研究科博士後期課程修了。博士(早稲田大学)。白百合女子大学ほか非常勤講師。

共著■『岸田國士の世界』(翰林書房)、『革命伝説・宮本研の劇世界』(社会評論社)。

論文■「モリエール『ドン・ジュアン』試論—『移動』でみるドン・ジュアンの罪」『演劇映像学』45号、「岸田國士『古い玩具』再考—女性を中心にして」『早稲田大学大学院文学研究科紀要』53号、「岸田國士『屋上庭園』に描かれた『視線』—一九二六・銀座百貨店」『演劇博物館グローバルCOE紀要　演劇映像学二〇一一』、他。

中野　正昭(なかの　まさあき)

日本近現代演劇専攻。早稲田大学演劇博物館招聘研究員、明治大学ほか兼任講師。

著書■『ムーラン・ルージュ新宿座　軽演劇の昭和小史』(森話社)。

共編著■『浅草オペラ　舞台芸術と娯楽の近代』『ステージ・ショウの時代』(森話社)。

共著■『戦後ミュージカルの展開』(森話社)、『A History of Japanese Theatre』(Cambridge University Press)、『古川ロッパ　食べた、書いた、笑わせた!　昭和を日記にした喜劇王』(河出書房新社)『日本表象の地政学—海洋・原爆・冷戦・ポップカルチャー—』(彩流社)他多数。

つかこうへいの世界　消された〈知〉

2019年2月11日　初版第1刷発行

編　者　日本近代演劇史研究会
（日本演劇学会分科会）

発行人　松田健二

発行所　株式会社 社会評論社
東京都文京区本郷 2-3-10　〒 113-0033
tel. 03-3814-3861/fax. 03-3818-2808
http://www.shahyo.com/

装幀・組版デザイン　中野多恵子

印刷・製本　倉敷印刷株式会社